Ontem não te vi em Babilónia

António Lobo Antunes

Ontem não te vi em Babilónia

ALFAGUARA

© António Lobo Antunes, 2006
Todos os direitos desta edição reservados à
Editora Objetiva Ltda.
Rua Cosme Velho, 103
Rio de Janeiro — RJ — Cep: 22241-090
Tel.: (21) 2199-7824 — Fax: (21) 2199-7825
www.objetiva.com.br

Capa
Dupla Design

Imagem de capa
Noel Powell / iStockphoto

Revisão
Fátima Fadel
Ana Kronemberger

Editoração eletrônica
Abreu's System Ltda.

CIP-BRASIL. CATALOGAÇÃO-NA-FONTE
SINDICATO NACIONAL DOS EDITORES DE LIVROS, RJ.

A642o

    Antunes, António Lobo
       Ontem não te vi em Babilónia / António Lobo Antunes. - Rio de Janeiro : Objetiva, 2008.

    435p.   ISBN 978-85-60281-60-2

       1. Romance português. I. Título.

08-3958   CDD: 869.3
                                              CDU: 821.134.3-3

ontem não te vi em Babilónia

(em escrita cuneiforme num fragmento de argila,
3000 anos a.C.)

Meia-noite

1

Chegava sempre antes da sineta quando ia buscar a minha filha e tirando a madrinha da aluna cega a cochichar cumprimentos em tom de desculpa sem que eu a entendesse
    (de tão exagerada na infelicidade dava vontade de gritar
    — Afaste-se de mim não me aborreça)
não havia ninguém ao portão de modo que o recreio vazio excepto uma árvore de que nunca soube o nome com as folhas demasiado pequenas para o tronco e se calhar composta de várias árvores diferentes
    (as mãos do meu pai minúsculas no fim de braços enormes, se calhar composto de vários homens diferentes)
    o escorrega a que faltavam tábuas com o letreiro Não Usar e a porta e as janelas trancadas, derivado à impressão que ninguém lá dentro compreendi a madrinha da aluna cega, disse-lhe sem palavras
    — Não é exagerada perdão
e como deixei de ter filha cessei de respirar, não só a porta e as janelas trancadas, compartimentos desertos, poeira, o edifício da escola afinal abandonado e velho, a madrinha da aluna cega aproximou-se carregando cheiros antigos e nisto que alívio a sineta
    (— Pieguice minha és exagerada sim)
a sacudir as folhas da árvore
    (ou os braços do meu pai)
    os dedos cessaram de atormentar o fecho da mala e o coração diminuiu nas costelas, os pulmões graças a Deus respiram, estou aqui, quantas vezes ao acordar me surpreendia que os móveis fossem os mesmos da véspera e recebia-os com desconfiança, não acreditava neles, por ter dormido era outra e no entanto os móveis obrigavam-me às recordações de um corpo a que não queria voltar, que desilusão esta camilha,

esta cadeira, eu, cochichar à madrinha da aluna cega o que me cochichava a mim, pedir desculpa sem que me liguem e a porta e as janelas abertas, a professora nas escadas, as primeiras crianças, pais
  (não o meu pai)
ao portão comigo, não o meu pai que não lhe sobrava tempo
  — Não te mexas que me dás nervos
a conversar com o empregado ou a falar ao telefone na secretária do jornal cheia de cartas, retratos, ganharia muito dinheiro você pai
  (não acredito)
não finja que não alcança o que lhe digo
  — Pões-me nervoso tu
morreu há uma data de anos, passa da meia-noite
  (— Tardíssimo filha)
e não finja que não alcança o que lhe digo, meia-noite nesta vivendinha do Pragal, daqui a pouco sons húmidos de foca no primeiro andar e a senhora
  — Pões-me nervosa tu
era o meu pai que eu punha nervoso apesar de calada
  (— Ainda aí estás que mania)
a senhora o meu nome
  — Ana Emília
a chapinhar no colchão e os rebentos do arbusto de groselha ao comprido do muro, a sineta da escola acelerava o tempo, as folhas da árvore a pularem sílabas muito depressa
  — Ana Emília
na porta a aluna cega, a minha filha, as gémeas e a ruiva gorda que era preciso empurrar na ginástica, a empregada da limpeza destrancava as janelas e nem compartimentos desertos nem poeira, nenhum defunto todo direito de gravata branca a espiar-me, somente mapas, carteiras, restos de números a giz, a testa do meu pai um lençol de cama por fazer
  — Vens pedir-me dinheiro para a tua mãe é isso?
remexia na algibeira e escutavam-se as chaves, desistia, o jornal dois ou três cubículos escuros
  (uma garrafa a um canto e aí sim, julgo que defuntos de gravata branca)

isto numa travessa perto de um convento, mulheres de cabelo pintado vestidas de domingo nas suas ilhas de perfume espanhol, a minha filha apertava a cabeça na minha barriga, fazia-a girar uma ou duas voltas a segurar-lhe os ombros com medo que se soltasse de mim e se aleijasse numa esquina, meia-noite no Pragal
(a minha mãe antes de falecer
— Não necessito de ti
incapaz de fechar a boca, a tremer os joelhos)
na Austrália e no Japão manhã e todas as mães vivas, os trastes onde o candeeiro não chegava invisíveis ou seja nódoas mais densas, adivinhava o armário em que durante a chuva as loiças tilintavam, se a aluna cega estivesse comigo havia de alarmar-se a medir o ar com as orelhas
— O que foi?
e corrido um instante a senhora
— Ana Emília
a perguntar as horas, o que os doentes se inquietam com as horas, como os intrigam que estranho
— Que horas são?
isto de segundo a segundo, duvidam, insistem
— De certeza?
que raio significam as horas para eles, continuará a existir a escola, a árvore de que nunca se soube o nome e a madrinha a vigiar a sineta nos seus cochichos de desculpa
— Continuo ao seu lado repare
subindo do Pragal para Almada principiava a suspeitar-se o Tejo nos intervalos dos prédios, estes comércios de pobres, estas pessoas, se achasse a minha mãe na rua aposto que se me atravessava à frente
— O teu pai deu-te o dinheiro ao menos?
nunca vi uma criatura cortar com tal fúria de dentes o que sobejava de coser um botão e aí estava a Ana Emília a pensar nisto ao entregar o comprimido à senhora que deslizava para o interior do sono a teimar
— Gardénia
(uma prima, ela mesma?)
o comprimido obrigava-a a uma zona mais funda na qual um cavalheiro de idade designava o globo terrestre com a unha suja

— O mundo é grande menina

e regressava ao caixão para estender-se nele, o arbusto de groselha iluminava o muro e anulava-se em seguida, ao iluminar o muro um tijolo despontava do reboco e adivinhava-se o postigo da arrecadação em que uma panela eléctrica avariada e cebolas que grelaram, a minha filha de volta a casa comigo, dois passos meus, três passos dela, um cachorro a farejar memórias e a minha filha a puxar-me a saia

— O bicho vai morder-nos mãe

até as memórias

(de uma tigela de carne, da dona a assobiar-lhe, do cesto onde enrolar-se)

conduzirem o cachorro no sentido do parque em que talvez a tigela ou a dona

(— Pões-me nervosa tu)

o animassem ao passo que no meu caso, quando chego do Pragal a Lisboa com o muro do arbusto de groselha a diluir-se em mim, nenhuma unha suja a apontar-me nada, o globo terrestre empenado no seu eixo e o mundo pensando bem não grande coisa, acanhado, paredes e paredes, o biombo que me impedia o quarto, o mundo uma esfera encolhida a desbotar as cores, do reposteiro, do abajur, das almofadas do sofá e a boneca da minha filha na mesinha, apertei-lhe a cabeça na barriga e tentei uma volta com medo que se soltasse de mim e se aleijasse, os defuntos muito direitos de gravata branca

— Cuidado

e pode ser que chovesse porque um tilintar de loiças que o armário fechado atenuava, o meu marido a impedir-me de girar agarrada à boneca

— O que vão pensar de nós já viste?

as flores do arbusto de groselha no meu cabelo e na gola a impedirem-me a aluna cega, as gémeas e a ruiva gorda que falhava os degraus, eu a afastar o meu marido

— Pões-me nervosa tu

com a macieira do quintal na ideia, maçãzinhas insignificantes, verdes e o banco tombado, recordo-me dos besouros junto ao poço apesar de o taparmos com uma chapa, ao recordar os besouros sons húmidos de foca e a senhora

— Ana Emília

o casaquito de malha de botões trocados, uma espécie de sorriso a justificar-se

— Não dizia que não a um chazinho

de lucialima, de tília, das ervas que cercavam a macieira e não cortávamos nunca, apetece-lhe um chazinho das ervas junto às quais a minha filha se enforcou aos quinze anos senhora, apetece-lhe assustar-se com a boneca no chão, a cara contra barriga nenhuma que não deixava de girar, uma altura não à meia-noite como hoje

(ignoro como não tenho vergonha de dizer isto)

mais cedo, encontrei o meu marido a experimentar uma saia minha e os meus brincos, igualzinho às mulheres vestidas de domingo na travessa, o meu pai da secretária

— Ainda aí estás que mania

a conversar com o empregado ou a tapar o bocal, um jornal de anúncios de casamento que os clientes mandavam pelo correio e o meu pai a ler as cartas ao empregado

— Que tontos

a minha mãe na paragem do autocarro cem metros abaixo parecendo tão acabada ao trotar para mim a misturar sílabas no cansaço

— Deu-te o dinheiro ao menos?

enquanto eu pensava

— Nem um nem outro compreende quem sou desconhecem-me

se o automóvel do homem que prometeu visitar-me contornasse a praceta até lhe agradecia as mentiras, o meu marido viu-me no espelho e tirou um dos brincos convencido que tirara tudo, a saia, o camiseiro, o colar, os frutos da macieira já não verdes, grandes, um primo nosso desatou a corda que a minha filha roubara do estendal e a indignação dele gritava, auxiliei a senhora com a chávena e na segunda tentativa de engolir um suspiro

— Não posso mais

no mesmo cochicho de desculpas que a madrinha da aluna cega a devolver-me o portão da escola e as janelas trancadas, eu continuando a acreditar diante do recreio vazio e aposto que não escola hoje em dia, uma repartição, escritórios, a árvore e o escorrega um vazadouro onde se deixam restos e metade de uma persiana a bater, a bater, ao fim do mês na sala, se é que pode chamar-se sala àquilo

(um Buda numa réplica de altar)

a sobrinha da senhora fazia as contas ao tempo, a minha mãe embora falecida a roubar-me o envelope verificando-lhe a espessura

— Deu-te o dinheiro ao menos?

a aferrolhá-lo à chave e a sumir a chave no avental maldizendo o meu pai enquanto interrogava sombras

— Expliquem-me como pude acreditar no camelo?

a família seguia-a das molduras e a imagem dela em nova já amarga, já séria, nunca a visito no cemitério conforme nunca visito a minha filha, um lugar a ferver de ossos que procuram exprimir-se, a sineta da capela mais grave que a da escola, nomes que se decifram mal e a ninguém pertencem, a ilusão que uma criança um dia destes no portão e a gente a rodopiar contentes, o meu marido estendeu-me o brinco na palma, além da boneca o aquário sem peixes nem água com um alicate no bojo já não na entrada nem no quarto, na despensa, sinto-o brilhar no meio das conservas e talvez a surpresa de um peixe, o olho fixo que me estuda, a cauda sacode-se e que é dele, na época da minha filha plantas artificiais e um frasquito de comida que sabia a giz, a minha filha

— Sabe a giz

a quantidade de episódios que gostava de deitar fora

— Aguentem-me esta tralha um bocadinho tomem

intimidades que até hoje ocultei, pedir ao homem que prometeu visitar-me e não visita

— Escuta

sentar-me à sua frente demasiado cheia de palavras, começar baralhando tudo, a trocar frases, a enganar-me e ele quase comovido, feliz, inventar que o meu pai comigo ao colo, o jornal importante numa rua importante, não uma travessa de comerciozitos e mulheres vestidas de domingo nas suas ilhas de perfume espanhol, o meu pai um fato como deve ser em vez do casaco curtíssimo, empregados que o respeitavam, não um, vários, uma unha suja

(não dele)

a apontar o globo terrestre

— O mundo é grande menina

na crença que eu imaginasse regiões infinitas numa porção de lata amolgada no Pacífico e a povoasse ao meu gosto, pretos com flechas, naufrágios, arranjar um marido, uma filha e um quintal com uma macieira, que tonta, como se um galho de macieira aguentasse sem quebrar uma rapariga de quinze anos, um arbusto de groselha ao comprido do muro no Pragal e uma senhora inválida no primeiro andar, a quantidade de episódios que apesar de tudo me enterneciam e gostaria que alguém, prestando-me atenção, soubesse, a noite e os pavores que o silêncio traz consigo menos difícil para mim, em miúda morei perto do cemitério e vi as fosforescências que se erguiam das lápides, presumo que os defuntos embaraçados em pedregulhos e raízes desejosos de ressuscitarem, os que não cheguei a conhecer inspeccionando a casa a interrogarem-me acerca da utilidade dos objectos, a quantidade de episódios que gostava de dizer a alguém, darem-me um bocadinho de consideração, de simpatia e no fundo de mim uma sineta de escola que não pára, não pára sem que criatura alguma lhe toque salvo o vento, aproximo-me e o badalo sozinho, a minha avó a enterrar as crias da gata que chiavam gemidos encavalitando-se, rastejando, protestando, começava por prender a gata na copa

(e o bicho furioso contra a porta)

a seguir juntava as crias num cabaz

(tudo isto calada)

suspendendo-as pelo pescoço, o rabo, uma pata, abria a cova e entornava o cabaz enquanto o desespero da gata derrubava boiões, a minha mãe

(— Deu-te o dinheiro ao menos?)

embuçava-se no avental com as sobrancelhas de garota aflita

— Não me habituo a isto

numa agitação de lágrimas sem lágrimas, o meu avô para a minha mãe a procurar fosse o que fosse nos bolsos sem procurar nada ou a descobrir uma moeda, a examiná-la um instante e a lançá-la pela janela ele que não deitava nem um prego torto fora

— Não se pode contrariar a tua mãe desculpa

a minha mãe

— Pai

e o meu avô a desviar-se de nós com o osso da garganta para baixo e para cima enquanto a minha avó ia tapando as crias, alisava a terra com as botas e os gemidos cessavam, a gata por fim resignada na copa, à espera, horas no relógio da consola, quatro ou cinco, com o mecanismo a obrigá-las a despenharem-se que bem se percebia o esforço das molas conduzindo-as até à bordinha e deixando-as cair, no cair da última a minha avó esfregava as solas no capacho a olhar para a gente num desafio ou assim

(e se calhar procurando moedas nos bolsos por trás do desafio)

à medida que a gata farejava a terra alisada, sumia-se nos feijoeiros e regressava dois dias depois a dobrar-se-lhe de desgosto nas pernas, se tivesse herdado o relógio que venderam com os tarecos ao venderem a casa confirmava que meia-noite, um relógio de medalhão de porcelana representando um coche, dois cavalos

(um castanho e um pardo, ou seja um castanho e um branco que a vida empardeceu)

e um sujeito de chicote a segurar nas rédeas, no interior pesos e volantes fabricando as horas, arredondando-as, trazendo para cima esses pingos de som, quem terá comprado a quinta, quem sofrerá como eu dantes os gemidos das crias encavalitando-se, rastejando, protestando, quem se interroga a inclinar a orelha

— O que é isto?

a gata ficou a inspeccionar a cova agachada nas dálias, dizer também da gata antes que o inverno comece e com ele choupos negros, os cachos do arbusto de groselha no chão, sons húmidos de foca no primeiro andar e a senhora que me perdeu o nome

— Você

tacteando ruínas do passado, um grupo de parentes a suspender o jogo de cartas

— Gardénia

e um barquinho a remos que se detinha em junquilhos e lodo, tentou segurá-lo e escapou-se, chamou-o e não obedeceu, apercebeu-se que o barquinho não vazio, uma miúda de vestido lilás a sorrir-lhe

      — Nunca mais nos vemos

e era ela mesma a acenar-se adeus, compassos de música e um padre a trinchar um frango à cabeceira da mesa, a senhora a dirigir-se à miúda que cessara de sorrir-lhe, ocupada a colocar flores no chapéu

      — Você

enquanto a filha me estendia o ordenado

      — Já nem os nomes distingue

consoante não distingue o tilintar das loiças no armário e as mil crepitações dos barrotes, os insectos que apesar da alfazema

      (sinto o cheiro à distância, rocas de alfazema que uns lacinhos unem)

lhe roem as fronhas e as toalhas da arca, as pilhas de revistas

      (La Femme Idéale, Maravilhas de Renda, O Bom Cozinheiro)

a cantoneira de relevos trabalhados e o homem que prometeu visitar-me em Évora com a mulher a receber da boca dele confidências que me pertencem, são minhas, segredos que me comovem e até hoje calei, mistérios provavelmente idênticos aos de toda a gente, banalidades de pacotilha, falsidades, a minha filha com quinze anos

      (creio ter afirmado quinze anos)

a pegar na boneca ela que não lhe ligava fazia séculos dado que as paixões vai-se a ver e passam

      — Chame-me quando o jantar estiver pronto que vou lá fora ao quintal

de modo que nem sequer a olhei a pensar no mar da Póvoa de Varzim que tantas vezes me regressa à ideia, o mar, a praia e o cheiro das ondas, o nevoeiro da manhã que quase me impede de assistir à minha avó a enterrar as crias e a enchente que lhes abafa o terror, sempre que um assunto me preocupa aí estão o vento e a espuma a salvarem-me, o vento nas frinchas dos caixilhos e apesar da minha mãe se enervar com a areia no soalho obrigada vento, nem calculas o que te devo, a nossa casa não na Póvoa de Varzim, no interior a que os gritos das traineiras não chegavam a não ser em abril no caso de tudo em silêncio, a bomba do poço, os tentilhões no pomar, o meu avô desdobrava

redes para os pássaros e embora estrangulados eu insistia em libertá-los, batia palmas diante de asas mortas
— Desapareçam
a impacientar-me
— Sumam-se-me da vista num ai
e a procurar fosse o que fosse nos bolsos sem procurar nada, não a examinar a moeda nem a lançá-la fora porque não tinha um prego torto para amostra, na hipótese de um rebuçado dava-o aos tentilhões
— Se prometerem que se vão embora ofereço-o
havia alturas em que o mar tão sereno em agosto com uma paz de nuvens em cima, basta o mar em agosto e a recordação do Casino e emociono-me logo, as lágrimas que eu choraria se lá estivesse amigos, ganas de beijar as pedras ao reencontrá-las, senti-las na palma, aproximá-las da bochecha, chamei a minha filha em Lisboa enquanto as ondas iam e vinham na Póvoa, provavelmente uma única onda sem cessar repetida, o meu marido no espelho com o brinco suspenso, o queixo bambo do gado de focinho inerte mas de membros rígidos, depois de se lhes martelar um espigão na nuca ei-los a tombarem de banda, a senhora acotovelou o padre que trinchava o frango à cabeceira da mesa a pronunciar o meu nome
— Ana Emília
borboletas no verão fosse na Póvoa de Varzim fosse no Entroncamento onde também morei
(se tiver oportunidade escrevo acerca dos comboios, oito anos da minha vida sob o signo dos comboios, sou da época das locomotivas a carvão, vozes de almas do Purgatório sofrendo na caldeira que imploravam socorro)
fosse na Póvoa de Varzim fosse no Entroncamento fosse aqui em Lisboa borboletas, uma azul e duas brancas quando chamei a minha filha para jantar
(continuarão a existir redes e tentilhões?)
ou duas azuis e uma branca ou três azuis ou três brancas tanto faz, o importante é que borboletas, porventura mais que três, meia dúzia, uma dúzia, quarenta, sessenta, centenas de borboletas em torno da macieira, pronto, se alguém
(aquele a quem gostava de dizer uma porção de coisas, intimidades que por pudor escondi)

se o homem que prometeu visitar-me com a mulher em Évora a dar-lhe uma atenção que devia ser minha, é minha, me pertence, quiser subtrair algumas que subtraia

(pode ser que na província redes e tentilhões e um velho a mascará-las de caniços)

por conseguinte a borboleta azul e as duas brancas, os canteiros que me esqueci de arranjar, a minha filha

já lá vamos à minha filha, antes da minha filha e pela última vez repito que o mar da Póvoa de Varzim tão sereno em agosto com uma paz de nuvens em cima e por falar na minha filha uma paz de nuvens em cima também, estiradas ou redondas

(uma redonda no horizonte)

basta o mar em agosto e a recordação do Casino para me enternecer, as lágrimas que eu choraria não de tristeza, contente, se lá estivesse amigos, pensei que a minha filha entretida por exemplo com as crias da gata sob a terra encavalitando-se, rastejando, protestando e ela a tapar os ouvidos conforme tenho vontade de tapá-los ao recordar a sineta ou o murmúrio da árvore composta de várias árvores diferentes, de folhas demasiado pequenas para o tronco

(as mãos do meu pai no fim dos braços enormes, gestozinhos impelidos pela aragem das seis

— Pões-me nervoso tu)

a minha filha enquanto as ondas iam e vinham, aposto que uma única onda sem cessar repetida, densa, grande, a areia quase brilhante

(brilhante, a areia brilhante)

e sem marcas de pés ao retirar-se, uma linha de alcatrão por junto, sons húmidos de foca no primeiro andar

— Ana Emília

um casaquito de malha de botões trocados

— Não dizia que não a um chazinho

e uma espécie de sorriso a desculpar-se, chá de lucialima, de tília, das ervas que cercavam a macieira e não aparávamos nunca, quer um chazinho das ervas junto às quais a minha filha se matou aos quinze anos minha senhora, ao descer os degraus a boneca no chão, o banco, de início não vi a corda nem me passou pela cabeça que uma corda, para quê uma corda, vi a borboleta, a boneca no chão e o banco, a boneca por sinal não deitada, sentada, de braços afastados e cabelo preso na fita usando o vestidinho que lhe fiz, a boneca a quem eu

— Desaparece

capaz de lhe oferecer um rebuçado para que desaparecesse num ai antes do meu avô pegar na caçarola e na banha, vitorioso no umbral

— Um molho de passarinhos fritos como deve ser

vi as borboletas, centenas de borboletas e não somente brancas e azuis, várias cores, centenas de asas contra a macieira, não ondas, asas, não pedras que me apetecesse beijar ao reencontrá-las, senti-las na palma, aproximá-las da bochecha, asas, à medida que avançava asas, que chamava a minha filha asas, não uma corda grossa, aliás não tínhamos cordas, tínhamos guitas e atilhos de embrulho na gaveta da tintura de iodo, da turquês e das chaves de móveis que não possuíamos já numa caixita de alumínio porque nunca se sabe, a caixita proclamava Graxa Parisiense com uma botina a cintilar no rótulo, podia continuar horas sem fim a descrever a caixita na mira de adiar dizer o que é inevitável que diga e a minha boca recusa, a minha cabeça recusa, toda eu recuso, um resto de pasta negra grudava-se à lata

— Pões-me nervosa tu

destroços de raciocínios, lixo de dias, uma lamúria desiludida

— Gardénia

zonas submersas nas quais domingos, um cavalheiro de idade a designar o globo terrestre

(meia-noite)

com a unha suja

— O mundo é grande menina

(afirmei que meia-noite)

o arbusto de groselha iluminado no muro e a apagar-se em seguida, no arbusto não uma corda, o fio do estendal que nem se percebe como não quebrou com o impulso porque a minha filha desviou o banco com os pés, um dos pés pelo menos, deve ter principiado por colocar a boneca no chão

— Quero mostrar-te uma coisa repara

a amarrar a corda no galho, vou regressar à Póvoa de Varzim, às borboletas, à aluna cega estudando o ar sem entender a sacudir a madrinha

— O que foi?

e o que foi minha querida é que a porta e as janelas trancadas, compartimentos desertos, poeira, o edifício da escola afinal abandonado e velho, o que foi minha querida é uma borboleta branca e duas azuis ou uma borboleta azul e duas brancas tanto faz, o que me ralaram as borboletas nessa altura, o que me ralam agora, ainda se fosse o mar da Póvoa, o Casino, o que foi era a boneca parecia que divertida, eu à medida que compreendia com medo da rede dos tentilhões

— Põem-me nervosa vocês

e dos canteiros que me esqueci de arranjar, eu a procurar fosse o que fosse nos bolsos sem procurar nada, o osso da garganta para baixo e para cima no momento em que uma unha suja

— O mundo é grande menina

designava a minha filha a girar abraçando-me a cintura e uma volta, duas voltas com receio que se desprendesse, não tivesse forças para continuar a dançar e uma esquina a aleijasse, centenas de asas entre a macieira e eu, não ondas, asas, receio que uma das pernas tocasse na boneca, no banco, o brinco a diminuir na mão do meu marido, a imagem do espelho a afastar-se, se o homem que prometeu vir e não veio me ajudasse

— Ajuda-me

me pudesse ajudar, me desse a ilusão de poder ajudar, responder-lhe

— Não preciso de nada

sem conseguir fechar a boca e de joelhos a tremerem à medida que iam passando por mim o tilintar das loiças com a chuva e a arrecadação onde as cebolas grelaram, eu indiferente ao chá

— Não preciso de nada

e aí está a Ana Emília sozinha dado que não precisa de nada, para além de não precisar de nada não espera nada, não deseja nada nem sequer uma última onda, com a última onda um friso de alcatrão na praia que ali permanecerá para sempre, observava a filha, observava a boneca, observava a filha de novo a estranhar-lhe o silêncio, olhos não aumentados, distraídos

(a imaginarem o quê?)

os frutos da macieira pontinhos verdes, nos últimos anos nem chegaram a maçãs, apodreciam minúsculos, a boneca que não tinha que dizer-me, como a senhora, como a Ana Emília para o que prometeu vir e não veio

— Não preciso de nada

dado ser óbvio que não precisava de nada, satisfazia-se em girar não tão rápido quanto no portão da escola, devagarinho, sem peso, aproximei-me da minha filha a enxotar as borboletas

(dúzias de borboletas)

que surgiam da erva para subirem, até ao vértice das copas, na direcção da tal única onda sem cessar repetida que me acompanha desde o meu nascimento, aproximei-me não da minha filha, da boneca e a sineta da escola calou-se na memória, lá estava o pátio, o escorrega

(intactos, nítidos)

a madrinha da aluna cega a cochichar cumprimentos em tom de desculpa, vontade de gritar-lhe consoante a boneca me gritou

— Afaste-se de mim não me aborreça

e tirando a madrinha da aluna cega ninguém, não havia a macieira, não havia a minha filha de modo que eu diante de um ramo sem nada, a minha filha em casa à mesa de jantar começando a comer não por falta de educação

(— Espero um bocadinho pela minha mãe cinco minutos vá lá)

por fome, a empurrar para a borda com a delicadeza do garfo

(no que respeita a delicadeza não é por ser minha filha mas sempre teve modos distintos)

os legumes de que não gostava

— Como nunca mais vinha fui começando a comer

por consequência uma boneca e é tudo, não um ser vivo e muito menos alguém que eu conheça e conheço tanta gente, muito menos a minha filha, a minha filha a começar a comer, não merece a pena apoquentar-me, esconder-me no avental onde as sobrancelhas de uma garota aflita numa agitação de lágrimas sem lágrimas, não merece a pena encavalitar-me, rastejar, protestar, tentar fugir da cova dado que não existe cova, ninguém me enterra, ninguém me quer matar, espero um bocadinho

(cinco minutos vá lá)

que me toquem à porta e se não me tocarem à porta acerto o fecho de segurança encalhado no ressalto inferior, no de cima não há problema mas no inferior empena, corrijo-o com o martelo, guardo os cálices no aparador

(outrora seis e cinco hoje em dia, tudo na vida tem a sua duração até os cálices)

e deito-me sem pensar que um automóvel na rua, passos na escada, um indicador cauteloso, quase tão delicado como o da minha filha, a raspar a madeira

— Sou eu

e que juro não ouvir, não oiço, se por acaso ouvir atribuo-o ao sono no qual ecos, sinais de conversas, ameaças, o galho da macieira a sussurrar mistérios de baú no interior da alma visto que é nas trevas e quando menos se espera que os baús se lamentam, portanto e até amanhã unicamente o mar da Póvoa de Varzim tão sereno em agosto, uma paz de nuvens em cima e eu acocorada a olhá-lo, dou com as borboletas

(não importa a cor nem o número, escolham a cor e o número que quiserem, divirtam-se)

as ervas que um dia destes, para a semana por exemplo, auxiliada pela tesoura ou a foice ou o ancinho hei-de arranjar prometo, com um pouco de atenção darei pela senhora igualmente

— Ana Emília

ou seja primeiro espasmos húmidos de foca e a seguir

— Ana Emília

não no Pragal, no meu sono ou na Póvoa de Varzim em agosto, no que respeita ao horizonte tornava-se difícil distinguir o céu do mar, não um risco como de costume, o risco ausente de forma que impossível saber o sítio em que o céu se dobrava e começava a onda, em que a espuma a franzir-se, percebia-se a boneca, não a minha filha, na ponta da corda ou do fio de estendal que ia girando devagar, não de braços afastados, pegados ao corpo numa atitude de entrega, uma boneca de que as borboletas

(dúzias de borboletas)

de que dúzias de borboletas me impediam de notar as feições, notar a minha filha em casa a começar a comer empurrando para a borda do prato com a delicadeza do garfo

(não é por ser minha filha mas sempre teve modos distintos)

os legumes de que não gostava, a minha filha a começar a comer, acho que fui clara e peço que não me contrariem neste ponto, a minha filha a começar a comer desculpando-se

— Como nunca mais vinha fui começando a comer

a minha filha a começar a comer, a minha filha viva e de uma vez por todas se não me levam a mal

(espero que não me levem a mal)

não se fala mais nisso.

2

Deve ser meia-noite porque os ruídos cessaram, os do jardim, os da casa e os da minha mulher que afastou os cachorros com a chibatinha de um galho
— Desandem
prendeu a cadela com cio na garagem e aposto que se deitou visto que nenhuma luz no corredor ou no quarto onde não entro há séculos, fico aqui longíssimo dela com todo este silêncio e este escuro entre nós, nem o atrito dos lençóis nem uma tábua da cama ao mudar de posição, os candeeiros de Évora no outro lado da casa, nesta janela piteiras, até o meu reflexo levou sumiço dos vidros
(o que se passa comigo?)
e ninguém virá cumprimentar-me ao mesmo tempo que eu, sentia o frenesim dos cachorros em torno da garagem na esperança de uma falha na parede e a cadela enrolada sob o automóvel à espera, havia homens dessa forma quando os prendíamos, deitados no chão de olhos abertos ao entrarmos na cela, que faria a minha mulher se escutasse os meus passos sem um automóvel onde esconder-se e um muro de pneus velhos a protegê-la de mim, defender-se-ia com o cotovelo como os homens que tentavam levantar-se a explicar não se entendia o quê, dentes demasiado numerosos que os impediam de falar, deve ser meia-noite porque os cachorros desistem, imóveis nos tufos dos canteiros e nos legumes mortos de tal modo que se confundem com pedras, são pedras, estou acordado entre pedras, se calhar uma pedra eu também, uma pedra a minha mulher, uma pedra a que me espera em Lisboa, dá-me ideia que uma claridade nos campos, a lua ou isso a aumentar o mato e as estevas despertando os cachorros que me respiram debaixo do peitoril a pedir o que não entendia o que fosse
(o que se passa comigo?)

talvez que lhes desaferrolhasse a porta da garagem ou empurrasse a cancela, a seguir à cancela a bomba de gasolina de que os ciganos aproveitavam o telheiro para as carroças e as mulas, lembro-me do meu pai cercado de cachorros a voltar com as perdizes não penduradas do cinto, numa bolsa de pano, a minha irmã e eu à espera e ele a passar por nós sem olhar-nos, olhou uma ocasião ou duas quando já estava doente, perguntei

— Quer alguma coisa você?

até compreender que não me via sequer movendo as gengivas conforme os presos antes do médico lhes afastar as pálpebras, a examiná-los com uma lanterninha

— É melhor não insistirem por hoje

e as gengivas continuando a mover-se, uma nuvem impediu a lua, a claridade sumiu-se e deixei de existir, existia o vento nas piteiras e o cemitério em que o meu pai ficou, não me passa pela cabeça cumprimentar a campa, a minha irmã vinha a Évora e mudava-lhe as flores da jarrinha, há uma torneira para a água sempre a pingar no talhão dos soldados que morreram em França e cujas cruzes ferrugentas de musgo se vão quebrando uma a uma, enganchado na torneira um balde e sobre o balde vespas, quando depois da polícia regressei a Évora e me casei

(chama-se casamento a isto?)

sentava-me no cemitério a escutar o sossego das árvores e as coroas de crisântemos que se esfarelavam nas lápides, a minha mãe que mal conheci neste cemitério igualmente de ossos misturados com outros ossos ou nem ossos, umas ervitas se tanto, uns torrões de gordura, nunca a chamei

— Mãe

não me sobrou uma fotografia e ignoro-lhe a cor da pele e as feições, existem momentos nos quais um intervalo de doçura em mim, levantam-me do chão e sinto um corpo a apertar-me e dedos que me desarrumam a cara, isto o espaço de um instante e eu sozinho de novo, pergunto-me se teria sido a minha mãe, procuro um indício, um cheiro, um som e não indício, não cheiro, não som, as sombras das árvores cada vez mais compridas, contaram-me, não o meu pai que se limitava a passar por nós com as perdizes ou a instalar-se num degrau a descascar tangerinas, um vizinho, uma tia, que a minha mãe faleceu no hospital de um problema no sangue e portanto quem

me levantava do chão e me desarrumava a cara, se esse episódio me chegava à ideia quando estava com um preso fingia não escutar o médico
— É melhor não insistirem por hoje
dado que não era com o preso que estava, que me interessava o preso, enfurecia-me ter consentido que me levantassem do chão, vontade que o meu pai numa cela e eu para ele
— Perfile-se
a procurar-lhe uma tangerina na algibeira, debaixo da camisa, na mão
— Onde escondeu a tangerina senhor?
o meu chefe a estranhar
— Tangerina?
segurando-me no braço
— Não te sentes bem tu?
enquanto na minha cabeça apenas a mãe de que não me lembro com um problema no sangue e cujo lugar no cemitério não são capazes de apontar onde fica, sento-me por lá a observar os jazigos e nada, se ao menos um filho e filho algum, uma mulher com quem não converso no quarto e uma cadela com cio na garagem, ainda que custe admiti-lo eis a família que me resta, isso e os ralos que me ensurdecem no verão, a que me espera em Lisboa uma filha, dei-lhe a boneca numa embalagem com um laço e afastei-me o mais depressa que pude antes que agradecesse, nunca a beijei nem dei a entender que consentia beijos, pedi
— Anda cá
apesar de me apetecer pedir, mesmo que fosse uma única vez
— Anda cá
escapando a essa parvoíce a que chamam ternura, que me importa a ternura, para que iria servir-me, importa-me que os ruídos cessem, os do jardim, os da casa e o dos cachorros atribulados de desejo lá fora, o do mundo em resumo, permitam-me que envelheça em paz esperando que misturem os meus ossos com costelas e tíbias alheias num buraco qualquer desde que livre da maçada de um filho a quem seria necessário passear pela mão, consolar, garantir
— Estou aqui

quando julgam que nos perderam e não nos ganharam nunca, assistirmos a uma criança a crescer tornando-se tão amarga quanto nós que esquisito, não me arrependo de não haver pedido
— Anda cá
mantém-te longe e cala-te tanto quanto me mantenho longe e me calo, de tempos a tempos a que me espera em Lisboa indicava-me a filha com o queixo à beira de uma confidência pelo modo como a respiração se alterava, felizmente detinha-se antes das palavras por decoro acho eu, ainda hoje que já não existe a filha pressinto que a revelação volta à tona ao alongar o nariz na direcção da boneca, deviam sepultar as pessoas com tudo o que lhes diz respeito impedindo-as de continuarem a incomodar-nos à superfície do mundo, de que serve morrer se permanecem aqui com dúzias de lágrimas prontas a surgir de cada gaveta, cada arca, cada ângulo da memória solicitando
— Chorem-nos
desejosas de encontrarem pálpebras a jeito, as nossas
— Somos tuas não vês?
espiolharem-nos por dentro desencantando remorsos onde julgávamos que nem um mal estar para amostra, se reparar lá estão os objectos tentando convencer-me com os seus pequenos ardis
— A tua avó gostava de mim
— Pertenci ao teu padrinho
— Quando eras pequeno não me largavas nunca
não mencionando os caprichos da memória inclinada à celebração de alegrias passadas que aborrecem, magoam, se não tivesse acabado com os presos não atentava no médico
— É melhor não insistirem por hoje
e continuava a bater-lhes, ao marido da que me espera em Lisboa obriguei-o a vestir-se com a roupa dela
— Depressinha
os brincos, o camiseiro, a saia
(a claridade de novo, presumo que da lua, num palheiro distante em que um tractor, umas cabras)
e a que me espera calada, o meu médico a empurrar-me
— Não estás a exagerar tu?
a mim incapaz de mencionar a minha mãe a levantar-me do chão com frases que me escapam, os parafusos da urna que

uns sujeitos não acabavam de apertar retirando o oxigénio de que os defuntos precisam, obrigando a madeira ou a minha mãe a estalarem e aí temos o exemplo de um capricho da memória que julgava perdido, o oxigénio, os estalos, um miúdo de três ou quatro anos de idade a pedir

— Não a esmaguem

e não sei quem a segurar-lhe o ombro, julgava-me desde há que tempos a salvo do miúdo e ele a voltar do cemitério para casa com as mãos vacilando entre este choupo e aquele, estas flores e aquelas, estas marcas de sapatos e outras marcas mais ténues até que o vigilante para o meu pai sem me largar a orelha

— Não deixa a mãe em paz

e depois do vigilante se ir embora o meu pai a descascar uma tangerina calado, se de alguma coisa lhe estou grato é que nunca a fraqueza das lágrimas, acabava a tangerina e saía, na época em que trabalhei na polícia o meu chefe a trocar papéis de lugar e a aproximar do tinteiro a fotografia da esposa

— Não te faziam mal umas férias

umas férias por exemplo no lugar em que nasceste, Évora, onde a partir da meia-noite todos os ruídos cessam, os do jardim, os da casa, os dos campos em volta, a minha mulher acordada nos lençóis a espiar-me, o meu chefe recolhia uma poeira do vidro da esposa e aproximava o mindinho dos óculos a considerar a poeira, se ainda hoje regresso ao cemitério não se trata de curiosidade pelo sossego das tumbas, é na esperança que a minha mãe me levante do chão e aí estou eu a comover-me que gaita, não bem comover-me, não permito que as lágrimas façam farinha comigo, um desconforto, um nervoso, se pudesse tornar a estender a roupa da que me espera ao marido, o camiseiro e a saia

— Veste isso

em lugar de uma boneca cada vez com menos tinta, pasmada na cómoda, peguei-lhe sei lá porquê

(não há maneira de aprender que devia dedicar-me a envelhecer no meu canto esperando que me misturem os ossos enquanto à tona se agitam vozes, pessoas)

e uma peça de metal ou de plástico, o mecanismo da fala, dançaricou na barriga, emitiu um vagido e antes que no vagido o meu nome soltei-a no soalho obrigando a que me espera a endireitar-lhe a perna e com o ressalto da perna uma sílaba perdida, oxalá não do meu nome, escondam a boneca na despensa porque me irrita a companhia de uma lágrima viva pronta a pegar-se-me aos olhos, meu Deus no caso de existirdes tende piedade de mim e fazei com que uma sílaba não do meu nome, eu um estranho, não atenteis no que se fala por aí, acreditai-me, eu um estranho, morava no Alentejo, era casado, trabalhei na polícia para Vossa glória contra o comunismo ateu, chegava de Évora um ou dois sábados por mês se tanto para uma visita de horas, não dormia com ela, não me levantava com ela, nem um pijama na sua casa, eu um estranho como aqui à meia-noite só que em lugar de campos canteiros onde a erva crescia sobre um banco tombado, borboletas, duas azuis e uma branca ou uma azul e duas brancas, uma rapariga de tranças e observando melhor rapariga nenhuma, uma peça solta na minha barriga, de metal ou de plástico, o mecanismo da fala que articulava

— Menina

sem que eu a levantasse do chão, pedisse uma única vez por muito que me apetecesse e não me apetecia

— Anda cá

apetecia-me o gomo de tangerina que nunca me ofereceram

— És servido rapaz?

ou seja um braço a desiludir-me porque magro, inseguro, se porventura

— Não me aborreça pai

obedecia, uma miséria de pai que me não durava um minuto nas mãos, mal começasse o médico da polícia a afastar-lhe as pálpebras com a lanterninha

— É melhor não insistirem por hoje

um pai que me deixaria ficar mal

— Desiludiu-me senhor

diante dos meus colegas que lhes percebia os soslaios, a minha irmã como se o meu pai uma criatura importante, o afinador de pianos ou o presidente dos bombeiros cujo retrato de capacete prestigiava a lápide, a mudar-lhe as flores da campa e a servir-se da torneira no talhão dos soldados para a jarrinha de vidro enquanto eu pensava no afinador de pianos a ameaçar as rolas que lhe manchavam o toldo com o alicate dos sons, à noite a regulação de uma corda gritava no escuro, se puder exprimir-me quando me forem vedadas as palavras e eu só dentes e unhas espero comunicar com o mundo numa clave de sol e garantir que vos detesto, terei alguma estima pelos cachorros do jardim que galopam nos canteiros desfeitos disputando um pássaro, por esta casa a que não voltarei e apesar de tantos anos juntos se não afeiçoou a mim, o poço em cujo fundo a minha cara tremelica para sempre aprisionada em musgozitos escuros, não acredito que alguém sobretudo desde que o joelho da minha irmã não dobra para mudar as flores ao sábado, acredito no bolor do esquecimento, nos cachorros a vaguearem nas piteiras sob a chuva de outubro, talvez daqui a cinco anos um único sapato ao removerem o caixão conforme ao removerem o caixão do meu pai no lugar dos caroços de tangerina que esperava a entretela da gravata e um pedaço de cinto, eu sem necessidade de perguntar-lhe

— Quer alguma coisa você?

embora as gengivas continuassem a mover-se sob uma luz imprevista que apesar de aproximar as coisas aumenta as distâncias, as carroças com que os ciganos atravessam a fronteira a caminho do Pólo e uma lágrima difícil de ocultar a estilhaçar-me por dentro, um pingo que baloiça, tento impedir que caia, se irrita

— Vais chorar-me ou não?

e equivoca-se o pobre, basta que afirme que se equivoca e equivoca-se, equivocar que extraordinário verbo, a que me espera em Lisboa, a ingénua, a pensar que a oscilação de um nadinha de líquido derivado à boneca ou à filha quando na realidade sem motivo algum, episódios insignificantes que passado imensos lustros uma emoção dilata, por exemplo o presidente dos bombeiros a plantar-se à minha frente na volta do quartel

— Fazes-me lembrar o meu neto

à medida que retirava o lenço do bolso e emergia do lenço com os olhos diferentes, pequenos demais para o que se amontoava neles, não ia dar à que me espera a alegria de assistir a um assoar de desgostos cuidando que a filha a quem eu nunca

— Anda cá

me perturbava as entranhas, limitei-me a entregar à miúda uma embalagem com um laço e a afastar-me para o ângulo da sala onde a janela em que os ramos da macieira, cercados de borboletas, se iam erguendo de leve, o presidente dos bombeiros tentou um sorriso, guardou o lenço, desistiu, quando soube da filha da que me espera e do fio do estendal desejei que fosse meia-noite para que os ruídos cessassem, os do jardim, os da casa, os de uma víscera minha ignoro ao certo qual, o pâncreas, o rim esquerdo

(não o coração é óbvio, esse músculo incerto)

resolvida a ensurdecer-me porque falava, falava, prendê-la juntamente com a cadela entre os pneus da garagem e recusar-me a ouvi-la que em matéria de sons chega-me o vento em agosto e a respiração que se apressa sem que descubra o motivo, encontrámos o marido da que me espera na tipografia, não uma cave de subúrbio como tinha imaginado, um rés-do-chão no centro e do lado do sol, a imprimir folhetos contra Deus e o Governo, descobrir-lhe semelhanças comigo isto é qualquer coisa solta dentro, fosse o mecanismo da fala fosse uma lágrima à espera, desejosa de lhe pertencer nessa conversa das lágrimas

— Sou tua não vês?

a desencantarem canivetes suíços, cartas de emigrantes, dedais

— A tua avó gostava de nós
— Pertencemos ao teu padrinho
— Quando eras pequeno não nos largavas nunca

obriguei-o a vestir o camiseiro mais a saia e os brincos, a tombar uma jarra parecida com a da campa da minha mãe e as suas flores desbotadas, ele

— Não

em voz baixa, um segredo, um pedido de amigo

(e a macieira lá fora)

uma cumplicidade entre nós

— Não

só lhe faltavam a tangerina, as perdizes e o talhão dos soldados de França cujas cruzes se vão quebrando ferrugentas de líquen, o médico afastou-lhe as pálpebras e não

— É melhor não insistirem por hoje

a embolsar a lanterna

— Aposto que o director se vai aborrecer consigo

(porque não tive um filho?)

apesar de tantos anos na polícia o médico continuava sem saber a gaveta das certidões de óbito, a de cima, a de baixo, tirava um impresso

(se eu tivesse um filho)

— Não é isto

e recomeçava a procurar de chapéu na cabeça

(— Não me vejo sem chapéu)

no caso de ter tido um filho alguma coisa se alteraria nesta casa ou em mim, a minha mulher acordada, uma claridade diferente nos campos a acentuar as estevas, os cachorros que respiravam debaixo dos caixilhos pedindo-me que lhes permitisse trotar no declive onde coelhos e mochos, perto da bomba de gasolina de que os ciganos aproveitavam o telheiro antes de recomeçarem viagem, enfeitados de guizos, no sentido do Pólo, interrogo-me se a companhia de um filho me açucarava a velhice a descascar tangerinas e a oferecer-lhe gomos enquanto uma nuvem nos impedia a lua, a claridade sumia-se e deixávamos de existir, existiam as piteiras, estas vivendas baixas até ao fim da rua e depois do fim da rua o Líbano ou a Tailândia onde uma camioneta, passos e mal os passos ou a camioneta cessavam ninguém, nem uma só alma que se inquiete e me ajude, o médico encontrou a certidão de óbito e o chapéu, de boca afundada na mesa, ia pronunciando o que escrevia

— Aposto que o director se vai aborrecer consigo

o director que nos chamava ao gabinete e não ouvia o que dizíamos, reclamava

— Mais forte

a achatar dedos no tampo e apesar de mais forte alongava o pescoço numa expressão de estranheza, contemplava o Presidente na moldura e aumentava a orelha na palma

— Como?

até se cansar de nós e nos mandar embora num movimento de enfado, talvez desejoso de trazer o seu banco para o cemitério e distrair-se com as árvores, sentia a minha mulher

(porque não tive um filho?)

entre o tanque e a capoeira onde um gato almofadado de preguiça avançava as patinhas de feltro numa nódoa de luz

(e se em lugar de um filho um gato?)

enquanto a que me espera deve ter apagado como a minha mulher as luzes do corredor e do quarto e desistido de mim, atenta à macieira com os frutozinhos verdes a crescer, a crescer, uma árvore pouco maior que um arbusto subitamente enorme, cercada pelas ervas dos canteiros que ninguém aparava de forma que eu sozinho desde que os meus pais defuntos, a minha irmã em Estremoz, a minha mulher e a que me espera indiferentes a mim cuidando os meus ossos já espalhados na terra e nenhuma maneira de saber quem eu era através de meia dúzia de carvões dispersos, nem a idade nem o tom do cabelo nem o que fiz aqui, receio que me sobejasse a tal víscera

(o pâncreas, o rim esquerdo, disseram-me que nas crianças o timo)

isto é uma peça solta na barriga, de metal ou de plástico, capaz de tremuras chorosas, o mecanismo da fala que ao sacudir-se emitia uma lágrima viva pronta a pegar-se-me aos olhos e uma sílaba que espero que não pertença ao meu nome, fazei meu Deus no caso de existirdes que não lágrima, não sílaba mas sobretudo nunca parafusos de caixão que não acabavam de apertar a retirarem o oxigénio de que os defuntos precisam e obrigando a minha mãe ou o pinho envernizado a estalarem, sobretudo nunca um miúdo de quatro anos a pedir

— Não a esmaguem

e um vizinho ou um parente a segurá-lo que ainda hoje sinto os dedos na carne, aposto que as vértebras ou as costelas que sobrarem os sentirão igualmente, olha o assobio dos choupos à meia-noite em Évora, olha a torneira do cemitério a pingar chumbo no balde

(porque não tive um filho, um amigo, um colega, uma criatura em que pudesse confiar e confiasse em mim?)

olha a claridade de volta e com ela as estevas, a impressão que uma lebre acolá

(a garupa, as orelhas)

e afinal um tijolo, a minha irmã debruçada para a tábua de lavar e enganei-me, um buxo

(não estou a ser correcto, julgo que tive um amigo)

a minha irmã adulta desde que me lembro, conheceu a minha mãe e se calhar entre ambas cumplicidades, segredos, ajudaram-se uma à outra com as galinhas e passearam ao domingo ao longo da muralha entre pedras antigas, os meus avós ainda vivos levantando-a do chão, queridos velhotes de que recordo tontices, paralisias, gaguezes, mandíbulas desmedidas aguardando a colher e lá está a minha víscera, o pâncreas, o rim direito, o timo que permaneceu intacto como nas crianças a animar-se sozinho, uma lágrima no interior dos olhos pronta a sair, a sair, o que conservo na memória

(um filho moreno como eu, um filho)

é a minha irmã a servir-nos ao meu pai e a mim sem se preocupar com a gente, a deixar a panela na toalha e a desaparecer na cozinha, ocupava o cubículo do fundo antes de morar em Estremoz e onde tantas vezes a senti lamentar-se, ela igualmente uma peça solta na barriga e um chorozinho oculto, se ao menos nem que fosse em silêncio conseguisse dizer que gosto dela, que nós, que eu um dia e não tenho coragem, não posso, no caso de passar por Estremoz não a visito, uma senhora baixinha, forte, de cabelo grisalho, trabalha de limpeza no consultório do astrólogo, deve continuar a sofrer do rim direito, do pâncreas, se eu lhe aparecesse uma ruga e a seguir à ruga um passo para diante

(não apareço claro, nem sonhar aparecer-lhe)

os tornozelos grossos coitados, o labiozinho a pular

— Tu

escrevi que o labiozinho a pular, nem sonhar aparecer-lhe, a minha mãe um problema no sangue de forma que não houve tempo, engravidou de mim e adeus, o meu pai olhou-me uma ou duas vezes quando estava doente, perguntei

— Quer alguma coisa?

até compreender que não escutava sequer, ia movendo as gengivas e nisto as gengivas quietas e tome lá a eternidade, alegre-se, ou seja vá espalhando carvões, o astrágalo, o úmero, daqui a cinco anos ao removerem a urna um sapato

(você)

com os atacadores deslaçados

(não estou a ser correcto, julgo que existiu um amigo, falarei nele mais à frente se me apetecer falar)

e voltando ao início deve ser meia-noite porque os ruídos cessaram, a cadela na garagem a farejar os pneus habituando-se a eles e a escolher uma dobra de cimento onde poisar o cansaço, os

cachorros resignados a um amanhecer improvável ou sou eu que decido não ir haver amanhã, com sorte uma claridade
(a lua?)
sobre os campos e pronto, as carroças dos ciganos a alcançarem o Pólo, Évora no outro lado da casa, neste rolas numa balsa prestes a partirem na direcção de Reguengos de motorzitos acesos, a minha irmã baixinha, forte, de cabelo grisalho, uma cicatriz na testa
— Tu
de um caniço que se quebrou ao pisá-lo, saiu-te a taluda avisou o enfermeiro não te apanhou a vista, depois da tintura uma marcazita na pele a cortar a sobrancelha
(— Fazia-te impressão ver-te no espelho mana?)
acelerar o carro e não parar em Estremoz onde uma víscera igual à minha que se desprendeu da barriga
(o mecanismo da fala)
a chocalhar sem fim, tu à janela igualmente e o teu reflexo levou sumiço da vida, se ficasses de pé face aos caixilhos ninguém, os nossos pais face aos caixilhos ninguém, talvez a mandíbula desmedida da minha avó a aguardar a colher, mal a colher se aproximava um pulinho da garganta ao seu encontro, voraz, tenho na arrecadação postais que lhe escreveram de um quartel em Santarém e assinados Armando, penso que Armando apesar da letra, o meu avô José e todavia o Armando está lá, se apesar das minhas cautelas acerca de Estremoz encontrasse a minha irmã chamava-a de lado
(e a minha irmã
— O que quer este agora passados tantos anos?)
perguntava-lhe
— Armando?
a minha irmã de cabelo não grisalho, branco, mais baixinha, mais forte, a lutar com os tornozelos
— Armando?
e no interior do
— Armando?
uma lágrima oculta não pelo Armando, por si, não é difícil imaginar que se lamente no escuro, espero que de cortinas corridas, um pouco de pudor ao menos, não à maneira de dantes, de bruços na almofada em soluços pesados

(ocupará um cubículo do fundo mais pequeno que o nosso, espantar-se-á que não Évora, becos diferentes, outros sinos, o triciclo do inválido no prediozito amarelo?)

uma lágrima oculta não pelo Armando, por si, no meu caso a rapariga da capelista em Lisboa e promessas, mentiras, eu de aliança na algibeira e o pai dela

— Mostra cá a aliança

a vasculhar-me o fato, o pai dela

— Bandalho

a rapariga da capelista dúzias de pâncreas, de rins, o mecanismo da fala tão desesperado, tão ténue

— Jura que é mentira a aliança acredito que é mentira é mentira não é?

e deve ser meia-noite porque os ruídos cessaram, os do jardim, os da casa, a minha mulher afastou os cachorros com a chibatinha de um galho

— Desandem

prendeu a cadela com cio na garagem e aposto que se deitou dado que nenhuma luz no corredor ou no quarto onde não entro há séculos, fico aqui com o silêncio

(— É mentira não é?)

e o escuro entre nós, nem uma tábua da cama ao mudar de posição

(— Jura que é mentira

e eu calado)

os cachorros em torno da garagem na esperança de uma falha na parede

— É mentira

a rapariga da capelista dobrada no sofá

— É mentira?

e uma claridade nos campos, a lua suponho, a aumentar o mato, as estevas, a bomba de gasolina de que os ciganos aproveitavam o telheiro para as carroças e as mulas, não estava a ser correcto, tive um amigo, um colega, que obriguei a vestir com a roupa da que me espera, a imprimir folhetos contra Deus e o Governo num rés-do-chão do centro e do lado do sol, o marido da que me espera com qualquer coisa solta, o mecanismo da fala ou uma lágrima a tentar o meu nome, não o nome da filha, o meu nome nessa conversa fiada das lágrimas, o meu chefe intrigado

— Não te sentes bem tu?
e sinto-me bem, sinto-me bem, claro que me sinto bem apesar do ramo da macieira para baixo e para cima com uma boneca pendurada no fio do estendal.

3

Francamente não sei o que se passa comigo hoje, qualquer coisa no género da inquietação da cadela isto é o corpo em paz para quem o visse de fora e no entanto uma febre no sangue, uma pressa, eu para o bicho ou para mim, para nós duas
— Que tens tu?
à medida que os cachorros raspavam a porta da garagem comigo a perguntar-lhes
— Quem quer ser o meu cão?
eu que não necessito de cães, cinquenta e seis anos, quase cinquenta e sete, estou velha, não me farejam nem se me agitam em torno, deixam-me em sossego a carregar o ventre morto entre o jardim e a casa se é que pode chamar-se jardim a estas malvas, eu na garagem com a cadela a sentir-lhe a barriga pulsar à cadência da minha e a tentar entender que fios de cheiro conduzem os machos se apenas umas gotas no cimento e o animal mudo, acho que eu assim em nova, de ventre aberto e o meu marido de costas para mim a engrossar no colchão, a cauda dele parada
— Não te vejo
desde o princípio que não me via, via um quintal, não o nosso pomar, designava-me a acácia
— Não é uma macieira aquilo?
via um homem vestido de mulher a repetir
— Não
o meu marido não sei para quem
— Não insisto por hoje porquê?
de modo que casei com um cachorro que me não percebe, sem desejo, sem nariz, não em matilha como os outros nas esplanadas e nos largos, antes a farejar presenças do passado dele pelos cantos, se falava uma voz de boneca, um desses mecanismos de plástico ou metal que expulsam sons rachados e o meu

marido a estranhar de palma na garganta, a verificar a palma como se na palma um restinho de voz

— O que é isto?

enquanto eu me perguntava porquê um cão, porquê tu, a escutar as plantas do jardim com o meu ventre fechado, os ruídos da casa não, o silêncio, desde há não sei quanto tempo apenas escuto o silêncio dos móveis, o silêncio dos canos, ia dizer o silêncio do sangue mas não tenho sangue da mesma forma que a cadela o não terá um dia, uma gota, duas gotas e pronto, os cachorros

— Não te conhecemos

iguais ao meu marido

— Não te conheço

com a boneca a conversar perto dele, que boneca, que macieira, que quintal e em que sítio, francamente não sei o que se passa comigo, às dez apago a luz do corredor, a luz do quarto, tudo o mais a começar pelo meu ventre fechado longíssimo e hoje meia-noite e eu desperta, os cachorros respiram sob a janela a chamarem

(o meu ventre ter-se-á fechado de facto ou ainda no interior de mim um fio de cheiro, um latido?)

na telha que falta não há céu, acabou o céu em Évora, há um vazio onde os insectos roem as próprias asas roendo-nos, por que motivo não existe um cão que me roa, uma pressa na minha garupa e patas que me escorregam dos flancos, recomeçam, me ferem, quatro cinco seis cachorros a perseguirem-me, a desistirem e a perseguirem-me de novo, o meu marido não me persegue, não desiste, não me persegue de novo, persegue o homem vestido de mulher

— Não insisto porquê?

e hoje

(quem é a tua cadela dado que há-de haver uma cadela diz-me, uma boneca, uma mulher, como faria a minha mãe que me criou sem homem, não garagem, não pneus, você acocorada nas piteiras

— Vai-te embora daqui

conte-me do seu corpo mãe)

meia-noite e eu à espera, o que se passa comigo, se pedisse à cadela

— Diz-me o que se passa comigo
se estes cachorros debaixo do parapeito não insistissem
— Tu tu
querendo aleijar-me o pescoço a puxarem, olha estas patas nos meus flancos, estes dentes, tenho o ventre fechado, ocupem-se com os coelhos e os mochos, não se ocupem comigo, sou enfermeira, trabalho na cirurgia com as úlceras das pernas e olhem as minhas pernas magrinhas, nem a pessoa chego, deixem-me, o meu marido atento às carroças dos ciganos que atravessam o mundo na direcção do Pólo, auroras boreais, glaciares e os ciganos de luto, os olhos de cão deles, as cabeças de cão, as caudas enroladas chamando-nos
— Tu tu
não todos, o gordo a que faltava uma orelha
(há cachorros assim)
— Tu
e eu a pensar se me chamares outra vez vou contigo
(há-de haver uma balsa, uma cova)
cinquenta e seis anos, quase cinquenta e sete, diz o doutor que gordura no fígado, não é assim que se desabotoa o vestido, aliás não são botões e não é à frente, é atrás, eu desprendo os agrafes, as molas, o cigano não falou comigo, foi-se embora e a aba do chapéu disfarçava a orelha, dali a nada a carroça, os guizos e uma mulher com ele, não uma cadela, não eu, um latido, um convite, o meu ventre afinal aberto que esquisito, o meu ventre aberto mãe, não imaginava que o meu ventre aberto repare, por favor toquem-me, sintam-me, eu no telheiro da bomba de gasolina onde bichos de que desconheço o nome, os que em sonhos me agarram e eu, que detesto bichos, não com medo, contente, toupeiras, cobras, aranhas, digam-me vocês que não sei, eu na bomba de gasolina e a carroça e os guizos tão longe, nunca me ordenou
— Tu
de modo que as minhas pernas de senhora idosa sob cão nenhum, vontade de oferecer-lhe uns sapatos do meu marido, tome estes sapatos senhor e ele desconfiado a fugir-me, um desses cachorros com receio de nós que se escapam num salto, a gente
— Não te vás embora não me deixes aqui
e eles com medo de uma varinha, um caniço

— Não me faça mal

a apressarem o trote, um cachorro qualquer ou um camponês qualquer, tanto faz, alguém que me aleijasse o pescoço

— Cala-te

e eu quase morta sem deixar de vê-lo, francamente não sei o que se passa comigo ajudem-me, cinquenta e seis anos, quase cinquenta e sete, eu uma senhora, uma enfermeira, contem-me o que reclama o meu corpo, não o meu corpo, este corpo diferente do meu, o que reclama este corpo, oiço os campos, o vento, a azinheira junto à casa da minha avó a cantar, a minha avó

— Não dás pela azinheira?

e eu

— A azinheira?

sem destrinçar qual das duas falava, um tronco tão antigo, a pele da casca, os ossos, era a minha avó quem

— Não dás pela azinheira?

ou era a azinheira, era eu, o meu tio

(ou o meu avô?)

a queimar o feno acolá, chamo-me Alice meu Deus, não permitais que as labaredas do Inferno me cerquem e eu arda, não me escolhais entre os justos

— Alice

e a minha alma a sofrer, os ciganos nos gelos do Pólo e o telheiro da bomba de gasolina deserto, meia-noite e eu à espera, o meu marido

(porque não és um cachorro, devias ser um cachorro a surpreender-se com o mecanismo de plástico ou metal e a retirar a palma da garganta como se na palma um restinho de voz

— O que é isto?)

a minha mãe criou-me sem homem, nem um cão para amostra, patos, coelhos, animais assim, como conseguiu criar-me sem um homem mãe, não se apercebia dos guizos e do trote das mulas, da azinheira que a minha avó

— Não dás pela azinheira?

e tremíamos conforme a água do poço tremia, as nossas duas águas tremiam

— Não dás pela azinheira?

e a azinheira acolá, contam que a Virgem numa azinheira e não sei se sou virgem, o padre falava em Virgem na igreja, o que é ser virgem, virgem é uma mulher a quem não uma pressa na garupa e os próprios dedos revolvem, não posso nem comigo, que força tenho se não me desembaraço da cama, desta almofada que me impede a língua, valei-me, pelo Vosso Santo Filho que padeceu no Calvário

(pingos de sangue como eu)

valei-me, um domingo não sei que idade tinha, que idade eu tinha mãe, há-de saber que idade eu tinha, mesmo agora quando a visito na Misericórdia, e apesar de não falar, há-de saber que idade eu tinha, se me inclinasse para si

— Que idade tinha eu nessa altura mãe?

respondia sem falar, presa numa cadeira com a manta no colo, embora sem me ver porque não me vê, o médico diz que não vê

— Já não vê coitada

(lembra-se da azinheira?)

fitava-me e respondia, antes de se calar de novo respondia

— Sete anos

respondia

— Oito anos

claro que respondia apesar do médico

— Já não fala coitada

e não falando respondia

— Tinhas sete anos

— Tinhas oito anos

o médico ao meu lado

— Qual respondeu não fala

e respondia não nota, escreva na sua ficha doutor

— Tinhas oito anos nessa altura filha

portanto escreva que oito anos doutor, eu a morrer na Misericórdia de Évora e a minha filha oito aninhos doutor, a pele tão clara, o cabelo quase loiro, linda, repare na minha avó, na azinheira, no feno que acabava de se queimar acolá, atrás das labaredas as sombras do meu avô e do meu tio, recordo-me de um ancinho a reunir cinzas num balde, não, recordo-me que nessa época apenas a minha mãe e eu, o meu avô não sei onde isto é sei, o meu avô falecido e o meu tio no Luxemburgo, não mandava recados, não escrevia, o postal de um colega

— Um acidente com a máquina dona Maria José ficou no cemitério aqui

e então sim uma carta mas não dele, do patrão e com uma dedada de tinta que a minha mãe oferecia à devoção dos vizinhos

— Respeitavam-no

dinheiro que não chegou para a mobília da sala, chegou para o armário com portinhas de vidro que está lá em baixo na cave, meses mais tarde uma mala quase vazia, peúgas bolorentas, um retrato meu em bebé que se estivesse na arca entregava aos ciganos

— Já tive menos de cinquenta e sete anos confiram

e uma boina, a minha mãe calada a observar a boina, pendurou-a ao lado do fogão e mirava-a de quando em quando a compará-la com o jantar, depois não sei o que lhe aconteceu, mentira, sei, a boina a enfeitar o espantalho calçado de peúgas bolorentas na horta, julgo que os cachorros, os ciganos, a chuva ou tudo junto a levaram um dia consoante levaram a carta que desapareceu da gaveta, recordo-me de colocar a minha dedada sobre a dedada de tinta, imaginar que me pertencia e por conseguinte eu no Luxemburgo a orientar os operários, os portugueses, os pretos, como conseguiu criar-me sem um homem senhora, há-de lembrar-se da geada porque o que semeámos crestado, o que comíamos crestado, nenhuma água nos canos, nem pela azinheira se dava, fomos tão pobres no inverno, um domingo eu a brincar com formas de empadas e nisto a minha mãe que trazia um alguidar ou um frango na mão, não interessa, acho que um frango, as penas arrepiadas e o olho zangado, mesmo tendo dois olhos um único olho zangado, onde é que eu ia, pés, pernas, avental, frango e a minha mãe em cima daquilo tudo

— O teu pai está lá fora a perguntar por ti

eu que não tive pai, criou-me sem um homem, sozinha, não me obriguem a recapitular os invernos, a boina do meu tio lá fora e um cachorro

(não foram os ciganos nem a chuva, um cachorro a levá-la)

um automóvel com um senhor e duas senhoras no exterior da muralha em que se não enxerga Évora, enxerga-se uma espécie de pântano, meia dúzia de cabanas e duas delas ruíram, tudo mais afastado que o sítio onde o meu marido e eu moramos, um senhor de bigode, não um cigano, não um cachorro, duas senhoras de azul, uma das senhoras ao lado do senhor, a outra senhora atrás, da nossa casa agora vê-se Évora, não da casa inteira, do escritório e às dez apago a luz do corredor, a luz do quarto e tudo quieto excepto um mecanismo da fala de metal ou de plástico que mal entendo, longíssimo, nem um cão debaixo da janela, ninguém salvo o meu pai no automóvel, quer dizer o senhor e as duas senhoras, a minha mãe junto a mim com o frango

(— Não dás pela azinheira?)

e a gente as duas aflitas quer dizer a minha mãe e o frango aflitos, quer dizer o frango porque a minha mãe muito lá em cima, a cara dela, os ombros, o doutor da Misericórdia

— Já não fala coitada

e não falava coitada, não gostava de ser uma das senhoras de azul mãe, de estar com o senhor de bigode, o que é isso de pai, como é um pai, ensine-me a dizer pai, mover os lábios e sair

— Pai pai

o braço do senhor de bigode fora do automóvel

— Toma

a jogar-me moedas, contei quatro moedas à medida que os dedos se abriam e as moedas no chão, quatro moedas no chão, a senhora ao lado do senhor sorria e o senhor não sorria, não me aleijou o pescoço, não uma pressa nos meus flancos a escorrer, a recomeçar, a ferir-me, a segunda senhora a sorrir igualmente quando o senhor de bigode

— É minha filha aquela

e o motor do carro a afastar-se, não uma estrada, hoje sim uma estrada, nessa época um caminho de terra e o que se passa comigo hoje, meia-noite e eu desperta, um caminho de terra e arbustos e charcos, um tractor com uma chaminezita a arrastar um arado visto que os sulcos se erguiam e a baloiçar, a minha mãe de manta no colo a lembrar-se, não acreditem no médico

— Não se lembra de nada

do tractor, dos arbustos

— Tinhas oito anos

e deu-se conta como fala doutor, pergunta-me pela azinheira, interessa-se, havia túmulos antigos na encosta ou garantiam que túmulos, círculos de pedras enormes, se esgaravatar com o sacho há-de encontrar o meu pai, o lacinho, o bigode, as senhoras de azul, a última moeda a soltar-se do carro e o senhor
— É minha filha aquela
essas coisas de metal ou de plástico que a gente tem na barriga, se nos agitamos logo
— É minha filha aquela
e um peneireiro no céu oco, um milhafre, insectos que ao roerem as próprias asas nos roem, a minha mãe a proibir-me
— Não apanhes as moedas
e quantos anos tinha você mãe, que idade, lá anda o meu tio a reunir o milho acolá, se o senhor de bigode se aproximasse ele de boina ao peito
— Patrão
aceitando calado, não calado
— Patrão
a caçadeira do meu avô no armário e o meu avô
— Patrão
criou-me sem um homem, sozinha, as peúgas e a boina do meu tio no espantalho, um acidente com a cimenteira dona Maria José e a minha mãe de dedo a perseguir as letras amparando a leitura, dez minutos depois estava a depenar o frango cujo único olho pendurado do corpo apesar de serem dois se desinteressara de mim, um olho como os da cadela quando os cachorros, antes dos cachorros, um olho como os da cadela quando o meu marido a prendeu na garagem e o bicho um pingo, outro pingo, uma cadela sem raça consoante a gente sem raça, nós pobres
— Patrão
não tornei a ver o meu pai nem as senhoras de azul, o automóvel uma manhã em Évora diante do notário e a minha mãe
— Caminha mais depressa
dúzias de cachorros na praça, na sucursal do Banco, nas lojas, saíam da estalagem carregando malas, não a do meu tio, vazia, se o meu tio connosco
— Patrão
(cachorros no café a seguirem-me)

francamente não sei o que se passa comigo

(— Não dás pela azinheira a cantar?)

meia-noite e desperta, expliquem-me o que se passa comigo

— Diz-me o que se passa comigo cadela

a semana passada procurei as moedas no que sobra do caminho e nenhum tractor com uma chaminezita, mato, um dos caniços do espantalho resistia ainda, guitas de ráfia, trapinhos e eu sem me dar conta

— Pai

cinquenta e seis, quase cinquenta e sete anos, dirijam-se-me com respeito, trabalho na cirurgia a curar úlceras, varizes e o meu ventre fechou-se, os machos não me respiram sob a janela e eu

— Pai

meia-noite e eu

— Pai

devia ter mudado de roupa para que o meu vestido não sujo, por que motivo não me penteou mãe, ordenava-me

— Anda cá

e um laçarote no cabelo, ganchos, as senhoras não a olharem a minha mãe, a rirem-se

— Tua filha aquela?

e tirando o milhafre que se não deslocava, pregado a não sei quê, nada, não me recordo de ciganos nesse tempo, a minha mãe

— Cala-te

apesar de eu calada de forma que somente os insectos a roerem as próprias asas ao roer-nos, a minha mãe para os insectos

— Calem-se

e portanto nada de facto, a mesma cama para as duas e a sua zanga no escuro, a minha mãe a olhar o tecto e o espantalho a consolá-la no quintal na voz do meu tio, não me digam que o meu tio não conversava com as pessoas, a prova é que passando pelo cebolo logo ele

(estou a mentir)

— Alicinha

a única pessoa que para mim

(estou a mentir o que se passa comigo?)

— Alicinha

na mala do Luxemburgo o meu retrato que não sei onde está, lembro-me melhor da bicicleta que da sua cara, tio, levava o prato do jantar para os feijoeiros e agachava-se lá fora, a minha mãe da cozinha

— Queres mais?

mal se distinguia você até que as câmaras-de-ar vazias e a minha mãe sem necessidade de mostrar a panela aos feijões e aos bichos que assustam a gente das profundezas da terra e deixavam o meu tio em paz sem que eu entendesse a razão

— Queres mais?

enquanto no meu caso agarravam em mim, levavam-me para as giestas e comiam-me logo, cabeça, umbigo e tudo, mesmo que quisesse não conseguia gritar porque me comiam os gritos, a bicicleta a oxidar-se no quintal, um dos pedais caiu e a minha mãe

— Não lhe mexas

experimentava-se a campainha e um raspar de ferrugem onde um sininho dantes, a bicicleta a fazer corpo com a terra tornando-se um arbusto, um buxo e havia plantas

(— Que idade tinha eu nessa altura mãe?)

a nascerem do talude garantindo o quê, anunciando o quê nessa linguagem delas

(francês como na carta do Luxemburgo, italiano?)

que nem a professora traduzia, espreitava-me como se eu a troçasse e não troçava, nunca trocei de ninguém conforme nunca troçaria da orelha do cigano se me procurasse na bomba

— Não o troço sossegue

não sei o que se passa comigo hoje, qualquer coisa no género da inquietação da cadela, um corpo velho que reclama e será a morte meu Deus, os mortos também deitados, quietos, a cara igual à minha aposto, solas novas incapazes de andarem como a gente, se andam um ganido de cabedal que se estreia e nem um risco no verniz, a etiqueta do preço ainda colada ao salto, o padre colocava os óculos para observar a etiqueta e se indignar com a despesa, o que se passa comigo é esta vontade de me dobrar na garagem e ficar para ali como um desperdício, uma coisa, nenhum cachorro antes do meu marido que um fio

de cheiro guiasse, soubemos que o meu tio no Luxemburgo por um colega do emprego, quis comprar a bicicleta e a minha mãe
— Não vendo
prometeu que lhe levava hortaliças e ovos e não tornou a buscá-los, nenhum cachorro antes do meu marido em círculos que nos tacteiam, nos medem, partem chamados por não sei quê a esmiuçar entre os detritos ou galopando em matilha por uma perdiz que lhes foge, a encomenda para o meu tio no banquinho da entrada até à vinda da mala, nas costas da fotografia a minha Alicinha aos onze meses Joaquim, por que razão nunca conversou comigo nem me passeou de bicicleta senhor, lembro-me de gestos rápidos e de pestanas de peixe, suspendia-se a pulsar barbatanas e nisto um movimento de cauda e até sempre, encham as câmaras-de-ar, consertem o pedal, passeiem-me de bicicleta desde aqui aos Correios e talvez o que se passa comigo, qualquer coisa no género da inquietação da cadela
— Que tens tu?
abrande, apercebi-me do meu marido nas árvores à saída do hospital e de início não reparei nele dado que não um cachorro, uma sombra a fumar, a seguir reparei porque reparava em mim, largava o serviço de noite e a sombra avançava um passo entre sombras, passear de bicicleta com o meu tio de campainha a tinir não um raspar de ferrugem, uma música aguda, não distinguia a cara do meu marido, distinguia-lhe o fato e o chapéu, árvores antigamente plátanos, outras árvores hoje, construíram pavilhões no hospital, mudaram o armazém e a bicicleta cada vez mais depressa a anunciar aos ingleses da estalagem
— Somos nós
uma espécie de vento no corpo e palavra de honra que eu sem medo meninos, uma noite não encontrei o meu marido nos plátanos, encontrei-o na estrada onde o automóvel do senhor de bigode e das senhoras de vestido azul a sorrirem
— É minha filha aquela
e o motor a afastar-se, um tractor com uma chaminezita todo curvado do esforço
(— Daqui a nada rebenta de embolia)
sentiam-se os músculos coitado e os pulmões a teimarem, prometam que se eu disser que as coisas são iguais a

nós, a fisionomia, o esqueleto, a maneira de ser não me acham ridícula

(não sei o que se passa comigo hoje, não há uma só veia minha que não sofra, não estale, esta no coração por exemplo, esta na minha barriga

ventre fechado e não sangue, faleci)

o meu marido perto da casa receoso de mim, um cachorro acostumado às pedras a afastar-se da gente

— Queria conversar consigo

e não um latido, o mecanismo da fala a articular a frase toda junta, letras umas em cima das outras que levei tempo a separar e a colocar por ordem

— Queria conversar consigo

à medida que os insectos roíam as próprias asas roendo-nos, deviam ter-me roído nessa altura, roam-me agora vá, nenhum cachorro antes deste e este a hesitar, a arredondar o lombo, a atrever-se

— Queria conversar consigo

a mim que não me apetecia conversar com um cão, apetecia-me conversar com o meu tio, guardei anos seguidos A minha Alicinha aos onze meses no bolor da mala, cinquenta e sete anos tio, já imaginou, cinquenta e sete anos a sério, a Alicinha tão velha acordada à meia-noite sem entender o motivo, a sua irmã na Misericórdia de manta no colo e ninguém que me proteja do mecanismo da fala e das palavras instantâneas sem que as feições se movessem

— Queria conversar consigo

não um homem, um cachorro, como te chamas cachorro, adivinhaste que eu aqui, farejaste-me e vieste rodeando o telheiro da bomba de gasolina completo nessa altura, com uma lâmpada à noite, via-se o empregado a ler o jornal num balde às avessas, se o meu tio comigo em lugar do Luxemburgo expulsava o cão com uma palmada à medida que o meu ventre

mentira, ainda não, eu não uma cadela, uma enfermeira, trabalhava na cirurgia com as varizes e as úlceras, auxiliava os doutores, o cão a insistir

— Queria conversar consigo

um penedo lá em baixo onde caulezitos vermelhos e eu a dar-me conta de uma inquietação, uma pressa

— Que tenho eu hoje?

parecida com as senhoras de azul no automóvel em que o pasmo surgia num dançaricar de brincos

— Tua filha?

de modo que se não se importam ajudem-me a compreender o que se passa comigo e o que reclama o meu corpo ou um corpo por assim dizer de cadela sem semelhanças com o meu, escuto os campos, o mato, a azinheira a cantar, se a minha avó aqui e a minha avó não aqui, defunta, eu tão nervosa sem você, desesperada com as coisas, por favor não me segrede

— Não dás pela azinheira?

se escutava o rádio à noite não escutava o rádio, escutava as raízes

— Alice

um declive de coelhos e de mochos

— Alice

acendi o candeeiro e apesar do candeeiro enganava-me nos móveis, aí estava a bicicleta encostada ao tapume, premia a campainha e não um raspar de ferrugem, um silvozinho ténue

— Não dás pela azinheira?

sem que eu respondesse

(à campainha, à minha avó?)

— Talvez

porque um pingo de sangue, outro pingo e a barriga a crescer, poderá chamar-se jardim a este pomar desfeito, estas malvas, o empregado da bomba de gasolina desligou a lâmpada e de repente ninguém, o volume da casa com o algeroz torcido e os vasos do alpendre, embora nenhuma lua, continuando a brilhar, o mecanismo da fala em lugar de

— Queria conversar consigo

um soluço e a palma a verificar a garganta

— O que é isto?

chamo-me Alice meu Deus, não permitais que as chamas do Inferno, não consintais que eu arda, eu na cancela à espera, meia-noite e à espera, o homem com a voz de boneca solta na barriga ou um cachorro, devia ser um cachorro, seja um cachorro que se perdeu da matilha convocado por um instinto qualquer procurando-me, acabou-se o céu em Évora, há um espaço onde paus de fio, galhos e portanto não há céu e Deus não existe que

sorte, se calhasse existir zangava-se comigo e as zangas de Deus estátuas de sal, gafanhotos, há este cheiro de folhas, tijolos destinados à arrecadação e que com a partida do meu tio não serviram de nada, insignificâncias nos canteiros prometendo nascer
(um filho?)
o que o homem julgava braços e eu afirmo que patas, um cachorro
— Queria conversar consigo
e o medo que uma palmada a expulsá-lo, uma porta a fechar-se e ele lá fora sem mim, não um cigarro, não um homem, um cão, a esperança que lhe ordene
— Vem à dona cão
o não despreze, o aceite, a peça solta não
— Queria conversar consigo
a peça solta
— Aceite-me senhora
e aceito porque Deus não existe, o padre mentiu e a prova que não existe é o céu desabitado, eu debaixo do automóvel na garagem e o meu ventre agora sim um pingo, dois pingos, não supunha que na minha barriga um mecanismo da fala a repetir
— Chamo-me Alice e vou consumir-me no Inferno
a minha mãe na Misericórdia ao contrário do que garantia o doutor
— Oito aninhos
e por conseguinte você curada mãe, você nova começando o jantar, nunca precisámos de um homem, tratámos da casa sozinhas, não consertámos a chaminé por nos faltar um escadote mas sacudíamos a toalha e o fumo sumia-se, era você que sacudia
— Não sabes fazer nada
e tinha razão senhora, não sabia fazer nada excepto consentir que me prendessem as coxas e me aleijassem a nuca, a minha palma a verificar a garganta
— O que é isto?
e um som a rasgar-me, a rasgar a azinheira
— Não dás pela azinheira?
a pele da casca, os ramos, era a azinheira que cantava, não eu, de modo que expliquei

— É a azinheira que canta

e a minha avó sossegada porque é a azinheira que canta, disse ao princípio que não sei o que se passa comigo, uma inquietação, uma febre e enganei-me, sei, aos cinquenta e seis, quase cinquenta e sete anos à espera de um cachorro e de uma voz de boneca

— Queria conversar consigo

quero a porta da garagem escancarada e o meu tio

— Alicinha

pronto a levar-me de bicicleta na direcção da manhã.

4

Desde há mais de sessenta anos e conhecendo de ginjeira a natureza das pessoas não peço a uma mulher senão que tenha a casa em ordem e me deixe em paz. Pouca conversa, um quadrado de açúcar no caso de se portarem com juízo e aí as temos como deve ser evitando que nos ponham o pé em cima que é o sonho lá delas convencidas que o mundo lhes pertence mas oitenta e cinco já cá cantam, sou uma rata velha, se levantarem o nariz finjo que não percebo e quando menos esperam nem são precisas palavras, basta um apertão bem dado e mais lágrima menos lágrima entram na linha outra vez, queres uma almofada para as costas, queres que feche a janela, nem um protesto se convocamos outra ao escritório que é o melhor que têm a fazer para viver em sossego e à noite a camisa de dormir levantada e o corpinho à espera, não exijo que me abracem, não lhes peço teatro, apenas que aguentem o serviço em silêncio, se afastem para o canto do colchão onde não dê por elas e nada na minha cabeça excepto os sobreiros novos e a ideia da morte

    (lembro-me do que foi com o meu pai a soluçar de medo, o camelo

    — Não me deixem sozinho não me deixem sozinho)

    e eu com vontade de bater-lhe envergonhado dele, a ideia da morte a enrolar-me as tripas e a certeza que Deus não somente não se rala comigo como não dá um tostão furado por mim, me esqueceu e ainda bem que esqueceu visto que fico à vontade sem me perder em explicações no género das que o meu pai exigia, ele antes da doença com o rei na barriga até o rei se cansar de estar ali mansinho, se tornar cancro e lhe dar cabo da bexiga e da próstata, o meu pai a perder a autoridade, a emagrecer, a apontar para as calças

    — Sinto um incómodo aqui

a ficar na poltrona a olhar a parede perguntando com bons modos

(pela primeira vez com bons modos)
— Achas que é grave tu?
convencido que era minha obrigação gastar tempo com ele como se não bastasse tomar conta da lavoura, corrigir-lhe as asneiras e pôr o pessoal em sentido, o meu pai a espalhar na secretária as análises do médico com a testa de quem observa o mapa de uma batalha perdida
— Compreendes estes números ao menos?
e um desmaio na voz que me agradava, bem feito, uma vacilação de pânico que me ia dando prazer, a cozinheira a interrogar-me com as pálpebras, mais nova que eu, toda anéis, toda luxos, um andar em Vila Viçosa, uma terrinha em Reguengos, avisei-a com as pálpebras também e a sirigaita a entender e a desaparecer-me da vista
— Já te prego a tua dose descansa
o meu pai a entender igualmente mas a segurar-se vá lá porque o Inferno assusta, nisso estamos de acordo, a carne dos ombros dissolvia-se em caroços e demasiado colarinho para o pescoço que tinha, um soprozito infantil que implorava mentiras
(— Sê bom rapaz e mente-me o que te custa mentir
o camelo até que enfim debaixo da minha asa
— O que te custa mentir?)
— Achas que é grave tu?
e a enganar-se no choco porque não nasci para galinha, eu sem necessidade de compreender as análises para compreender a doença, apontei um dos papelitos ao calhas numa severidade de doutor
— Esta não está grande coisa coitada
peguei numa radiografia de modo que tombasse no chão e o meu pai sem conseguir agarrá-la como se a vida dele dependesse de lhe estacar a queda, desistiu dado que a radiografia deslizou no tapete e o camelo a odiar-me, só faltou que me acusasse de conspirar com a bexiga e a próstata, nós três unidos no propósito maligno de lhe estragarmos os dias, informei-o ao ir-me embora para colocar alguma energia na preguiça do feitor ocupado a coçar o umbigo seguindo de mão em pala a flutuação dos milhafres
— Se estivesse no seu lugar ia encomendando o caixão
e o camelo pendurado em mim a dilatar-se de terror, gastou três meses a rezar terços ele que nunca rezava, de contas

escondidas no bolso para que eu não desse fé e a convocar o padre encarregando-o de benzeduras e missas apresentadas depois do enterro numa factura à parte, pelo sim pelo não esclareci o padre no corredor a ajeitar-lhe o bracinho

— Nem sonhe que lhe pago

e deixei-o a massajar gorduras e de osso amolgado para se recordar melhor enquanto eu descobria agradecido que a doença do meu pai, para além de me ajudar a respirar, me tornava mais firme, o feitor também achou quando lhe torci o gasganete e acabei com os milhafres ele que um ano ou dois antes, por culpa do camelo sem noção das hierarquias ou desprezando o filho, me tratava por tu

— Tu isto tu aquilo

eu caladinho a aturá-lo

— Hás-de ver

e graças ao auxílio da bexiga e da próstata, a quem retribuo a amizade, viu mais cedo que esperava, ainda experimentou o tu a abanar-se como um frango

— O que é isso garoto?

ora vermelho ora pálido e não veias, fios de corda, sem lograr sacudir-me até perceber quem mandava

— Sim senhor sim senhor

detestando-me conforme eu aprecio, a estudar a traqueia a ver se lhe faltavam peças e a ajustar o que sobrou da camisa, talvez devesse ter-lhe arrancado umas dobradiças para que me detestasse mais, detestem-me à vontade e arranjem úlceras se lhes der na gana desde que marchem pianinho, encontrei-o no dia seguinte a conspirar com o meu pai no escritório, o feitor de boné na cabeça e o camelo de palma no umbigo a amansar as cólicas e mal me notaram nem pio, angelicais, inocentes, um deles arredou-se da poltrona num saltinho pesado e o outro começou de imediato a reunir as análises, batendo-as num tampo para acertar os bordos, apesar de nos caixilhos o negrilho que plantei em criança e me amolece o coração fui-me chegando ao feitor até o boné desaparecer da cabeça e o arrumar contra o peito

(adivinhava a cozinheira na despensa a detestar-me igualmente e a trocar loiças de prateleira não suspeitando que mais minuto menos minuto receberia a sua dose) e o meu pai a aperceber-se não apenas de quem mandava mas de quem não tocaria numa palha para lhe impedir a morte, a minha mãe faleceu quando eu nasci e quantas vezes à noite

não vou entrar nesse assunto, enquanto o negrilho existir cá me vou aguentando, recordo-me de ser miúdo e dizer-lhe, comovido e cretino

— És a minha mãe agora

quando não necessito do negrilho para nada, amanhã a fim de acabar com as pieguices pego no machado e corto-o em dois golpes, a minha mãe afinal uma mulher nem melhor nem pior que a cozinheira e a restante pandilha

(por algum motivo casou com o meu pai)

se tivesse vivido eu às turras com ela

— Não me aborreça cale-se

e em certo sentido prefiro que defunta do que a perseguir-me com lamúrias até à porta da rua sem força para mandar cantar um cego

— Põe o cachecol que está frio

— Não comeste os ovinhos

e palermices deste tipo, julgo que me livrei de boa, ninharias, exageros

— Porque não ligas à gente?

ao passo que o negrilho não repara no que visto, no que como, não me solicita que o regue

— Porque não me ligas a mim?

não se queixa de parasitas ou bichos, fui eu quem os topou ao dar com as folhas escuras e os botões a secarem, o camelo nas minhas costas arregimentando o feitor

— Olha o paspalho a tratar da namorada Belmiro

e eu a aguentar conforme aguentei a cozinheira, a dona do cabeleireiro e a ruça da capelista que me bicavam na herança, uma pulseira para a esquerda, um secador para a direita, se comprava o jornal era o anel de noivado da minha mãe que me entregava a demasia e nem cachecol nem ovinhos, uma mudez de troça, há alturas de fraqueza, não sei, em que imagino a minha mãe diferente das colegas mas depressa compreendo que o mesmo molde fez a raça inteira e para quê perder tempo a esmiuçar entre elas, continuo a andar que remédio, qual continuo a andar que remédio, piso as semanas com energia a enxotar tolices, logo que meses depois o camelo confinado à poltrona, esquelético, amarelo, com um tubinho na boca e um tubinho nas partes, cobarde até ao fim

(— Tem a certeza que era meu pai você?)

— Não me deixem sozinho

ordenei à cozinheira que viesse ao escritório para o acompanhar nas maleitas, ela com ganas de matar-me que é como prefiro que sejam, agradam-me o temperamento e a raça antes de lhes quebrar a espinha e quebrando-lhes a espinha uma mansidão que dá gosto, o meu pai mirrava nos tubos e a cozinheira de espinha por enquanto intacta e vai daí com maus modos

— O que foi?

eu como se não a ouvisse a arrastar o tripé na direcção da poltrona

(e lá fora o negrilho a aprovar-me, talvez não me cansasse dos seus zelos mãe, dou licença que me ocupe um ângulo da memória na condição de que ao dizer um ângulo é um ângulo, não pense que me comove, não comove nem meia)

a arrastar o tripé na direcção da poltrona em que os olhos do meu pai a boiarem não no lugar deles, nas bochechas, regressando de um sítio onde escuridão, desgraças

— Achas que é grave tu?

e a cozinheira a aperceber-se de que madeira eu era, lá se iam os andares, a terrinha e mesmo assim a hesitar, a teimosa, eu baixo que nunca fui de gritos para além de não valer a pena gastar pulmão com os outros, estica-se a rédea para aqui e para ali e se as mulas obedecem porque não hão-de as pessoas obedecer também, limitei-me a mostrar-lhe o tripé com duas palmadinhas no tampo e os dedos do meu pai fecharam-se e abriram-se, a cara dele menos imbecil que eu pensava

(cumprimento-o por isso senhor, parabéns)

a antecipar o resto do filme, talvez que nos pudéssemos ter entendido um com o outro, acho que não, provavelmente, não sei, de qualquer forma a oportunidade passou, tarde para o camelo e tarde para mim, acabou-se, portanto o meu pai a antecipar o resto do filme e eu divertido com o montinho de tíbias na poltrona que o pijama embrulhava, incapaz de impedir-me

(se nos pudéssemos ter entendido ficaria feliz?)

de participar à cozinheira numa amabilidade de parente

— Agora ficas aí a escoltar o teu noivo

o escritório cuja mobília me apressei a mudar consoante mudei os quartos, a sala, humilharam-me demasiado naquele excesso de trastes que na própria manhã do funeral mandei queimar no pátio, como estava ainda fresco no cemitério esperei que o meu pai se enraivecesse com as labaredas ele que nem um gavetão comprou à minha mãe quando lhe levantaram os restos, uma simples placa no muro onde encontrasse o seu nome, nunca fui homem de saudades e todavia umas flores não me custavam por aí além, passou-me pela cabeça falar com o guarda e colocar a placa mesmo sem restos dentro mas não me apetece que me venha a infância à memória e com a infância eu à janela a observar a chuva ou de dentes no travesseiro a morder recordações que em certas alturas me assustam, não mencionando o vento a impedir-me de dormir no inverno e a minha mãe à procura de compartimento em compartimento sem lograr encontrar-me, ontem pensei que ela numa pausa das telhas e um pássaro desbussolado que as nuvens ou as copas das árvores desviaram

(não o negrilho que não engana ninguém)

um falcão-peregrino que a lua acordou e os dentes no travesseiro a morderem-se a si mesmos, mas deixando isto de parte e voltando ao que interessa a cozinheira só uma pontinha de nádega em metade do tripé jurando-me pela morte que bem o notava na firmeza das costas, comigo a verificar

— Ao menos de garupa és uma égua decente

e a perguntar-me em que raio de buracos o camelo as pescava, os olhos do meu pai filaram-me um instante e antes de me triturarem

(eu a lembrar-me da minha mãe

— Nem uma lousa hás-de ter)

perderam-se, preocupei-me com solicitude

(quem renega a família desmerece ter alma)

— Sente-se desamparado senhor?

e logo as costas da cozinheira um sobressalto de fúria, o camelo remou na minha direcção para se vingar de mim, levantar-se da poltrona, bater-me e continuou imóvel de narinas grandes e a seguir pequenas e as costelas desordenadas cada qual por seu lado, se fosse capaz de falar exigia que me contasse

— A minha mãe como era?

dado que nem um retrato escapou, descobri num cesto um álbum de fotografias a que faltavam imagens e no espaço das imagens que faltavam nódoas brancas de cola, pode parecer idiota

(a mim parece-me idiota)

e todavia demorei o polegar nas rugosidades da cola

— Não dá por mim mãe?

suponho que a minha mãe de primeira comunhão, a minha mãe com os meus avós, a minha mãe com o meu pai em Portalegre

(cidade toda torta)

de férias com um vestido estampado, mesmo hoje aos oitenta e cinco anos a minha mãe em Portalegre com um vestido estampado no sorriso de acanhamento que as máquinas provocam, partes importantes desfocadas, partes sem importância

(uma manga, uma sandália)

nítidas, uma mancha na cara a distorcer a boca, a sua boca não assim, arrede a mancha mãezinha, fotografias que envelhecem as pessoas, as engordam, as mascaram, cada fragmento de cola

(alguns deles o camelo raspou)

a minha mãe gorda ou magrinha, acho que magrinha, pequena

(eu que prefiro mulheres grandes)

de maneira que para ensinar o meu pai a não roubar o que é meu abandonando-me meia dúzia de crostas em folhas de cartão disse à cozinheira que ia esticando o avental na fantasia de esconder as pernas

— Vem lá acima ao meu quarto

(até nisso o camelo um espertalhão das dúzias, tiro-lhe o chapéu sem rancor, não apenas égua na garupa, égua também nas pernas, se não estivesse inclinado a morrer e o médico

— Uma semana no máximo

o doutor que nunca acertou em nada nem sequer na esposa que o trocou por um guarda-florestal e se desvaneceu em França mais a conta do banco ocupava eu o tripé e não lhe dava descanso enquanto não me ensinasse os truques)

meia dúzia de crostas em folhas de cartão e por conseguinte bem feito que a língua a lutar com o tubo

— Que insulto me chamou pai?
à medida que a cozinheira galgava as escadas com os tornozelos de égua e um baloiçar de coxas que garantia bom sangue, apontei o quarto do meu pai em lugar do meu quarto no receio que a chuva me gritasse aos ouvidos, com a chuva a infância e com a infância desconsolos, terrores, a santinha à cabeceira

(a minha mãe a santinha de mãos postas, sofrendo)

e eu ajoelhado a pedir pela gente, por mim, o pânico de que ao levantarem-me no cemitério me perdessem os restos e por não haver restos não tinha havido eu, ninguém que me oferecesse narcisos e repetisse o meu nome

— Este quem era?

uma pausa

— Não faz diferença

e eu esquecido para sempre, um falcão-peregrino ou um defunto sem placa nos novelos do nada, no quarto do meu pai nem santinhas nem orações, móveis imensos, negros, a caçadeira no armário e o camelo no rés-do-chão a castanholar as gengivas

(nem uma lápide hás-de ter)

segredando para mim numa guinada de terror

— Achas que é grave tu?

não se incomodava com a minha mãe, não se incomodava comigo, via o caixão, a água benta e ele sem conseguir defender-se, algemado no terço

— Achas que é grave tu?

na ilusão de ganhar alento, curar-se, tranquilize-se com a cozinheira pai que eu resolvo isto em sua vez, nem sequer fecho a porta a fim de poder inteirar-se, vazado na poltrona, de que cumpro o serviço, na janela os gansos selvagens a caminho de leste, o feitor a dar por mim e a estreitar a voz, aconselhei-o a barbear-se antes de me bater à porta, a não roçar a mão nas criadas e o sabujo

— Patrão

não para o meu pai, aqui para o rapaz, participei-lhe com uma cotovelada de camaradagem entre machos

— Quando tiver vagar dou um menino à tua filha

não à sua, acabaram-se as cerimónias, um menino à tua filha, o meu pai bateu a bota, és empregado meu e o sabujo de acordo que lhe entregasse um netinho sem papel nem igreja para mudar as fraldas, ir a Évora à bicha das vacinas demorar uma manhã inteira e um bocado da tarde e biberões e calor, o sabujo sem hesitar

— Sim patrão

do quarto do camelo os gansos a caminho de leste, de tempos a tempos, por desfastio, eu um tirito ou dois e assisto ao despenhar de umas pedras de penas ou seja em lugar de asas fardozitos que caem e deixo os corpos aos cães

(carne amarga, venenosa)

eles que os despedacem, lutem, aprendam a ganhar a vida ameaçando e rasgando consoante eu aprendi a afiar os incisivos, infelizmente não existia o negrilho desta banda da casa, o poço sim, a horta, o lavadouro deserto e não sei porquê tudo aquilo, embora ao sol, a entristecer-me, onde terei ido buscar esta melancolia que gaita, a cozinheira nas imediações da cómoda que a minha mãe trouxe de enxoval e em que o espelho dela, o perfume, caixinhas a fingir de prata onde as mulheres amontoam parvoíces que não valem um caracol, cartas, fitas, misérias que as tocam

(nunca vos hei-de entender)

a minha mãe mulher e portanto parvoíces de mulher, uma madeixa num envelope com Pharmacia Gonçalves impresso e eu com ciúmes da madeixa, de quem era confesse, não desvie os olhinhos, se a minha mãe comigo afundava-me nos olhos dela como os falcões ao descobrirem um pinto

— Não minta

a cozinheira, a égua, com o tecido da camisola a ceder

— O que foi?

ela de certeza uma caixinha, não há mulher sem caixinha, uma madeixa atada numa guita e cabelos que o tempo descoloriu a desfazerem-se em pó

— Não mintas

para além da cómoda o cabide com o casaco de bolsos cheios de palitos que o meu pai usava em casa no verão

(o mesmo que trago agora)

para instalar-se no alpendre a murmurar sozinho, se por acaso eu com ele voltava-se para mim, dava idéia de ir falar mas trocava de palito e estrangulava os murmúrios, quando parti a perna rondava-me à distância

— Não dói?

topava-se que a boca

— Não dói?

a formar as palavras e nenhum som o camelo, designava-me ao feitor

— Partiu a perna o medricas

e no entanto uma inquietação, um alarme

(como se isso me importasse, não me importava um tuste)

escutava-o a empurrar o doutor para o escritório e a fechar a porta num pingo de voz

— Vai ficar bom não vai?

enquanto para mim com desprezo a passar-me de largo

— Partiste a perna medricas?

a cozinheira dezoito anos e um relento de mato, tudo elástico, firme, hei-de pôr-te a rodar no picadeiro e ensinar-te a comeres-me na palma

— Ora toma

de quem era a madeixa confessa, não jures pela tua saúde, não mintas e devo ter falado alto ou então o meu pai falou alto pelo tubinho da boca porque a cozinheira surpreendida

— Partiste a perna medricas?

comigo ensurdecido pelas buzinas dos gansos, a minha mãe no cemitério a alimentar a terra, que plantas é você agora senhora, que arbustos, as ervas que o jardineiro ia ceifando com a máquina

(a minha mãe num balde)

e queimava depois a temperar os malmequeres com as cinzas, a camisola da cozinheira cedia e a nuca e o pescoço não morenos, brancos, arteriazinhas, tendões

(a minha mãe arteriazinhas, tendões?)

você é esperto pai, cumprimento-o, eis o cheiro do refogado na colcha

(não vou abrir a cama de propósito para uma mulher se deitar)

o quadrado de açúcar recebido de joelhos

— Ora toma

e de repente o quarto povoado de cómodas a que faltavam puxadores e ornatos, nas cómodas fotografias arrancadas do

álbum que se percebia pelas nódoas de cola, fundos de jardim em que um sorriso desfocado e uma sandália nítida, a minha mãe um sorriso e uma sandália, móveis imensos, negros, no interior dos móveis vestígios de traça e as cruzetas desertas, a caçadeira no armário com as iniciais do meu pai, és um ganso da lagoa, repara como despenhas na horta o bico aberto, as patas, eu a prender a cozinheira esquartejando-lhe as ancas
— Lanço-te o corpo aos cães
e não era isto que eu queria, juro por Deus, tenho medo, sou criança, mordo o travesseiro com força, observo a chuva cair
(se sonhasses o que dói a chuva)
queria o camelo a fechar a porta do escritório e o pingo de voz
— O meu filho vai ficar bom não vai?
o meu pai que se interessa por mim, gosta de mim, aflige-se, quando fazia exames na escola a expressão dele
— Então?
queria o meu pai com saúde, sem tubos
— Achas que é grave tu?
mandou abater o macho que me quebrou a perna, entrou no estábulo e comandou ao feitor
— Não com a espingarda com o sacho
o sacho nos joelhos e o animal tombado, a espingarda depois, isto é o meu pai
— Agora sim a espingarda
e as rolas do tecto esparvoadas de susto, as narinas de macho da cozinheira arredondadas, pálidas não
— O que foi?
obediente, feliz, a pensar que lhe não tocava no andar de Vila Viçosa e na parcela em Reguengos, bastou pôr-lhe o pé em cima e é evidente que feliz, no rasgão da camisola a medalhinha num fio, procurei na algibeira uma das mais pequenas, separei-a das restantes e fechei-lhe a nota na mão
— Compra uma camisola em condições põe-te a andar
na varanda o sobrinho do feitor a consertar a cerca e o baque das marteladas muito depois do gesto, fazendo-me pensar que somos bonecos sem sentido a esbracejar em vão, a cozinheira foi-se embora
(égua, égua)

sem consertar o avental nem alisar o cabelo, se calhar ela à noite a rezar igualmente dado que ao entrar na igreja só lá acho mulheres a bichanar às imagens, estendem-lhes círios que gotejam nas toalhas crostas de cola de retrato e o meu pai cujas unhas cresciam mais que se tivesse saúde a lutar com as costelas, o enfermeiro

— Veja se pára com a língua

vertia-lhe no tubo com um funilzinho uma espécie de caldo e apesar do funil os olhos seguiam a cozinheira sem se demorarem nela e pegavam-se a mim

— Bandalho

antes de murcharem, partirem, um ramalhete de tíbias sacudiu-se e acalmou, devia ajudá-lo convocando o feitor

— Não com a espingarda com o sacho

e mal o feitor acabasse com o sacho

— Agora sim a espingarda

quem me afiança que o camelo não o sacho com a minha mãe, a cozinheira lá dentro mais as duas colegas e nem um ruído para amostra, uma delas a filha do feitor

(— Quando tiver vagar dou um menino à tua filha)

a outra nesta casa desde que me lembro de lembrar-me, instalada numa cadeira de baloiço a animar o fogão mesmo sem brasas dentro com um abanico de verga, conheceu os meus avós acho eu, conheceu a minha mãe tenho a certeza, uma ocasião ela para o meu pai

— Cala-te

e o camelo sem coragem de enfrentá-la, não o tratava por patrão, tratava-o por tu, dizia-lhe

— Traz isto traz aquilo

e o meu pai trazia, dizia-lhe

— Emagreceste

e o camelo reforçava o ensopado e comprava-lhe prendinhas nas feiras, xailes, guloseimas, criou-o dado que o meu pai para o feitor

— Criou-me

ralhava-lhe pelas amantes num cacarejar de lata

— Não tens vergonha tu?

uma tarde dei com o meu pai a compor-lhe a gola e a acariciar-lhe a mão

— Nunca me faltes

e afinal o meu pai, não eu, um medricas, debilidades com as criadas e detestei-o por isso

(não detestei, desprezei-o)

a criatura sem idade a animar o fogão mesmo sem brasas dentro, faleceu de nada, não acordou, foi assim, e o camelo um mês inteiro a assoar-se, antes de não acordar referi-me à minha mãe e o abanico mais depressa

— Larga os defuntos em paz

se ela criou o meu pai quem me criou a mim, ao camelo deram-lhe atenção e perderam tempo com ele, a mim umas oliveiras na herdade e a idéia da morte a enrolar-me as tripas, o negrilho que me não responde às perguntas e toda a santa noite uma telha aos gemidos, se pudesse explicar isto a uma pessoa qualquer, por exemplo à cozinheira, segredar-lhe

— Ouve

e contar mas com as mulheres pouca conversa, um quadrado de açúcar no caso de se portarem com juízo e acabou, oitenta e cinco anos já cá cantam, sou uma rata velha, ocupo a poltrona do meu pai não de pijama, de fato

(eu não morro)

sem tubinhos na boca nem nas partes, o feitor no cemitério pouco depois do camelo, o estábulo deserto, a casa sem ninguém, a caçadeira acolá porque os gansos, resistentes como eu, buzinam de manhã na direcção da lagoa, sinto os cães e não a tiro do armário, despedacem-se uns aos outros no pátio, a cozinheira fora da muralha visto que a visitei um dia com umas lambisgóias da cidade, joguei moedas a uma criança que ela enxotou para mim e a lambisgóia ao meu lado

— É tua filha aquela?

a cozinheira despediu-se sem uma palavra, chamei-a e não atendeu, tornei a chamá-la e um pássaro da noite a roçar na janela

(um falcão-peregrino?)

dava-me jeito o meu pai

— O que é que eu faço paizinho?

uma opinião, um conselho mas o meu pai uma gaveta no muro que não visitei nunca, pelo menos os ossos lá dentro enquanto a minha mãe sem ossos, uma caixinha que guardei na cave no meio de lustres depenados e o presépio de eu pequeno a que faltavam pastores, observo a chuva da varanda e o que sobra do armazém onde nenhuma rola já, ficam as rãs do charco cada vez mais exaltadas quase a comerem a gente, um dia destes, vão ver, uma delas dá dois saltos, chega à minha beira e leva-me, para além das rãs plantas de acaso, giestas, o negrilho torresmos em que meia dúzia de folhas

    (não folhas, os nozinhos de um galho)

    ilusões de que a gente se serve para continuar, o camelo por exemplo

    — Achas que é grave tu?

    na mira que eu

    — Qual grave?

    e nenhum tubo afinal, a próstata em sossego, qual grave, tantas madrugadas de caça à minha espera ainda, perdizes em Montemor, coelhos no Redondo, o medricas do meu filho sem iniciativa, um inerte, mal o macho o sacudiu em lugar de o meter na ordem a perninha partida a dar-me cabo dos nervos com o toc toc da muleta, o feitor a concordar comigo

    — Não recebeu nem isto de si

    e não recebeu é um facto, azar dele, olhava a chuva, rezava, quando a mãe engravidou o médico preveniu-me

    — Cuidado

    dado que não sei quê no peito, a mãe olhava a chuva também e se por acaso me olhava dava a impressão que eu chuva, não uma pessoa, chuva, uma coisa que ia tombando e lhe não dizia respeito, perguntava fosse o que fosse e moita, não zangada, esquecida, a auscultar-se a si mesma, o próprio ventre, a criança, a entender-se com ela conforme as árvores se entendem com a terra num idioma que nos escapa sem relação connosco, não me recordo de lhe escutar o meu nome, recordo-me de uma caixinha na cómoda com esse lixo das mulheres, cartas fitas pagelas, um sujeito de dragonas

    — O meu tio

    e nunca acreditei que tio porque o sujeito não um parente para ela, um homem, uma noite em que me julgava a dormir surpreendi-a a beijar o retrato, um nome

    (não o meu)

    e saudades, promessas, ao deitar-se tentei tocar-lhe e afastou-me

— Perdoa

não repugnância nem zanga, distraída

— Perdoa

na altura do parto, em dezembro, o céu tão baixo que o tocava com o dedo, desarrumava as nuvens e punha-as logo nos ganchos o melhor que podia antes que o doutor reparasse, nuvens com uma argolinha para a cabeça dos pregos, estava a corrigir a última e a verificar se direita quando o médico me sobressaltou no escritório com as mãos pingando dedos e membranas rosadas

— Se fosse a si vinha ao quarto

e não reparei na minha mulher nem no meu filho, reparei na caixinha não na cómoda, nos lençóis, o lixo que elas reúnem às escondidas em mistérios de tesouro, as tais cartas, as tais fitas, ninharias que qualquer homem desdenha, a minha mulher de repente com o nariz compridíssimo e a chuva da janela numa lentidão de plumas, não gotas, plumas que se amontoavam na mesinha dos remédios, um cotovelo a enxotar-me com dó de mim

— É a vida

e se as plumas não me enganaram deu-me a impressão que pela primeira vez o meu nome mesmo que o meu nome fosse

— É a vida

mesmo que o meu filho o filho do sujeito de dragonas sem nada no retrato tirando uma data que ela tentou apagar e se percebia, pela força do lápis, de oito meses antes

(não, de sete)

uma data de sete meses antes, a minha mulher, que não saía de casa, sempre nesta poltrona a fixar o céu aguardando que a chuva e eu em Montemor com meia dúzia de cães até que na primeira luz os pombos isto é fêmeas numa balsa a reunirem as crias e o grito do macho, ou seja do sujeito de dragonas no estábulo, entre as mulas e as vacas, a minha mulher não

— É a vida

a entender-se com ele conforme as árvores se entendem com a terra e não conseguia escutá-los porque os pombos, a arma, o rebuliço dos cães, um bando acolá no interior das mimosas, eu a troça de Évora, a criatura que ajudava o médico a coscuvilhar

sobre mim, o feitor nas minhas costas para o tractorista que lhe dava fé dos sinais
— O patrão
de modo que se compreende que ao fim de cinco anos ao levantarem-lhe os ossos ordenei
— Para a fossa dos pobres
e nenhuma placa no muro, nenhuma prateleira de flores, estrelícias rosas crisântemos, não insistas
— É a vida
cavem um buraco na fossa dos pobres e as cinzas dela e a chuva e o sujeito de dragonas e o estábulo das mulas e das vacas lá dentro, toda a chuva do Alentejo lá dentro e o cemitério e Évora e a casa, sepultem-me com a casa e já agora a cozinheira, é claro, para que aprenda a não se aproveitar de um velho com um tubo na boca e um tubo nas partes, cobarde até ao fim
— Não me deixem sozinho
isto à medida que o meu filho
(não meu filho)
num dos bairros de mendigos que prolongam a cidade na direcção de Espanha a parar o automóvel não numa estrada, num caminho ladeado de piteiras e desses pássaros de cauda comprida de que nunca gostei, diante do barraco onde a cozinheira
(que é feito dos tornozelos de égua, do temperamento, da raça
— O que foi?)
e com a cozinheira uma criança a abraçar uma forma
(onde pára a dona da capelista e a ruiva do cabeleireiro, não me deixem sozinho)
a forma a arrastar no talude, o meu filho
(meu filho?)
que sabe o que elas valem e lhes conhece as manhas uma moeda, duas moedas e adeus, uma das gaiteiras sem acreditar nele
— Tua filha?
(filha dele?)
ou então um falcão-peregrino que a lua acordou, a minha respiração a animar-se, os olhos a agarrarem-no um instante e a perderem-no, o que é isto que me sobe dos pés, das virilhas, a quem pertence esta voz sem repugnância, pensativa

— É a vida

e julgo que pertence a quem me tira os tubos da boca e das partes e a minha língua livre de modo que posso dirigir-me a quem me apetecer, sair desta poltrona e instalar-me no alpendre vendo as lâmpadas acenderem-se no celeiro, nenhuma pluma entre nós, o ar limpo, as rolas lado a lado na empena e na margem do charco a alegria das rãs.

Uma hora da manhã

1

Quando estou muitas horas acordada a sentir o tempo que não sei para onde vai no relógio eléctrico, sei que passa por mim num zumbidinho leve, começo a distinguir coisas no escuro, primeiro os móveis que deixaram de ser móveis e perderam o nome e depois o tecto, as paredes, o quadrado mais claro da janela e o rectângulo mais claro da porta esses sim ainda tecto e paredes e janela e porta e eu todavia perdendo-os também e a esquecer o que são, parece que a alma me sai num fuminho e tenho medo que não regresse mais, que ficando sem alma fique sem a minha vida inteira e continue a respirar como respiram as cortinas e as árvores que por mais que nos falem não as podemos ouvir, não nos preocupamos no caso por exemplo de se assustarem, sofrerem, não fazem parte de nós, andam por aí e acabou-se, quando estou muitas horas acordada a minha cara principia a tornar-se da mesma matéria que as tais coisas do escuro e deixa de ser cara, os braços deixam de ser braços consoante os móveis deixaram de ser móveis e perderam o nome

(o que chamar à minha cara, aos meus braços?)

a certa altura não vejo o tecto nem as paredes nem a janela nem a porta que aliás não dão para parte alguma a não ser para a noite, isto é um outro escuro em que barcos defuntos navegam um momento, lobrigo o meu passado mas fora da cabeça, distante de mim, e no passado a senhora do Pragal, o meu marido, a minha filha, não se trata de recordações melancólicas, pelo contrário, normais, quase felizes, a minha filha a aproximar-se e a sorrir, isto não em casa, no parque em que não há noite nunca e não perdemos a alma, há cedros, um velhote a soltar-se de um banco trepando a pulso pela bengala acima, não articulações, cremalheiras e de repente na expressão dele anos antigos, um papagaio de gesso numa gaiola, bailes de máscaras, touradas, o meu marido na praia a construir com a minha filha um muro contra as ondas que a enchente desfaz, julgo que o meu marido e não o meu marido, o homem que prometeu visitar-me e não visita e no entanto a minha filha tão arredia com os desconhecidos a habituar-se a ele sem estranhar, o quadrado da janela aceso se um automóvel na rua, não o automóvel do homem porque lhe conheço o motor, um automóvel qualquer a devolver-me um ângulo da moldura com rosinhas de cobre e acabando-se os faróis tudo tão vasto que horror, por um segundo a macieira que graças a Deus me abandona impedindo-me de me afligir e a boneca que não chega a formar-se na erva junto ao tronco, amanhã se os meus braços forem meus desço ao quintal a apará-la, na cave uma arca que empurram e ninguém lá em baixo, uma ocasião o meu pai tocou à campainha sem aviso

(— Como deu comigo senhor?)

avançou a esconder uma careta porque um estalo no joelho e um nervo a vibrar contraindo a bochecha, arrumou no sofá os pedaços das costas que ia empilhando um a um

(o terceiro demorou a encaixar, o ombro direito deu ideia de ir explodir e as sobrancelhas trocaram-se)

— É aqui que tu moras?

ou seja o meu pai um brinquedo a desintegrar-se num exagero de corda que ia perdendo membros, a mão poisada no sofá ali sozinha, sem ele, se eu lhe pegasse levava-a, não se compreendia o tamanho da voz que não ligava com a boca

(alguém falava por trás dele enquanto os lábios se moviam diferentes dos de dantes, torcidos)

— É aqui que tu moras?

e não desdém nem fúria

(— Pões-me nervoso tu)

um lamento

— Envelheci tanto não foi?

apanhou a mão e arrumou-a no colo preocupado que eu desse fé do lamento, quem falava por trás dele foi-se embora e em lugar de pronunciar as letras alinhava-as devagarinho, esta aqui, esta penso que ali, não estou certo, será melhor mais adiante, o meu pai a examinar a frase, a decidir que acabada, a hesitar

(estaria acabada pai?)

a virá-la na minha direcção

(— Deve haver sons errados mas percebes não percebes?)

e a frase cheia de espaços
— Há qua tos séculos fal ceu a tua ãe diz-m lá?
o ponto de interrogação mal desenhado e a minha mãe não como na altura da sua morte, muito antes, com uma bata de riscado de que mal me lembrava, sorri à bata compondo-lhe uma alça e ela a sacudir-se
— Deixa-me
proibia-me de me aproximar, de beijá-la, o meu pai outra mulher, a empregada do posto médico que cheirava tão bem, a minha mãe a detestar o cheiro
— Pivete de galdérias
quer dizer a invejar o cheiro e a detestá-lo por isso, a recuar diante do meu pai
— Sei lá por onde andou essa boca
devolvi a frase ao meu pai sem lhe perder um acento para o caso de necessitar deles, não se sabe, a minha mãe faleceu há onze anos senhor e uns parentes de luto cruzaram-se connosco a carregarem flores, um deles bebia de um frasco na esquina de um jazigo e com a morte da minha mãe faltava-me qualquer coisa que julguei que fosse ela e não era, era eu durante a minha vida com ela, os compartimentos aumentaram e sobrava-me sala e cozinha, pensei que nas algibeiras da bata, pendurada com os panos da loiça, o segredo do mundo e apenas molas de roupa
(uma delas partida)
chaves, facturas, experimentei mudar um vaso de lugar e ninguém protestou, objectos conhecidos de toda a vida que se tornavam estrangeiros, interroguei os parentes de luto
— Já se vão embora vocês?
o padre abençoou-me de longe no portão do cemitério depois de esvaziar a caldeirinha de água benta num canteiro a enfrenesiar os pardais, a minha mãe faleceu há onze anos senhor, perguntava-lhe
— O que se passa mãe?
e ela a procurar-me
— Não vejo
puxando o lençol com dedos que falhavam, isto não à uma da manhã como agora, se passasse do meio-dia era um minuto ou dois porque o relógio sete e treze, a minha mãe
— Chega cá

e eu encostada à parede, vontade de descer à rua, sumir-me, o meu pai a enganar-se nas palavras que me queria dizer e gastando as de outras conversas que lhe faziam falta
— Guarde-as que pode vir a precisar delas senhor
o meu pai
— Vi-me grego para descobrir onde moras
e eu a pensar a que cheirava a empregada do posto médico agora, ignoro se a reconheceria ao vê-la dado que pouco mais recordo para além do carimbo, uma blusa vermelha, uma prega no queixo, onze anos sem entrar no jornal e lhe pedir dinheiro pai, o andar em que morámos deserto e quase não me lembro de ter vivido connosco, de roupa de homem no estendal e eu admirada com as camisas e as calças, a minha mãe
— Não lhe toques que sujas
não tenho ideia de si, talvez da cama a estalar de noite e uma espécie de urgência
— Agora
mas se calhar não
— Agora
dado que o rádio ligado, memórias que se confundem, nenhuma roupa de homem no estendal, tenho ideia de chorar, não tenho ideia de estar triste, de provar uma lágrima que não sabia a nada, de forçar uma segunda lágrima para certificar-me, antes que a lágrima ao meu alcance
(sentia-a aproximar-se)
a minha mãe
— Assoa-te
lembro-me de nós no jornal, ela diante da secretária e eu a reconhecer a roupa do estendal com um gesto que negava por cima
— Nem a tua filha ajudas?
e a pessoa que
— Nem a tua filha ajudas?
a mesma que
— Agora
e nem a urgência nem o rádio, a minha mãe dentro de um soluço
— Agora
que reencontrei muito tempo depois

— Não vejo

a mesma ansiedade e a mesma pressa a puxar o lençol com dedos que falhavam, a puxar a casa inteira e não somente eu

— Chega cá

o papel das paredes, a tábua de passar a ferro, o quarteirão

— Cheguem cá

não chorei por não valer a pena, estava segura que as minhas lágrimas não sabiam a nada e já que estamos com a mão na massa a propósito de lágrimas

(— Vi-me grego para descobrir onde moras)

um nervo do meu pai arrepanhou a bochecha e a mão sozinha animou-se e esvoaçou na sala, julguei tê-la perdido e reapareceu no colo, uma das fracções das costas sacudiu-se antes de se ajustar de novo, cuidei que ia tirar dinheiro do bolso e entregar-me e nisto dei conta que não via tal como a minha mãe a arremelgar-se para mim

— Não vejo

via o meu pai a recolher camisas e calças e a entorná-las na mala, a roçar-me a palma no cabelo sem acertar no cabelo, acertava no ombro

— Filha

e retraía-se logo, hoje um velhote sem descobrir as palavras que devia alinhar letra a letra, de quando em quando um projecto de frase

— Tive saudades tuas

e a rejeitá-lo por não se tratar de saudades

— Não são saudades

da mesma forma que não desdém nem fúria

(— Pões-me nervoso tu)

aguardava que lhe respondesse e eu calada, não havia fosse o que fosse para dizer, dizer o quê, que camisas e calças num fio de estendal, que a minha mãe

— Deu-te o dinheiro ao menos?

a certa altura trocou o

— Deu-te dinheiro ao menos?

por

— Não vejo

a puxar o lençol e o mundo com dedos que falhavam, não nesta casa, na outra, nem para assoar-me

(— Assoa-te)

necessito de si, nunca chorei de tristeza, chorei a fim de provar lágrimas que não sabiam a nada, apanhava-as com a língua e uma gotinha insonsa de modo que quando foi da minha filha eu seca e se me tocassem no queixo percebiam que seca, não herdei de você um nervo que vibrasse arrepanhando a bochecha, não voltei uma frase que fosse na direcção de ninguém, fiquei no quintal a pensar tenho de cortar a erva, não pensava na minha filha, pensava tenho de cortar a erva, trouxe a tesoura e cortei-a enquanto eles no velório, eu à roda da árvore a cortá-la enquanto um cortejo de automóveis não sei para onde e se afirmo que não sei para onde é que não sei para onde, não me preocupava para onde, preocupava-me em cortá-la, enfiá-la num balde e a queimar rente ao muro, ao chegarem do cemitério queimava-a eu rente ao muro, o único assunto que me importava era queimá-la rente ao muro, sentia-os olharem-me sem levantar a cabeça dado que tinha de me certificar que nenhuma erva sobrava, eu o meu pai chapadinha mas talvez o meu pai não você, coloque os seus bocados uns em cima dos outros, deixe-me em paz, vá-se embora, meta na ideia que não penso em si quando estou muitas horas acordada a sentir no relógio eléctrico o tempo que não sei para onde vai, sei que passa por mim num zumbidinho leve e começo a distinguir coisas no escuro, primeiro os móveis que deixaram de ser, depois o tecto, as paredes, o quadrado mais claro da janela, o rectângulo mais claro da porta, a alma que se evaporou num fuminho e tenho medo que não regresse mais, que perdendo a alma perca a minha vida inteira e continue a existir conforme existem as cortinas e as árvores que por mais que nos falem não lhes prestamos atenção nem fazem parte de nós, a senhora do Pragal

— Ana Emília

(espero eu que a única pessoa com nome neste livro, a única autêntica)

o homem que apesar das promessas que faz nunca chega de Évora, depois do episódio da corda evitava a boneca e ao evitar a boneca ela a rodar, a rodar, a erva cinzas sem importância que a primeira chuva dissolverá amanhã, você pai dissolvido, tenha um bom resto de dia, suma-se, o meu marido vestido de mulher na esperança que eu o ajudasse

— Ana Emília

(serei a única pessoa com nome neste livro?)

e eu diante do guarda-fato aberto mal dando pelo homem que devia visitar-me e não visita, fitava a minha filha sem me perguntar, retirava um cabide do varão

(não vou ter sono a noite inteira, fico assim acordada)

e ordenava ao meu marido

— Põe este

outro homem que não encontrara antes e batia também a estender-lhe um brilhozinho na palma

— E os brincos?

a maquilhar o meu marido com o meu baton, a tentar enfeitá-lo com o meu anel

— Quem mais na tipografia a deixar ficar mal o Governo?

o meu marido ele sim, não o meu pai, com um nervo a vibrar arrepanhando a bochecha, o meu marido que trabalhava na polícia a deixar ficar mal o Governo, tipografias, panfletos e eu diante do guarda-fato como diante da boneca a pensar

— Tenho de cortar esta erva tenho de cortar esta erva

e erva nenhuma, o tapete, o soalho, o homem não em Évora, em Lisboa, o meu marido a apresentar-mo

— Um colega

(mesmo que dure milénios as minhas lágrimas não saberão a nada)

isto dois ou três anos antes de a minha filha nascer, rasparam na porta e era o homem

— O seu marido não está?

sentado onde o meu pai se sentava

— Vi-me grego para descobrir onde moras

o meu pai a esconder uma careta porque o joelho estalou

(o joelho do meu marido estalava também, de início não percebi que um martelo

— A enganar a gente?

eu diante do guarda-fato quase sem dar por eles

— Amanhã corto a erva

ou seja não dando por eles ensimesmada com a erva)
— É aqui que tu moras?
a reprovar-me os quadros e a mesa, se a minha mãe comigo de acordo com você
— Tão feio
não, a minha mãe a esgazear-se para o abajur
— Não vejo
e no caso de passar do meio-dia era um minuto ou dois porque o relógio sete e treze, encostei-me à marquise e as tipuanas
— Olá
não se assustam, não sofrem, estão ali e acabou-se, o homem para o meu marido
— Veste-te de mulher que a tua esposa gosta
e não era ao meu marido que ele pretendia humilhar, era a mim
— Porque te casaste com ele?
tinha uma irmã em Estremoz, anunciava
— Um dia destes visito a minha irmã
quer dizer um dia destes atravessava Estremoz evitando a irmã conforme parecia que me evitava a mim, sentava-se sem olhar, não
— Vi-me grego para descobrir onde moras
a detestar-me num silêncio zangado, a detestar a irmã, se mencionasse a minha filha
— Não me fales de mortos
ia-se embora de noite e sentia-o no quarto a recolher às escuras a gravata, os sapatos, enfiava uma ou duas notas sob o perfume da cómoda, ninguém me tira da ideia, a adivinhar pela atrapalhação, que não estava cheio de medo, eu que não aterrorizo ninguém e daí a pouco o corredor a existir, a porta da rua a existir igualmente, cinco ou seis passos nos degraus e acabou-se, nunca
— Precisas de alguma coisa?
um gatuno, mudava a cabeça para a sua almofada porque se a minha cabeça na sua almofada talvez conhecesse o que sente, o que quer, tive de esconder os retratos da minha filha visto que ele
— Os retratos

a cortar a erva em torno da macieira também, a queimá-la junto ao muro e de novo um cortejo de automóveis de luto a seguir sabe Deus para onde, ofereceu-lhe a boneca e a boneca assustava-o com uma coisa solta lá dentro, de metal ou de plástico, a conversar assuntos que a minha filha e eu não referíamos nunca, não havia segredos entre nós e no caso de haver segurava-lhe os ombros e fazia-a girar no portão da escola antes que a madrinha da aluna cega

— O que foi?

e não foi nada sossegue, estamos bem, nunca entendi o motivo das bonecas não sorrirem

(mostrarem-me uma boneca que sorria não um sorriso pintado, um sorriso de dentro, feliz)

expressões que fingem não compreender e compreendem, andam a par de tudo da gente, a minha filha tomava cuidado em não vir incomodar-me e se alguém em vez dela, a boneca por exemplo

— O pai?

a minha filha a disfarçar sacudindo-a

— Não apoquentes a minha mãe cala-te

no caso de rodar a maçaneta encontrava-a dobrada na cama a olhar o quintal, não propriamente a macieira, as árvores da China mais pequenas, mais frágeis, de florinhas cor-de-rosa

(uma delas secou)

ou a erva em redor dos canteiros, isto com doze, treze, catorze anos, igual às bonecas ou seja também quieta, parecendo que não entendia

(entendia)

e não sorrindo também, as flores das árvores da China a bichanarem confidências calando-se antes que a minha filha ou eu

— O que se passa aí fora?

quando o homem chegava de Évora armavam-se em distraídas e não merece a pena ficares nervosa que isto é um romance, inventaram-me e no entanto a minha filha, as flores, faróis que mostram o espaldar da cadeira e o reposteiro mais próximo do que eu julgava, acabando-se os faróis tudo tão grande que horror, o lavatório no canto oposto do mundo, o corredorzinho infinito

(— Quando acaba o corredor mãe?
— Não acaba)
se me visitassem hoje nenhum quadrado mais claro de janela, nenhum rectângulo mais claro de porta, o meu pai
— É aqui que tu moras?
e eu pronta a evitar que qualquer porção dele se desencaixasse da pilha, por que motivo as pessoas me aborrecem, insistem, a empregada do posto médico
— Como te chamas gaiata?
sem sorrir, o verniz sorria por ela, a boca autêntica quieta
(a boneca um dentinho, dois dentinhos, ela dente nenhum
— Tem algum dente você?)
a ameaçar em silêncio
(e no entanto acho que os fregueses do posto a ouviram e a prova que ouviram é que parados, atentos)
— Pões-me nervosa tu
na tarde em que o meu pai se foi embora ela à espera na avenida, a sombra primeiro horizontal e a seguir vertical ao encontrar uma fachada, a sombra do meu pai com a mala metade horizontal e metade vertical, a minha mãe desceu a persiana mal as sombras sobrepostas, quatro braços, duas cabeças, um corpo, ao partirem as sombras continuavam na rua, foram os empregados da Câmara que lavavam a noite com mangueiras numa fúria de ecos
(cada mínimo som a doer)
quem as enxotou de mistura com lembranças de cachorro na direcção da praceta, espreitei ao acordar e ninguém, o céu roxo, camionetas de fruta por enquanto espaçadas, a alma não me saía do corpo nessa época, protestava fechada e precisava de espaço para arrumar o que ignorava o que fosse e no entanto crescia, a minha mãe à mesa
— Que tens tu?
e um peso de viuvez sem defunto aumentando ao jantar, uma ocasião ou duas a suspeita que o meu pai no passeio e fugiu, perguntei ao sofá
— Era você senhor?

e a mão sem braço uma volta confusa, regressando ao colo toda dedinhos culpados

— Pões-me nervoso tu

o homem de Évora sem fitar a boneca

(as árvores da China a tinir, há-de haver um sininho no quintal)

e o tempo que deve ter passado a hesitar na loja, antes de hesitar na loja a hesitar na vitrine sem coragem de entrar, rezou para que a irmã não em Estremoz, a acompanhá-lo resolvendo o assunto sozinha

— Deixa-te estar aí fora

uma criatura forte que não tornaria a ver, de Estremoz lembrava-se de uma feira em pequeno, um cigano de bruços porque um tiro nas costas e o colete que inchava e desinchava à medida que o sangue, o meu marido ao espelho a mostrar-me um dos brincos

— Obrigaram-me a colocar isto olha

e os cotovelos do cigano no chão, terra no peito, na cara, cavalos assustados que esbarravam na cerca e a música a crescer, o cigano a fixar-se no homem, com tanta gente à volta, sem que compreendesse o motivo

— Porquê eu?

enquanto o meu marido ia caindo no espelho não por fracções como o meu pai, inteiro, fora do espelho desconheço o que se passava, o segundo homem

— Segura-o

o médico da polícia convidou-me a assinar um papel destapando a caneta

(uma caneta cara)

— Aqui está

a explicar não a mim, a alguém que não havia ao meu lado

— Um problema no coração que o seu esposo devia ter tratado senhora

e todo o tempo que esteve comigo dirigiu-se a alguém que não havia ao meu lado, no caso de eu ao meu lado desviava-se mais

— Se tivesse juízo tinha vivido algum tempo

os retratos de quem mandava, um guarda a escutar-nos da porta

— No seu lugar para sossego de todos não mandava desaparafusar o caixão

uma hora da manhã e eu acordada, a minha mãe a certa altura

— Falta muito para chegar o dia?

e ainda que quisesse não a encontrava na cama, o que sobrava mais lençóis do que carne, pregas de fronha, colchão, o meu pai a compor-se nas vértebras

— Há quanto tempo faleceu a tua mãe diz-me lá?

o tempo para ele sem relação com o tempo e demorei a compreender que procurava a minha mãe, não a mim

(— Pões-me nervoso tu?)

eu uma criança à espera no gabinete do jornal, subia ao primeiro andar sozinha, quedava-me à entrada a repetir instruções

— Não te esqueças de pedir o dinheiro

um telefone a tocar e eu a aproximar-me do telefone não nesta sala, a da esquerda, e a da esquerda vazia, enganei-me, a campainha uma parede mais adiante, no quarto seguinte, neste

(ia jurar que neste)

e nunca pensei que dois compartimentos fossem tantos, janelas para um lugar que não parecia Lisboa, prédios diferentes daqueles que vira na rua e o céu sem cor que não servia de nada, se as minhas lágrimas soubessem a alguma coisa aproveitava-as logo e chorava, o telefone interrompeu-se e recomeçou e em cada esguicho de campainha o meu nome

— Ana Emília

(pelo menos tenho um nome)

a certeza que a minha mãe zangada com a espera e portanto pedir desculpa, contar-lhe, um armário de súbito e desviei-me a tempo, por uma unha negra não conseguiu engolir-me, com um garrafão dentro esse engolido há séculos, eu com pena do garrafão

— Coitado

e o telefone a indicar-me caminhos errados contente que eu me perdesse

— Ana Emília

as águas estagnadas dos edifícios antigos, camas que desarmaram e no meio delas a da minha mãe num sopro urgente
— Agora
já que falei no
— Agora
tenho a impressão, quer dizer não estou certa
(eu com dois ou três anos, não mais)
que a vi nua uma tarde, um corpo monstruoso diferentíssimo do meu, adianto isto indecisa, não sei, eu a olhar a minha mãe e a minha mãe a olhar-me, depois pegou numa toalha e o corpo sumiu-se
(o meu corpo monstruoso hoje em dia?)
vontade de perguntar ao meu pai na esperança que me jurasse que não, uma partida da memória, uma mania minha
— Lembra-se do corpo dela você?
é possível que por estar acordada há muitas horas suponha coisas que não há, não leve a mal senhor, tornando ao que eu contava as águas estagnadas dos edifícios antigos, a minha mãe
— Depressa
à minha espera lá fora, em casa fazia renda e isso sim, é verdade e uma paz de silêncio, eu tranquila, as feições dela no seu lugar, por ordem e se levantasse o queixo desarrumava-se tudo, eu com medo que me perguntasse, conforme a dona Irene, a tabuada e os rios de modo que respondi logo
— Não sei
e a dona Irene ou ela desiludida comigo, a minha mãe à espera e quartos e quartos, graças a Deus nenhum cigano de cotovelos no chão, nenhuns cavalos assustados a esbarrarem na cerca
(uma e dez da manhã)
nenhuma árvore da China a tilintar sininhos, se por acaso uma boneca no fio do estendal corto a erva e acabou-se, a meio do corredor o telefone em silêncio ou demasiado remoto para conseguir ouvi-lo, um medalhão de ninfas de corpos monstruosos, sem toalha
(eu assim hoje em dia?)
e nisto ao insistir
— Onde ficará a saída?
(quando engravidei da minha filha sentia-me normal)

um sujeito a separar fotografias, cartas

— Reparou quem está ali senhor?

na janela a rua que eu conhecia e um cego num portal a murmurar ausências, a minha mãe quis fechar-lhe uma moeda na palma e o cego

— Não sou pobre madame

com que sonharão os cegos, o que vêem se dormem, o nariz ao alto a escutar porque ouvem com o nariz, se sonharem comigo como serei nos seus sonhos, como pensam na gente

(uma e vinte da manhã)

ao pensarem na gente, o cheiro da empregada do posto médico surgiu e foi-se embora e ninguém a carimbar num balcão, o meu marido

— O teu pai um jornal?

um domingo na pastelaria o mindinho dele no meu mindinho

(— O mindinho já está e agora?)

um sujeito a separar fotografias, cartas

(se eu fosse cega poupava-me a boneca a rodar, a minha filha não numa corda, viva, a boneca não fazia diferença que as bonecas não morrem e por conseguinte a erva do canteiro a crescer em sossego

— Cresce o que te der na veneta o que me rala a mim?)

um sujeito a separar fotografias, cartas

— Reparou quem está ali senhor?

(o cego à espera de quê?)

o meu marido avançou do mindinho para o braço, dois dedos, três dedos, podem não acreditar mas o relógio dele ensurdecia-me de tal forma que não compreendia as palavras, presumo que

— Reparou quem está ali senhor?

e o meu marido

— Pões-me nervoso tu

não liguem, troquei tudo, o meu pai à secretária sem um relance sequer

— Pões-me nervoso tu

punha-o nervoso desde que nasci, confesse, e no caso de ter gostado de mim porque deixou de gostar

— É aqui que tu moras?

uma e trinta e dois da manhã e quando estou muitas horas acordada principio a distinguir coisas no escuro, primeiro os móveis que deixaram de ser, depois o tecto, as paredes, o quadrado mais claro da janela e o rectângulo mais claro da porta ainda tecto e paredes e janela e porta e eu todavia a perder a ideia do que são, parece que a alma me sai num fuminho e tenho medo que não regresse mais, que perdendo a alma perca a minha vida e continue a respirar como respiram as cortinas e as árvores que por mais que nos falem não as podemos ouvir, estão aí e acabou-se, o meu pai

— Vi-me grego para descobrir onde moras

e que engraçado não acha, eu à espera de

— Pões-me nervoso tu

e vai na volta um cavalheiro de idade a esconder uma careta porque o joelho estalou

(não nos beijámos que ideia, nunca beijei o meu pai)

e um nervo a vibrar arrepanhando a bochecha, você que se estou muitas horas acordada me ajuda com a erva

(— Queres que te ajude com a erva?)

não a alinhar as palavras umas a seguir às outras, esta aqui, esta penso que ali

— Deve haver sílabas erradas mas compreendes não é?

o meu pai e eu a decidirmos

— Temos de cortar a erva

agachados no quintal enfiando-a num balde sem olhar a macieira ou a corda, quando muito

— Vi-me grego para descobrir onde moras

e para quê mais conversas, o sujeito a separar fotografias, papéis

— Reparou quem está ali senhor?

e estava uma mulher assustada com o açúcar do sangue

(— Vamos repetir a análise)

não uma criança à espera do dinheiro

— Deu-te dinheiro ao menos?

nem uma rapariga a quem um relógio de pulso ensurdecia, uma mulher que não se lembrava de si, não lhe sentia a falta

(— És o teu pai chapadinha)

e apesar de tudo o acompanhava às escadas, voltava para casa, poisava a mão sem braço no colo e ficava séculos na esperança que mais minuto menos minuto
(percebe a cena, não?)
batesse à porta pai.

2

Os cachorros devem ter desistido de rondar a garagem porque deixei de ouvi-los, não respondem das piteiras, aguçando-se para o alto, a latidos aguçados para o alto nas herdades vizinhas dado que os sons à noite têm uma nitidez e um alcance que me deixam de cara à banda de espanto, mais um mistério a acrescentar-se a tantos, o da Santíssima Trindade, o das sete diferenças entre os desenhos iguais da revista ou a claridade dos planetas extintos, nunca esqueci o professor que me contou desses calhaus à deriva e lá estão eles no quintal a empalidecerem a terra onde sepultamos os bichos, planetas mortos iluminando gatos mortos com o seu halo antigo, se caísse na asneira de entrar no meu quarto tu um gato morto na cama

      (porque casei contigo?)

e no que diz respeito ao alcance dos sons se tomasse atenção dava pela tosse da minha irmã em Estremoz e percebia-a à janela como eu mas em lugar de malvas uma travessa, uma esquina, contaram-me que solteira, que gordura no coração, um retrato meu na gaveta dentro de um envelope para não se gastar e apesar do retrato e de existirem camionetas para Évora não me procura, não escreve, soube que há anos, no início da minha época na polícia, antes dos comunistas virarem o mundo do avesso, um palerma a rondar-lhe a casa, um viúvo que morava duas ruas adiante e conversinhas, sorrisos, um gancho para o cabelo com umas flores à espanhola e a minha irmã que não percebia nada de enfeites ridícula de gancho, mandámos uma contra-fé ao homem, chamámo-lo à razão cortando-lhe a reforma

      (se alguém aleijou o velho por engano eu não fui)

e ele confessou o pecado e largou-a, a minha irmã de porta no trinco a aguardar um pigarrozinho, passos e ninguém, o viúvo consertou os dentes num mecânico amigo que os atarraxou à gengiva e a minha irmã acabou por se aferrolhar de novo, desiludida, mesmo a não sei quantos quilómetros podia escutar-lhe os silêncios dado que não se zangava contra a maldade da existência, na minha opinião fizeram-na da matéria prometida à recompensa eterna dos santos e no entanto

(aí temos mais um mistério, decididamente não me compreendo)

evito-a e fico a roer-me de solidão frente aos campos, a claridade dos planetas extintos embranquece-me os gestos, se o professor não tivesse explicado assustava-me

— Faleci?

eu que duro há demasiados anos à superfície do mundo e seja como for não incomodo muito, ocupo poucos metros, quase não me movo sequer, Lisboa uma vez por mês ao fim do dia para que não me reconheçam os inimigos da Igreja e do Estado que o médico me impediu de repreender

— É melhor não insistirem por hoje

e se vingarem de mim, Lisboa não derivado a uma mulher mas ao que sobeja da filha da mulher e se resume a uma macieira, uma boneca e uma espécie de orfandade nas coisas, não sei dizer isto de outra forma mas espero que inclusive os não emotivos a cujo grupo pertenço compreendam, portanto a macieira, a boneca e a tal orfandade nas coisas cuja companhia prefiro à dos viventes mentirosos e cúpidos, ressalvo a minha irmã que tomava conta de mim, dava-me de comer, me vestia, uma tarde uma espécie de beijo não na cara felizmente, fez menção de tocar a boca na minha cabeça e empurrou-me de imediato

— Some-te

recordo melhor as mãos a afastarem-me que a pieguice do beijo e agradeci-lhe mais tarde ao libertá-la do viúvo, um camponês desses que dormem com o gado, estava capaz de apostar que no género do meu pai, finando-se da laringe

(a filha da que me espera em Lisboa do marido, não minha)

a exigir água ou aquilo que o da cama vizinha interpretava ser água

— Dê-lhe água

e enganava-se visto que a água escorria para o queixo e o pescoço, se o tivesse prendido não durava nem uma hora em Peniche

(não tenho filhos e detestaria ter filhos)
o chefe a censurar-me com respeito, dava ideia que medroso de mim
— Não há maneira de aprender você
e que deslocado escrever isto com a paz dos campos lá fora, é óbvio que não tenho filhos, nem vale a pena mencionar a questão, a que dorme lá dentro, ao contrário, enternecia-se
(e não ponho o verbo no presente porque se resignou há séculos)
com a ideia de gravidezes, crianças, chegou a trazer um berço e a colocá-lo no quarto fitando-me com esperança, uma parte de mim principiou a rir sem que eu desse fé ou antes dei fé quando o corpo se lhe apequenou e dúzias de cotovelos a protegerem o nariz
— Não me batas
escuso de informar que na manhã seguinte o berço sob a claridade cada vez mais indecisa dos planetas extintos
(nem lhe chamaria claridade, um pavio que aumenta e se apaga, como podemos existir sem uma luz amiga a tomar conta da gente na escuridão final)
o berço a desmoronar-se arabesco a arabesco, sem esmalte, sem colchão, baloiçava um bocadinho de inverno com a chuva ou nem de inverno com a chuva, era a que dorme lá dentro
(ou faz que dorme, é-me indiferente)
a sacudi-lo às escondidas, incomodava-me vê-la aos cinquenta e seis anos, quase cinquenta e sete, caminhando através das malvas na direcção de ferros tortos e de restos de gaze, encontrar-me junto de feições que me esperam ainda, me desejam ainda, supõem que um dia destes um trambolho a crescer-lhes no ventre, primeiro membros e vagidos e logo a seguir ideias fixas, projectos, conheci-os às centenas na polícia onde entravam no meio de dois
(era o que me faltava um filho)
agentes com as suas ideias fixas e os seus projectos
(a lua um planeta extinto igualmente?)
que começavam a perder, de gatas no soalho
(as lâmpadas do tecto planetas extintos?)
antes do médico
— É melhor não insistirem por hoje

a que dorme lá dentro cuidando que a não notava no jardim enquanto os cachorros ao encontro dela como se um corpo aberto a agitá-los, uma vez por mês

(nem sequer uma vez por mês que a solidão das árvores da China esmorece-me)

chego a Lisboa, aguento um bocado por ali a evitar a boneca e venho-me embora antes que os planetas do bairro acabem e no entanto a macieira persegue-me, não bem a macieira, a recordação da mulher a cortar a erva em torno, todo o tempo que passei no cemitério cortou a erva em torno, os parentes despediram-se no capacho e a gente na marquise à espera que a filha entrasse em casa

— Boa noite

ou não

— Boa noite

a dar por mim e a trotar para o quarto, se fosse capaz de contar à minha irmã em Estremoz

— Passou-se isto

tocava-me com a boca na cabeça e empurrava-me

— Some-te

baixinha, grisalha, forte, conheceu a minha mãe e não falava nela, se pressentia uma pergunta dava-me logo as costas

— Não te respondo a nada

(que horas serão neste momento?)

ocupada a limpar o que já estava limpo, agora que somos velhos não me importava que em lugar deste escritório um cubículo em Estremoz desde que o timbre dos ruídos a assegurar-me

— Estás vivo

eu que tanto medo tenho de pegarem em mim e me afundarem na terra a falar da Ressurreição às minhocas, ser um bicho morto entre os bichos mortos que sepultei no quintal, aí vinha eu com o sacho a arrastá-los pela cauda

(arrastar-me-ão pela cauda?)

gatos, cachorros, periquitos, primeiro pesados, depois duros e leves, depois pesados de novo, a tartaruga que até hoje não compreendo, derivado à sua vocação mineral, se defunta de facto, quem me afiança que com as unhas negras não tenta regressar, deslocava-se pela casa em cautelas de antiquário e talvez prossiga a sua marcha obstinada no meio de caboucos, almas

atormentadas e esgotos enquanto a boneca me repreende da cómoda em Lisboa não se percebe de quê, talvez de um homem de blusa e saia que pede e se cala, um colega nosso a trabalhar contra nós
    (alguém tem horas certas por favor que o meu relógio parou, encosto-o à orelha e o pulsozinho estagnado)
    — Não
ou a respeito do qual convenci o que me acompanhou que se dedicava
    (tão pretensioso este verbo, que se dedicava, calcule-se)
    a trabalhar contra nós, aproveitei uma tipografia que conservámos para treinar os agentes, uns mapas e uma lista de nomes
    (o relógio parou, se me ajudassem, não importa quem, qualquer pessoa serve, a parar igualmente)
    e lá começou ele de língua pegada ao vidro a escorregar no espelho deixando um rastro de gordura de dedos e de névoa de bafo e a filha suspensa no umbral com os livros da escola onde se relatava o mistério dos planetas extintos
    (terei de insistir a vida inteira que nem um filho para amostra?)
    o que me acompanhou a interromper-se
    — A miúda
à medida que a gordura dos dedos continuava a descer, o colega amontoou-se no chão e os livros da filha a escorregarem também, além da filha a chaminé da fábrica de curtumes e um zimbório de igreja
    (zimbório é exagero)
    eu no passeio da loja de brinquedos sem coragem de entrar, se a minha irmã comigo resolvia o assunto em menos de um fósforo
    — Essa boneca aí não a trigueira a loira
e a empregada a trocar a trigueira pela loira, a aperfeiçoar-lhe o vestido e a fechar a caixa como fecharam a caixa à minha mãe rodando os parafusos e esmagando-lhe a cara, tive de pedir
    — Não a esmaguem
antes que a baquelite principiasse a estalar e a filha encontrasse uns tufos de cabelo e contas de rosário dispersas, a empregada a interromper o nó do laçarote

— Sente-se mal senhor?

e como poderia não me sentir mal com a minha mãe que me entregaram numa urna de cartão

— Tome lá

embrulhada numa fita lilás, o meu pai a acertar com o lenço e a mirá-lo espantado, a minha irmã

— É o seu lenço esfregue o nariz assoe-se

e ele sem entender as palavras a arremelgar-se para a gente, lembro-me de dúzias de bicicletas encostadas a um muro, da minha irmã a varrer a lápide aos sábados e do som da água nas jarrinhas a alterar-se à medida que enchia, o meu pai a caminho de casa a tropeçar nos lancis, volta e meia o lenço despontava do bolso e ele a mostrar-me o lenço

— O que é isto?

nunca se referiu à minha mãe, dirigia-se à minha irmã com um nome diferente, pasmava para mim

— Vocês moram aqui?

saía às perdizes e não se ouvia um tiro, acocorava-se numa pedra e íamos buscá-lo à noite enquanto a cegarrega dos insectos nos buxos, a minha irmã

— Pai

e ele vagaroso, dócil, o muro do cemitério sem bicicleta alguma, a claridade amigável dos planetas extintos a oferecer-nos acácias

(— Fiquem com isto)

e os gansos selvagens

(gansos selvagens no escuro?)

de regresso à lagoa, não gansos selvagens, corujas que se ocultavam na sinagoga velha, descobríamo-las de dia e um olho a crescer numa fenda, rodeado de pêlos sobre a curva do bico, a quantidade de animais que se me atravessaram na vida senhores, um cachorro a rosnar de garupa levantada porque desencantou uma cobra e a cadela a atribular-se com os tormentos do cio, a que dorme lá dentro esses tormentos também tão acordada como eu agora que o mundo

(um planeta extinto)

parece inclinar-se na direcção da manhã, vejo a bomba de gasolina, o telheiro e as carroças dos ciganos a caminho do Pólo, quase jurava que ela a espiar-me da cama não como se espia uma pessoa, como se espia um rafeiro, isto é como a cadela na garagem a medir presenças, vêm ter comigo, não vêm ter comigo e o corpo de bicho velho a aguardar, devia existir uma segunda garagem onde trancar a minha mulher proibindo-lhe os cachorros, o que te dirão no hospital, como olharão para ti, talvez que se esmagaram a minha mãe com a tampa do caixão

(não queria ir tão longe mas fui mãe, se não sou justo desculpe)

ela o haja merecido

(uma filha pior que um filho, sorte a minha não a tive, qual a forma de um pai lidar sem um chicote com os apetites do cio?)

consoante a minha mulher o merece a aumentar para mim, cheguei a suspeitar que a boneca a perseguir-me também com o vestidinho de pintas de modo que a estendi à filha da que me espera em Lisboa e recuei para o vão da janela no qual a macieira quase tocava os seus ramos e ao contrário do que esperava largou o embrulho na mesa e desandou para o quarto, ao poisar o embrulho o mecanismo da fala um balido indistinto, talvez o

— Não

do meu colega ao enodoar o espelho, um

— Não

que se calhar não entendi bem ou outra palavra não sei, o esvaziar da garganta antes da imobilidade final

(circularemos como a tartaruga no interior da terra, com as nossas unhas negras, em busca de uma ilusão do céu?)

prontos para o padre, o latim e as bicicletas encostadas ao muro dos que permanecem em cima, ao sair do gabinete o director a quem o

— Não

intrigava preveniu dos ficheiros

— Vais andar debaixo de olho rapaz

eu um pobre com umas traves de berço a apodrecer no jardim no meio das peónias e dos talos dos jacintos que não pegavam nunca, afigura-se-me que as traves oscilam porque uma criança dentro, debruço-me assustado, apercebo-me na que dorme lá dentro de uma guinada de esperança, certifico-me que vazio

(a que dorme lá dentro certifica-se que vazio)

e os campos graças a Deus tranquilos, no espaço de duas nuvens um dos planetas extintos isto é uma cintilação que se apagará em breve a trazer-me os ciganos e quando as cintilações se apagarem a gente invisíveis numa crosta de cinza, um milhafre tentando o voo no ar rarefeito e acabou-se a macieira, acabou-se a boneca, acabaram-se recordações que me custam e pode ser que nessa altura visite a minha irmã em Estremoz, a boca na minha testa sem empurrar-me
— Some-te
pode ser que me levantem do chão e me digam o que espero ouvir e ao mesmo tempo me assusta ou nem o que espero ouvir, basta-me um sopro na orelha
— Tu
para que o meu bafo deslize de todos os espelhos quase a sorrir, contente, a minha irmã a ajeitar-me a coberta
— Tu
ela que dava a impressão de desconhecer o meu nome, ninguém pronunciava o meu nome e tantos mecanismos da fala ao mesmo tempo
— Tu
(creio já haver dito que o relógio parou, uma e tal da manhã pelo contorno das copas)
conforme me apetecia
(continua a apetecer-me)
dizer à filha da mulher
— Tu
a desculpar-lhe a corda do estendal e a expressão que em lugar de afirmar como em geral os defuntos, tão autoritários, tão seguros de si, ia fazendo perguntas, as mesmas que de há anos a esta parte não parei de fazer, se conseguisse emudecer no interior de mim e esta vozinha
(da minha irmã, da minha mãe, da que dorme lá dentro e não se cala nunca
— Porque não te calas nunca?)
cessasse, ao poisar o embrulho da boneca na mesa um balido indistinto
(um dos cachorros, o amarelo que os grandes impediam de rondar a garagem, assomou ao peitoril pronto a lamber-me a mão e eu quase agradecido, agradecido é exagero, a abando-

nar-lhe a palma como a abandonaria à que dorme lá dentro, há momentos de fraqueza em que tendo a perdoar-me e consentimentos, tolices)

o embrulho da boneca na mesa um balido indistinto, a que me espera em Lisboa pouco habituada a emoções

(eu é que pouco habituado a emoções, ela uma mulher e basta)

a vacilar de espanto e outra vez no espelho um bafo rosado, um

— Não

e uma saia a amolecer no tapete, a filha vinda do quarto a examinar o embrulho

— O meu pai?

nem sequer bonita, magrinha e no entanto

e no entanto uma ova, lá estou eu a deixar-me ir, não é debaixo do olho de coruja do director, é debaixo do meu que vais andar rapaz, ficámos na filha a examinar o embrulho

— O meu pai?

como se o embrulho

— Não

ele que apenas um balido indistinto e a que me espera em Lisboa a tocar na caixa e a retirar logo o braço, eu com saudades dos ciganos, dos campos, do empregado da bomba que me acenava adeus, até

(imagine-se)

da minha mulher ao chegar do hospital, a chave na fechadura, os passos, se decidisses partir provavelmente

(— Vais andar debaixo de olho rapaz)

se decidisses partir não me dizia respeito, malas no pátio, o autocarro e fico com a maçada de alimentar os cachorros e cuidar do cio da cadela, trago a minha irmã de Estremoz

(temos um quarto ao fundo)

perguntava aqui e acolá acerca de uma criatura baixinha, forte, de cabelo grisalho, com gordura no coração e pedia-lhe, eu que detesto pedir, que arrume os tarecos e se estabeleça comigo junto à campa do pai ela que se péla por lápides e regressando dessa forma ao início, uma família, eu pequeno, se por acaso a minha irmã a chegar-se ao que sobeja do berço nos seus ferros torcidos

— Não te quero aí fora

porque é difícil cruzarmo-nos com um berço sem a tentação de embalá-lo e além do mais uma coisa é embalar o berço e outra coisa uma filha

uma coisa é embalar um berço e outra coisa um filho, quem resiste, por exemplo, a aplicar um pontapé numa lata vazia, houve latas que pontapeei um quarteirão completo seguindo-lhes as cambalhotas com satisfação paternal e o receio de perdê-las numa valeta, num buraco, eu tentado a tocar no embrulho da boneca também, a filha abriu a caixa e a memória de um grito no interior de mim enquanto os parafusos iam apertando, apertando

— Mãe

porque ossos esmagados e a minha mãe a sofrer, quem me levanta do chão, quem apaga os meus medos

(uma e dezasseis da manhã acho eu, uma e dezassete, uma e dezoito, que injustiça a do tempo)

a bomba de gasolina deserta e a lanterna acesa entre buxos, candeeiros de aldeias no ângulo oposto do universo que ainda hoje suponho quadrado, qual redondo que teima, o que eu agradecia uma palavrinha de confiança, não exijo que de ternura, de estímulo

— Acreditamos consegues

e acreditar em quê se aquilo de que sou capaz é permitir que um cachorro, o mais estúpido de todos, me vá lambendo a palma, os outros ameaçam-me, rosnam-me sem que a minha irmã

— Cuidado

(mesmo em Estremoz o que lhe custava prevenir

— Cuidado)

tentam morder-me os malvados, pelo menos uma filha, pelo menos um filho poderia ajudar-me alertando

— Os cachorros paizinho

e correr com eles, interessar-se

— Sente-se bem você?

a guiar-me para casa, uma filha

um filho que compreendesse a gordura dos dedos e o bafo no espelho

— Era o seu trabalho senhor

sabendo que não era o meu trabalho, que trabalho, era o colega

— Não

de brinco a rasgar-lhe a orelha

(— É melhor não insistirem por hoje)

enquanto lhe carregava o sapato no peito para o obrigar a calar-se e a que me espera em Lisboa segurava os braços da filha

(não minha filha, Deus poupou-me ter filhas, uma e quarenta e um da manhã)

e girava com ela no portão da escola enquanto eu para o médico

— Não insisto descanse

e não insisto hoje nem amanhã nem depois, preencha-lhe a certidão de óbito e recomende à esposa que não descerre o caixão enquanto a claridade dos planetas extintos se desvanece por fim e tão escuro, eu não em Lisboa, em Évora sozinho, não nessa época, agora e bicicletas encostadas ao muro, pessoas vestidas de domingo a aguardarem que o padre terminasse os latins, a minha irmã a depositar-me na cova

— Ficas aí não te mexas

baixinha, forte, de cabelo grisalho, a acomodar-me melhor

— Não te mexas

e não me mexo mana, prometo que não mexo, talvez caminhe como a tartaruga de raiz em raiz numa esperança de dia e não haverá dia, acabaram-se os dias, há a lanterna da bomba de gasolina a dilatar o silêncio, insectos a romperem os ovos, um crescer de tubérculos, há vocês lá em cima sem que eu consiga escutá-los e a gordura dos meus dedos que vai baixando, baixando, não já no vidro, no sobrado e nas fundações da casa, num qualquer lençol de água que o vedor não achou, há uns jazigos à deriva, uns choupos, eu na mesa da sala com um mecanismo solto de metal ou de plástico a chocalhar em mim, o som que ao abrir a tampa da caixa a minha filha

a filha da que me espera em Lisboa abriu a tampa da caixa e depois do gorgolejo um suspiro, esses desabafos das criaturas inertes sejam plantas, lagoas ou baús censurando, ralhando

— Vais andar debaixo de olho rapaz

levantou a boneca, não a minha mãe, não o pai dela, não eu que não sou pai de ninguém e detestaria sê-lo, a boneca de madeixas espetadas que ia balindo, balindo, a filha a trotar para o quarto e pontinhos de frutos que não chegariam a amadurecer, a crescer

(uma e quarenta e quatro, às duas a lanterna da bomba de gasolina desligada e eu incapaz de explicar o sítio onde os ciganos acampam e a leprosaria na qual ginetes, doninhas, animais que se eriçavam para nós)

a filha sem

— Obrigada

sequer, se fosse comigo a minha irmã

— O que é que se diz malcriado?

mas a minha irmã longe, não a repreender-me e a ensinar-me a ser homem, eu os cachorros

(não conto a cadela trancada na garagem)

e a que dorme lá dentro por companhia, eu na cadeira do escritório que encostei à janela observando este horizonte, o mesmo desde há anos, de piteiras e trevas, eu que ninguém visita a pensar nos meus pais tentando adivinhar se bicicletas num muro, a que dorme lá dentro um movimento na cama dado que as tábuas trocaram de posição e se arrumaram de novo, pareceu-me ouvir o meu nome, alonguei a orelha e o quarto mudo, se tivesse a certeza que o meu nome atravessava o corredor tomando cuidado em não esbarrar na coluna do vaso e deitava-me ao lado da minha mulher na mira que uma língua na palma e o focinho não interessa de quem, tanto faz, não me rala, a aproximar-se, a cheirar-me

(o calor das pessoas e dos animais, o relento deles, esse enjoo)

um corpo a dilatar-se para mim, peito cotovelos artelhos, o ventre de cinquenta e seis anos

(cinquenta e seis ou cinquenta e sete, perdi-lhe a conta, esqueci)

não mencionando a gordura dos dedos e o hálito no meu pescoço, se ao menos se mostrasse grata a levantar-me do chão, que pena a ausência da minha irmã

— O que é que se diz malcriada?

mas a minha irmã em Estremoz para sempre, os ciganos a alcançarem o Pólo e os cachorros sem me escutarem

(se me escutassem não obedeciam, obedeciam à vergasta e relutantes, zangados)

aqui e acolá no jardim, a garupa da que dorme lá dentro na minha barriga e a cauda erguida, à espera que lhe mordesse as orelhas e a nuca, que as minhas patas lhe escorregassem ao comprido dos flancos, que o meu umbigo a tentar, a falhar e um ganido ou um suspiro do mecanismo da fala

— Não

sob o último halo, quase sem substância, dos planetas extintos.

3

Não sou uma pessoa interessante, não me aconteceram coisas interessantes na vida tirando a conversa da azinheira, era eu pequena
  (a minha avó
  — Não dás pela azinheira?
  e murmúrios, cicios, o que é tão pouco)
  uma azinheira, uma velhota e um tio no Luxemburgo eis o que sou capaz de oferecer e acabou-se, não sei falar como os outros falam no livro, à vez ou todos ao mesmo tempo dado que há alturas em que me parece que todos ao mesmo tempo embora julguem que à vez, escrevendo os seus desânimos, as suas zangas e o que continuam a esperar
  (porque continuam a esperar embora afirmem que não)
  mas conheço melhor o ritmo da noite que eles, a forma como as árvores anunciam o vento, os campos em segredo
  — Uma e vinte e oito da manhã três e dezasseis quatro e sete
  isto sem lua nem a pressa dos bichos e todavia uma mudança no corpo, a vozinha íntima
  — Três e dezasseis quatro e sete
  não fora de mim, por dentro como os cachorros a quem um abalo no que ocupa o lugar da alma e não faço ideia o que seja previne
  — Toma atenção olha
  e a propósito de cachorros o meu marido chegou uns minutos atrás quase a trote, calado, no instante em que entre duas nuvens dei conta do quarto mais fundo que durante o dia, mais vasto e o meu marido a inclinar-se para diante de cauda horizontal e gengivas à mostra
  (via-se o dente de oiro acolá)
  pensei

— Não há razão para ter medo porque vai demorar séculos a chegar até mim

(depois de eu morrer as minhas colegas, principalmente a Elizabete e a Lurdes, esquecer-se-ão de quem fui ou recordarão a que trabalhava com as úlceras?)

e o dente de oiro trouxe-me à lembrança a altura em que nos encontrámos, se calhava rir-se cobria-o com a palma, jurava-lhe

— Acho graça ao seu dente

o meu marido a pensar que o troçava e eu à séria, achava graça ao dente

(a colega das úlceras mais velha que vocês, oferecia-se para os turnos de fim-de-semana na esperança de não ver um dente de oiro a olhar as piteiras, pagou o curso a servir num restaurante, o pai faleceu antes dela nascer

disse-nos

nunca se referia a ele)

o meu marido reformou-se do emprego que eu não sabia o que era, tirou a cadeira da secretária e encostou-a ao peitoril a examinar os planetas extintos

(— Só há planetas extintos)

a boca foi-se-lhe fechando e a palma cessou de cobri-la, dorme no divã com o sobretudo em cima, visitava um parente em Lisboa, escuto

escuto-lhe o carro primeiro no interior do meu sono, a seguir metade no interior do meu sono e metade no jardim, só compreendo que fora do meu sono quando a porta da garagem estala, uma dessas portas metálicas que se levantam e descem num vendaval de ferrugem, pelas ripas do estore que prometeu consertar e não conserta vejo-o de mistura com os cachorros a ameaçá-los com a vergasta a contornar as malvas, não acende as luzes, não se deita comigo, fica no sofá de dente de oiro encerrado entre dúzias de dentes indiferente ao ritmo da noite e à forma como as árvores anunciam o vento, o meu marido a pular se uma coruja ou o relógio avariado de um galo e não pela coruja ou o relógio, pelo que não adivinho o que seja, a Elizabete um senhor que a auxilia, a Lurdes o electricista do hospital aos sábados, eu aqui, virá outra enfermeira ocupar-se das úlceras e esquecer-se-ão de quem fui, aquela que trazia o almoço, aquecia-o na copa, não comia com a gente, morava numa vivenda fora da cidade onde antigamente mato e as oliveiras do doutor de Coimbra que deixavam secar, no início tivemos abelhas que a geada levou e se tomar atenção continuo a escutá-las, dizem palavras que na falta de pessoas os calhaus e as plantas repetem comigo e os meus órgãos também, há meia dúzia de anos

(não meia dúzia, oito ou nove como se eu não estivesse certa que nove, nove anos e dez meses)

os ovários

— Acabámos

roubando-me a ideia de um filho, cheguei a comprar um berço que ainda se move lá fora sem necessitar que o empurrem, dou por um resmungo de óxido ou um espasmo de molas

— Sou eu

escondi na arca, debaixo da roupa antiga, um enxoval de criança e uma medalhinha num estojo, volta não volta, se o meu marido em Lisboa, afasto a roupa e toco-lhe, no verso da medalha um espaço para o nome e a data

(a Elizabete usa a dela)

a minha mãe garante que o meu tio me comprou uma nos ourives das feiras e não me lembro da medalha, não me lembro da infância, lembro-me de episódios dispersos se calhar inventados, do meu pai num automóvel, de ver o diabo na parede e a minha mãe

— Qual diabo?

do prato em que me davam de comer com uma magnólia estampada, lá surgia ela por fim a tornar-se mais nítida colher a colher depois de litros de sopa, mal a magnólia inteira, as pétalas, o caule e uma racha que na minha ideia fazia parte da flor

(continua a fazer parte da flor, não existem magnólias autênticas sem uma fissura no barro)

o prato transferia-se para o lava-loiças em que pratos sem magnólia, caçarolas, talheres e a minha mãe a esfregar-me o queixo com força

— Nunca vi ninguém que se sujasse tanto

e sou eu que lho esfrego hoje em dia, não propriamente o queixo visto que o perdeu com o tempo, o lugar da cara abaixo e à esquerda do nariz onde se mete o almoço e do qual nascem frases sem nexo, pergunto-me se o meu pai no caso de vivo frases sem nexo igualmente e o mesmo medo da morte, o que significará a morte para eles

— O que significa a morte para vocês?

e o olhinho da minha mãe alerta em todas as direcções a espreitá-la, devia indignar-me conforme ela a propósito do diabo

— Qual morte?

e a noite pausada agora, daqui a um mês ou dois, mais cedo do que o costume, botões escarlates nas piteiras, um ameaço de chuva para a banda de Espanha que se imobilizou, reflectiu um momento e desistiu de cair, os cachorros que começavam a agitar-se passando-me diante do peitoril aquietaram-se no escuro, o mais novo a farejar ovos de cobra revolvia um canteiro desdenhado pela matilha, o meu marido, na opinião dele desdenhado também, evitava os cafés da cidade e se nos batiam à porta vigiava a estrada, o empregado do gás, o correio

— Ainda não é desta que o tribunal me chama

o dente de oiro reaparecia um segundo, os restantes invisíveis ao ponto de se julgar que os não tinha e o dente de oiro enorme

(a Lurdes uma placa que ao mastigar estalava e as bochechas torcidas, voltava-se de costas num movimento que desejava natural e nos fazia reparar ainda mais, experimentava a mandíbula devagarinho e visto que a mandíbula certa recomeçava as batatas)

sem a cauda horizontal nem as gengivas à mostra, a impressão de querer contar qualquer coisa que não contava nunca, mencionou no início uma irmã em Estremoz e arrependido da irmã enxotou-a com um gesto sem me dar tempo a vê-la, pareceu-me que baixinha, forte e de cabelo grisalho mas não posso jurar porque desapareceu com um balde e tirando a irmã ninguém, nós sozinhos no Registo Civil com a Elizabete e o senhor que a auxiliava, um comerciante de Borba, a servir de testemunhas, eu fascinada durante a cerimónia com o relógio de pulso dele, garantindo cinco horas na ferocidade de um murro, a convicção do relógio intimidava-me e recuava por dentro a concordar

— Cinco horas

mesmo que eu

— Cinco horas

o mostrador desconfiado
— Repete
e entendi então que os ponteiros dos segundos
— Socorro
num esbracejar de pânico, mesmo hoje, se me perguntam as horas, a minha tendência imediata é que cinco, quase duas da manhã que se nota nas folhas, nos pássaros, não nos pássaros do escuro, nos pássaros de dia sem cabeça, sem penas, se um deles cair os rafeiros em festa, ficam as garrazinhas e umas plumas molhadas, duas da manhã e no entanto eu
— Cinco
a Elizabete comovida nos sapatos de domingo e no vestido da Lurdes que lhe sobrava nos rins, disfarcei-o com alfinetes e ela uma demora aos solavancos de andor de procissão para evitar picar-se, dentro de quinze anos ter-me-á esquecido
— A que tratava as úlceras a velha como se chamava ela?
mas há-de recordar-se dos alfinetes que a dor e o desconforto persistem na memória, se parar um minuto lá está o meu pai no automóvel a lançar-me moedas, as senhoras de azul não acreditando
— Tua filha?
não a Elizabete e a Lurdes, mais bem vestidas, mais ricas, com mais sapatos que o par da semana e o par dos domingos, sendo o par da semana um par dos domingos com demasiados domingos ou que se tornou o par da semana porque o par da semana com demasiadas semanas, a que tratava das úlceras, a velha a quem os órgãos um a um
— Acabámos
à espera que o meu marido regresse ao quarto como os cachorros regressam arrepiados, tenazes, ao portão da garagem sob a claridade, afirmava ele, dos planetas extintos, a velha atenta ao berço a decompor-se no jardim na ilusão que um sonzinho de roca, da única ocasião que engravidei o meu marido não se zangou comigo, poisou o guardanapo na toalha e dali a instantes senti-o à secretária a observar os campos onde nada acontece, nem os clarins do Condestável nem tambores de batalha e eu à mesa sozinha pasmando para a cadeira vazia, o braço do meu pai a acenar do automóvel, as criaturas de azul

(uma delas um leque)
fitavam-me da janela até à curva do salgueiro
— Tua filha?
a argola do guardanapo a dirigir-se-me coitada no idioma das coisas que só mais tarde aprendi, eu
— Não entendo
e a argola a desistir de mim, o meu marido tossiu e abafou logo a tosse
— Nem a minha tosse te dou
a casa um hospital à noite cheio de ecos e insónia em que os doentes se espiam no egoísmo do medo, o meu pai não um aceno, esses lenços dos barcos que não partem com eles, ficam às voltas para cima e para baixo a gritar mais que as gaivotas que os devoram um a um consoante devoram manchas de óleo, lixo e então sim ninguém salvo palhinhas e limos, eu uma palhinha, um limo, a Lurdes arrumou a placa com o dedo, trancou a sala de enfermagem e o resto felizmente simples, aqui na cama, quase às duas da manhã, digo que simplíssimo isto é uma sensação de frio, uma vertigem e compressas numa bacia, uma manchinha escura, eu mais fraca, eu menos fraca, a Lurdes
— És capaz de andar?
e eu capaz de andar, os bancos que se aproximavam e explodiam agora quietos, normais, faltava-me não sei quê
(a tal manchinha escura?)
a Lurdes cobriu a mancha com uma toalha e não faltava nada, eu completa, o que haveria de faltar expliquem-me, a vertigem de regresso mas esbatida, distante e não me pertencia, pertencia às paredes em que ordens de serviço encaixilhadas e aos edifícios lá fora, não a mim, a Lurdes a segurar-me o cotovelo
— Ias tropeçando no alguidar
como se fosse eu a tropeçar no alguidar e não uma perna não minha
(as minhas pernas comigo a caminharem como deve ser)
escapando-se para o lado, o que me rala a perna que se esfumou quando a Lurdes
— Ias tropeçando no alguidar
sem se dar conta que eu bem, um pouco fraca talvez, músculos que tardavam em responder ou respondiam de ban-

da uma nevoazita na vista, nada de especial, certa mudança nas cores, o preto avermelhado e o verde cinzento, a Lurdes tornou a segurar-me o cotovelo nas escadas sem que necessitasse dela, estou bem, a Elizabete empurrava uma maca e as rodas da maca a transirem-me os ossos, o céu de Évora amarelo, sem nuvens, assustei-me, reparei melhor e o céu de Évora azul com uma nuvenzita a um canto, as amigas também azuis do meu pai de súbito ao meu lado tão bonitas, tão ricas, eu a esfregar o nariz no braço e o braço na blusa

— Tua filha?

e mal acabaram de perguntar

— Tua filha?

elas no automóvel

(uma delas um leque)

e adeus, a Lurdes ficou a olhar-me no pátio confirmando a placa com o mindinho, interrogou

— Tens a certeza de

o

— Tens a certeza de

com menos consoantes e pontos de interrogação demorando a chegar derivado ao mindinho na boca enquanto eu me preocupava, consciente dos meus pés

(esquisitos, enormes)

em não pisar os canteiros retirando-os a tempo, a Lurdes subiu as escadas

(nunca possuiu um leque)

e reentrou no hospital, quis pedir-lhe

— Não me deixes agora

não sei porquê vontade que a minha mãe comigo, não a minha mãe de hoje em dia isto é um buraco sob o nariz no qual a colher do almoço, a que se impacientava quando a minha avó

— Não dás pela azinheira?

e a minha mãe

(não a incomodavam os ramos)

— Tão xexé

sacudia-me o vestido, acho que beijos não, beijos a maneira de sacudir-me o vestido não com a escova, com as mãos

— Não sabes andar limpa?

mexia no vestido, não mexia em mim

(teria mexido no meu pai, andado de automóvel como a senhora do leque?)
vontade que a minha mãe comigo, poder falar-lhe e isso e em lugar de
— Mãe
a beliscar-lhe a manga
— Andou de automóvel como a senhora do leque?
na próxima visita
(não te esqueças)
pergunta-lhe, criou-me sozinha, limpava casas a dias, demorava-se à entrada a fixar as begónias com uma cara
(tive uma cara diferente antes desta idade, estas rugas)
que eu não reconhecia
— O que se passa com você?
e ela não logo, imenso tempo depois
— Nada
ou seja a verdade, não tinha nada de facto, alcancei o parque do hospital e tapei as orelhas para não escutar os lenços nas despedidas do cais, um deles com sangue no bico e aquelas unhas que doem, alinhavam-se no beiral do restaurante a comerem a gente, torciam-me antes de me comerem e ao comerem a garganta pescoço dentro, informei o meu marido
— Comi a gravidez sou um lenço podes voltar para o quarto
e os ombros dele imóveis, não há gaivotas em Évora, há peneireiros, poupas, gafanhotos pregados ao muro a esfregarem mãos de lojista, o falecimento da minha avó deve ter entristecido a azinheira, um ano a pagar a furgoneta e as flores, o dono da agência fechou-se com a minha mãe e aceitou um desconto, deixou cheiro de cigarro e uma garrafa aberta e a minha mãe a sacudir-me o vestido com mais força
— Não sabes andar limpa?
interrogo-me qual de nós sacudia, ela, eu conforme me interrogo se no interior do caixão damos pelas azinheiras, a nossa aliás doente a curvar-se, de raízes levantando o quintal, na extremidade de uma delas um raminho a crescer, talvez que uma extremidade da minha avó a crescer igualmente, já quase não andava salvo para anunciar
— Vai chover

porque os joelhos inchados, em nova do tamanho da minha mãe, direita, sem atenção à chuva, provavelmente a sacudir-lhe o vestido, existe um retrato da minha mãe nessa época, se o nome não estivesse escrito por baixo jurava que outra pessoa na moldura e depois o que faria eu no tempo dela criança, em que lugar me achava, o berço no jardim um assobio de ferrugem

(dez para as duas, conheço melhor que os outros o ritmo da noite, ora este tentáculo, ora aquele a amparar-se aos calhaus e a puxar o corpo na direcção da manhã, uma das minhas raízes à tona, a florir)

e com o assobio da ferrugem a esperança que os meus ovários, não digo todos os meses, digo uma vez ou outra, a funcionarem ainda e portanto consertar o berço e esperar que o meu marido no limiar em silêncio, a cauda horizontal, as gengivas à mostra e o focinho a morder-me, a Elizabete atravessou o corredor com a maca a segurar o balãozito de soro e não era eu a doente, era um rapaz de olhos enxutos na almofada, mais ano menos ano eu de olhos enxutos na almofada que já os noto no espelho, os cachorros não me procuram como antigamente, fazem que não percebem, evitam-me, costumavam saltar-me em torno a soluçar de amizade ao chegar com as tigelas tirando a fêmea sempre amuada a esquivar-se

(com ciúmes de mim?)

faltam gaivotas em Évora, há os gansos da lagoa a buzinarem no outono sob os primeiros frios, com um ano a pagar o funeral da minha avó não há saudade que resista, devíamos tê-la enterrado junto à azinheira, de graça, para darem uma pela outra e então sim, chorávamos, o dono da agência uma segunda visita e desconto nenhum, um anjo a fingir mármore para enfeitar o túmulo e realmente lá estava ele no cemitério de asas encolhidas

(asas abertas mais caro)

consultando um livro em que

Descanse em Paz

a doirado como se alguém descansasse em paz a ser deglutido por escaravelhos, lombrigas, uma raiva de bicharada de que nem sabemos o nome, sem olhos porque habitam o escuro e a engordar à nossa custa desmantelando as tábuas do caixão, o que terão feito às compressas e à manchinha escura, o meu marido no escritório sob os planetas extintos que arroxeavam as malvas, há ocasiões em que se me afigura que um grito e nenhuma mão senhores que me proteja e acalme, lembra-me de uma velhota que visitava a irmã na enfermaria e dos dedos delas a procurarem-se, a apertarem-se e as velhotas a fixarem-nos na súplica dos carneiros antes do espigão na nuca, o chapelinho da que visitava com uma pena quebrada, uma fita no pescoço a diminuir as pregas, um brochezito

— Este é teu

e a irmã um sorriso difícil, mais dedos e tudo isto sem lágrimas, as pálpebras vermelhas dos idosos, é lógico, mas lágrima nenhuma, a do chapelinho ia-se embora de polegar no fecho da carteira a impedi-lo de abrir-se, davam lições de piano

(também tocavam cravo mas não há cravos hoje em dia)

o pai delas coronel, um noivo algures no passado de calças brancas e raqueta de ténis, volta e meia o piano umas notazitas erradas, guardavam o jornal com a notícia do acidente ferroviário que chamou o noivo

(de qual das duas?)

para a direita

(tanto lhes fazia agora)

de Deus cheio de misericórdia que infinitamente nos ama, o faqueiro depenado de talheres onde a prata se gastou e um metal por baixo que não valia nada, mencionar a terrina indiana

(mencionar sempre a terrina indiana)

o chapelinho da internada com a sua pena intacta no bengaleiro de volutas, cá temos os dedos fininhos polidos pelo uso que se juntam, se enlaçam e um cheirito a macela, via-se a pena quebrada oscilar passeio fora, se a minha mãe comigo sacudia-me de imediato o vestido apesar de eu ser crescida

— Não sabes andar limpa?

e o

— Não sabes andar limpa?

sem energia alguma, fraquezas da idade que me enervavam com ela

— Aguente-se senhora

merecia que um lenço a carregasse no bico até ao beiral do restaurante e a devorasse depois juntamente com palhinhas e óleo, por este andar qualquer dia

(— Não dás pela azinheira?)
uma sentimental, uma fraca
— Segure-se
ou seja segure-se conforme eu me seguro, pensa que não me custa às vezes e o buraco por baixo do nariz a abrir-se e a fechar-se espantado, não hei-de ser eu quem lhe pega nos dedos pode ter a certeza, o comprimido depressinha que não tenho a vida toda, a lua quase redonda no intervalo do estore
(— Não me enganei dez para as duas pela forma como as árvores anunciam o vento)
e um dos cachorros, suponho que o grande, a ladrar, a bomba de gasolina de lanterna apagada cujos vidros reflectiam sombras, de manhã cedo os corvos erguiam-se à uma do feno reluzentes de verniz a cacarejarem tolices, vi uma cabra sentar a metade dianteira em movimentos de metro articulado, juntar-lhe o que faltava e quedar-se de perfil com a sua barbinha de filatelista, a Elizabete referindo-se a mim
— Como se chamava a mulherzinha que coisa
(dez para as duas no despertador, confirma-se)
que é do meu prato da magnólia com a racha que compete à flor, não me recordo de o partir nem de o haver oferecido, provavelmente a do chapelinho com a pena quebrada desolando-se que nenhuns dedos a segurarem os seus, o jogador de ténis cumprimentou-a com a raqueta, quis cumprimentar de volta e a enfermeira
(não a Elizabete nem a Lurdes, a que me substituirá um dia)
— Calminha
a claridade dos planetas extintos inchou no jardim a ampliar um horizonte de princípio do mundo onde o espírito do Senhor pairava sobre as águas, o meu marido um passo, dois passos em busca de companhia na direcção deste quarto esperando que o animasse a continuar
(quem me anima a continuar a mim?)
— Não te acontece mal prometo
quero que a minha mãe me sacuda o vestido a impacientar-se de ternura
(inventemos que ternura)
— Não sabes andar limpa?

a mala do meu tio na cave que enquanto eu durar há-de durar comigo, posso perfeitamente chamar tio a uma mala, o meu marido não passos, não no corredor por enquanto
(há-de chegar ao corredor, é uma questão de tempo)
no escritório dado que a maçaneta complicada de girar
(um saltinho que recusa e acede a contragosto
— Vá lá)
o prato da magnólia se calhar na despensa entre boiões e geleias e o meu marido de pé visto que a respiração se alterou, o pisa-papéis deslocado na secretária e pelo pisa-papéis compreendi que indeciso, na esperança que um novo planeta extinto iluminasse o quintal e apercebendo-se que os planetas acabam como acabaram o telheiro, a bomba de gasolina, os campos, se o espírito do Senhor pairar aqui em baixo nem uma planta para amostra, vontade que a minha mãe comigo, a azinheira sem musgo, a minha avó a designar os joelhos com a bengala
— O reumático não mente
(dentro de um minuto duas horas e uma perdiz tresnoitada denunciando-se aos cachorros que se esfregavam na cancela a alvoroçar um arbusto)
os meus joelhos por enquanto sem entenderem a chuva mas se durar muitos anos os ossos dilatar-se-ão de certeza, aprenderei a comunicar com as azinheiras e darei notícias da terra porém a que pessoas se estarei sozinha de chapelinho de pena quebrada e mesmo que o meu marido vivo nenhuma alma a escutar-me, as coisas à minha volta a fingirem-se mortas e eu a sentir entre naufrágios de mobília um piano que ninguém abriu, o meu marido, agora sim, no corredor
(no início do corredor)
prestes a caminhar para mim sem dente de oiro à mostra, na época em que dormíamos juntos havia alturas em que a expressão dele desprevenida, infantil, um dos braços sobre a cabeça, o outro sei lá onde na esperança de uma vaga que o juntasse ao corpo e eu a enternecer-me, a ampará-lo, a ensinar-lhe os nomes todos do mundo, devo ter recebido do meu pai
(de quem mais?)
esta compaixão pelos fracos
(a menos que me engane mais migalha menos migalha praticamente duas horas)

soube por uma conversa entre a minha mãe e a minha avó, julgando-me na rua e eu quietinha a espiá-las, que morava na herdade onde a estrada de Lisboa aquela curva comprida, provavelmente eram os seus cachorros que respondiam aos nossos, provavelmente o tractor dele quem me sobressaltava à tarde mal os ruídos se alongavam e a bronquite dos sapos de cotovelos afastados no balcão de si mesmos vai anulando os ralos, a casa da herdade com um terraço à volta, o automóvel nas traseiras mas sem senhoras de azul

(escrevi verde antes de corrigir para azul e não sei porquê, saiu-me, há-de haver uma parte da cabeça desejosa de trair-nos)

o automóvel nas traseiras mas sem senhoras de azul, os tais cachorros que se zangavam com os meus investigando moitas, um cavalheiro de calças brancas e raqueta de ténis, não cavalheiro algum, não te emociones, acalma-te, o feitor de colete, quer dizer um sujeito com aspecto de feitor, de colete, encostado a uma segadora

(o meu marido um novo passo)

um estábulo

(na direcção de quê?)

em que a adivinhar pelo cheiro nada salvo pássaros nas traves

(não gaivotas e portanto não lenços, não unhas, não te devoram sossega)

um abandono de anos na casa e na herdade, a chaminé sem cobertura, as janelas do rés-do-chão ocultas pelo feno

(estarei a adormecer?)

apenas o vaso do pilar da direita, o pilar da esquerda em dois pedaços caídos, malvas como as nossas, piteiras como as nossas, graças a Deus não um berço a chamar-nos à noite com as rocas, os tules e um velho numa poltrona à espera sei lá de quê, o que esperam os velhos, que pensarão do mundo enquanto nas vísceras não as desgraças da idade, uma espiral de ralo ou um nervo impossível de nomear que desperta e desiste, o velho uma órbita saliente sem se deter em mim, a deter-se no estábulo deserto e nas colheiras devastadas, pássaros entretidos com sementes secas, os corvos vê-los-ei de madrugada

(faltam três horas e meia)

na muralha da cidade onde outrora pelo que me diziam

(pelo que a minha avó me dizia mas se calhar enganos da cabeça, não vou chamar-lhe asneiras)

pavões, uma estátua de loiça

(uma das sete musas, uma das onze mil virgens, uma das virtudes teologais?)

de seio à vela numa atitude de oferta e arriscado adivinhar qual por lhe faltarem os braços, a suspeita que na casa desvãos bolorentos, ecos enormes de passos, uma das senhoras de verde

(uma das senhoras de azul, a do leque)

— Tua filha?

reflectindo melhor hesito se

— Tua filha?

ou

— Sua filha?

escrevi sempre

— Tua filha?

e incomoda-me a possibilidade de me haver enganado, eu descalça junto ao automóvel e atrás da minha mãe o alpendre, a azinheira e o céu que foge sempre, quem o espantou que se acuse, nunca dei pela azinheira, bem tentava e nem um som

(que som existiria, ajudem-me)

não leve a mal a minha estupidez avó, eu junto ao automóvel não intrigada, curiosa

— O teu pai

e afinal o meu pai aquilo, nada de especial, um homem com as sobrancelhas dos homens que apetece sempre arranjar, uma das mãos na algibeira a procurar moedas e a verificar-lhes o valor sem as trazer cá fora, compreendia-se que a verificar o valor porque a boca torta, a da minha mãe igual ao retirar do armário copos que não podia ver, o meu pai

(prefiro não lhe chamar pai da mesma forma que um filho meu não chamaria pai ao meu marido, mil anos que viva não lhe perdoo o berço a desmantelar-se no jardim)

o meu pai ciente das moedas a substituí-las por outras, um relento de medicamentos e de coisas sem vida, as sobrancelhas afinal não de homem, ausentes, tudo se ausenta de nós com o passar da idade, feições, desejos, ideias e domingos no parque, ficam a surpresa e o medo, uma pergunta aterrada

— O que foi?

e no caso de respondermos voltam a cara, não escutam, um vinco que não existia a crescer na bochecha, uma prega ou uma veia se é que possuem veias a suplicar

— Não digas

(o meu marido a caminhar para aqui de focinho a alongar-se, no receio que o proíba de entrar da mesma forma que os cachorros não entram na cozinha, ficam à porta tiritando, o meu marido no corredor e eu que cinquenta e seis anos, quase cinquenta e sete pesam, dando-lhe as costas a fazer que dormia)

mas regressando ao assunto íamos na casa abandonada e no velho a olhar-me, afigurou-se-me que o primeiro planeta extinto, a primeira pedra morta a surgir apesar do sol sobre um bosque de álamos à medida que o milho ia mirrando nas hastes, quando lhe dava o vento um restolhar de arame, a impressão que um triciclo e felizmente

(porque escrevi felizmente?)

não um triciclo, um ancinho, o velho

(o meu marido debruçado para a cama indeciso se eu dormia, os assopros dele cócegas)

a substituir moedas sem uma senhora de azul ou de verde

(o que me importa isso?)

a ajudá-lo, as senhoras tão idosas hoje em dia como as irmãs no hospital, dedinhos magros que buscavam dedinhos, o meu marido seguro que eu dormia a ir-se embora do quarto a afogar a tosse na manga, o velho escondido num cobertor ou numa manta a tentar repetir

— O que foi?

que bem os vejo na enfermaria e nem uma sílaba conseguem, o feitor trocou a segadora pelo moinho da rega e o moinho da rega perdi-o num declive, isto é o boné por instantes e depois nenhum boné, ele numa cova em silêncio, interroguei a manta

— É você o meu pai?

o telhado a necessitar de conserto e as janelas do rés-do-chão invadidas pelo feno, o jogador de ténis ergueu a raqueta a preparar um lance, não sou uma pessoa interessante, não me acontecem coisas interessantes, não sei falar como os outros mas conheço melhor que eles o ritmo da noite e a forma como as

árvores anunciam o vento, sei que o meu marido no escritório a examinar os campos, sei que um velho numa poltrona
— O que foi?
sei que daqui a nada os corvos abandonarão a muralha, uma gaivota algures com o meu sangue no bico e não vale a pena a Lurdes recear uma vertigem
— Tens a certeza de
porque os braços que não existem da estátua de loiça hão-de pegar em mim.

4

Isto porque no outono ninguém consegue dormir, vamo-nos tornando amarelos da cor do mundo que principia em setembro debaixo do mundo vermelho, o silêncio deixa de afirmar, escuta, demora-se nos objectos insignificantes, não em arcas e armários, em bibelots, cofrezinhos, não somos a gente a ouvi-lo, é ele a ouvir-nos a nós, esconde-se na nossa mão que se fecha, numa dobra de tecido, nas gavetas onde nada cabe salvo alfinetes, botões, pensamos

— Vou tirar o silêncio dali

e ao abrir as gavetas o outono no lugar do silêncio e o amarelo a tingir-nos, as janelas soltas da fachada vão tombar e não tombam, deslizam um centímetro ou dois e permanecem, na rua os gestos distraídos da noite transformam-se num fragmento de muralha ou na doente que faleceu hoje no hospital abraçada à irmã de chapelinho de pena quebrada na cabeça, estremeceram em uníssono, a cama ou uma garganta um som qualquer

(como descrevê-lo?)

e a que se achava deitada morreu, o som na minha cama e na minha garganta agora, pergunto-me se morrerei também e continuo, se acendesse a luz tornava a ser eu, encontrava-me

— Estou aqui

e os meus dias por ordem, prontos a usar, engomados, qual deles irei escolher para gastar amanhã e a surpresa de tantos dias ainda, a doente ficou a meio do seu que continuou sozinho, a olhar para trás desiludido que o não seguissem, a da pena quebrada soltou-se da irmã sem fitar ninguém, senti o mundo que principia sob a forma de uma corrente de ar anunciando a chuva, não a de agosto, limpa, chuvas cinzentas, sujas, o ar sujo, se algum de nós falasse palavras sujas, interrompi o oxigénio e o manípulo da garrafa um estalido sujo, no caso de me chamarem

— Lurdes

teria de ocultar o nome antes de o mostrar em volta, esfregá-lo sem que dessem conta com um pano qualquer, um nome que me intriga desde que o conheço, tento mudar-lhe a forma e resiste, compacto, duro

— Lurdes

vejo os meus pais de modo diferente como se os meus pais Lurdes, não eu, em criança ficava a pensar nele parada, equilibrando-me no pé direito primeiro e no esquerdo depois a calcular o peso das letras, não do corpo, em mim, a pena quebrada foi-se embora sem cumprimentar, sapatos miúdos triturando as pedras depressa a pisarem-me o nome e eu desembaraçada de mim, livre, não me chamo Lurdes, chamo-me Eu, os meus pais recuaram para zonas vazias do passado com o

Lurdes

lá deles a baptizarem de Lurdes a tudo, utensílios, vizinhos, empanturrem-se com o nome e larguem-me, na zona do passado que o nome ocupava a minha mãe para o meu pai

— Enquanto não acabares comigo não descansas

de penteado antigo, um colar que me recordo de ver com as pérolas soltas do fio num cartucho, uma pessoa de luto a molhar biscoitos no chá

(quem seria?)

o passado amarelo da cor do mundo que principia, a pessoa de luto

— Não te preocupes com os teus pais anda aqui

o galinheiro sem galinhas, apenas a rede lacerada, caliça e um senhor de joelhos a introduzir sementes na terra

(vim de mais longe do que imaginava)

o senhor das sementes a pronunciar o meu nome erguendo um sachozito e portanto girar a cabeça e evitá-lo, episódios que a memória mostrava e escondia, impossível compor a minha vida com espaços ocos separados por acontecimentos de repente vivos, a defunta que ajudei a vestir e folhas coladas aos ramos no mundo acabado, a pena quebrada desembrulhou o crochet da irmã a colocar os óculos dela, não os seus, para acabar o naperon

(ninguém consegue dormir)

enquanto o silêncio se debruça a ouvir-nos, uma hora da manhã, duas horas que importa, a minha colega fora da cidade perto da bomba de gasolina onde o empregado sempre com o mesmo jornal, logo que um automóvel na estrada o queixo do marido aumentava, o receio dela

(se a campainha da enfermaria tocasse permanecia sentada, a lâmpada de um dos quartos a acender e a apagar, eterna)

— Vão esquecer-me vocês

e ficar num mundo antigo sem relação com o nosso onde as carroças dos ciganos entre duas herdades na direcção do Pólo, a minha mãe veio detrás do tempo onde eu julgava que moraria para sempre

— Enquanto não acabarem comigo não descansam vocês

o seu anel no meu dedo, o colar, qual o motivo de roubarmos os mortos e os deixarmos sem dinheiro, sem nada, impedia-me de mexer nos cálices com um frisozito doirado

— São de cristal e partem-se

surgia de uma cantoneira remota em que pratas amolgadas, búzios, pagelas

— Enquanto não acabarem comigo não descansam vocês

amanhã o electricista do hospital cá em casa e portanto guardar a vassoura e o balde, é a minha vez de defender os cálices no armariozinho fechado

— São de cristal e partem-se

presentes no escuro com o seu brilho de água bicuda, a impressão que nos retratos do álbum um segredo que lhes permite existirem, moverem-se, o meu pai a chamar-me nos seus mistérios de tímido a designar o electricista

— Este quem é?

e a apoiar-se-me no ombro não me deixando em paz, a rua, o candeeiro, o fragmento da muralha, Lurdes, o marido da minha colega com quem nunca falei

— Não adormeças Lurdes

e descanse que não adormeço, estou aqui, fico aqui, em contrapartida as freiras do colégio obrigavam-me a levantar para a missa, ia largando pegadas de sono corredor adiante e de súbito num arco de pedra aqueles anjos horríveis, as mãos do padre ao erguerem a custódia apertavam-me, vai arregaçar a batina onde escondeu a faca e degola-me, o charco do meu sono aumentava nas lajes e eu um corpo a flutuar inerte, aborrecido com Deus ou então pesadíssimo porque Deus este desconforto, este frio, gladíolos no claustro onde uma gata espreitava, fígados e orelhas e cabeças de cera no altar dos milagres, a minha colega a apontar uma manchinha castanha

— Era isto?

isto no berço do jardim a reclamar aos gritos de boca gigantesca sem dentes, em torno da boca uma coroa de braços e pernas em movimentos de mola enquanto a pessoa de luto mergulhava biscoitos no chá, o mundo que principia em setembro a povoar-se de gente, por exemplo o professor que escrevia a tabuada com o cigarro na ardósia, víamo-lo jantar na pensão a verter pingos num copo, contávamo-los cá fora em voz alta, a Ester, a Florete, a Dulce de aparelho nos dentes, muito maior que nós, que emigrou com os tios, o professor mexia o remédio com um palito, não zangado, pedindo

— Não façam pouco de mim

há anos

(sete, três, nove?)

uma carta da Dulce, tirei o aparelho faz séculos e enviuvei sabias, isto na Alemanha acho eu, um país de gigantes como ela, a Dulce aflita de ser grande a estender-me um papelinho na aula

— És minha amiga não me mintas achas que sou normal?

dávamos-lhe pela gola

— Não está frio aí em cima?

e a Dulce a agachar-se e a pegar numa pedra, não tinha coragem de atirá-la, ia-se embora a chorar, no fim da carta

Está muito frio cá em cima

isto na Alemanha ou na Holanda, não conheço as diferenças mas a calcular pelo envelope um país de carimbos

Está muito frio cá em cima

trouxe a carta na mala até que um dia, não faço ideia como, a perdi, despejei tudo na mesa, chaves óculos escuros porta-moedas lenço pastilhas da garganta

— A Dulce?

o mundo que principia em setembro debaixo do anterior a povoar-se de gente, o farmacêutico de revólver porque o dono do café não sei quê e ele não sei quê também, passavam um pelo outro vermelhos, a desviarem a vista, o meu pai aconselhava o farmacêutico

— Não ligue

com receio de tiros, prisões e o jipe da Guarda a convocar testemunhas, o meu irmão na cadeira de rodas

— Lurdinhas

experimentava a cadeira quando o sentavam no banco sob o chuveiro, para lhe darem banho, e as canelas magríssimas, fingia que as minhas canelas murchas como as suas e ia empurrando os pneus a embater nas coisas, inveja de não ter canelas assim, deixarem-me ao sol à tarde

— Faz-te bem o calor

e eu obediente a coçar-me

(— Quem se coça são os tinhosos rapariga)

caiu de um andaime mais um primo, se me interessasse

— E o primo?

o que ouvia eram martelos pregando outras respostas, não a do meu irmão, as abelhas do advogado dançavam nos cortiços, a pessoa de luto molhava biscoitos no chá numa careta severa, a minha colega

— Vão esquecer-me vocês

a afastar os cachorros da cadela com cio, o meu pai ao domingo na latada a bater trunfos do alto

(já o vi sem a boina?)

e pergunto-me se já o vi sem a boina, nunca o abracei, nunca lhe dei confiança, uma hora da manhã porque no outono ninguém consegue dormir tirando o meu irmão a envelhecer na cadeira e a erguer o queixo do peito

— Lurdinhas

os gigantes cruzavam a Alemanha em dois passos, acende o rádio Lurdes, vai à marquise e sossega, um estore que se desprendeu da calha a bater, cada pingo do professor uma espiralzinha roxa no copo que se enovelava, sumia, tenho quarenta e quatro anos e o que significam quarenta e quatro anos contemme, que relação entre quarenta e quatro e eu, entre Lurdes e eu, entre o meu corpo e eu, casas, cheiros, silêncio e eu no centro, o meu pai veio e foi sem que a minha colega a tropeçar no alguidar se apercebesse dele, se o tiravam da cadeira o meu irmão um es-

tranho, ao adoecer era com a cadeira ao lado da cama que eu falava e os joelhos mirrados não ocupavam espaço no lençol, falava com a cadeira, o rasgão no pijama, tudo aquilo que não dizia
— Lurdinhas
e o meu irmão a olhar o tecto calado, procurei-o na esperança de entender o que sentia e o tecto apenas tecto comigo, só a túlipa cor-de-rosa do candeeiro e o besouro de julho, fixo, que o passar das horas ia tornando um objecto, se calhar este limpa-chaminés na cómoda e este bauzinho lavrado eram besouros antes, entraram pela janela e foram-se demorando na caliça, se acender a luz encontro-os à minha espera, prestáveis
— Usa-nos
não adormeças como o teu irmão adormeceu continuando a fixar o tecto, ao levarem-no o tecto prosseguiu mais a túlipa e o besouro, meses depois espreitava o alto e eles ali, esqueci-me de vigiar o tecto durante uma semana ou duas e ao procurá-lo ninguém, voltou com este mundo amarelo povoado de criaturas e os gansos em círculo a escolherem o vento, de pescoços compridos avaliando, medindo, apenas na herdade do pai da minha colega o feno insistia em crescer, houve outro irmão mas esse antes de mim, só no álbum, vestido de Carnaval a espantar-se, sobrava um automóvel pintado de vermelho com um dos eixos dobrado de ferrugem, a minha mãe tirou-me o automóvel, arrumou-o na gaveta
— Deixa o carrinho em sossego
e a buzina de um dos gansos grasnou, pratas amolgadas, búzios, pagelas eis o que herdei dos meus pais, a casa onde não entro para não dar com a ausência deles censurando-me
— Podias visitar-nos ao menos
isto é visitar ecos, sombras, a cadeira de rodas no compartimento do fundo, menor do que eu imaginava, a troçar do meu irmão e de mim, do que sofri por ele, porquê tanta crueldade nas criaturas inertes, a mania de nos apoucar o passado, recordamo-los com ternura e desprezam-nos, em casa dos meus pais nada que me encare de frente, tudo oblíquo, escarninho
— Não queremos saber de ti vai-te embora
camas sem colchão nas quais não se imagina que pessoas um dia, eu dantes em bicos de pés para alcançar a fruteira com as uvas de cerâmica cujo rebordo sempre conheci partido e hoje

as frutas insignificantes, modestas, o que fui sem importância, o que passou sem interesse, que ridículo Lurdinhas, a minha colega

— Vão esquecer-me vocês

e eu já esquecida senhores, se me virem uma careta à procura

— Lurdinhas?

não me achando na vida deles, não existo, o electricista a atormentar a nuca, o médico para quem eu transparente

— Lurdinhas?

o electricista que ainda a semana passada comigo também ele à procura, não éramos assim tantas no hospital santo Deus, durante muito tempo eu a única enfermeira nos partos, no caso de se esquecerem de mim esqueçam os meus pais, o meu irmão, a pessoa de luto a molhar biscoitos no chá, se não existir na vossa lembrança nunca existi, ajudem-me, recordem-se ao menos do galinheiro sem galinhas e do poleiro que era um escadote deitado, dentro de três horas losangos pálidos a avançarem no soalho, se eu não morasse aqui ninguém notava os losangos, quarenta e quatro anos e detesto a minha cara que mudou, não me pertence, não sou eu, este nariz por exemplo não de carne, a fingir, prende-se atrás com um elástico, reparem, e se me apetecesse tirava-o, não admira que o médico com demasiadas canetas na bata

— Lurdinhas?

a aliança, que se tornava enorme ao pegar-me no braço, enquanto preenchia uma ficha

— O seu nome?

(lá está a seca dos nomes)

nem se dava por ela, sem as canetas e a bata ia-se-lhe a autoridade, fechava a porta do gabinete e ficava que tempos a certificar-se que silêncio, poisava o estetoscópio na secretária e os tubos de borracha torciam-se de cólicas, vivos, a torneira do lavatório descuidou-se e uma gota ficou a desaprovar-me na cercadura do ralo, enquanto não acabares comigo não descansas pois não, a cadeira de rodas testemunhava martírios por quem ninguém se interessava, a gente some-se e o que nos pertenceu pronto a servir os outros numa simpatia alheada, devia ir-se connosco, não ficar por ali, em casa dos meus pais a roupa teimava no armário a provocar-me, lustro nos cotovelos, crostas numa lapela

(de ovo, de molho?)

trocos sem valor na algibeira, mesmo na época em que valiam não valiam nada, uma concha que não compreendia dado que na minha memória não praias e nisto areia, ondas, a minha mãe vestida e o meu pai de gravata, tão provincianos, tão sérios, com uma caçarola de comida, intimidados pelas pessoas nuas e eu envergonhada deles, sempre me envergonhei deles, do aparelho para ouvir do meu pai, da minha mãe a desculpar-se

— Perdão

(no outono ninguém consegue dormir)

viajavam de pé na camioneta agarrados com toda a força ao varão e ao largarem o varão o sítio das palmas molhado, o que resta dos meus pais é uma crosta de ovo ou de molho numa casa que até os ecos perdeu, não tínhamos quintal, tínhamos as máquinas que construíam o restaurante novo a sacudirem as paredes e depois das quatro horas ferramentas solitárias, o guarda a comer de boca nos joelhos não se entendia o quê dado que máquinas somente, a certeza que o guarda iria mastigar a noite inteira espiando-me, a minha colega acordada como eu e no jardim dela malvas, piteiras, a cadela com cio que não prendeu na garagem transportava a barriga aberta de canteiro em canteiro a enrolar-se nas pedras mordendo-as, mordeu o médico e o electricista e fugiu-lhes, esperou mais adiante e fugiu-lhes de novo, eu quarenta e quatro anos e a articulação do ombro de que não sabia a existência a começar a doer-me, as escadas do hospital cada vez mais compridas, um peso nas ancas a negar-se a subi-las e atenção à ureia, a pessoa de luto molhava biscoitos no chá em voz de badaladas

(cada sílaba uma hora)

definitivas, solenes

— A ureia menina

se de novo uma praia com os meus pais entrava água dentro sem me despir nem do fio do pescoço e afogava-me, palavra de honra, afogava-me, daqui a pouco cinquenta anos e as escadas infinitas, ter de parar a meio à espera do regresso dos pulmões a fingir que me falta não sei quê na carreira, quem encostasse a orelha ao meu peito dava por uma biela exausta a falhar, as peças lá se encaixavam que sorte, cambaleavam um bocadinho e recomeçavam o giro, passado tanto tempo o coração obediente, fiel, não conto com as hormonas mas conto contigo, obrigada, graças a Deus a Lurdes herdou o coração do avô, um cavalo que aos oitenta e três anos punha pinças de roupa para evitar o óleo nas calças e dava o seu passeio de bicicleta ao domingo, aos oitenta e nove caminhava sem bengala, aos noventa e dois almoçava por cinco, aos noventa e quatro coitado começou a ficar duro de ouvido e a enganar-se na família, informava-o aos gritos

— Não sou a minha mãe sou a Lurdes

e o meu avô a concordar

(era um homem delicado)

— Logo vi

a ponderar o assunto e a alegrar-se de o corrigir

— O meu miolo às vezes

a ponderar melhor, a concluir que eu enganada e portanto a segurar-me no queixo

— Emilita?

já não a minha mãe, a minha avó, aos noventa e seis anos calou-se, foi ficando para trás e o coração adiante dele, intacto, a atravessar os dias direito como um fuso, o meu avô aqui e o coração sem paciência de esperar a ganhar-lhe semanas e meses, a ultrapassar Natais, aniversários, invernos, teria subido as escadas do hospital num pulinho à medida que o meu avô a ponderar

— Emilita?

não um chamamento, uma pergunta, uma ampola miúda deve ter-se-lhe acendido dentro

— Ainda bem que chegaste Emilita

e uma frase sobre peixes de que perdi metade, a boca interrompeu-se antes do fim do discurso e ficou aberta a pensar, a minha colega

— Noventa e quatro anos?

na esperança que a existência do meu avô prolongasse a sua, escolhi cada móvel desta casa e no entanto entro cheia de cerimónias num pudor de visita, tento não incomodar o divã, deixo as cortinas em paz e pelo menos a casa não pode lamentar-se que acabo com ela, na parede o meu retrato feito por um homem gordo numa praça em Lisboa, mudava-me a posição da cabeça com dedinhos leves, espalhava o carvão com o polegar e

limpava-o num trapo, uma assembleia de japoneses comparavam-me com o desenho a viajar entre mim e o papel, os sapatos do homem gordo gastos, o fato gasto, um laço de artista no lugar da gravata, bochechas que baloiçavam penduradas das orelhas, recusou-me o dinheiro com um gesto de pombo e quando terminou de esvoaçar a mão pegou-se-me ao braço negra de carvão, de lápis, do que parecia graxa, as feições tão gastas quanto os sapatos e o fato e se eu quarenta e quatro anos nessa época aceitava-o, haveria de tomar conta de mim, ajudar-me, e moraria não aqui, em casa dos meus pais com ele
    (pratas amolgadas, búzios, pagelas)
emprestava-lhe o roupão que lá ficou num prego, abria a arca em que a minha mãe os lençóis e ao abrir a arca escutava-se a cadeira de rodas de um lado para o outro e o movimento adormecido do reposteiro sempre que uma corrente de ar, vinte e dois anos neste buraco meu Deus, como é que eu pude, quem seria a pessoa de luto que molhava biscoitos no chá, os cálices com o seu brilho de água bicuda e o orgulho da minha mãe ao mostrá-los
    — São de cristal estrangeiro
convencida que o mundo
    (a Alemanha com a Dulce dentro, inclusive)
girava em torno daquele tesouro ridículo, no outono ninguém consegue dormir e no entanto desci um instante no interior de mim quase a encontrar a lembrança do que fui e regressei à tona, o homem do desenho sumiu-se na esplanada entre dois autocarros levando um tornozelo que se negava consigo, por que motivo só algumas fracções do corpo fazem parte de nós e as restantes sem utilidade alguma, incomodando, pesando, aos quarenta e quatro anos aumentam, celulite, manchas, demasiada pele no pescoço, uma outra voz na nossa voz que nos completa as frases e treme, custa-me menos aceitá-la hoje em dia mãe, peça-me opiniões que não encolho os ombros, respondo, não levo o tempo a verificar as horas à socapa, não arranjo desculpas
    — Entro ao serviço às oito senhora
fico a escutá-la quase com atenção, não lhe desejo a morte, dure à vontade mais uns meses, tontinha e a diminuir de tamanho, não penso
    — E se te calasses tu?

irmão   componho-lhe a sala, dou um jeito à cama, se o meu
— Lurdinhas
a chamar de lugar nenhum faço que não percebo, você a pendurar-se-me da blusa
— Ouviste?
e não é a si que persegue, não se aflija senhora, repare que nem existe no tecto, a túlipa do candeeiro, o besouro e pronto, vai-se apagando descanse, repare que o meu pai já se apagou em mim, ficou o boné no bengaleiro e não reparo no boné, se ele neste momento connosco
— Não cumprimentas o teu pai?
nem notava, não me pegava no braço ao caminhar ao meu lado, não me ralhou nunca
— Sabia quem eu era pai?
e ele a dar por mim e a hesitar, o pai da minha colega umas moedas ao menos e não me zango com você, não me exalto, não era só comigo, não falava, talvez em casa há séculos, nas tardes de gripe, encontrava-o a mirar-me de lábio para a frente como a estudar o trunfo ao jogar com os amigos, aproximava o termómetro da janela sem achar o mercúrio, eu de óculos agora com o termómetro dos doentes nos mesmos gestos que o meu pai, as coisas que a gente herda senhores e eu irritada de herdá-las, visitava-me no colégio das freiras num embaraço de respeito, enfiavam-nos numa sala de crucifixos e purgatórios até que a hora acabasse, havia um quadro de santa empoleirada numa nuvem e um carvalho no pátio que ia inchando, inchando, cinco anos de um sono perpétuo entre mim e a geografia e entre mim e a história a impedir-me afluentes e batalhas, não adormeças Lurdes neste mundo amarelo, conta-me da tua vida, do electricista, do médico, daqui a nada manhã e o hospital de novo, os lugares dos doentes que faleceram ontem ocupados, olhos que se espiam de viés e o ruído do monta-cargas às guinadas nos cabos, tive o meu pai no hospital na sala da minha colega, não na minha, e sem boné nem dentadura postiça um estrangeiro para mim, trabalhou de mecânico nas locomotivas paradas das linhas secundárias em que caniços e cardos, qualquer coisa no esófago acho eu, uma hérnia, um tumor, primeiro hérnia, depois tumor, depois nem hérnia nem tumor, o estômago e os olhos no tecto embora não

— Lurdinhas

silêncio, quando não jogava às cartas na latada ficava domingos inteiros à mesa de comer a somar os quadrados da toalha e isto do hospital não no outono, no inverno, uma palidez nas faias e uma chuvinha lenta, se me chegava ao travesseiro a esperança que uma pinça ou uma turquês lhe retirassem a dor, lha mostrassem

— Aí tem a sua dor

e apesar de aliviado a arrepiar-se de madrugada derivado aos corvos que subiam da muralha para rodearem os campos e se tornavam amarelos no outono amarelo que vai tingindo o meu quarto, corvos e apetece-me repetir corvos, corvos, os gansos que ele não via de regresso a África, se a Dulce quisesse dava uma corridinha do seu país de carimbos aqui, antes do médico e do electricista outra pessoa, não o senhor que ajudava a Elizabete, não o dono do café, o meu pai cujas vísceras escapavam ao doutor afinal não o estômago, mal chegavam a um órgão já a doença partira, limitavam-se a descobrir-lhe as pegadas e sinais de haver descansado antes de continuar a fugir, enxotaram-na dos rins e fizeram-lhe uma espera no pâncreas, cercaram-na de armadilhas de radio

(outro homem, não me perguntem quem)

grafias, análises e injecções que emitiam sinaizinhos de luz, era a minha mãe quem observava agora os quadrados da toalha a designar a cadeira de rodas, o automóvel de brinquedo, o boné no bengaleiro a designar-me

— Enquanto não acabarem comigo não descansam vocês

a minha mãe que acabou sozinha sem necessitar da gente de forma que aos quarenta e quatro anos o que sobeja expliquem-me, não me afecta que se não recordem de mim porque me vou embora, não se aflijam, é uma questão de tempo, para onde nem malvas nem piteiras, o mar, fico na areia a assistir à vazante longe desta muralha que se vai estreitando e me aperta, destas travessas e destes becos que me evitam, não há nada que não me abandone hoje em dia, o médico há séculos que deixou de chamar-me, o electricista não me visitou este sábado, a minha colega

— Porquê?

a pensar nela e no seu berço inútil ou em estranhos que vieram perguntar-lhe pelo marido não na enfermaria, na direcção do hospital acompanhados de retratos que iam mostrando um a um

— Sabe quem é?

ampliações a desfocarem os traços, sombras que se sucediam demasiado depressa para que pudesse reconhecê-las, entre as fotografias uma mulher junto a uma macieira e uma garota de tranças num portão de escola, um dos estranhos a demorar-se na mulher

— E esta?

batendo o indicador no vestido, oxalá nenhum dos gansos grite e o monta-cargas com o jantar dos doentes não oscile nos cabos a sacudir alumínios, para além do portão um edifício de fábrica logo pegado ao muro, a garota de tranças substituída por um sujeito mascarado de senhora com um brinco a rasgar-lhe a orelha numa mesa de autópsias, o indicador sem acreditar nela

— Também não sabe não é?

a fotografia do marido com o mesmo sujeito desta vez enfarpelado de homem e em que um dos estranhos também, os gansos não gritam no outono, um soluço de perdizes se tanto e nunca imaginei que soluçassem tão alto, não machos, fêmeas a remexerem arbustos, há sempre meia dúzia de gansos demasiado novos e incapazes de partir mergulhando nos caniços da lagoa a depenarem-se ao frio, se nos aproximamos tentam um passo na lama ou não se movem, aceitam, os cachorros arrastam-nos pelo pescoço para as moitas da balsa e nem uma asa protesta, fica um sulco nas ervas, o homem mascarado de senhora um ganso, a garota de tranças um ganso, lembro-me das rãs a ensurdecerem a gente

(nunca pensei que as rãs)

um ganso intacto de bico aberto na margem

(o marido da minha colega?)

perguntei-lhe baixinho

— Sabe quem é?

perguntei-lhe

— E esta?

a fotografia de uma boneca num pedaço de corda a girar, não a garota, uma boneca com um mecanismo solto na barriga, de metal ou de plástico, declarando umas vogais confusas, não imaginava que as rãs em setembro nos impedissem de falar, o marido trancava-se no escritório para a bomba de gasolina, os campos, a fotografia de uma casa em Lisboa com um par de árvores da China e as suas flores enormes

(não se percebia de que cor na película)

ladeando a macieira, o marido que regressava a meio da noite

(não vou dormir)

sobressaltando a cadela

(a minha colega, eu?)

de ventre aberto contra os pneus da garagem, quarenta e quatro anos e esta vontade de pedir, humilhar-me, eu uma ovelha deixada pelos ciganos até que os cachorros me ladrem, sete, oito, dez cachorros de nariz baixo exigindo, aqueles que os caçadores de Portalegre ou de Setúbal proibiram de entrar nos atrelados dos carros e sobrevivem de ratos, pombos doentes, cobras

(as guinadas do monta-cargas desmembram-me, é em mim que ele oscila, se ergue)

os cachorros da herdade do pai da minha colega também, de outras herdades em torno para os quais ela, afligida de urgência, ia voltando a garupa distraída das fotografias

— Sabe quem é?

mais velha do que eu e no entanto aguardando, pergunto-me qual deles lhe poisaria as patas nos ombros, recuaria um momento, tornaria a poisar, o que fazia as perguntas, o que mostrava os retratos, o que tomava notas num ângulo de mesa, a pessoa de luto que molhava biscoitos no chá

— Não te preocupes com os teus pais anda aqui

um movimento do tronco para diante e não mãos inteiras, dedos quase cócegas, quase agradáveis e nisto quase dor

— Lurdinhas

um pé sobre o meu pé a apertar-me, uma espécie de cantilena

— Anda aqui anda aqui

o meu passado amarelo da cor do mundo que principia em setembro debaixo do anterior e no qual o silêncio deixa de afirmar, escuta, não somos a gente a ouvi-lo, não nos pede

— Anda aqui

ou

— Sabe quem é?

ou

— É este?

ele a ouvir-nos a nós, esconde-se numa dobra de roupa ou nas gavetas onde nada cabe salvo alfinetes, botões, pensamos

— Vou tirar o silêncio dali

e ao abrir a gaveta em lugar do silêncio o amarelo a tingir-nos, as folhas não pertencem aos ramos

(quantas horas entre este momento, este preciso momento, este segundo em que escrevo e o que julgo ser manhã e se calhar manhã nunca, acabaram-se as manhãs, gastei-as, cessaram de existir conforme o olhar do meu irmão no tecto parou, ficaram a túlipa, o besouro e a cadeira de rodas, quantas horas entre este momento e a manhã verdadeira?)

as folhas não pertencem aos ramos, colaram-nas e é tudo, as janelas à volta das fachadas cuida-se que vão tombar e não tombam, deslizam um ou dois centímetros, desistem, permanecem, desta janela o escuro, os grandes gestos da noite que se transformam num fragmento de muralha ou na doente que faleceu hoje no hospital abraçada à irmã de chapelinho de pena quebrada na cabeça

(— Anda aqui Lurdinhas anda aqui

quarenta e quatro anos e eu tão idosa Lurdinhas)

a garganta de uma delas um som mas só a que se achava deitada como eu neste quarto morreu

(vou morrer?)

o som da minha cama e da minha garganta, este som, pergunto-me se vou morrer e continuo, se acendesse a luz tornaria a ser eu

(tornaria a ser eu?)

e os meus dias por ordem prontos a usar, engomados, qual deles irei escolher para gastar amanhã, a surpresa de tantos dias ainda, a doente ficou a meio do seu que continuou sozinho olhando para trás desiludido que o não quisessem, a irmã sem fitar ninguém e ali estava o mundo que principia numa corrente de ar anunciando a chuva, não a chuva de agosto, limpa, chuva cinzenta, suja, o ar sujo, oxalá nenhum dos gansos grite, o monta-cargas com o jantar dos doentes não oscile dos cabos a brandir alumínios, a pessoa de luto oferecia-me chocolates

— Não te apetece Lurdinhas?

não Lurdinhas

— Não te apetece Lurdes?

um nome que me intriga desde que me conheço, repito-o sem o entender, tento mudar-lhe a forma e resiste, compacto, duro

— Não te apetece Lurdes?

vejo os meus pais de maneira diferente como se os meus pais Lurdes, não eu

(— Não te preocupes com os teus pais anda aqui)

e ficava a pensar no meu nome a equilibrar-me no tornozelo direito primeiro e no esquerdo depois sentindo o peso das letras, não o do corpo, nas pernas, a pena quebrada foi-se embora de sapatos miúdos triturando as pedras depressa a esmagar o meu nome, desembaraçada de mim e eu livre, não me chamo Lurdes, chamo-me Eu, os meus pais recuaram insignificantes

(— Não te disse para não te preocupares com os teus pais?)

para as regiões vazias do passado a baptizarem de Lurdes a tudo, utensílios, vizinhos, empanturrem-se com o nome, a minha mãe para o meu pai

— Enquanto não acabares comigo não descansas

e não os cálices ou um automóvel de brinquedo a que faltava um pneu, o cacarejar dos corvos isto é estranhos acompanhados de fotografias

(a cara roçava-me no peito, na barriga, ia dizer nas coxas e enganei-me, num ponto umas vezes impreciso e outras vezes preciso que se abria devagar, pulsava)

ou seja uma mulher junto a uma macieira e uma garota de tranças num portão de escola, um sujeito mascarado de senhora com um brinco a rasgar-lhe a orelha numa mesa de autópsias

(detesto contar isto, a minha mão odeia o que escreve)

numa mesa de autópsias, o marido da minha colega com o mesmo sujeito enfarpelado de homem e um dos estranhos também, sombras

(— Não te preocupes com os teus pais anda aqui

e uma sombra no meu umbigo, na barriga, ia dizer nas coxas e enganei-me, num ponto umas vezes impreciso e outras preciso que se abria devagar, pulsava)

fotografias a amontoarem-se, a crescerem e o indicador a insistir
— E esta?
jurei que não dizia, prometi que não dizia
— Não digo
— Pode estar sossegado que não digo
— Fique tolhida se digo
mas vou dizer e pronto, o indicador a insistir
(vou dizer)
— E esta?
(a minha colega que me perdoe se nesta eu demasiado nova e incapaz de partir a depenar-me de frio, o marido dela a chegar-se a mim
— Não te preocupes com os teus   )
enquanto eu tentava um passo sem emergir do lodo, sem me mover, aceitando
(eu sem me mover aceitando)
lembro-me das rãs a ensurdecerem a gente
(nunca pensei que as rãs)
vultos de afogados sem afogado algum, caules à deriva e um ganso de bico aberto na margem a afiançar
— Não digo
olhando os cálices no armário de que a mãe dela gostava.

Duas horas da manhã

1

Tinha a certeza que duas horas da manhã sem precisar de conferir no relógio porque qualquer coisa mudou de direcção lá fora ou aqui, nenhum halo nos campos salvo talvez à direita onde uma aldeia ou isso, uma espécie de luzes, ia dizer telhados mas quem me garante que telhados, que luzes, reflexos e é tudo, oscilações vagas, se não soubesse que nem um rio pensaria que água, sombras que se desarrumam e arrumam numa superfície tranquila, uma suspeita de vento

(que vento nesta paz de setembro?)

a desinquietar a azinheira de modo que se a minha avó comigo me acotovelaria calada, qualquer coisa mudou de direcção lá fora ou aqui, se calhar o meu marido no escritório a poisar a cabeça no braço e eu a sentir-lhe o medo

— Podes valer-me tu?

e tinha pena de não poder valer-lhe, se estivesse na minha mão a sério que gostava porém eu sozinha, ele sozinho, durante quanto tempo ficaremos nesta casa, a impressão que pessoas na estrada, gente a rondar o muro chamando-se, espiando-se, aqueles estranhos no hospital

— O seu marido?

e mentira, o meu marido nada, quietinho no peitoril a imaginar planetas extintos ou seja calhaus mortos a vogarem e a acreditar que dentro em pouco a noite perpétua e nós por aí ao acaso a esbarrarmos nos trastes sem ninguém que nos guie, o mundo um calhau morto igualmente, talvez fogueiritas dispersas perto de nós, acolá, a velhota do chapelinho de pena quebrada a estender os dedos e a encontrar a irmã ou seja um chapelinho de pena intacta que a recebe e se alegra e o meu marido no corredor a certificar-se que não me sumi do quarto e adormeço com ele, em se acabando este livro

(interrogo eu)

o que fará o meu pai Senhor Deus se me é permitido chamá-Lo a um assunto destes, ninguém me tira da ideia que as mulheres de azul ou de verde

(não me recordo do que escrevi e não me recordo da cor)

não são as duas velhotas, mudamos tanto com os anos, se fosse capaz de sonhar no que a minha existência se tornou estava no Luxemburgo e recebia uma mala bolorenta e uma carta numa língua que se não entende e acabei de inventar, a velhota doente não me reconheceu na enfermaria, os olhos passaram por mim a caminho do estore em que uma claridade sem gansos nem corvos, de planeta extinto, que a Lurdes julgaria amarela, acabou-se o

— Tua filha?

e no entanto vejo as velhotas ou as senhoras de azul

(de azul?)

no vidro de trás

(uma delas de leque)

enquanto o automóvel se afasta, elas um adeusinho e eu adeus algum, pasmada com uma ponta de xaile que esvoaçava ramagens, voltámos para casa e a minha mãe nem pio, tinha umas jóias guardadas, desembrulhou o lenço e o ourives empurrou-as

— Nem oferecido madame

a boca da minha mãe igual à boca dos doentes, quer dizer lábios e língua e gengivas mas não boca, uma coisa estagnada que o ar desprezava, embrulhar de novo as jóias estrangulando-as com força, puxou-me o cotovelo e eu não sua filha, um fardo que se arrasta, primeiro sem pernas e depois caminhando atrás dela, a gente quase a correr, a correr, lembro-me de uma pérola cair e da minha mãe a calcá-la de propósito num ruidozinho de casca, ainda hoje estou para perceber porque consentiu que eu nascesse, umas compressas, uma manchinha escura e resolvia o assunto, deixava a minha avó com a azinheira e ao fim de uns anos uma mala bolorenta abandonada por um colega na casa vazia e que os ciganos levariam ao regressar do Pólo, o meu marido com a irmã em Estremoz

— Podes valer-me tu?

à medida que sob claridade nenhuma, excepto fogueiritas dispersas, pessoas no que foi a estrada a contornarem os destroços do muro, os planetas extintos incapazes de ajudar

— Podem valer-me vocês?

a irmã baixinha, forte, grisalha que não visitava há anos a assustar-se com ele e a cercar-se de móveis, isto é uns caixotes, um divãzinho emprestado

— Não está vivalma aqui

vivalma para cair lentamente

(— Não)

ao comprido do espelho, um bafo, umas unhas, um traço rosado ou pode ser que a irmã esquecesse a gordura do coração

— Eu tomo conta de ti

ou nada disto, a irmã preocupada com a dificuldade em respirar instalada num banquito

(duas horas da manhã e o que se pode fazer, como evitar que isto acabe?)

a pensar em Évora, não no meu marido, e ao mencionar Évora não me refiro à cidade, refiro-me às galinhas e coelhos de um tempo mais feliz, ela a alegrar-se, é um supor, com os sinos que não me alegram a mim dado que mesmo em julho uma tonalidade de inverno, cada badalada a ecoar numa moradia defunta, a do meu pai por exemplo compartimentos e compartimentos em que não nos esperam, pregos no lugar dos quadros, um calendário antigo

(o que sucedeu nesse janeiro?)

da época em que outros os vivos, a minha mãe largou as jóias no balde

(se conhecesse onde fica o Luxemburgo a minha vida diferente?)

e os cachorros ergueram-se de súbito a medirem névoas com o faro porque um lagarto ou um pássaro e tornaram a deitar-se na meia volta lá deles, chega uma altura em que não respondem ao dono, um aceno de cauda e acabou-se, o meu marido à janela sem reparar nos estranhos, a reparar na florzinha da piteira que ia perdendo viço, dava com ele na garagem não ocupado com o automóvel, a observar a cadela, havia momentos

(percebia-se-lhe na cara)

em que parecia que a gente, que nós, mas arredava-se de mim distraído com os ciganos ou o empregado da bomba de gasolina que não me recordo de atender um cliente ou os estranhos que afinal descobrira, a bomba não na estrada, quase no caminho de carroças da herdade do meu pai onde nem gado porque o pasto deserto, faltavam pás no moinho e apenas o feitor encostado à segadora a assistir aos milhafres e ao corropio das nuvens entre plantas dispersas, cinzas, escuridão, os últimos sobreviventes

(o meu marido e eu?)

a esgaravatarem a poeira procurando raízes, os últimos sobreviventes não o meu marido e eu, os colegas dele, os estranhos, uma boneca ou somente a fotografia de uma boneca a girar numa corda, tinha a certeza que duas horas da manhã sem precisar de conferir no relógio porque qualquer coisa mudou de direcção lá fora ou aqui, se calhar o meu pai na poltrona, se calhar a orientação das estufas, visitar o chapelinho de pena quebrada

— Lembra-se de mim?

e achar o leque numa mesinha, talvez com varetas a menos, talvez de tecido rasgado, o leque

— Tua filha?

(se procurasse na arca, porque existia de certeza uma arca, aposto que um vestido verde ou azul, não, dois vestidos, o dela e o da irmã, a um canto)

isto num andarzeco nas traseiras da Câmara, umas escadas difíceis, o cheiro de dicionário dos velhos que adivinham as mudanças de clima e comunicam com as coisas

— Não dás pela azinheira?

provavelmente porque começam a fazer parte da terra e vão baixando, baixando, a minha avó dantes, a minha mãe agora, eu daqui a quinze anos ou nem tanto, já me acontece confundir os dias e demorar-me sem pensar no jardim, na cozinha, a da pena quebrada em busca dos óculos

— Como diz?

um casaquinho de lã e anéis iguais aos que o ourives

— Nem oferecido madame

e em vez de largá-los fora como a minha mãe continuou a usá-los, o jogador de ténis acompanhou-nos um momento e desandou com a raqueta, a certeza que em anos antigos a da pena quebrada com o meu pai na herdade e gargalhadinhas e sorrisos enquanto o feno crescia sob os peneireiros imóveis, no próximo inverno ninguém dá pela casa, a do chapelinho de pena quebrada a inclinar a orelha para o meu pai conforme a inclinava para mim

— Como diz?

e o sol da tarde não claro, roxo, embora o roxo dependa das estações, em fevereiro, com as nuvens e o frio, esbranquiçado, a tirar sombras deste sítio mudando-as para aquele onde há meses a irmã uma dor, vinha do quarto para a sala e deteve-se perplexa, a avaliar o peito

— Uma dor

e então os tais dedos que achei no hospital, os da criatura deitada e os da criatura de pé que se aproximavam, tocavam, o que vai ser de mim, ia escrever que indignadas com a injustiça da dor e não indignadas, tranquilas, o jogador de ténis retirou um ciscozinho da lapela

— Não se inquietem meninas

à medida que os estranhos mais perto, junto à arrecadação em que bolbos e sementes e hoje ferramentas que ninguém utiliza, três compadres mais ou menos da idade do meu marido, sessenta, sessenta e um em abril, problemas na bexiga e no entanto decididos ainda, pretendendo não sei quê de nós a propósito de uma boneca a girar numa corda

— Sabe quem é?

quem lhes terá dito numa repartição qualquer a folhear um processo

— Aquele casal em Évora

a propósito de uma orelha rasgada por um brinco do qual o ourives

— Nem oferecido madame

três sujeitos daqui a minutos à porta a escolherem entre o escritório e o quarto, solas na porção do jardim onde malvas, graveto, a respiração dos cachorros misturada na deles, as caudas alongadas e os focinhos alerta, a cadela na garagem compreende o que escrevo, se me refugiasse ao seu lado a alargar o queixo no cimento entendia, ambas de ventre aberto a pulsar, um pingo de sangue, não uma manchinha escura e o meu filho no berço com os seus farrapos de tule e as suas molas quebradas à espera que o amime, operaram as cataratas a uma pobre no hospital e foi um sarilho para abandonar as cortinas

— Há cinco anos que não via chover

a seguir o mundo e a gente numa admiração lenta, achatada nos caixilhos

— Há cinco anos que não via chover

e deu com a chuva de facto, mais intensa, mais ténue, recomeçando, detendo-se, brilhos de plantas

(que exagero)

um fio no algeroz, a minha avó de ossos inchados

— Santo Cristo

e um país de fungos a aumentar na parede, gotas nas telhas a medirem o tempo cada vez mais espaçado até que a vida termina

— O que fazemos agora?

charcozinhos que os estranhos hão-de pisar ao chegarem, há quantos cinco anos não vejo a chuva eu, não é ela que oiço, é o tecto, as piteiras, a minha avó de sombrinha a examinar o quintal, a da pena quebrada

— Como diz como diz?

não se lembrava do automóvel, do meu pai, da herdade

— Uma herdade?

nem cálices de cristal nem pratas amolgadas, um candeeiro de borlas que não iluminava fosse o que fosse a não ser a si mesmo, o egoísta, há quantos cinco anos não vejo chover e duas da manhã porque qualquer coisa mudou, os estranhos recuaram a discutir entre si preferindo o esconso dos arrumos a que falta a portada, julguei que a das cataratas se interessasse pela família, a casa, a sua imagem no espelho e mentira, qual família, qual imagem, qual casa

— Há cinco anos que não via chover

a amarrotar a cortina para que mais ninguém visse a chuva, deixem-me a chuva em paz, se eu chamasse o meu marido e apontasse os estranhos ele quieto a observar a bomba de gasolina, o telheiro e o que ainda resiste

(tão pouco, uma névoa, uma poalha)

dos planetas extintos, não distraído, numa espécie de alívio, calculo que toda a vida desejou que chegassem e ia escrever que satisfeito de chegarem mas não satisfeito, outra

coisa, cessar de esconder-se, ter medo, ia escrever que o meu marido
— Até que enfim
e não isso também, ia escrever que eu
— Até que enfim
e como traduzir o que não consigo explicar, a macieira, a boneca, fotografias uma após outra na mesa e o estranho a insistir
— Sabe quem é?
vestido como o meu marido ao conhecermo-nos, o fato, a gravata, a camisa engomada, de olhinhos não se detendo em mim como por timidez ou isso e timidez alguma, o dedo a bater no retrato da mulher contra a macieira e a erguer-se feroz
— Sabe quem é?
um segundo estranho, que escrevia, a fingir-se distante e no entanto os óculos a endurecerem, opacos, o meu marido para eles
— Há cinco anos que não via chover
(na escola de enfermagem chovia nos narcisos e não chovia em mais parte alguma apesar de novembro, com as nuvens a sul e o largo deserto, não chovia em mais parte alguma a não ser nos narcisos)
o meu marido de patas na minha garupa a empinar-se e a falhar, os dentes nas minhas orelhas, na nuca e ele do negrume dos planetas extintos
— Até que enfim acabou-se
fogueiritas dispersas, cada passo um eco, não um passo de facto, cada palavra não um som, um desconforto no ar, o meu marido não
— Até que enfim
outras palavras nas quais o
— Até que enfim
cabia, duas e tal da manhã, cinquenta e seis anos e as minhas articulações as da azinheira quase, a Elizabete e a Lurdes vão esquecer-se de mim, substituía-as nos domingos, nos verões e nas tardes em que o comerciante de Borba no telefone do hospital
(se eu atendia desligava, apercebia-me de uma espécie de tosse)

— Estou aí terça-feira

e dávamos com a furgoneta na rua e a tal espécie de tosse a sacudir-se lá dentro, a cadela arrastava-se dos pneus para debaixo do automóvel, o dente do meu marido surgiu e apagou-se, o ourives empurrá-lo-ia no balcão não acreditando que oiro

— Nem oferecido amigo

os últimos grilos raspavam as malvas e nenhuma música, uma fúria de asas, a chuva nos narcisos e as corolas envernizadas, garridas, a pobre das cataratas no murmúrio dos sonhos

— Há cinco anos que não

alheada das irmãs, dos sobrinhos, de um chinês que lhe ofereceram e acenava a cabeça, presa à gola de barro por um eixo metálico, a minha avó acenava também ao principiar outubro

— Já o tenho nas juntas

à medida que eu imaginava como seria em rapariga, a cor da pele, as feições e agora a torneira que demorava uma eternidade a fechar baralhada em dezenas de dedos

(os dedos multiplicaram-se avó)

conversas sabe-se lá com quem o tempo inteiro e se me notava a minha avó alerta enxotando fantasmas

(que fantasmas?)

— Não é nada

o do meu avô, o do pai dela, o de um homem no matadouro que não consigo distinguir com um martelo e um espigão, os estranhos um martelo e um espigão também, ao erguerem-nos o meu marido a aceitar enquanto os ciganos o miravam com lástima do pátio onde antigamente o asilo, o senhor que auxiliava a Elizabete todo simpatias, cumprimentos

— A tua colega é jeitosa sabias?

eu que nunca fui jeitosa tornei-me jeitosa agora olha o parvo, a palma do senhor a experimentar-me a cintura e à lembrança que me experimentava a cintura o meu focinho no chão, prenda-me o pescoço, obrigue-me, duas e pouco neste instante, de tempos a tempos, sem razão que se veja, o escuro abre-se assim, percebe-se um brilho de maçaneta e o espaldar onde deixámos a roupa, cuidamos que dia e ao decidir

— É manhã

damos conta que a noite indispensável para nós e como continuar sem ela, se o comerciante de Borba comigo talvez adormecesse apesar dos estranhos, a boneca pendurada de um fio não me perseguiria mais, não me importava que o meu marido morto no escritório, aguardava que a palma a experimentar-me a cintura

— Jeitosa

e eu sem ouvir

(não necessitava de ouvir)

atenta a um chamamento de criança difícil de destrinçar das piteiras e no entanto presente, prolonga-me, pertence-me, reconhece-me, é meu, nenhuma manchinha que a primeira gaivota me roube mas como uma gaivota se nós tão longe do mar, um pombo bravo ou um ganso talvez, um pássaro de Espanha a chocar na lagoa, a da pena quebrada

— Como diz como diz?

receosa de mim, procure na memória senhora, recorde-se do automóvel e das moedas que o meu pai me lançou da janela, se calhar o chamamento de criança foi a minha garganta a dizê-lo, a minha mãe calada, acho que perdi a voz dela, as maneiras, o cheiro, que é feito da sua indignação com a minha avó

— Quais azinheiras que cisma

favas numa selha e o frasco de bicarbonato para a asma das galinhas, conservo a sua forma de lhes avaliar a saúde estudando a consistência dos ovos, a ideia de uma criatura de bruços a dormir no sofá, eu

— Mãe

e você dentro do sono, somente um olho de fora e todo o corpo aquele olho

— Deslarga-me

que me não notava sequer

— Deslarga-me

não para mim, para a minha avó, o meu pai, um olho lento, deserto, alcançava a superfície e apressava-se a descer, perdia-o

— O seu olho senhora?

remexia na coberta e queixo, testa, nariz, nenhum olho para amostra, uma pálpebra sem olho que se apertava ao tocar-lhe

— Deslarga-me

trabalhou de cozinheira em casa de um homem e de um velho, o homem

— Quero-te no quarto em cima
a avaliá-la como se avalia uma égua
— És uma égua tu
o velho doente na poltrona a dar por eles em cima, os relinchos, os cascos e nesse momento um dos cachorros a empinar-se para os estranhos sem desconfiança nem zanga, não a minha mãe com sono, eu com sono, a sensação que me afundo e acordo e volto a afundar-me sem a certeza que durmo, alcanço a manhã não alcanço a manhã e se alcançar a manhã o que alcanço meu Deus, terá mudado o mundo, a azinheira sem a minha avó não se distingue das restantes conforme a minha avó não se distingue das restantes mesmo pelas lápides já que nem um nome e uma data ou então demasiados nomes e datas e eu a conjecturar qual, se tentasse
— Avó?
estou em crer que nenhuma se acusava e o que lhes custava acusarem-se, de vez em quando um empregado tira-lhes umas raízes e uns junquilhos selvagens e é tudo, por baixo lodo, seixos, devo ter adormecido e o que acabo de dizer não fui eu quem o disse, foi a que mora em mim, da qual não me apercebo e no entanto fala, os estranhos
— Sabe quem é?
e não sei, sei que duas e dezasseis no relógio, a minha boca repete
— Duas e dezasseis
sem que a minha cabeça repita, quando muito a perguntar
— Duas e dezasseis de quê?
eu à deriva, o meu pai a tentar um aceno e incapaz do aceno, as penas quebradas de azul não de verde
— Uma herdade?
a pensarem noutra herdade, noutro automóvel, noutra miúda descalça, duas e dezassete e a minha cauda a bater na coberta, se as jóias da minha mãe aqui estivessem punha-as, meia dúzia de pulseiras, um broche, coralinas, esperava que o comerciante de Borba ou o meu marido ou os estranhos se chegassem à cama, talvez cessasse de escutar a roca que pendurei no berço e os cachorros levaram e então uma harmonia entre mim e o resto depois de tantos meses amargos, acho que voltei a adormecer

porque o meu corpo perdeu forma e é-me difícil juntar-lhe os pedaços, o tornozelo, por exemplo, articulado a custo ao que sobeja da perna, voltei a adormecer porque alguém a acompanhar-me na garagem, um cachorro ou um homem, um dos estranhos julgo eu, havia alturas em que de tão sozinha me contentava com um bicho e na falta de um bicho, o que significa que estamos perto do termo, o estranho das fotografias a subir o degrau da cozinha, vi o meu marido numa mesa de autópsias e o médico a pesar-lhe os pulmões, voltei a adormecer dado que o meu marido o meu nome e não o nome certo com as sílabas certas mas o nome certo com sílabas diferentes, a emoção do meu nome aos cinquenta e seis anos quando já um olhar de adeus em redor, o portão da garagem aberto e o meu marido a entrar de roldão com o jardim, quer dizer primeiro os canteiros, as piteiras, as malvas, o que foi a horta, o que era ainda o pomar uma vez que os limoeiros

(quatro pelo menos)

continuavam mau grado as mimosas, não te deixes ir, não te entusiasmes, mais calma, o portão da garagem aberto num barulho de gonzos e latas e o meu marido a entrar de roldão com o jardim, as malvas, os limoeiros

(tiro-lhes o chapéu)

o lixo e os desperdícios que ali se foram juntando, não apenas os nossos, aqueles que os vizinhos e os garotos de escola

(ia escrever os ciganos, que tenho eu contra os ciganos?)

jogavam sobre o muro

(por acaso não as jóias da minha mãe

— Nem oferecido madame)

e com o lixo e os desperdícios e de roldão com eles o meu marido

(pronto, entusiasma-te vá)

o meu nome, o estranho das fotografias a bater-lhe com o dedo

— Sabe quem é?

e não a boneca, não a mulher, não a garota, eu, oiça o meu nome mãe, um olho fora do sono

— Deslarga-me

o corpo inteiro o olho, afogava-se nos lençóis e ao afogar-se não existia

— Adeus mãe

existia um relevo de bruços que eu nunca vira antes e a pobre das cataratas a encostar-se à chuva, a Lurdes a amparar-me o braço

— Devagar

derivado a umas compressas e uma manchinha escura ou seja o visco que deslizava de mim, a Lurdes

— Estamos quase

e mais visco, uma voz que rodopiava com ela

— Descansa um bocadinho descontrai-te não te levantes já

e a Lurdes não caminhando porque estas coisas se passavam no interior de um lago, a nadar, a cara decompunha-se e reunia-se

(quantos fanicos és tu?)

consoante neste momento o quarto

(penso que devo ter adormecido de novo, permanece à tona, não desças)

com um ramo de flores numa campânula embaciada e o meu retrato de noiva na parede acolá, sair do lago por me custar a respirar e a Lurdes

— Não te movas

os dentes uns contra os outros e não febre, uma espécie de desilusão, palavra errada, emenda quando fores ler o que escreves e nesse momento sim, a manchinha escura, mais avermelhada que escura mas não vermelha de sangue, berço algum no jardim, dois ou três cachorros somente, o que eu preferia faleceu de esgana e o tacho dele intacto, não morrem como a gente a ganir de terror, acomodam-se no cesto, amolecem, quando muito perguntam

— Como diz como diz?

sob um chapelinho de pena quebrada e nenhuns dedos nos seus, nenhuma ajuda, sozinhos, oiço o meu nome, verifico que duas e vinte e surpreende-me que a noite continue a rodar, tento levantar-me e as minhas patas incapazes de caminharem

— Desiste

de modo que não protesto, não luto, se os estranhos comigo não lhes respondo ao cumprimento, a Lurdes

— Devagar

e devagar para onde, salas de consulta, doentes, o monta-cargas que não cessa de guinar nos seus cabos e o que são doentes, o que são salas de consulta, um monta-cargas para quê, não preciso de vocês, fico aqui na garagem e a Lurdes a inquietar-se comigo

— Garagem?

porque acredita ainda, consegue andar, interessa-se, para ela nenhuma mulher contra uma macieira, nenhuma boneca, nenhum estranho a bater-lhe com o dedo no peito

— Sabe quem é?

as manchinhas escuras aferrolhadas no ventre, a claridade dos planetas extintos de regresso e aqui estão o meu jardim, a minha casa e os objectos que fui juntando ao comprido dos anos, toalhas, velas coloridas, patetices que o meu marido não vê trancado no escritório e a distância, meu Deus, com que os enumero agora, se a minha avó para mim

— Não dás pela azinheira?

julgo que a entendia e me demorava a escutar, tenho a certeza que duas da manhã sem precisar de conferir no relógio porque qualquer coisa mudou de direcção, talvez à direita onde uma espécie de telhados mas quem me garante que telhados, reflexos e é tudo, se não soubesse que não água nas redondezas pensaria que água, sombras que se desarrumam e arrumam numa superfície tranquila, esta imitação de vento

(qual vento na paz de setembro?)

e o meu marido a poisar a cabeça no braço

— Podes valer-me tu?

referindo-se aos estranhos e à boneca na extremidade da sua guita a girar, a girar, tanto quanto me lembro nenhuma boneca eu, umas formas de bolos, uns paus mas não pensar em injustiças nem me aborrecer com o meu pai, no caso de ser impossível um filho no berço lá fora hei-de dar por mim a embalar o vazio, a piteira junto às dálias arrepios em que não atentara levando-me a supor que talvez chegue a manhã, traços longos de nuvens, os primeiros rebanhos, o empregado da bomba de gasolina a guardar a lancheira e a desdobrar o jornal, uma imitação de vento mais aragem que vento, quem a sentiu que explique, a vasculhar os caules entre a noite e o dia, a muralha a espessar-se, a crescer

(não me empurrem para terminar o meu relato, hei-de acabá-lo vão ver é uma questão de paciência, a cada qual o seu ritmo) a muralha portanto

(são vocês que me fazem perder tempo)

a espessar-se, a crescer, pedaços de musgo em alguns pontos da pedra mas não pavões nem rolas como as que vi em Lisboa, ainda que não estejam de acordo respeitem-me as manias, deixem-me citar a muralha que ao longo da minha vida foi uma companheira fiel, cortem, se lhes apetecer, os traços longos das nuvens, os primeiros rebanhos, o empregado da bomba de gasolina

(senhor Meneses, veio-me agora o apelido, o primeiro nome escapou-se)

um gato de que não faço questão, o que mais há são gatos, terei oportunidade de me ocupar deles mas permitam-me o capricho da muralha

(não exijo muito)

minha amiga constante, meu abrigo por vezes, não a eliminem do livro e com isto e não por culpa minha perdi-me, referia-me à piteira levando-me a supor que talvez chegue a manhã, os limoeiros que sobram igualmente fiéis, estou-vos reconhecida, bem hajam, embora magros, torcidos, dão-me confiança em mim, duas e trinta e um, estamos quase, só três páginas mais, não gesticulem a apontar o relógio, não me digam com os dedos

— Um minuto um minuto

não ameacem ir-se embora que eu abrevio, sosseguem, e uma vez que abrevio elimino o chapelinho de pena quebrada, a pobre de nariz na cortina

— Há cinco anos que não via chover

e os gansos do pântano que me faziam sonhar, quantas tardes na primavera os aguardei em segredo, os imaginei nas ilhotas de caniços, os procurei visitar e apenas lama, vapores, umas salamandras na margem e olhos pedras também

— Deslarguem-me

resumindo como é vosso desejo um dos estranhos a erguer a porta da garagem

(os gonzos, as molas, o abanar das placas)

e eu lá dentro deitada

(sob o automóvel ou junto aos pneus, pouco monta)

	não a fugir-lhe, a observá-lo conforme os cachorros ao seu modo o observavam também com receio do sacho com que o meu marido os ameaçava à distância

(um homem vestido de senhora numa mesa de autópsias?)

os pêlos do meu focinho molhados e a garupa a arredondar-se, agrada-me na minha idade ser capaz de um convite, duas e trinta e um, duas e trinta e dois, duas e trinta e três, conservar meia dúzia de esperanças, ilusões, vontades, tornar a ver o mar por exemplo, franzir-me ao sol como a mulher do retrato ou descobrir-me viva sob os planetas extintos, escutar os comboios à noite e sentir-me feliz, uma sucessão de janelas iluminadas passando atrás dos tojos a caminho de Espanha, a porta da garagem ou a porta do meu quarto, na porta o meu marido ou um dos estranhos

(o que perguntava, o que escrevia, o outro?)

e eu deitada, os cachorros que despertam um a um

(qualquer coisa na minha direcção lá fora)

a da pena quebrada outrora de azul ou verde

— Uma herdade?

e os cachorros que despertam um a um a seguirem-me, daqui a quanto tempo as codornizes nas moitas e o coração delas tão rápido, precisava que me dissessem

— Sou eu

ficassem comigo

(não é preciso abraçar-me, contentava-me que ficassem comigo em silêncio no banquinho da cómoda)

à medida que qualquer coisa mudou de direcção lá fora, notam-se os milhafres de repente imóveis vigiando as capoeiras e a da pena quebrada no andarzinho onde mora enquanto eu

(estou a acabar, um momento, não me impeçam amigos)

enquanto eu, duas e trinta e cinco, vou resvalando para o sono, os pulsos e os joelhos separaram-se de mim, não consigo movê-los, eu de bruços com a minha mãe, eu quase nada, eu as costas, eu que perdi as costas, perdi a mão direita, eu a mão esquerda que se estende para o despertador sem lograr agarrá-lo, eu a perder a mão esquerda, quatro dedos, dois dedos, nenhum dedo, apercebo-me do contorno do peitoril, de um ramo de glicínia e da azinheira que desde o falecimento da minha avó não me perguntam se dou por ela, perco o

(eu em criança a correr atrás de não sei quê de vestidinho claro e alguém atrás

— Cuidado)

perco o despertador igualmente, compreendo que a manhã não chega, se desinteressa, desiste, penso que junto à cama os cachorros, o meu marido, os estranhos, penso que não os cachorros, os cachorros no jardim, penso que o meu marido impossível, o meu marido no escritório a observar a empena do que terá sido uma casa de herdade

(não a do meu pai)

uma arrecadação, um convento, o meu marido não no escritório, no corredor a caminhar para mim e a pronunciar o meu nome, a molhar biscoitos no chá

— Anda aqui anda aqui

o meu marido um dos estranhos a sentar-se ao meu lado, não, por enquanto a inclinar-se para mim eu que não tenho corpo, não tenho dedos, não existo, alguém

— Cuidado

e eu a correr quase até à estrada, à vereda, ao caminho onde um automóvel se desvanece numa espécie de curva e no vidro traseiro uma ponta de xaile esvoaçando ao acaso a acenar-me adeus.

2

Há noites como esta em que não reparo na macieira nem reparo na minha vida, se o homem que prometeu visitar-me e não visita subir as escadas devagarinho, com medo
        (acho eu que com medo e ele
        — Medo de quê?)
não oiço, não é que faça um esforço para não ouvir, não oiço, existe quando muito a vivenda do Pragal e a senhora
        — Ana Emília
no andar de cima, quase a levantar-se da cama, quase a entornar o xarope, na janela a moradia em frente, cortinas iguais, móveis idênticos de cerejo, outra senhora a chamar outra mulher e também quase a levantar-se, quase a entornar o xarope, todo o Pragal estas vivendas, estas camas, estas janelas que se examinam, se encontram, dúzias de vozes
        — Ana Emília
nos andares de cima, este cheiro de flores nas jarras vazias onde só a água escurece, dúzias de nós a treparem os degraus
        (— Medo de quê?)
e as senhoras designando o papel da parede
        — O Tejo
ou seja medalhões mais cor-de-rosa que vermelhos derivado ao sol, os mesmos filhos nas molduras, os mesmos pais de chapéu, trepamos os degraus e as senhoras para a gente
        — Ana Emília
quando não é
        — Ana Emília
que pretendem que escutemos é a vida delas, é
        — Porquê?
um beicinho que se transforma num grito e o grito coalhado, só o gesto do grito mais forte que o som, a idéia que o Tejo chega aqui e as leva, a água escurecida das jarras vai cres-

cendo, crescendo, atinge-nos o pescoço e impede-nos de falar, as senhoras

— Ana Emília

e a água das jarras sossega, o grito das senhoras mudo, na moradia em frente caixotes de cimento com dálias e sobre o alpendre mais a sua lanterna e o seu santo no nicho

— Ana Emília

porque há noites como esta em que não reparo na macieira nem reparo na minha vida e embora sem nenhum automóvel, nenhuma visita

(medo de quê?)

— Ana Emília

a suspeita que dois dedos prendendo-me o vestido e uma urgência em falarem-me, o que se passa com vocês cheios de pressa, meu Deus, eu que não tenho nada que lhes possa interessar, o meu pai por exemplo

(— Vi-me grego para descobrir onde moras)

a passear-me na sala

— É aqui que tu vives?

descanse que não o ponho nervoso, não preciso de dinheiro, guarde-o, se houvesse uma jarra vazia a água escurecida de volta, o Tejo na muralha sobressaltos, murmúrios, a filha da senhora trancava as gavetas para que eu não roubasse o faqueiro, abria-me a carteira

— Mostra a tua mala

e as minhas coisas uma por uma na toalha desconfiando de mim, o homem que prometeu visitar-me desconfiado também a verificar a posição do sofá

— Quem esteve aqui confessa

obrigando a água escura a crescer e as árvores da China blá blá blá no quintal, o meu marido trouxe-as numa serapilheira já com tronco, raízes

— Repara na minha prenda Ana Emília

quase nunca penso nele e se pensar não o vejo, são capazes de estar por aí

(há vários sítios secretos fora da nossa cabeça)

sapatos ou um fato que não vejo igualmente, outro dia uma bisnaga de creme de homem no lavatório e eu a pasmar com a bisnaga, a rampa não se percebe como não no tubo, no chão, há quantos anos viúva, tenho de fazer as contas, não sei, meteu os bolbos na terra, eu grávida a assistir no pátio

(recordo-me de assistir no pátio consoante me recordo de fissuras no calcário)

o médico preveniu

— Tem a albumina alta

de forma que repousava dias a fio sem entender o meu corpo, o coração que divagava, o borbulhar das hormonas, o médico media-me a barriga que me não dizia respeito, dilatava-se por sua conta sem relação comigo, o que significa albumina, mostraram-me a criança e não entendi a criança

— Não lhe pega senhora?

uma criança para eu pegar porquê, não me apetece pegar no coração que divaga e no borbulhar das hormonas, ao voltar do hospital com a alcofa as árvores da China botõezinhos, folhitas, não foram estas que eu deixei há três dias

(três dias?)

mas as fissuras no pátio serenaram-me, inclinei-me para lhes tocar com o dedo e era verdade, fissuras, estou em casa de novo, o meu marido

— O que foi?

enquanto eu deixava a alcofa numa cadeira e tocava com o dedo as paredes, o chão, apertava-me nos lençóis para que cheirassem a mim, uma das almofadas cheirava ao meu marido, a que sobrava a ninguém e como ensiná-la a pertencer-me outra vez, a alcofa na cadeira não fazia parte do quarto como o armário ou o espelho, uma excrescência com folhos onde a albumina e o coração se queixavam, deitá-la fora, oferecê-la, regressei às fissuras do pátio de que nasciam formigas porque essas sim eram minhas, não o outro quarto que a alcofa transformava num lugar qualquer, no espelho uma criatura que se assemelhava a mim sem ser eu

— Quem és tu?

ou seja a minha aliança e o meu cabelo, estas bochechas e estas pálpebras não, o meu marido para a do espelho

— Ana Emília

e se soubesse o que sei hoje da água escura das jarras a boca a alargar-se no gesto de um grito, o meu pai no jornal

— Pões-me nervoso tu

e cobrir-me de formigas

(— Deixem-me em paz não me persigam)

fugir dali, enterrar-me, onde está a pá dos bolbos para me sepultar no quintal, o homem que prometeu visitar-me ameaçava as árvores da China

— Uma noite destas corto aquilo palavra

e eu a assistir à criatura que se assemelhava a mim e se afastava da alcofa a examinar as coisas não inquieta, intrigada, se o meu pai nessa altura

— É aqui que tu vives?

compreendia-o senhor, nós ambos espantados, só quando o acompanhei à rua atentei na bengala enquanto ele não muito firme

(o meu pai não muito firme imagine-se)

para a direita primeiro, no sentido da estação, e para a esquerda depois no da loja de roupa e da clínica dentária, a amparar-se às tipuanas com as narinas enormes, faltavam-lhe ossos inteiros nas coxas e na espinha, uma das botas que ficava para trás lá apanhava o corpo, eu que conservo a imagem dele a correr uma tarde

— Não me apanhas

ignoro em que parque, sei que um tanque de peixes, um busto, o cabelo não ralo e com tantas falhas, preto, na peanha do busto, sob o nome, filólogo, trotei à volta de um filólogo com o meu pai em miúda de maneira que corra agora sozinho senhor, para não lhe assistir à corrida fechei a porta depressa, acabei por espreitar e não corria nem meia, lançava-se contra a tipuana seguinte, desamparado, torto, esquecido da bota que se escapava

(preocupou-me que perdesse aquele bocado de si)

a empregada do posto médico carimbará ainda martelando receitas, provavelmente adoeceu numa vivenda do Pragal a entornar o xarope

— Ana Emília

e o meu pai na moldura, não medalhões cor-de-rosa, uns contornos, uns esboços derivados ao sol, ela

— Porquê?

também, desinteressada da resposta e tirando o porquê nada, acabou-se o meu pai, a minha mãe, que não corria nunca, à esquina do jornal

— Deu-te o dinheiro ao menos?
se eu pilhasse o filólogo
(não havia uma das letras que se decifrava pelas marcas no mármore)
trotava-lhe à roda a escandalizar as rolas, desafiava-o
— Não me apanhas
os olhos dele vazios e a calva sabedora, sempre temi que nos carecas se vissem as ideias aparafusando-se umas nas outras, soltando molas, vibrando, há relógios assim de mecanismo ao léu e um balançar de volantes, se eu fosse careca os sentimentos à mostra cobertos de cicatrizes e sardas, o homem que prometeu visitar-me a esmiuçar uma nódoa no divã
— Quem esteve cá não me mintas
supondo que um colega dele, um vizinho, um estrangeiro sei lá, o meu marido a regressar do espelho dando um jeito ao brinco que afinal não lhe rasgou a orelha, o homem levantou-se para me bater e arrependeu-se, de punho numa espiral perdida ao tombar no divã
— Acabam por descobrir-me é uma questão de tempo
como se o tempo uma questão em vez de um balançar de volantes que têm mais que fazer que incomodar-se com a gente, vão à vidinha deles sem nos dar importância e é tudo, não sobeja sequer a macieira para queixar-se de nós, perguntamos
— Foi neste ramo ou naquele?
e nem neste ramo nem naquele, a macieira a troçar-me, porque existiu a alcofa
(quero lá saber da alcofa)
não existiu a minha filha tal como o que existe agora é a vivenda do Pragal, a água escura das jarras, o meu pai num lugar de Lisboa
(não me interessa qual)
onde uma criatura zangada com o mundo carimba o dia inteiro num balcão invisível, o que existe agora e a água escura por momentos descobre é a macieira para quem não contamos, as ervas de que tratarei um dia e o homem que prometeu visitar-me
— Acabam por descobrir-me é uma questão de tempo
(conhecerá a estátua do filólogo no parque?)
nunca me viu correr eu que continuo a saber correr e o apanhava num ai, o meu marido a entrar com ele em casa

— Um colega

igualmente casaco, gravata e sapatos engraxados isto em agosto julgo, talvez julho, pergunto-me se terei começado mais cedo do que esperava a confundir os meses, no fim de contas julho e agosto a mesma coisa, pegados, crepúsculos que não terminam arredando sombras, a senhora

— Ana Emília

(— O que se passa comigo?)

inquieta com a luz, os ossos leves sem os musgos do inverno, esperanças antigas que regressam e animam, julgamos que se acabou o tempo, se acabou a velhice, não morres e como não morro

(a Ana Emília auxilia-me)

cavalheiros na praia

(não um jogador de ténis que asneira, disse cavalheiros na praia)

o meu padrasto, o meu irmão mais velho, pessoas à séria, não madames de chapelinho de pena quebrada que não merecem uma palavra e não vamos demorar-nos em conversas sobre elas, que se finem aguçando a orelha desejosas de ouvir

— Como diz como diz?

não gasto cera com isso, o meu padrasto, o meu irmão mais velho, homens grandes, saudáveis, com várias fieiras de dentes, apetite, boas cores, não a tombarem a mesinha, não este frasco de xarope, não

— Ana Emília

como eu, não se gastam, não morrem, larga a moldura e não julgues que são eles, não são eles, eles na praia de colarinho de celulóide a jogarem gamão e por conseguinte qual doença, qual fim, eu com dezoito anos e o meu padrasto a aperfeiçoar o colete

— Tapa os joelhos menina

uma praia no Montijo, dizem que o rei ali dantes e o avô do meu padrasto lembrava-se

— O meu avô lembrava-se vinha o rei vinha a rainha

gente rica, gente gorda, as ondas retiravam-se numa acidez de esgotos, eu a tapar os joelhos e no fundo dos joelhos o meu segredo, de quando em quando um guarda-chuva na areia, sem varetas, erguia-o com um pau e o meu irmão a vigiar-me o segredo

— Tenha termos e endireite-se
barquitos mas depenados, pelintras, se o rei me visse
— Gentilíssima dama recebeide os meus bons-dias
a Ana Emília a entender-me a importância
— Alteza
vacas a pastarem limos com um nervo do pescoço a alargar-se, pensava
— Vai rebentar
e encolhia, aquelas patas delas numa delicadeza desacertada, difícil, por serem tantas, de concordar umas com as outras, se ao menos eu agora uma única pata dava-me jeito, podia, talvez, agarrando-me à camilha, espiasse Almada onde
(pelo menos outrora, na época do meu segredo)
uma praia também, areia menos limpa creio eu, não um guarda-chuva, vários, indo e chegando com o Tejo, pássaros de que não vou falar, detesto pássaros desde que aquele com quem não casei um bico a rasgar-me levando o segredo do fundo dos meus joelhos consigo de maneira que eu vazia, o meu irmão
— O teu segredo?
e segredo algum, furtaram-mo, eu inquieta que se ofendesse a evitar responder-lhe, a que galga os degraus quando a chamo
— Onde julga que vai?
a espiar as jarras vazias como se água lá dentro a subir, cuidando que eu
— O Tejo
quando não menciono senão praias, os cavalheiros de chapéu, o meu irmão
— Tenha termos
a época na qual se ocupavam de mim, compreendiam-me os caprichos, não tinha de exigir sopa à empregada, lá estava ela a horas, nem se sonha o que me cansa pôr as memórias em ordem, ter de contar isto tudo, provavelmente um tendão do pescoço a alargar-se como se pastasse limos, se me dessem a liberdade de explicar os assuntos conforme entendo em vez de me gritarem o que interessa são as duas horas da manhã e o dia que não chega, entrega-se outra vez a narração à Ana Emília, já está, o homem que prometeu visitar-me e não visita, as árvores da China, a macieira, o meu marido no espelho, noites como esta

(voltamos a encarreirar)

em que não reparo na minha vida nem em mim, lembro-me do meu pai

— Não me apanhas

lembro-me do meu pai no jornal, também não, não encarreira afinal, o meu pai deixou-nos, ponto parágrafo, não o tornei a ver, o que tornei a ver foi uma bengala e o chocalhozito da voz

— Vi-me grego para descobrir onde moras

para a direita primeiro, no sentido da estação em que umas árvores altas, embora a cem metros de mim não a visitei até hoje, percebo quando as locomotivas se imobilizam e quando partem mais pelo ruído dos travões do que pelo motor, uma agitação de copas se quiserem

(se não quiserem uma agitação de copas também)

e chega-me, não seguem para longe, não me fazem sonhar, não existem lágrimas de despedida, emigrantes, saudades, Paris no fim da linha, à chuva, se conduzissem a Moscovo ou à Pérsia depois disto acabado tomá-los-ia um dia, o meu pai por conseguinte para a direita primeiro e após deliberações confusas, a enfrenesiar-se com a bengala, para a esquerda depois onde a clínica dentária com um siso iluminado a pulsar e um rectângulo em que alternadamente a temperatura e a hora, dez segundos para a temperatura e dez segundos para a hora, contei-os, todos os minutos uma faixa de letras, Serviço Permanente, não Serviço Permanente,   erviço Permanente e o meu pai amparado às tipuanas com as narinas enormes, eis o que sobeja de você assim que a porta fechada, isto em janeiro e de então para cá nada sei, vamos perdendo gente, os ecos rarefazem-se e os espaços dilatam-se, escutamos uma gargalhada mas de que pessoa e em que sítio, olha-se em torno, ninguém e contudo a gargalhada persiste, ao cuidarmos localizá-la desaparece a fungar, a semana passada mudei de transporte duas vezes e lá estavam as mulheres em atitudes de estátua, o lugar onde a minha mãe a trotar para mim remexendo-me os bolsos

— Deu-te o dinheiro ao menos?

e no sítio do jornal um escritório de patentes, ainda que lhes pedisse não me entregavam dinheiro, fica-se a dever, paciência, sempre ficámos a dever, em alturas assim é pena que

os comboios não a Venezuela ou o Tibete em lugar de Lisboa, o meu marido
— Como é que se arranjavam vocês?
se pretendem que diga as horas eu digo, não custa nada ora essa, duas e tal da manhã, o meu marido a abandonar a chave na entrada, leve na minha mão e na dele pesadíssima
— Se me deixassem contar-te
em contrapartida a pistola
(no caso de tornar a ver o meu pai alegrava-me?)
para o meu marido uns gramas e
(acho que nem triste nem alegre, pode ser que alegre não sei)
para mim
(demoro-me a reflectir e não sei)
toneladas, ignoro o que sinto pelas pessoas, nem comigo me ralo, a água escura que suba se lhe der na gana e me tape, adeusinho, o meu marido
— Se me deixassem contar-te
um trabalho em Peniche numa prisão ou isso, cheiro de ondas, silêncio, o mar silêncio, os albatrozes silêncio, janelicos com ferros silêncio, é possível que gente, passos e todavia silêncio, o silêncio do vento, o silêncio dos bichos, a espuma contra os penedos silêncio
— Se me deixassem
e os albatrozes a engolirem a espuma em silêncio
— Se me deixassem contar-te
e não deixavam, silêncio, eu a perguntar em silêncio
— Que gente que passos?
com o silêncio do vento de Peniche em Lisboa
(julgo ter cumprido as instruções mencionando que duas horas, não foi?)
os albatrozes a engolirem-me de mistura com as sobras de peixe que não vendiam na praia, tripas cabeças caudas, o vento de Peniche na macieira a dobrar a erva molhando-nos, o meu marido a responder-me mas a chave a cair na arca da entrada e somando-se às ondas impediu-me de escutar fosse o que fosse a não ser o silêncio, nem numa noite como esta em que não reparo na minha vida um silêncio tão grande

(não inteiramente silêncio, de quando em quando um gonzo)

eu para o meu marido

— Como?

e o gonzo a encaixar-se e a desencaixar-se num tropeço de metais, ninguém conseguia entender o que ninguém dizia, a espuma contra os penedos galgava o forte à tarde, é possível que gente mas nunca me contaram, não sei, sifões de enchente nas rochas, o nosso quarto para um lado e para o outro com as ondas, se baixavam viam-se as árvores da China, se subiam nem a estação ao menos, o meu marido ao meu lado à medida que asas e unhas, a maldade desprovida de emoção de pupilas vermelhas, o meu pai ao menos acusações, censuras

— Pões-me nervoso tu

o homem que prometeu visitar-me e não visita sentado com o meu marido e os albatrozes a roçarem por mim e a afastarem-se

— Se me deixassem contar-te

se o deixasse contar-me o quê, ecos de pedra, ondas, luzinhas

(na vila, na areia, na estradita do forte?)

de que não se suspeitava e no entanto perduram, o que prometeu visitar-me e não visita falou-me da irmã em Estremoz, de piteiras, de cachorros, não me falou de si mesmo, demorou-se no cemitério a escutar os salgueiros embora a mãe não viesse, vinha o silêncio da terra e nisto o médico a prevenir-me

— Tem a albumina alta

a barriga que não me pertencia dilatava-se por sua conta sem relação comigo e este quarto a girar, o que significa albumina e não entendia o que fosse, não perguntava o que era, o meu corpo a separar-se, a colar-se e a separar-se mais, na janela um carvalho sem vibrar uma folha

— Um esforçozinho senhora

e nenhuma das folhas se esforçava por mim, disse-lhes

— Se não se esforçam por mim não me esforço por vocês

e o meu corpo a arrebanhar as vísceras para separar-se outra vez, o tronco do carvalho preto, ramos pretos, um pardal acho eu mas as folhas continuaram tranquilas quando largou o ramo, um carvalho freixo bétula, não árvores da China o que observava do pátio, o meu marido a desembrulhar os bolbos e a introduzi-los na terra, recordo-me de fissuras prestes a devorarem-me e eu

— Não

recordo-me que no tecto do hospital

— Um esforçozinho senhora

no tecto, não junto a mim, caras que vinham, iam, sangue numa toalha e não meu, eu não sangue e portanto não faz mal, não te assustes, não sangue, panos verdes e o meu corpo a unir-se, uma agitação ao fundo dado que eu compridíssima, se precisasse das minhas mãos elas tão longe, indistintas, principiaram a regressar devagarinho

— Serena

eu serena como as folhas e as mãos não regressaram mais, um dos albatrozes chamou e calou-se, a espuma contra os penedos calada, eu calada, tive pena do meu marido, não tive pena do meu marido, não pensava em vocês, quem são vocês, a minha mãe

— Deu-te o dinheiro ao menos?

a pular de uma esquina a apertar o lencinho, não se penteou mãe, um dos botões da blusa por abotoar ou trocados, há quantos anos esses sapatos senhora e as folhas do carvalho agora sim a vibrarem, as caras não no tecto, junto a mim e não zangadas, surpresas, uma mulher, não, duas mulheres e um homem, uma das mulheres, a da touca

— Não pega na criança senhora?

uma criança para eu pegar porquê, não me apetece pegar em unhas e asas, num pescoço que me bica e o espelho vazio, derivado a um defeito no vidro o meu nariz enorme, ao erguer a cabeça o nariz pequeno e o queixo a aumentar, depois do queixo a garganta, depois da garganta o ombro, ao voltar do hospital a alcofa e as fissuras do pátio, inclinei-me para lhes tocar com o dedo e eram verdade as fissuras, estou em casa de novo, o meu marido

— O que foi?

enquanto eu deixava a alcofa numa cadeira e tocava com o dedo as paredes, o chão, experimentava o tapete, reconhecia os talheres, apertava-me nos lençóis para que cheirassem a mim, não ao hospital, não à alcofa, uma das almofadas cheirava ao meu marido, não ao homem, nunca cheirou ao homem, a outra não cheirava a ninguém

(às duas da manhã silêncio e não Peniche, Lisboa, para a direita a estação, para a esquerda a clínica dentária e o siso a pulsar mais que o meu corpo, o rectângulo em que alternadamente a temperatura e a hora, duas e quarenta e um dezasseis graus, perdão, dezasseis graus duas e quarenta e um

e dois

na loja de roupa um manequim despido mais nu que as pessoas, se me fitar morro)

a almofada do meu lado não cheirava a ninguém

(não estou segura que cheire a mim hoje em dia e como ensiná-la a pertencer-me, explicar-lhe que é minha, a comprei, compete-lhe acompanhar-me até que a última lâmpada se extinga)

a alcofa na cadeira não fazia parte do quarto como o armário ou o espelho embora o espelho uma porta que me não atrevo a girar porque do outro lado o meu pai

— Pões-me nervoso tu

não, o meu pai no sofá

— Vi-me grego para descobrir onde moras

a alcofa um embaraço de rendas onde a albumina e o coração se lamentavam, deitá-la fora, oferecê-la e regressar às fissuras no pátio de que nasciam formigas, as fissuras sim propriedade minha, não o quarto que as rendas transformavam num lugar alheio, o meu marido

— Ana Emília

comigo a pensar que se conseguisse ter piedade de alguém tinha piedade de ti mas não consigo, no caso de haver amanhã em chegando do Pragal corto a erva e é tudo, quantos gatos sepultados aqui, o da minha filha que não sei quem matou e ela com o gato

— Mãe

quis dizer-lhe

— Está a dormir não te rales

mas as palavras difíceis, como se pronunciam meu Deus, lembro-me de trazer a pá, de tentar sossegá-la

— Está a dormir não te rales

e nem um som para amostra, um sapo junto à cerca a falar, a falar, o gato da minha filha, um outro gato que tive, o cadáver de um terceiro que me jogaram da rua, um dia destes a boneca que se enforcou há dois anos, quais dois anos, dois anos e tal, em noites assim em que não reparo na minha vida lá está ela a acusar-me de um albatroz, de uma alcofa, conforme o meu marido

— Ana Emília

ou seja o meu marido não me acusava

— Ana Emília

somente o silêncio, luzinhas em silêncio, passos, janelicos com ferros e gente em silêncio lá dentro, oxalá o meu pai não bata à porta de novo, por vezes no Pragal albatrozes confundidos na rota, uma tarde quatro ou cinco a grasnarem na ponte, o que prometeu visitar-me e não visita não

— Ana Emília

não se detinha em mim, mirava a minha filha a odiar-me, chegou a altura de escrever a hora e não escrevo, escrevo que mirava a minha filha a odiar-me, se me dispensassem de continuar esta prosa aceitava

— Obrigada

tapava-me com a colcha, calava-me e se me riscarem do livro antes da manhã agradeço, siga a história sem mim, se a água escura das jarras ou as ervas que não corto vos impedissem de me verem, se alguém na minha vida todas as noites comigo, o senhor que me cumprimenta à distância no autocarro, o cliente da pastelaria que me sorri do balcão, os que enviavam cartas para o jornal do meu pai

(cavalheiro, viúvo, reformado, casa própria, pequeno defeito físico, sessenta anos)

isto é medalhões cor-de-rosa derivado ao sol que aceitariam a boneca e a colocariam na sala onde talvez bonecas também, anteontem um estranho de casaco, gravata, sapatos engraxados

— Deu-te o dinheiro ao menos?

agora não mãe, daqui a pouco, espere, anteontem um estranho de casaco, gravata, sapatos engraxados, todo nove horas, não três estranhos, um único, a medir a sala ninharia a ninharia e a mostrar-me fotografias desfocadas da minha filha, de mim, do meu marido vestido de mulher numa espécie de mesa com a orelha rasgada pelo meu brinco de prata

— Sabe quem é não é verdade?
eu para a minha filha
— Está a dormir não te rales
e o estranho de indicador no retrato
— Desculpe
a temperatura tornou aos dezasseis graus na clínica dentária, no que respeita à hora peço perdão, esqueci, uma das árvores da China estremeceu no seu sono e voltou-se, quem disse que não têm costas mentiu, costas, membros, cabelo, sangue no cabelo do meu marido e uma nódoa escarlate a alongar-se no espelho e a baixar, a baixar, enterrámos o gato no cestinho dele com a bola de borracha com que brincava às vezes e os biscoitos de siamês que a minha filha comprou, se neste momento a senhora do Pragal me chamasse no andar de cima
— Ana Emília
quase a levantar-se da cama, quase a entornar o xarope, não ouviria o estranho
— Quando é que este amigo chega madame?
olhava a moradia em frente de móveis iguais de cerejo, outra pessoa a chamar outra mulher, dúzias de vozes
— Ana Emília
este cheiro de flores nas jarras vazias onde só a água escurece, dúzias de nós a treparmos os degraus e as senhoras
— O Tejo
caixotes de cimento com dálias e sobre o alpendre com a lanterninha e o santo no nicho
— Ana Emília
o estranho não
— Ana Emília
cerimonioso, educado, a insistir na fotografia
— Quando é que este amigo chega madame?
pareceu-me que um segundo estranho no passeio, copiado do primeiro, de pastinha também e o meu marido a tombar sem que eu pudesse valer-lhe
— Não podes valer-me tu?
e não podia valer-lhe, como podia valer-lhe, o estranho ou o meu marido
— Se me deixassem contar-te
o estranho não

— Se me deixassem contar-te

cerimonioso, educado, o estranho é evidente

— Se me deixassem contar-lhe madame

nada de confianças, a gravata apertada, o casaco como deve ser, nenhum rastro de hálito, nenhumas unhas a rasparem a moldura, amável, composto, o que esperar de uma pessoa decente a não ser

— Se me deixassem contar-lhe madame

ou antes, em lugar de

— Se me deixassem contar-lhe madame

um forte em Peniche, uma cadeia ou isso cheia de ondas e silêncio, o mar silêncio, os albatrozes silêncio, a vila acachapada nos penedos silêncio, ecos de pedra apenas e os ecos de pedra silêncio igualmente tal como eu diante da macieira silêncio, é possível que a minha filha e todavia sem o gesto de um grito, silêncio, ela

— Mãe

não, ela calada, silêncio, o estranho

(uma pessoa decente)

— Quando é que este amigo volta madame?

a pergunta em silêncio

(não me peçam a hora)

eu a responder-lhe em silêncio e ele a escutar-me em silêncio, quinze graus não, dezasseis, números alaranjados, nítidos, os dezasseis graus continuam, um estranho que poderia, porque não, interessar-se por mim, bastava que ficasse ao meu lado com as suas fotografias e as suas perguntas arrumadas na pasta até chegar a manhã, o segundo estranho no passeio, ora num pé ora no outro, parecido com o homem que prometeu visitar-me e não visita

— Põe essa roupa esses brincos

e em vez de silêncio eu

— Não

com a albumina alta e o borbulhar das hormonas, a barriga que se dilatava sem relação comigo

— Não

continuará a existir o busto do filólogo no parque e eu a correr-lhe em torno

— Não me apanhas

janelas que se encontram, dúzias de vozes

— Ana Emília

e eu continuando a correr, eu no andar de cima a impedir um frasco de xarope de tombar, eu para o estranho

(acho que eu para o estranho)

— Amanhã

eu

(acho que eu)

— Talvez depois de amanhã

talvez daqui a nada um automóvel na rua a contornar a esquina, a observar à cautela, a estacionar na praceta acolá, o estranho

— Amanhã?

não se viu grego para descobrir onde moro, encontrou-me, não se espantou

— É aqui que tu vives?

não

— É aqui que tu vives?

com respeito

— Foi aqui que o seu marido?

o meu marido a ajudar-me a sair do hospital tão nervoso coitado, preocupava-se com a alcofa, falava-lhe, cessava de falar-lhe e a cara dele

— Mente-me

não a boca, o que não era a boca na cara dele

— Mente-me

não foi

— Não

não é verdade, aldrabei, o meu marido nunca disse

— Não

disse

— Mente-me

só que derivado às ondas e aos albatrozes não lograva entendê-lo,

entendo agora

— Mente-me

— Por favor mente-me

— Não pares de mentir-me

era isto que desejavam que eu escrevesse e aí está, dezasseis graus, duas e quarenta e oito, erviço Permanente e o estranho à despedida sem olhar a boneca, qualquer coisa nele que se compreendia logo, conhecendo-os como os conheço

— Se me deixassem contar-lhe madame

e estive quase a explicar que não tinha importância e não tinha de facto, temos de viver prontos a contar um dia sob a terra a nossa história às lagartas imaginando que lhes falamos da misericórdia de Deus, da Sua indulgência e da Sua bondade, lembro-me de um sujeito a desembarcar bilhas da furgoneta do gás, dos dois estranhos a conversarem no passeio e eu a largar a cortina, eu no pátio a pensar numa poia para cortar a erva, na falta de poia uma tesoura servia, lembro-me de uma espécie de eternidade no bairro, a minha mãe não me perguntou

— Deu-te o dinheiro ao menos?

a minha filha não se cruzou comigo com o fio do estendal, ninguém nem a sombra dos prédios, nenhum posto médico onde uma criatura a carimbar receitas, creio que gente, passos e todavia não me apercebi do grito, apercebi-me

(julgo que me apercebi)

da água negra das jarras que principiava a crescer, de um braço que se agitou, desapareceu, não veio, ignoro se do meu marido, se meu, se da senhora

— Ana Emília

um braço que segredava

— Se me deixassem contar-te

dissolvendo-se a pouco e pouco no reflexo do espelho.

3

Penso na minha mulher, na minha irmã e na que me espera em Lisboa e não se salva nem uma, mereciam que lhes fizessem como à minha mãe isto é trancá-las bem trancadinhas no caixão apertando os parafusos até esmagar a cara e eu feliz, a assistir, dado que alguma alegria me há-de caber em sorte antes de dar por eles no jardim a aproveitarem, tal como eu o faria, uma nuvem que se interpõe entre nós e os planetas extintos para me aproximar da casa, avançava junto ao muro pelo lado que raízes às quais a minha mulher teima em chamar tangerineiras protegem como se existisse lugar para árvores ainda, que exagero árvores, carvões e é um pau, a língua seca do vento sobre os ossos despidos, aproximava-me da casa com um ou dois colegas
    (dois colegas chegavam)
a evitar a garagem que os cachorros farejam, demasiado ocupados para se ocuparem de mim, escolhia o janelico da despensa ou a porta da cozinha tão fáceis de abrir, nem uma faca é preciso, basta um jeito com um arame, puxar, levantar e um empurrãozinho de nada, quantas vezes pedi um serralheiro meu Deus e por resposta a minha mulher uma expressão de quem não entende, finge entender para agradar-me e no entanto parada
    — Serralheiro?
    por conseguinte eu à mercê dos gatunos, dos meus colegas, de mim que vou caminhando junto ao muro pela banda das malvas
    (tangerineiras uma ova, lagartixas e arbustos)
chamo a atenção dos outros, tiro um arame do bolso, puxo, levanto e a cozinha, os pratos do jantar na bancada sobre os do jantar anterior e o detergente sem tampa
    (nada tem tampa aqui)
se referisse a tampa à minha mulher
    — Uma tampa?

de modo que não merece a pena falar, desisti, adeusinho, o escritório às escuras e um pingo de torneira a enrugar o silêncio, quer dizer mais que silêncio, o espaço liso do princípio do mundo, águas em que nenhum Espírito por enquanto se move, o escritório às escuras e a luz do quarto apagada, um segundo pingo a inclinar o silêncio para a cadeira em que me sento a fim de que o Espírito guie os meus colegas esteira fora

(como chamar tapete a esses metros de ráfia, a minha mulher a insistir que tapete e eu para não me aborrecer tapete mas não tapete, ráfia)

não para ela que não dá pelos estranhos, para mim no peitoril visto que daqui a pouco os ciganos, uns minutos de espera e percebem-se os eixos das carroças entre fósseis e um galho que por milagre persiste, eu para os outros dois

— O espelho?

visto necessitar de um espelho em que o meu hálito desça até que no sobrado a fralda da camisa, a desprender-se do cinto, que se enrola, continua a enrolar-se e a seguir acabou, um dos cachorros, esgalgado, a latir, e a minha mulher a aquietar-se de novo

— O meu marido morreu?

talvez nesse momento os ciganos a acamparem na herdade e a minha irmã a acordar em Estremoz sem dar fé do motivo, não um mal estar, um incómodo vago e não a preocupar-se, intrigada

— O que será isto?

eu que por capricho me apetecia vê-la, não um sentimento que me prendesse à minha irmã, vontade de gritar como um borrego que a degola apavora

— Não

e a minha irmã um sufocozito no peito

(nada de importante)

em Estremoz, há quanto tempo não visitas os pais nem lhes varres as lápides, quem me garante que não levantaram as campas e já não somos família, se acontecesse cruzarmo-nos nem um olhar sequer, os meus colegas a mostrarem-te retratos, eu em criança ao teu colo, nos anos do avô quando o tio Aldemiro veio cá do Brasil, arrumaram-me na pasta sem acreditarem

— Não conhece?

uma criatura baixinha, forte, que não casou, não teve filhos, trabalhou a dias na Câmara, foi-se gastando sem ajuda a amparar o coração, derivado à gordura, num cubículo à saída de quem vem de Lisboa, escrevi que não a visitei nunca e mentira, fui espreitá-la um domingo e de pergunta em pergunta um rés-do-chão num ângulo de prédio onde a criatura forte estalava a língua às galinhas, comovi-me com, não me comovi nem meia, topei-a pelos gestos apesar de mais lentos, fosse o que fosse nos olhos que me fariam tropeçar por dentro se consentisse em pieguices, pensando bem uma tonta igual às outras, à minha mãe por exemplo, muito quieta sem direito a estar quieta, dizem que eu a sacudi-la furioso o que deve ser invenção porque não tenho ideia de sacudi-la

— Mãe

e os ombros para a direita e para a esquerda indiferentes, dizem que eu a puxar-lhe os brincos

— Mãe

o médico da polícia a examinar-lhe os olhos com a lanterninha e a tentar afastar-me

— É melhor não insistirem por hoje

separando-me da minha mãe com que autoridade pergunto eu, consentindo que o prior e o caixão e um buraco na terra, a miséria de um buraco na terra, o que se faz ao que não presta, à carne podre, aos bichos, nem a sepultura decente que merecem as pessoas decentes, o senhor cónego, o engenheiro, a sobrinha do farmacêutico que dessa sim recordo-me na janela a tossir, um buraco na terra que se tapou com vergonha, a minha mãe não uma coisa que não presta, não carne podre, não bichos, acho que a minha irmã ou uma vizinha ou uma prima, não interessa

— Não lhe rasgues a orelha com o brinco

puseram-lhe um espelhinho diante da boca para verificar se respirava e no espelhinho

(disso recordo-me também, não vou esquecer, não esqueço)

não bem um hálito

(a lembrança de um hálito)

e um pingo rosado, ao retirarem o espelhinho eu a limpá-lo com os dedos e as unhas, mais unhas que dedos

— A minha mãe não é isto

até que no espelho nada, só eu ou não eu, a minha boca a aumentar ou seja não a minha boca, a indignação, a zanga e os milhares de dentes de ambas, os da indignação e os da zanga, o médico a franzir-se para mim

— Por que razão os obriga a vestirem-se de mulher?

enquanto as pás iam cavando ao meu lado, dois sujeitos de uniforme de hortelão a impedirem a minha mãe de começar o almoço, cenouras por cortar na tigela e o tacho da água a demorar-se ao lume, quem a terá obrigado àquela blusa, àqueles brincos, ofereci brincos iguais à que dorme lá dentro ao conhecê-la, pequenos e de prata de feira com um espigão e uma rosca, sacudia-lhe os ombros para a direita e para a esquerda

— Mãe

e por resposta

(já devia saber)

a expressão de quem não entende, quer entender para agradar-me e no entanto parada

— Mãe?

devia rasgar-lhe a orelha como aos inimigos da Igreja e do Estado que me mandavam interrogar na polícia, espremes A, espremes B, o Não Sei Quantos ajuda-te, levantar-me da cadeira sob os planetas extintos nesta paisagem de fósseis não mencionando uma giesta acolá a aguentar-se a infeliz, chegar ao quarto, desprender uma blusa do cabide e sacudi-la para a direita e para a esquerda enquanto finge que dorme como se alguém dormisse esta noite e ninguém dorme, quem se atreve a dormir, duas da manhã, quase três, uma espécie de lua na torre do visconde, todos despertos à espera

— Põe isto

os brincos hão-de estar na conchinha que ela julga de cobre

— Não gostas da minha concha de cobre?

e vê-se logo que não cobre, uma bugiganga de lata em que anéis pulseiras e colares de lata igualmente, enfeitam-se de lixo como os pretos e pintarolam a cara sem imaginarem que dentro em pouco um parafuso a apertar, aliás não um parafuso, seis e um buraco na terra, gente de guarda-chuva aberto porque há-de chover, quase não chove no Alentejo para desgosto dos sa-

pos mas há-de chover nessa tarde e rãs no pântano, gansos, duas pás a cavarem, quando eu era pequeno a sobrinha do farmacêutico sorria entre as tosses e uma alegria sem destino nas bochechas magríssimas, apesar de crescida abraçava um boneco, um coelho ou um urso e a minha irmã
— Não olhes
convencida que pelo facto de olhar eu doente como ela, uma bronquite fininha amortalhada no lenço e o peito cartilagens desconjuntadas numa desordem de ripas, ao cumprimentarem o farmacêutico depois da missa ele sem entender os parentes a segurar-lhes a mão como se uma língua estrangeira
— Não compreendo
os parentes
— Patati patati
e o farmacêutico sobrancelhas pela testa adiante a repetir
— Patati?
a voltar uma delas na direcção da esposa, a esposa a encolher os ombros da toca do seu luto e ele perplexo a coçar-se
— Não compreendo
tratou-me as anginas com uma zaragatoa enérgica ordenando
— Aguenta rapaz
competente, decidido e agora sem iniciativa, segurando mãos, não as largando a teimar
— Não compreendo
depositou o coelho ou o urso à cabeceira da lápide onde os vizinhos flores, as pupilas do bicho um par de contas de vidro não compreendendo igualmente embora não atordoadas como as do farmacêutico, ofendidas com o discurso dos parentes
— Que cretinice patati
um membro para cada banda amparados à cruz e uma única orelha que eu poderia rasgar, a outra sumaúma, algodão, acho que não hei-de esquecer aquele boneco à chuva e o farmacêutico a secá-lo com a manga a que a sumaúma e o algodão se pegavam, o boneco a esvaziar-se e contudo as pupilas alerta a fixarem-me sempre, a esposa embaraçada com o bicho a tentar convencer o marido a levá-lo e o farmacêutico a ajeitar o coelho
(coelho?)

quase sem membros agora, umas tiras de feltro que ele desdobrava e encolhia

— Patati não compreendo

não aviava medicamentos, chegava à porta da loja esgazeado, de fumo de luto a escorrer-lhe da manga, as zaragatoas numa caixinha intacta e a tintura de iodo rolhada, girava na praça sem atinar com o caminho, aborrecendo as pessoas a prender-lhes o cotovelo numa desilusão de espanto

— Não compreendo

a esposa tangia-o para casa entre censuras, lamentos e na janela aberta tosse alguma, sorriso algum, cortinas a dilatarem-se como se os pulmões ainda, às vezes julgava encontrá-la a sorrir numa tipuana ou na cavidade de um muro, a minha irmã

— Não olhes

e nem um sorriso é claro, pétalas molhadas e um boneco desfeito mas voltando à conversa a minha mulher e eu num buraco da terra, o júbilo das rãs no pântano e a buzina dos gansos, duas pás a cavarem, os meus colegas não nos achando no escritório no quarto

— Que é deles?

(não mexam na arca do corredor, o que vocês quiserem menos estragarem-me a arca)

e a gente escondidinhos lá em baixo de mãos no peito a conversarmos com os choupos, espero sinceramente que nenhum planeta, uma escuridão gelada, cachorros sem destino experimentando raízes, a minha irmã diante do meu retrato não

— Não compreendo

a puxar os óculos do avental

(faltava-lhes uma haste)

a encostar as lentes à película e a decidir

— Não sei

não na ideia de proteger-me, não se preocupava em proteger-me, não sabia de facto, desamarrotava-a com o polegar na esperança que a imagem mais nítida e a única haste dos óculos mantida com adesivo, trabalhou a dias na Câmara, era forte, baixinha, a gordura do coração impedia-a de mover-se, uma dúzia de passos, cinco degraus e cansava-se, eu quase capaz

(não escrevi capaz, escrevi quase capaz)

de auxiliar-te mana com as conservas que não abrem e o armário dificultoso derivado à fechadura empenada, misturavate umas notas no bolso do avental onde para além dos óculos o milho das galinhas que empurram a alavanca do pescoço para trás e para a frente e os impulsos da alavanca comandam as patas, os meus colegas de compartimento em compartimento

— Que é deles?

a tombarem o relógio dos meus pais com correntes e pesos de chumbo que imitavam pinhas de tinta descascada e sob a tinta ferrugem, media o tempo como se o tempo ponteiros cegos à roda e o tempo era eu crescer antigamente e diminuir agora, julgo que diminuí, não estou certo, ou então foi o jardim que aumentou e a bomba de gasolina

(quem me prova o contrário)

que se chegou à gente, consigo ler o jornal do empregado e perceber na cabine a gaveta do dinheiro e as facturas num gancho, os meus colegas a retirarem-me da pasta enquanto ele esfregava a nuca num trapo

— Conhece?

e o empregado a exibir-lhes as piteiras e as malvas e na garagem a cadela sob o automóvel, tão desejosa quanto a minha mulher de poisar o ventre aberto no chão, merecia que a aparafusasse até lhe esmagar a cara e o farmacêutico de sobrancelhas pela testa adiante

— Não compreendo

debruçado para a lápide finalmente vazia, as corolas dispersas, o coelho

(um coelho, não um urso, posso afirmá-lo agora, o pompom do rabiosque, aquelas coxas em mola)

o coelho nem um fiapo de algodão e há ocasiões em que se me afigura que a terra a tossir mas provavelmente uma camioneta na estrada ou os ciganos que voltam e os eixos das rodas a vergarem nos desníveis das pedras, pegaram no mármore um medalhão com a filha de penteado armado para um casamento ou um baile, uma pessoa convencida que eterna a quem os pulmões comeram em duas dentadas

(nem foi preciso um ano, um fogacho)

os convencimentos e a carne, os meus colegas na despensa, na cave

— Que é deles?

e eu aqui no escritório à vossa disposição que tontos, não se esqueçam da blusa da minha mãe e do espelho onde raspar as unhas à medida que caio

— Mãe

e para quê as pistolas, nunca usei pistola, assim não dá, servi-me dela uma vez e não com um sujeito importante, com ninguém de especial, um operário num bairro modesto, Alcântara, Amadora, Marvila, para os quais os planetas extintos se evaporaram há séculos, barracos de madeira e destroços de furgonetas a galgarem o passeio, um operário

(informaram-me que operário e no entanto duvido, na minha opinião, embora eu sem direito a opinião nestes assuntos, um desempregado, um biscateiro)

a conspirar em becos desditosos associando-se a desempregados e biscateiros inofensivos como ele contra a Igreja e o Estado, o meu chefe por uma vez, sem necessitar do director

— Com operários resolve-se o assunto à vontade não valem meio tostão os palermas

e não valia meio tostão realmente, a barba mal aparada, uma garrafinha na algibeira, inclino-me a supor que não um revolucionário, um mendigo, um vendedor de lotaria ou um carregador de peixe, um idiota sem esperança, isto às cinco da tarde em abril ou em maio, recordo-me que já não frio e ainda não calor, um jacarandá numa cerca, nenhum colega comigo, um encargo facílimo, ovelhas numa colina de cardos, crianças a mandarem pedaços de tijolos a perus e os perus lá recuperavam os duplos queixos na indignação dos gordos, nem uma descrição me fizeram, um operário e acabou-se, parte-se do princípio

(não vale a pena gastar cuspo)

que se reconhecem os operários pela garrafinha e o arzito pedinte, não se dá confiança, não se fala, chega-se lá e resolve-se

— Resolve-se o assunto à vontade ninguém reclama descanse

de modo que me encostei a um chafariz às quatro e vinte, isto é uma coluna de calcário com uma bica e um balde de pega solta na anilha, as vespas do costume a quem a água exaltava, a dona dos perus, de bengala, a entortar um joelho, veio insultar as crianças e pedaços de tijolo na direcção da dona, às quatro e trinta e oito duas raparigas com alguidares a lutarem com as vespas e a água da bica gotinhas avarentas, castanhas, uma das raparigas sapatos diferentes, nenhuma delas um brinco que eu pudesse rasgar e enquanto rasgava

— Mãe

pombos sobre o que devia ser a escola dado que o rumor de digestão de muitos passos e uma sineta ou assim e depois ninguém no bairro, nem perus nem crianças, uma nuvenzita em impulsos desajeitados que uma moradia a que faltavam estores engoliu, a minha irmã a devolver as fotografias procurando libertar o coração da gordura

— Vivo sozinha senhores

isto é caixotes e garfos desirmanados na prateleira dos talheres, se morasse comigo esquentador, comida, assistíamos juntos aos ciganos, talvez a neve do Pólo tombasse nas piteiras e tu contente com a neve, acontece-me

(sou imbecil)

imaginar a emocionar-me satisfaçõezinhas miúdas, a minha irmã melhor do coração por exemplo e uma manta para as pernas nos serões de novembro, acontece surgir-me na memória a voz dela a cantar, trauteio as modas para dentro e não me falta um verso, até o olha a noiva que vai linda, ao que eu cheguei calcule-se, às cinco menos nove, numa espécie de portal, o operário de barba mal aparada com um ancinho e um cabaz a conspirar consigo mesmo contra a Igreja e o Estado, alcancei-o

(a nuvenzita reapareceu no outro lado da moradia a navegar aos solavancos e a copa de uma tileira ocultou-a de mim)

numa vereda de cabanas de pranchas de andaime e de folhas de zinco, a nuca dele tão fina, ombrozinhos que sacudi para a direita e para a esquerda e uma blusa, uma saia, o espigão do brinco pronto a rasgar a orelha

— Mãe

ombrozinhos que sacudi para a direita e para a esquerda e a cabeça do operário

(operário o tanas, um descarregador de peixe, um vendedor de lotaria, um mendigo sem alegria nem esperança, o meu chefe enganou-se)

a dançaricar no pescoço, um melro perto de nós encontrou um bago, devorou-o e observou-nos de esguelha, o comu-

nista a mostrar-me o porta-moedas vazio tirando papelitos sujos e bilhetes de eléctrico, a medalhinha de um santo
— Quer roubar-me você?
não só o porta-moedas, o forro dos bolsos e o parvalhão sem receio de mim, quase com dó acho eu, uma cicatriz na pálpebra, um dos incisivos oblíquo, bochechas de pedinte que se mastigam a si mesmas e o incisivo ou o melro a mangarem comigo
— Sou rico
ele rico, a minha irmã rica, os meus pais ricos outrora, ficou-me o relógio dos pesos que aliás me enerva
(porque diabo o mantenho?)
a imitar uma casinha de chaminé pinoca com telhas de nogueira, ficou-me, somando-se ao relógio, uma argola de guardanapo com Osvaldo
(o meu pai Fernando, o meu avô Alcides)
gravado, se calhar saiu-lhes numa rifa ou encontraram-na no campo, ainda hoje, palavra, o nome Osvaldo me persegue, volta não volta eu com a argola na mão a questionar os defuntos que em geral não respondem
— Osvaldo?
a não ser através das guinadas dos móveis, não dou conta de Osvaldos em Évora, o empregado da bomba de gasolina
(do que me fui lembrar, nem se acredita)
acompanhou-me nas minhas meditações sobre Osvaldos e acabou por desistir desdobrando o jornal, o inimigo da Igreja e do Estado recolheu o porta-moedas mas o incisivo não cessava de mangar
— É servido amigo?
e derivado ao incisivo
(— Resolva o assunto à vontade não vale meio tostão o palerma)
penso ter desembrulhado a pistola do lenço e não dei fé do tiro, afigurou-se-me que tiro algum, não senti o gatilho, dei fé do pedinte de cócoras apertando a barriga, de um dos perus a avolumar-se com orgulho de duplos queixos e penas, a apertar a barriga, os intervalos dos dedos encarnados e o encarnado na camisola igualmente, a cicatriz da pálpebra, quase branca, a fitar-me e as crianças dos pedaços de tijolo a fugirem de mim,

o incisivo sumiu-se no lábio sem mangação alguma, o cano da pistola um buraco no lenço, a minha irmã a soletrar a argola, tão admirada quanto eu
— Osvaldo?
em torno do Osvaldo florinhas em relevo, margaridas ou malmequeres ou assim, a nuvenzita desenganchou-se da tileira e perdi-a para sempre num perfil de cedros, o operário observou os dedos e estendeu-me o porta-moedas de novo
— Fique com ele amigo
não despeitado, amável
— Fique com ele amigo
fique com os meus papelitos, os meus bilhetes de eléctrico, a minha medalha do santo, letras na medalha em redor da imagem e ao contrário do que eu esperava não Osvaldo, outro nome, não me perdoa a falta de cuidado com que estraguei o lenço, um orifício redondo de bordos queimados e não tem a ver com o dinheiro, tem a ver com a pressa, resolver o assunto à vontade não significa ser imprudente, amador, no lugar dos meus colegas faria um esquema da casa, assinalava as piteiras, contava com a lanterna da bomba de gasolina
(não torno a perder a identidade do empregado, senhor Meneses)
tinha em consideração a hipótese de os planetas extintos se apagarem ou os gansos selvagens emitirem chispazinhas azuis e obrigava cada um dos polícias a entrar por uma porta diferente, um no escritório, um no quarto, o terceiro no corredor com uma pistola sem lenço, o mendigo não chegou a deitar-se, notei que se ausentara porque a cicatriz da pálpebra se desviou de mim, palpei-lhe a camisola com um rasgão no braço e por causa do rasgão e da má qualidade do tecido permiti que a guardasse, atirei o porta-moedas
(— Fique com ele amigo)
para uma lata de restos em que desperdícios e cascas, arrependi-me derivado à medalha mas quanto me dariam, mesmo num penhorista de confiança, por um pechisbeque daqueles, o penhorista a devolver-ma depois de decifrar
— São Vicente de Paula
elogiando a brincadeira
— Como piada não está mal

o mendigo uma corda a substituir o cinto e chinelos iguais aos que se encontram a boiar na vazante, nada que prestasse meu Deus e qual o motivo, expliquem-me, de conspirar contra a Igreja e o Estado, no lugar dos meus colegas não permitia que a minha mulher e eu num buraco da terra até acabarmos connosco, deita-te sossegada na cama e não te atrevas a mexer e tu mansinho no escritório com as raízes, os fósseis e o caminho dos ciganos que se perderam no Pólo, ainda que se não perdessem não os tornarás a ver, entretém-te a aproveitar os minutos que restam acenando adeus à claridade que trocava as malvas pelo pomar e o pomar pela muralha de Évora na face oposta da casa e não tentes oferecer-nos um porta-moedas vazio com papelitos sujos, bilhetes de eléctrico, um virtuoso qualquer dissolvido no metal

(— Fique com ele amigo)

fica com ele amigo, poisa-o na secretária para que o não amolgues ao acocorares-te no chão, não precisas de vestir uma blusa nem de colocar os brincos que não vamos rasgar-te, basta que as tuas mãos encarnadas e o encarnado a engrossar na camisa à medida que as mãos desistem de apertar a barriga e se endireitam, se encolhem, não se endireitam mais, que um suspiro, que nada e os cachorros a estranharem caminhando por seu turno na casa deserta para se estenderem junto a mim e agora sim o escuro que tanto receavas, o verdadeiro de que não podes falar e de que não te dás conta, aqueles que escreveste nestas páginas escuros inventados, presunções, fantasias e afinal aí o tens, o que não sabes como é e no entanto te pertence, não divides com ninguém e cujo peso ignoras, cuja textura ignoras e te acompanhará anulando-te, o teu único escuro conforme os teus pais o escuro deles, membros já não seus, apenas uns torrões, uns ossos, coisas informes repara e cada vez menos coisas, as raízes das piteiras, dado que mencionaste as piteiras, lentamente bebendo-as, alguém

(não a gente)

há-de somar ao teu escuro o escuro dos teus cachorros, dos ciganos, do empregado da bomba de gasolina a agitar-se no hospital tão apavorado como tu

— Eu não morro

não é o sofrimento que o assusta, é o escuro que aumenta, as pessoas não pessoas, vozes sem origem que não lhe dizem respeito e reflexos que se desvanecem, não procures conseguir, não consegues, não te agarres aos lençóis e à cabeceira porque não existe cabeceira nem existem lençóis, existe

(se te couber essa sorte)

a tua irmã a cantar e a moda nítida, clara, tu feliz com os versos ecoando-os no interior de ti não com a voz, com o sangue, o que sobeja de sangue a coalhar-se e a secar secando e coalhando a tua irmã com ele, não há irmã, há o escuro que principia a empurrar-te e vais diminuindo, diminuindo, que é da tua língua, do teu corpo, do estômago que te aborrecia de incómodos ou o esófago ou o fígado, não te interesses em entender, concentra-te nas luzes, descansa, uma duas três luzes, as duas últimas unindo-se e portanto duas luzes somente, as duas luzes uma, a uma luz a desviar-se e o escuro a afogá-la, se existiram planetas extintos agora extintos de facto, se a tua mãe e o teu pai falecidos há uns anos acabaram de falecer agora, se te designassem à tua irmã ela

— Não conheço

consoante não conhecias o operário, duvidavas que um operário

(um mendigo, um biscateiro, um descarregador de peixe)

embora o teu chefe

— O assunto do operário resolveu-se?

o assunto do operário resolveu-se senhor, atente na medalhinha, já viu coisa mais pindérica, o teu chefe a estudar a medalhinha

— Tens a certeza que era ele?

de camisola e chinelos a conspirar contra nós, apareceu com um ancinho, quis entregar-me dinheiro, papelitos sujos e bilhetes de eléctrico, o teu chefe

— Querem sempre entregar-nos dinheiro os camelos

num bairro longe do centro, Olivais, Póvoa de Santo Adrião, Pontinha, pedregulhos que impediam as coberturas metálicas de se descolarem com o vento, raparigas de olhos mais idosos que elas, mais idosos que eu, mais idosos que o meu pai se fosse vivo e felizmente para ele não é, noventa anos que susto, criaturas a mastigarem comida de saquitos de plástico e neste momento, às nove para as três da manhã, subitamente a lua de que me havia esquecido nas últimas semanas ocupado como

andava com os planetas extintos a atribuir-lhes por engano o tal halo nas árvores, o colchão da minha mulher a estalar no seu sono, não bem estalos, ruídos miúdos de capoeira no escuro, frangos que se acalmam resignados à faca que cedo ou tarde
(nunca tarde)
que cedo ou um pouco menos cedo os degola e em conseqüência da resignação esta casa tranquila e nisto um impulso de cachorro nas minhas pernas, a cauda que se anima, o focinho a alongar-se, três horas menos sete, três horas menos seis se o relógio não mente e claro que mente, todos mentem, merecia que lhe fizesse como à minha mãe, trancá-lo no caixão e apertar os parafusos até esmagar o mecanismo, os ponteiros, as rodas e eu contente a assistir dado que alguma alegria me há-de caber em sorte antes de descobrir os meus colegas no jardim no instante em que a lâmpada da bomba de gasolina se apaga
(o empregado com o seu jornal quase um compincha, um sócio, podíamos ter passado uns momentos à conversa ou então os dois em silêncio
um casal de namorados que não necessita explicar-se
a aperceber-nos da febre dos insectos de que não se entende a origem e por mais que tente não compreenderei nunca)
os meus colegas tal como eu o faria a aproveitarem as sombras para se aproximar da casa a avançar junto ao muro pelo lado que as raízes
(a minha mulher teima em chamar-lhes tangerineiras)
protegem como se existisse lugar para árvores ainda, que mania as árvores, carvões e é um pau, a língua seca do vento sobre os ossos despidos, os meus colegas a evitarem a garagem que os cachorros farejam, três menos cinco, três menos quatro e trinta e seis segundos e eu a cauda que se anima e o focinho a alongar-se, eu à entrada do escritório a avaliar a distância do corredor ao quarto, sete metros
(oito?)
a experimentar um passo, um segundo passo e a regressar ao escritório, porquê esta aflição, esta pressa, estas patas a rasparem as tábuas, o pedinte exibiu-me o porta-moedas vazio tirando papelitos sujos, bilhetes de eléctrico, a medalha do santo
— Quer roubar-me você?

e a minha irmã a cantar, trauteio as modas para dentro e não me falta um verso, até o olha a noiva que vai linda, ao que eu cheguei calcule-se, o mendigo saído de uma espécie de horta com um ancinho e um cabaz a conspirar consigo mesmo, de fósforo nos dentes

(que profissão esta)

contra a Igreja e o Estado, ombros que sacudi para a direita e para a esquerda e ele sem receio de mim, quase com dó acho eu, uma cicatriz na pálpebra, um dos incisivos oblíquo, a mangação do incisivo

— Sou rico

ele rico, a minha irmã rica, os meus pais ricos outrora, três menos dois, três menos um, devia tê-lo obrigado a uma blusa e aos brincozitos de prata antes de resolver o assunto à vontade, um palerma que não valia meio tostão, um mendigo, um vendedor de lotaria, um descarregador de peixe, um idiota sem esperança, isto é devia ter-me obrigado a uma blusa e aos brincozitos de prata

(eu um idiota sem esperança também)

e trazido um espelho para o escritório a fim de que o meu hálito, os meus dedos, a nódoa cor-de-rosa que hei-de largar no vidro, os cachorros a roçarem por mim tentando despertar-me à medida que a porção do dia a que se chamava manhã, na época em que me consentia o privilégio de apelidar as coisas, dava sinais de emergir, através de uma faixa lilás depois das copas e uma sensação de frio mesmo em agosto, tornávamos a ser pessoas conquistando cada fracção nossa num vagar de espanto, pertence-me, não me pertence, para que pode servir-me, conheci-a bem, a manhã, a tremelicar num pátio soprando nas mãozinhas ou batendo os pés na calçada

(os sacrifícios que o País me exigiu e cumpri assim assim)

a vigiar um suspeito, em regra pedintes, mendigos, descarregadores de peixe, criaturas que vasculharam a vazante na ilusão que o Tejo as alimentaria de borla e alguns deles nem dos meus serviços precisaram, flutuavam contra a muralha incapazes de apreciar os golfinhos e a suspeita de eternidade que nos ajuda a acreditar que pode ser, quem sabe, há momentos de sorte, eu portanto no escritório e o tal impulso nas pernas, a cauda que se

anima, o focinho a alongar-se, os planetas extintos por aí à deriva, o mundo ordenado, sereno e eu por consequência ordenado e sereno, não estenderei
(disso estou certo)
o porta-moedas aos meus colegas
— Querem roubar-me vocês?
(um melro perto de nós a achar um bago, a devorar o bago e a mirar-nos de esguelha, riscar isto, o melro em Lisboa, aqui gansos selvagens, cucos, pardais é evidente, larguemos os pardais)
eu não bochechas que se mastigam a si mesmas e as bochechas ou o melro
(vide parêntesis anterior)
a mangarem com eles
— Sou rico
(a argola do guardanapo Osvaldo e o meu pai Fernando, o meu avô Alcides, faleceu antes de eu nascer
— O teu avô coitado era gago
e imagino a língua a pingar na mortalha antes de enrolar o cigarro, nem sei que doença teve, não perguntei desculpem)
da mesma forma que não estenderei os papelitos e os bilhetes de eléctrico
— Fiquem com isto amigos
ouvia a minha irmã cantar e ia espreitando os ciganos, satisfaçõezinhas no género, alegrias minúsculas que me reconciliavam comigo, acreditei na minha mãe e faltou-me, eu a sacudi-la
— Mãe
e os ombros para a direita e para a esquerda alheados, eu a puxar os brincos
— Mãe
até rasgar a orelha e nem um soslaio sequer, que o médico da polícia não me venha com histórias a examinar-lhe os olhos a tentar afastar-me
— É melhor não insistirem por hoje
separando-me da minha mãe com que direito, pergunto, e a permitir que o padre, o caixão, o buraco na terra, a miséria de um buraquinho na terra, exactamente o que se faz ao que não presta, à comida podre, aos bichos, um buraco na terra que se tapou a trouxe-mouxe consoante hão-de tapar o da minha mulher,

o meu, o da minha mulher é como o outro agora o meu, hão-de perdoar-me o egoísmo, interessa-me, gostava de dar conta do que se passa lá em cima, os campos, o telheiro, o senhor Meneses a chegar com o jornal, de me inteirar se este barulho de guizos, esta respiração de mulas e estas palavras em espanhol são os ciganos na estrada, interrogá-los sobre auroras boreais, extensões de gelo, unicórnios e eles sem me verem continuando a trotar, apenas na última carroça uma miúda a inclinar-se para o sítio onde estou e a responder
— Não sei
uma miúda de tranças que se dirigia a uma macieira entre duas árvores da China, reparem-lhe na boneca e no fio do estendal, no escadote que tem de subir para amarrar o fio, reparem como senta a boneca no chão antes de trepar o escadote, reparem que a boneca a apertar a barriga e nas palmas uma nódoa encarnada a crescer e reparem em mim a examinar tudo aquilo, a cauda que se anima e o focinho a alongar-se, reparem que em lugar de avançar me vou embora com medo no sentido da garagem na esperança que a minha mulher estendida sob o automóvel me aceite ao seu lado a consolar-me a nuca, numa carícia distraída, à medida que durmo.

4

Coisa mais linda, coisa mais querida, coisa mais linda o retrato do meu irmão que uns senhores ricos e elegantes vieram aqui mostrar-me, ao sair para o quintal dei com eles a espreitar da cancela, quer dizer dois em pontinhas de pés e o outro, da minha idade, melhor vestido ainda, com um chapéu da época do meu pai mas de bom feltro, novo, um bocadinho atrás como se tomasse conta, eu com a lata do comer das galinhas e nem sequer arranjada, ponta aqui ponta ali a chamar pelos bichos batendo uma colher na lata, o automóvel dos senhores com uma das portas aberta, pensei que quisessem uma informação sobre o caminho de Évora porque sete da manhã e ninguém na rua tirando as árvores, o vento e essas sombras que ainda não se transformaram em casas e muros e portanto deve ser verdade o que dizem na igreja, que o mundo começou com o escuro e depois veio a luz e trouxe as lagartixas, as pessoas e a terra, eu para ali a assistir juntamente com as galinhas excitadas pela colher na lata, a ferverem à minha volta de olhinhos cruéis

  (não cruéis, sem expressão os olhos sem expressão sempre cruéis para mim)

  por saberem o que as espera quando chegar a altura, devem ter-me visto matar uma cunhada ou uma sobrinha despindo-lhes as penas para o alguidar e tão insignificantes afinal, tão magras, não se espera que a pele rosada por baixo, o galo não o antigo, este, o antigo desde que lhe arrancaram a crista com medo a um canto, aumentava o peito e a alma antes de as afugentar às bicadas, o antigo contentava-se com as sobras

  (não havia sobras)

  às escondidas depois e recolhia ao seu ângulo de tábuas a vacilar das patas, se eu acabar com o novo no sábado de Aleluia pergunto-me se as galinhas o aceitarão de volta, portanto eu a única criatura viva em Estremoz, eu com frio e as juntas é que

pagam, endurecem, não dobram, a sair para o quintal com a lata, nem sequer arranjada, ponta aqui ponta ali, se sonhasse punha o casaco de malha, penteava-me e lá estavam os senhores elegantes em pontinhas de pés na cancela a espreitarem sobre as ripas, cada qual com a sua pasta tirando o da minha idade sem pasta alguma, gordo, que devia mandar nos restantes, o céu não azul, branco, gosto do céu branco do princípio do dia, o que não fazia parte do céu ou seja Estremoz inteiro, telhados e por aí fora cinzento ou negro, o gordo decidiu-se após uma meditação complicada
(coçava-se, torcia-se)
a fechar a porta do automóvel que deu de si e estacou, espreitou da cancela por seu turno, a convocar-me
— Dá licença?
visto de perto o colete menos elegante e menos rico, a cara de sono que ia limpando com o lenço, não, que ia limpando com o punho da camisa fazendo desaparecer parte do nariz e da boca para acordar melhor
(tudo a ressonar no Alentejo que coisa)
foi o que sobejava da boca, cerca de metade
(de quarenta por cento)
que afirmou, não perguntou
— Dá licença?
e eu a compreendê-lo mal derivado à colher contra a lata, a impressão que a colher contra a lata para além de chamar as galinhas ia chamando o dia visto que surgiam em diversos pontos do cinzento e do negro chaminés e varandas não ligadas entre si, afastadas
(haveriam de juntar-se depois, acompanhando-se de paredes e algerozes, para comporem o bairro)
a voz do gordo misturada nas pancadas da colher ou seja os ruídos da lata metidos nas palavras ao ponto de não se saber o que era ferrugem e o que era garganta
— Dá licença?
uma das galinhas pulou-me à altura da cabeça numa confusão de asas, não aguentou o voo, esperneou um momento e desfez-se no bando, as couves luziam a aguazinha da aurora, no prédio a seguir ao meu qualquer coisa a arrastar-se ou seja a vizinha doente que tentava amparar-se ao lava-loiças embatendo nas cadeiras e de tempos a tempos um pedido de ajuda a que nin-

guém respondia, se tivesse ocasião de estar com ela explicava-lhe que é inútil, ninguém responde nunca, o meu pai uns dias antes de falecer a suplicar-me com os olhos e eu

— Que pretende você que eu faça não há remédio aguente

e para surpresa minha os olhos a teimarem, não se conformam com a sorte, desejam ser como nós, já me estou a assistir nesses preparos um dia, esgazeada, pateta, a suplicar um auxílio que não vem

(quem se rala connosco?)

até as mecânicas me pararem por dentro, notar que desisto e ao notar que desisto deixar de notar, fica a árvore do quintal contra os vidros a desvanecer-se por fim, é o destino, se houver quem me contrarie levante o dedo que eu calo-me, fico à espera do momento, não muito tarde descansem, em que me darão razão e eu a mostrar-lhes a evidência

— Que pretendem vocês que eu faça não há remédio aguentem

porque mesmo que não aguentem tanto faz, a árvore do quintal desvanece-se na mesma, os senhores elegantes podiam soltar o gancho da cancela, basta o mindinho, até a vizinha que não conseguia mais nada aposto que conseguia, mas por respeito comigo educados, à espera, em pontinhas de pés como se uma prateleira imaginária acima deles com doces, três alunos de escola a estenderem a mãozita que é para isso que as professoras existem, ensinarem-lhes letras e modos

— Dá licença?

muito apanhei eu com a régua da dona Isménia nos dois anos que lá estive, contava-se que o marido a trocou por um homem e se mudou para Coimbra de maneira que a dona Isménia sozinha com o cão que apanhava igualmente não com a régua, o sapato, passeava-o ao fim da tarde e se o animal demorava descalçava-se a ameaçá-lo

— Pirata

quando ela para mim

— Pirata

largava a chorar

(às vezes as lágrimas não vinham apesar dos meus esforços)

na ideia de amolecer a régua e a régua mais dura, chega-me pensar nisso

(o que é a infância da gente, não nos deixa, acompanha-nos)

para lhe sentir o peso na mão, comigo é a dona Ismé-nia e o cheiro das maçãs, não tanto a minha família, o cheiro das maçãs, colocavam-nas no baú a perfumarem a roupa e iam diminuindo, engelhando, aparentavam-se a pedras que a velhice poliu, quando a dona Isménia faleceu de embolia o cão ladrou toda a noite e semanas depois evaporou-se, era da natureza da dona Isménia perder maridos e cães e com a natureza não vale a pena lutar, passado uns anos construíram a escola nova e a dona Isménia acabou, se me não recordasse dela nunca tinha existido, no lugar da escola uma loja de chineses calculo, nascem por todo o lado em assobios de periquito a venderem porcelanas à gente, enxotei as galinhas na direcção do tanque para que o senhor gor-do e os amigos entrassem, envergonhada de não me ter composto dando um jeito ao cabelo sempre com a lata e a colher em punho e distraída da lata, ao aperceber-me dos sons poisei-a no tanque a desmaiar de embaraço e o bairro quase inteiro, empenas, fa-chadas, um sujeito de bicicleta a pasmar para nós, os senhores a erguerem tampas e a inspeccionarem o armário, ricos e elegantes é claro mas lustro nos joelhos, uma marcazita de molho e vincos de nós na gravata, derivado a esses descuidos nada me garante que as mulheres deles não os trocaram por outras mulheres e se mudaram para Coimbra, os senhores a mostrarem-me a minha vida ao esquadrinharem-me a casa, medicamentos para a gordu-ra do coração, a caixa do dinheiro a imitar as arcas dos tesouros onde chocalham chaves, não moedas e a escova do cabelo com mais cabelo que pêlos a abrir-me uma ferida de desilusão presu-mo que na alma visto que não me doía em mais parte nenhuma, cabelos não castanhos, grisalhos e o facto de grisalhos que in-justo, não tarda nada eu a suplicar ajuda com os olhos cuidando que me respondiam, se me respondessem de certeza que era a minha voz

— Que pretende você que eu faça não há remédio aguente

para surpresa minha os olhos a insistirem até as mecâ-nicas me pararem por dentro e um gesto que se suspende, não termina, se reduz a três, quatro dedos já não meus no lençol, os senhores elegantes que não conheciam outra frase

— Dá licença?

a ocuparem o divã com as nódoas do molho, as caras menos ricas do que eu julgava, como as da família que tive, como a minha, caras de pessoa pobre das quais conheço bem, que mais não fosse pelo espelho, o percurso das rugas e a construção em que não perderam muito tempo

(— Contenta-te com o que temos toma lá agradece)

dos ossos, vestígios de pancada e de fomes antigas, os senhores elegantes iguais a mim quem diria, pouco à vontade nas camisas, nos fatos, podiam haver nascido entre as muralhas de Évora e ter limpo as jarras na campazita da mãe, o meu pai vestiu-se assim uma ocasião para o retrato, o fotógrafo uma quantidade de cabides na salinha ao lado, mandou o meu pai voltar-se de costas, de frente, puxou um dos cabides sem olhar

— Isto serve

e um casaco, umas calças, um laço, a gente à espera no estúdio, o fotógrafo e eu, o meu pai do outro lado, mascarado de rico, sem coragem de entrar, deve ter-se visto no espelho e tratado por excelência retirando o chapéu, o fotógrafo a impacientar-se

— O que aconteceu ao homenzinho?

e o meu pai a implorar com os olhos como se fosse morrer, não morreu nessa altura, morreu seis anos depois e sem fitas, parabéns, aguentou-se sozinho, pediu um papo-seco e ao regressar com o papo-seco já não estava, acho que não me quis a assistir, estavam feições mais inteligentes que as suas porque os defuntos uma majestade que até então ignorávamos, são eles e não são eles, é esquisito, se tivessem vivido assim tratávamo-los com consideração, não respondem, não se zangam, não dormem, pensam o tempo inteiro em assuntos difíceis, a gente

— O que é?

e eles sem passarem cartucho a reflectir, basta visitar o cemitério para se perceber que discorrem não de assuntos normais, a renda, o almoço, mas de matérias de cónegos com raciocínios em latim, o meu pai nem se sentou por veneração às calças, ficou de pé frente às lentes, cada passo cauteloso e os pulmões a estrangularem o ar, à saída com a roupa dele afligiu-se num sopro

— Não rasguei nada pois não?

pagámos o retrato e pagámos os adereços uma vez que o fotógrafo

— O luxo gasta-se amigo

durante semanas o meu pai nem caminhava, perdeu eternidades a entender que ficou no cabide, exigia guardanapos resguardando-se todo, o meu pai não o meu pai, um lavrador, um engenheiro, apenas ao servir-se do vinho notei que regressara, Évora que cidade, habitávamos junto à muralha e escutava os choupos à noite, em Estremoz não escuto nada salvo o coração a lutar com a gordura, umas ocasiões vence a gordura, outras ocasiões venço eu, se vence a gordura fico a inchar na cadeira compreendendo os peixes de boca aberta cá fora, se cavasse guelras com a navalha conseguiria falar, Évora, amigos, umas claridades que assustam, desperta-se e lá andam elas ao comprido dos campos, não me encontrava com o homem

(já o esqueci)

na cidade, encontrava-o afastado uma légua no milheiral do cónego, o milho gritava tanto nas tardes de vento que eu surda, ele surdo e a minha saia igual ao milho gritando, os cucos não voavam os infelizes, eram voados contra os eucaliptos e tombavam feitos panos na terra, as minhas pernas voadas com eles, os meus braços, o peito e a mão do homem que me tocava iam com o peito também, ficava uma espécie de decepção, saudades da minha mãe

— Pegue-me ao colo senhora

e não pegava

— Deixa-me

sempre

— Deixa-me

o que recordo melhor

(o homem já o esqueci)

era da minha mãe

— Deixa-me

e no entanto vontade de ir para casa a correr, os senhores elegantes a remexerem nas pastas com dedos do género dos meus desabituados de papéis, molhavam-nos na língua e recomeçavam do princípio, nenhum milheiral em Estremoz a arrancar-nos à força da gente, o vento claro que existe em todo o lado, o que não falta é vento e ainda por cima de graça mas nenhuma perna ou nenhum braço meu partem com ele e me faltam, eu inteira, dava-me jeito que a gordura do coração me deixasse, o médico ultimamente injecções de beber, bebo as injecções e zumbidos, o milheiral de novo mas graças a Deus sem homem e eu não com vinte anos, setenta, digo setenta mas sessenta e sete e que importa, eu sozinha embora o mesmo outubro, a mesma manta, a dúvida sobre se os mesmos cucos ou outros, mal o efeito das injecções se desvanece perco o milheiral meninos, setenta anos são dois blocos de cimento nos tornozelos que maçada, nenhum pezinho se ergue, nenhuma planta nos grita, o corpo previne

— Falta pouco falta pouco

e o médico a concordar após estudar as análises

— É capaz de faltar pouco não sei

os senhores elegantes encontraram uma pasta e dentro da pasta

— Ora aqui está

folhas escritas, retratos não do meu pai nem de mim enquanto o senhor gordo inspeccionava o oratório, São Januário, Santo Hipólito e se benzia à cautela, notava-se a indecisão da benzedura

— Quem me afiança que os santos não prejudicam a gente?

Estremoz liberto da noite a funcionar, alfaiates, motores, conversas, nem cinzento nem negro, cores a dar com um pau excepto o céu branco não de nuvens, como cheio de rolas que na época da caça uns pacotinhos sangrentos, a mim sujam-me tudo, as fronhas a secar e o pátio de maneira que se a época da caça for eterna e estrondos o dia inteiro podem contar comigo visto que os pacotes pelo menos não sujam, o senhor gordo fitava o oratório na esperança que os santos

(levei-os ao prior que deitou cruzes em cima)

agradecessem a rega e os sabichões

(topo-os à légua)

moita, deixar o pessoal na dúvida é a especialidade deles, não me admirava que o céu branco as asinhas dos anjos a coscuvilharem lá em cima, aquele pecou, aquele não, eis o ofício que têm, pergunto-me se apesar dos meus cuidados me enxergaram no milheiral do veterinário, o homem

(já o esqueci)
enganou-me, casado, metia a aliança no colete
— Se eu fosse casado estava aqui pequena?

quer dizer não me enganou, eu sabia, ainda que escondesse a mão a pele do dedo mais clara no lugar do anel, morava no Redondo não em Évora, quase não falava, já o esqueci, transportava leitões numa furgoneta e continuo a ouvi-los assoarem tristezas, o milheiral deserto, cucos nos eucaliptos sem vento, nem uma marca de pneus no sítio onde estacionava a furgoneta e como o esqueci não me recordo de pneus nem de cucos, invento consoante inventei o choro dos leitões, a manta, a aliança, se dá ideia que esta história me aborrece peço-lhes o favor de não acreditarem em mim, inventei o cónego e o milho, eu a correr para casa e não corria para casa, depois dele se ir embora permanecia a fixar as copas imaginando o que não vou contar isto é que me casava, vivia no Redondo e patetices no género e ignoro o motivo, supondo que há um motivo, de narrar isto agora, talvez que aos setenta anos desejemos que se interessem por nós, não há muito a perder, com sorte um outono ou dois e no fim dos outonos um silêncio severo, não respondo, não me zango, não me agito, conforme fiz à minha mãe limpem-me a boca com um pano e coloquem-me jarrinhas em cima, um dos senhores elegantes, o do fato mais gasto, entregava-me as fotografias e o senhor gordo
— Conhece?

não muito certo acerca do oratório dado que se lhe adivinhava a inquietação com os santos, nas fotografias personagens que não calculava quem fossem, uma criatura junto a uma macieira entre duas árvores da China que se franzia ao sol e uma garota de tranças lembrando-me não sei quem
(essas coincidências da vida)
a certeza de me lembrar não sei quem a intrigar-me
— Quem é que me lembras tu?

com uma boneca acho eu, impedi-me de estudar melhor porque o facto de me lembrar não sei quem por qualquer razão assustava-me, o senhor elegante a entender o susto e a aproximar o retrato
— Garante que não conhece você?

os meus óculos com uma haste apenas, a outra na gaveta que hei-de consertar um dia, consertar a haste, não consertar a gaveta, dioptrias que deviam ter sido mudadas há uma carrada de meses dado que os olhos envelhecem a uma cadência lá deles, não pertencem ao resto, cegam para o que tombou no chão e vêem o que não há, vejo o meu pai por exemplo embaraçado comigo

— O milheiral pequena

e incapaz de ralhar-me, o

— O milheiral pequena

para um lado e para o outro na boca dele e aquilo que o preocupava escondido, descobria-se que nervoso e apesar de nervoso nunca maçou ninguém, instalava-se na latada com uma faca e uma cana e ia aparando a cana, mesmo que me apetecesse e não digo se me apetecia ou não não lhe chamava

— Paizinho

não me deu para aí, se lhe chamasse

— Paizinho

aposto

(não cabem dúvidas)

que a faca a desfazer a cana em três tempos e ele a abandonar a latada, pode afirmar-se que a trote e sem um soslaio para trás na direcção do poço, há cachorros assim que de tanto pau no lombo se desviam da ternura da gente, entre ele e a minha mãe nem uma frase que eu escutasse, não davam um pelo outro, ignoravam-se

(desprezavam-se?)

se calhar uma dúvida muda

— Quem és tu?

uma noite de longe em longe, em silêncio, guinadas na cama e nem um grito de milho, a ausência do vento e os cucos noutro lado, a muralha de Évora a enfiar-nos dentro

— Vocês ficam aqui

o meu avô chegava de madrugada do trabalho na padaria a largar o que não era farinha, era poeira celeste, se o possuísse em barro dispunha-o no oratório no meio dos colegas, até nas sobrancelhas se emaranhava aquilo, a minha avó a espantá-lo

— Não te chegues a mim que tresandas a aguardente

e o meu avô a trautear modinhas, a cabeça dela uma das maçãs da arca, engelhada, minúscula, a fim de fixar a gente um assomo de papagaio torto, a pata esquerda no ar

— Nunca me viste tu?

e um passo para o lado num despeito infinito, caracóis num tacho com alho

(o homem já o esqueci, que a carreta do cemitério siga com ele depressa e a terra no Redondo a doer mais que em Estremoz)

a minha avó pescava-os com uma agulha e mastigava sem fim, não com a boca, o corpo inteiro, tanto nervo a lutar, o senhor gordo a insistir na rapariga das tranças

— Repare bem não se apresse

unhas iguais às minhas, de lagarto, amarelas, faltavam dentes atrás, os tais vestígios de uma fome antiga mas beligerante, azeda, odeiam-se a si mesmos por serem como nós e o ódio por si mesmo destinge para a gente, apertam-nos o ombro como se o ombro o pescoço

— Não se apresse

cartilagens, faringe, o aparelho das letras, eu na rapariga das tranças

— Não pode ser

porque me lembrava não sei quem e o que me lembra não acredito, não quero, devolvi a fotografia o mais rápido que pude

— Não conheço senhor

a minha avó segurava a tigela dos caracóis pronta a ameaçar-nos com o alfinete

— Não me roubem

isto é a fome antiga, discussões, pancada, aos quatro ou cinco anos entregaram-lhe um sacho e trabalhava no campo, aos oito derivado a um tio ou um vizinho ou um estranho

— Queres rebuçados menina?

o milheiral dela a gritar, a saia não de mulher, de criança, igual ao milho gritando, cucos que tombavam feitos panos no chão, um dos cucos não fora da minha avó, no interior de si e que aleijava, fervia, experimentava mexer-lhe e as plumas a arderem, na fotografia seguinte um homem com roupa de mulher

(o marido da dona Isménia?)

esticado numa mesa, de orelha rasgada por um brinco e sinais de golpes na cara, olhava para a gente a insistir

— Não

ou seja desculpe dona Isménia a estranheza da vida, a rapariga das tranças com o marido da dona Isménia e um amigo, as cascas dos caracóis quase todas transparentes, com pintas, afinal aí está, tanta aflição para nada, tanta pergunta inútil, tanta surpresa

(— Não acredito)

quando era o amigo do marido da dona Isménia que a rapariga das tranças lembrava, um senhor elegante como estes e educado e rico, o casaco, a gravata, o uniforme completo, a construção em que não perderam tempo

(— Contenta-te com o que temos toma lá agradece)

dos ossos, a minha avó bebia as cascas à medida que a muralha nos separava dos outros e tanto escuro na casa, apenas uma voz que se acendia aqui e ali e as presas do gato a bocejar no travesseiro, cessava de bocejar e bicho algum, a noite, compreendia-se que a minha mãe doente pelo modo de andar, a metade esquerda do corpo à frente da direita, um risco entre as sobrancelhas, os lábios apertados

— Está doente senhora?

e resposta nenhuma, que cidade aquela, Évora, nem paga lá morava, o médico a retirar o estetoscópio e a alongar uma pausa

(a caspa dele nos ombros)

— Deviam ter-me chamado mais cedo

(um médico de caspa nos ombros há-de curar alguém?)

era dentro de nós, no inverno, que a chuva caía e talvez não chuva, um cansaço longo sob as cortinas das pálpebras, a minha mãe a contrariar-nos

— Estou boa

o senhor gordo de indicador no amigo do marido da dona Isménia

— Repare bem não se apresse

conforme ia dizer a minha mãe a contrariar-nos

— Estou boa

um problema no sangue e a pele dela as cascas dos caracóis, se a minha avó pudesse apertava-a contra si pronta a ameaçar-nos com o alfinete

— Não ma roubem

que fome tão antiga a nossa e discussões e pancada, tanto frio no hospital, correntes de arzinho agudas anavalhando a gente à traição, a humidade descia das paredes em grossas lágrimas turvas, o fumo das panelas de sopa mais turvo ainda meu Deus, pelezitas de frango a brincarem em paz, a minha mãe

— Levem-me para casa estou boa

a tentar levantar-se a desistir pregando a testa na lâmpada, pergunto-me se as minhas lágrimas mais pequenas, maiores, acho que maiores, não estou certa, consoante não estou certa do que o indicador pretendia

— Repare bem não se apresse

e não me apresso por que motivo, para quê, um senhor rico e elegante e o marido da dona Isménia a descansar-lhe a mão no ombro, isto num parque com um lago, uma estátua

(não um filólogo, um general)

um coreto, dava ideia que a rapariga das tranças zangada com o senhor arredando-se dele e em contrapartida a mulher quase a tocar-lhe no braço, mais fotografias numa feira, na praia, ondas esforçando-se por se imobilizarem a meio de si próprias

— Já podemos cair?

vamos supor que pássaros, peneireiros e melros, em Sines, na ocasião que lá estive, nem peneireiros nem melros, gaivotas, o senhor gordo

— Não se apresse

enquanto os restantes dois vasculhavam nas pastas ou tomavam notas à espera, as galinhas do quintal uma agitação sem destino no sentido de nada, as molas das cabeças coléricas, nunca dei na minha vida com uma galinha feliz, exaltam-se

— O que foi?

e por amor de Deus acalmem-se, ainda ninguém se foi embora e continuamos vivos, não aconteceu nada de importante, só retratos de desconhecidos, não do meu pai mascarado de lavrador o pobre, de gente sem dinheiro como nós e surpreendida pela vida também, o milheiral em torno deles aos gritos, os cucos voados contra os eucaliptos tombando feitos panos no chão, não casas, ruínas de casas, não caminhos, ruínas de caminhos, nem sequer mulas, animais feitos de ruínas de vértebras e portanto ruínas de mulas à espera, qualquer dia a gordura do coração impede-me de bater a colher na lata e adeus, um dos senhores elegantes substituiu o retrato pelo retrato seguinte e então a fotografia do meu irmão em pequeno, coisa mais querida, coisa mais linda, penteadinho aos caracóis com o fiozinho, a cruzinha, uma blusinha branca, sapatinhos brancos, aquele sorriso dele com um dentinho em baixo e as bochechas gorduchas, queixo redondinho, bracinhos às roscas, o meu menino outra vez, podia passar horas a vê-lo dormir agarrado ao meu dedo e depois aquela pele, aquele cheiro, não gatinhava para a frente, gatinhava para trás, dobrou o riso aos três meses, aprendeu logo o meu nome e chamava-me da cama, isto depois do milheiral, do homem, a minha saia igual ao milho a gritar e o meu corpo calado, isto depois do homem

(já o esqueci, não insistam)

não voltar do Redondo, as marcas dos pneus ausentes, nenhum pingo de óleo no chão, distinguia-lhe o motor de todos os ruídos do mundo, sabia onde os estofos gastos, qual a janela empenada que não conseguia descer e a ferrugem comeu, continuo a espiar as furgonetas na rua comparando-as com a dele e não é o homem que chega, são sempre outros que não me vêem, eucaliptos, a barba dele picava, que cidade Évora, o meu pai a aborrecer-se comigo

— O milheiral pequena

e incapaz de ralhar-me, instalava-se na latada com uma faca e uma cana e ia aparando a cana, mesmo que me apetecesse, e não digo se me apetece ou não, não sou mulher dessas coisas, não vou entrar por aí, não lhe chamava

— Paizinho

se eu

— Paizinho

desfazia a cana em três tempos e abandonava a latada pode afirmar-se que a trote, sem um sorriso para trás, na direcção do poço, a tirar água não necessitando de água e a entorná-la nas ervas, continuo a ouvir os protestos da corda na roldana e porquê chamar protestos a guinchos, as coisas não protestam nem se queixam nem sentem, deixa-te de asneiras velhota, onde é que as coisas protestam, um móvel que protesta, uma porta que protesta, uma gaveta dorida, não há maneira de aprenderes que maçada, recomeça onde ficámos, escreve direitinho que se trouxer à ideia essa época tão remota para mim tê-la-ei imaginado, tê-la-ei vivido, terei inventado isto nos momentos sem nexo entre o dormir e o acordar quando tudo primeiro nítido e desfocado depois ou ambas as impressões em simultâneo ou ambas as impressões alternadamente ou uma mais forte que a outra mas qual, não sei, sei

(estás a ir bem)

que continuo a ouvir uns guinchos de roldana e o balde a embater contra os tijolos lá em baixo

(se me debruçasse um espelho negro ao fundo)

o meu pai a girar a manivela e mais água, limos e água, folhas e água, insectos mortos e água, trapos e água, felizmente nunca um afogado e água e o milheiral em silêncio, o meu corpo sem partir para lado algum, ficando, eu a compreender que esqueci o homem para sempre, a furgoneta e a marca da aliança no dedo, eu setenta anos, digo que setenta mas sessenta e sete, que importa, eu sozinha com os meus frangos e os meus tarecos, o corpo que previne

— Falta pouco

e o médico a concordar sem olhar para mim, a estudar com um interesse que eu não compreendia a parede deserta

— É capaz de faltar pouco não sei

a parede que eu estudava com um interesse igual e cada um de nós como se estivesse sozinho, ele

— É capaz de faltar pouco não sei

e mal ele

— É capaz de faltar pouco não sei

o meu interesse pela parede a aumentar, a quantidade de motivos de meditação de toda a ordem que existem a começar pelo montinho de ossos da morte, a minha mãe nem um montinho de ossos, já o meu pai, porque mais tarde, provavelmente um montinho de ossos por enquanto, a quantidade de tíbias cartilagens falanges que habitam o nada

— É capaz de faltar pouco não sei

e a gente de imediato a pensar, quer dizer a pensar uma ova, em pânico somente, talvez pensemos depois, amanhã, outro dia, mas não pensamos seja o que for, permanecemos em pânico, levem aquele ali, não eu, juro que me porto como deve ser, não faço asneiras, obedeço, pela alma de quem lá têm não eu, o senhor gordo separando a fotografia a rejubilar

— Não se apresse

e um espasmo nas couves elas em geral tão quietas, uma chaminé de fábrica

(uma chaminé de fábrica?)

Estremoz por todo o lado à minha roda e na fotografia, coisa mais linda, coisa mais querida, penteadinho aos caracóis, com o fiozinho, a cruzinha, uma blusinha branca, sapatinhos brancos de solinha nova, aquele sorriso dele com um dentinho em baixo

(passava-se o dedo e outros dentinhos a romperem, um ponto duro, dois pontos duros)

e nas bochechas covinhas, coisa mais querida de mãozinhas gorduchas, queixo redondinho e bracinhos às roscas, o meu menino outra vez, podia passar horas a vê-lo dormir e depois aquela pele, aquele cheiro, não gatinhava para a frente, gatinhava para trás, dobrou o riso

(deixem-me repetir isto, coisa mais querida)

aos três meses, aprendeu logo o meu nome, chamava-me da cama isto depois do milheiral, do homem

(é necessário jurar que o esqueci?)

da minha saia igual ao milho a gritar

(jurar que o esqueci?)

e o meu corpo calado

(esqueci-o)

em lugar do homem

(esqueci o Redondo, as marcas dos pneus, os pingos de óleo na terra)

o senhor gordo a remexer o canto onde o cesto da costura, almofadas

— Não tem um telefone?

Estremoz por todo o lado à minha roda e o senhor gordo

— Seu irmão?

assine aqui que seu irmão, sabe escrever não sabe, a dona Ismênia ensinou-lhe, aí está ela com a régua, mandava limpar o giz do quadro colocando o lenço na cara

— Sou alérgica

e ao retirar o lenço os olhos a pingarem, passeava o cão à tarde e se o animal demorava descalçava o sapato a ameaçá-lo

— Pirata

o cão de pêlo tão comprido que se não percebiam o focinho e as patas, no caso de imóvel para que banda começaria a tro-

tar e na minha opinião os ciganos fritaram-no, enchiam a noite de pandeiretas, relinchos, a Guarda vinha no jipe e expulsava-os
(Évora que cidade amigos)
os soldados de espingarda tremelicavam nos bancos, um deles demorava-se-me no peito que a mão do homem tocava
— Cresces depressa tu
e a mão sobre a mão do homem a tocar também, tire a água inteira do poço, pai, e as pedras que eu jogava lá dentro para que o espelho do fundo se desarrumasse e entorne tudo nas ervas, às vezes notava o soldado sem uniforme a acenar-me adeus e despido do uniforme mais pequeno, vulgar, nunca me tangeu para o milheiral ou me disse
— Anda cá
acenava apenas a tremelicar no banco
— Cresces depressa tu
e calava-se mudando o bivaque de posição na ideia que a mudança do bivaque lhe apagava as palavras, devia apagar dado que eu
— Como disse?
sem achar um sonzito, achava os arrancos do jipe e os suspiros das casas, uma gotinha de desilusão, não uma gota grande, na qual nem se reparava, quando muito
— Olha uma gota
uma gota em mim lá atrás, na parte da alma cheia de memórias defuntas onde as emoções não me afligem, interrogo-me sobre o que me aflige agora que falta pouco e resposta alguma, tudo mudo por aqui à espera que eu desista, uma peça definitivamente quebrada
— Acabou-se
e a gordura do coração imóvel, a vista conserva por um momento não o meu pai, não a minha mãe
(não me importava de conservar a minha mãe
— Levem-me para casa estou boa
e a mão dela quase a agarrar-me e a transportar-me consigo, fugi com o braço depressa
— Não quero acompanhá-la mãe
dedos que não lhe pertenciam compridos, maldosos, desejando que eu morresse com ela, não me faça mal, o que é isto, afastei-me para o outro lado da cama onde a mão não poderia

encontrar-me, percorreu os lençóis um momento, parou e a mobília que a minha avó lhe oferecera aquietou-se também, uma suspensão, uma espera, dava ideia que a minha avó connosco e através da minha avó o cheiro das maçãs, vontade de chamá-la
— Avó
traga a coelheira, o forno, não me importava de reter a minha mãe para que confessasse o motivo de pretender agarrar-me, eu com vinte anos, não setenta como hoje e o médico
— É capaz de faltar pouco não sei
me explicasse porquê)
portanto não o meu pai, não a minha mãe, não o homem que esqueci conforme esqueci cucos, milheiral, eucaliptos, conforme esquecerei sem dúvida os três senhores elegantes em pontinhas de pés na cancela enquanto batia a colher dando estalos com a língua a chamar as galinhas e o céu cinzento e negro, chaminés e varandas não ligadas entre si, afastadas
(haveriam de juntar-se depois acompanhando-se de paredes e algerozes para comporem o bairro)
os senhores elegantes que se foram embora satisfeitos comigo
— Já cá temos o seu nome não precisamos de mais obrigado
portanto não os senhores elegantes a caminho de Lisboa com os seus retratos, as suas perguntas e a rapariga de tranças, o que conservo por um momento mais é a coisa mais querida do meu irmão que vasculharam nas pastas
— Sabe quem é?
e o dentinho, as bochechas, o queixo, o sorriso, o meu irmão numa moradia fora da muralha com piteiras e malvas, há-de saber de Estremoz e como Estremoz pequeno há-de saber onde moro, uma manhã destas ao sair para o pátio com o comer das galinhas, sem tirar o avental nem me haver arranjado, o meu irmão
(coisa mais querida, coisa mais linda)
acolá, não na cancela, o sinito
(não uma campainha, um sino, puxava-se um cordel e o sino um ruidozito modesto)
que com a idade se estiver longe não oiço, a partir de certa altura principiei a ouvir não o que me cerca mas o que existe em mim, as minhas artérias

(devem ser as artérias nas quais tão pouco sangue)
os meus rins
(porque não os rins?)
a minha mãe
(inclua-se a minha mãe)
— Estou boa
principiei a ouvir raízes, caules e pedras em lugar de pessoas e contudo, mais adivinhado que escutado, o sinito da porta, acharei o badalo agitado pelo cordel na entrada, pensando melhor não uma manhã, isto à tarde, ia escrever que uma tarde de chuva porque a chuva me traz à lembrança os domingos de dantes e o cheiro das maçãs a combinar-se com o bafio dos armários e a humidade da cal, uma tarde de chuva em que as coisas se duplicam pelo efeito dos pingos nos vidros ou seja as coisas propriamente ditas e o reflexo das coisas, a gordura do coração a dificultar-me o corpo, os tornozelos blocos de cimento um após outro no soalho, por consequência isto à tarde
(coisa mais linda, coisa mais querida)
às seis e meia, em setembro
(quantas da madrugada no mundo?)
ou às sete e vinte, por exemplo, antes da sala a turvar-se e de um cano na parede onde tropeça o meu sangue, às sete e vinte da tarde o sinito
(coisa mais querida)
eu a alcançar o capacho não com a colher e a lata, com o escovilhão ou a vassoura, julgo que melhor a vassoura, fica a vassoura, não tenho tempo de escolher
(— Falta pouco falta pouco)
eu a poisar a vassoura, que palermice a vassoura, devia tê-la omitido, contra a mesinha dispensável igualmente onde o palhaço de gesso que o homem me ofereceu
(e o milheiral a gritar, os cucos voados contra os eucaliptos tombando feitos panos no chão)
eu a abrir, coisa mais linda, o trinco e no capacho o dentinho, as bochechas, o queixo, o meu irmão que gatinhava para trás, aprendeu o meu nome, me chamava da cama
(não chamava a minha mãe nem o meu pai, era a mim que ele chamava)

escondia no meu peito
(na minha barriga?)
escondia no meu peito as roscazinhas dos braços, a blusinha branca, o fio com uma cruzinha, o meu irmão o meu nome, pela primeira vez em tantos anos uma pessoa o meu nome e eu uma pessoa também, eu a sério, não um senhor elegante e rico com vincos de nós na gravata e lustro nos joelhos mas uns calçõezinhos, uns sapatinhos, uns caracóis castanhos
(não calvície, não calvície)
o meu irmão
(coisa mais linda)
o meu nome, a voz dele
(não a voz do meu pai, não a do homem)
o meu nome, o meu irmão não
— Dá licença?
o meu nome, o receio de acender a luz para não o perder consoante não acendia a luz se me chamava da cama, sentava-me ao seu lado e Évora, que cidade, a ameaçar-nos lá de fora, demorava-me com ele até adormecer de novo tanto quanto dormimos ao dormir, acho que não dormimos nunca, pelo menos não durmo, escuto o galinheiro e as couves
— Não te deixamos sossega
e demorava-me com ele
(não necessitava de abraçá-lo, não o abraçava nunca, para quê abraçar, ele sabia)
até adormecer de novo e nenhum milho gritar nas suas orelhas, nas minhas, nenhuns pneus de furgoneta
(um dia conto-lhe da furgoneta)
nenhum motor a partir, nenhuma mão a agarrar-me, o meu irmão
(coisa mais querida)
comigo, não dei pelos senhores educados nem por um hálito ao espelho, uma manchinha cor-de-rosa e unhas que raspavam, ao comprido do estanho, a caminho do chão, estávamos junto ao poço, tínhamos passado o tanque, o limoeiro, a figueira
(tão espessa a figueira)
a horta em que o meu pai rabanetes melancias cebolo, o tripé onde o meu avô ia enrolando mortalhas e o milho sem cucos nem vento, no rebordo do poço um pedaço de cana e uma

faca, não o meu pai, somente um pedaço de cana e uma faca, a minha mãe não

— Levem-me para casa estou boa

de pé, não deitada, a minha mãe de pé a cantar o olha a noiva que vai linda, não era eu que cantava mano era a mãe enganei-te, não dei pelos senhores nem pelo automóvel nem pelo gordo

— Agora

nem pelas pistolas retiradas das pastas onde fotografias, papéis, dei pela coisa mais querida

(coisa mais linda)

do meu irmão a dobrar o riso aos três meses olhando-me da porta, depois de tantos anos o meu irmão em Estremoz, dei pelas bochechinhas, pelo único dentinho e pelo queixinho redondo contentes de me verem, qualquer coisa nele que poderia ser uma dor se eu não tivesse a certeza que não era uma dor, dei pelos senhores ricos e elegantes a guardarem as pistolas nas pastas, por um dos ombros do meu irmão encolhido, o outro ombro

— Não me pegas ao colo?

não o outro ombro, ele todo

— Não me pegas ao colo?

e claro que te pego ao colo, chega cá, não te inquietes, eu tapo o poço repara, não te acontece mal, a água que não te vai engolir encerrada lá dentro, o galinheiro e as couves a tranquilizarem-nos

— Não os deixamos sosseguem

um restinho de sol

(coisa mais querida)

entre os troncos das árvores e um de nós

(acho que eu desta feita, não a minha mãe)

a cantar.

Três horas da manhã

1

Não me preocupa o meu marido ou o que lhe possa acontecer com os estranhos, não me preocupa que a manhã chegue ou não chegue embora haja menos móveis de dia que de noite e a casa em que não confio finja que me aceita não tentando expulsar-me, aprendi à minha custa a não acreditar nas casas sempre a enxotarem-nos para a rua ou a cercarem-nos de tralha
— Não sais daqui agora
cada vez mais hostis proibindo-nos a porta, o meu marido ausente e ninguém comigo a ajudar-me, janelas que uma cortina roubava furtando-me a estrada e na estrada, ainda que dirigindo-se não sabia onde, uma ilusão de fuga, vou com os ciganos, escapo-me, mas se calhar os ciganos e a estrada pintados no vidro, não reais, não me preocupa o meu marido ou o que lhe possa acontecer com os estranhos conforme não me preocupa que a manhã chegue ou não chegue, o que vale a manhã, qualquer manhã, o que valem os dias, a manhã não sozinha
(no caso da manhã sozinha suportá-la-ia melhor?)
a surpresa da minha avó
— Não dás pela azinheira?
sem que azinheira alguma, onde isso vai a azinheira, não a informaram da azinheira no sítio em que a puseram avó, chame-lhes a atenção, proteste, os parasitas secaram-na e cortou-se, veio um sujeito com uma serra e por baixo da casca a carne branca, viva, que esquisito a árvore no chão e um líquido transparente a ferver nas raízes, devia ser o líquido que você escutava e eu a supor que os ramos e o vento, mal você
— Não dás pela azinheira?
eu a espiolhar o vento, calcule-se, era através das orelhas que a minha avó se apercebia do mundo, chegava-as ao fogão e anunciava
— Está aceso

dado que as vacilações do petróleo, os estalos, o meu marido no escritório não a contar os planetas extintos e a imaginar-lhes a luz nas piteiras, a notar os estranhos que chegavam à moradia pela banda do pomar enquanto os cachorros se dividiam entre a cadela na garagem e este quarto onde os espero dado que não me preocupa o meu marido, não me preocupa que a manhã chegue ou não chegue, de que serve a manhã, preocupam-me os cães e o meu ventre aberto a chamá-los, no caso do meu marido a farejar-me e a desistir se a minha avó connosco designava-me com a faca a esvaziar um pombo ou um frango sobre o alguidar nos joelhos

— Não dá pela minha neta?

o relógio anuncia três horas, o ponteiro dos minutos avança um tracinho e provavelmente engana-se visto que nenhuma palidez a nascente, nenhum móvel a desaparecer por enquanto, a Elizabete

— O que se passa contigo?

e eu com os cachorros na ideia a carregar o meu ventre aberto da sala de pensos para a enfermaria

— Nada

sufocando um latido, se um dos médicos batesse na coxa esquecido que eu idosa demais

— Aqui

voltava-me para ele agradecida, reparem como me suspendo, hesito, começo a trotar e venho, o meu marido defunto antes da manhã e ao passar no corredor darei pela porta aberta, o tapete fora do lugar e uma cadeira no chão, não regressarei a esta casa cujos móveis se aborrecem de mim e se afastam, a impressão que o meu tio de bicicleta, que você no Luxemburgo tio e afinal, como é isto, a pedalar entre as moitas sem que o empregado da bomba de gasolina o veja, sem que ninguém tirando eu o veja e de que me serve se não coloca uma almofada no quadro, não ordena

— Senta-te

e me transporta consigo, a minha mãe desenroscou a campainha do guiador e poisou-a na prateleira com um pavio de azeite

— Para lhe dar sorte

a acompanhá-la, ao passar pela campainha demorava-se a olhar, existiu um outro irmão ou irmã, nunca descobri ao certo, falecido pouco depois de nascer e se nos apanhava distraídos a minha avó curvava os braços a embalar o nada e a explicar não sei quê à azinheira, acabou-se a azinheira senhora, acabou-se você, três e cinco e o meu marido a tossir no escritório calando a tosse no lenço com receio que eu para mim, contente

— Vai chegar a este quarto vai ficar comigo

ele com vontade de ficar comigo, deitar a cabeça nos meus joelhos e esquecer-se, o meu marido

— Se eu esquecesse a boneca

e eu, sem o entender, aceitando, uma boneca pronto, esquece a boneca, aceito-te, o hálito ignoro de quem no espelho, unhas raspando o vidro numa nódoa de sangue que descia, descia, sempre que me liberto do meu sono os estranhos

— Conhece?

três caras iguais entre si e a mesma zanga

— Conhece?

os mesmos dedos que não acertam com as coisas, os mesmos fatos escuros, o director do hospital receoso deles

— Conhece?

e o meu marido à espera, não posso jurar que receoso, calado, a Lurdes inquieta por mim

— Não fales

eu que tão longe quanto me lembro sempre falei pouco, contento-me como esta noite em desejar que os cachorros comigo, a maior parte a dormirem porque as malvas oscilam e um ou outro desperto seguindo um fio de cheiro com o focinho parado, doze cachorros se incluirmos o amarelo que um lagarto ou um besouro distraem, em que momento os estranhos no alpendre, no pátio, a minha avó alarmada

— Não dás pelos estranhos?

designando o silêncio com o dedo, três e treze e daqui a pouco um sobressalto nas copas, o ventinho sem origem que antecede o sol e não sol por enquanto, o muro violeta de um lado e negro do outro ou quase violeta de um lado e quase negro do outro onde os estranhos conspiram, o meu marido colega deles disseram-me

— Infelizmente o seu marido colega nosso

isto é um senhor de pastinha no braço e retratos, papéis, exibindo-se a si mesmo com a garota

— Conhece?

não irado como os compinchas, nervoso, percebia-se que no

— Conhece?

a esperança que eu entendesse e negasse e portanto em lugar de

— Conhece?

pedidos de socorro, sinais

— Não conheces pois não?

e não conheço de facto, conheço um homem no escritório, de que não percebo as feições, a examinar o escuro que os planetas extintos vão alargando nos campos, não bomba de gasolina, não telheiro, não árvores, uma poeira defunta sem uma só marca de passos, cabras que sobrevivem alimentando-se de ruínas, conheço um homem que se detém à entrada do quarto demasiado cheio de palavras para conseguir falar, trazia-me uma boneca com um pedaço de corda de estendal de forma que não minto ao responder aos estranhos

— Não conheço

encontrámo-nos há trinta e dois anos e palavra de honra que não o conheço, à noite sim, de lâmpada apagada um corpo sem feições nem voz, um cachorro que me rasga a garupa com as patas, ia escrever que numa espécie de ódio e não ódio, vontade que o erguesse do chão, lhe afirmasse

— Escusas de me rasgar a orelha com o brinco não te deixo sozinha estou viva

três e quinze da manhã e estou viva, quando adormecer, porque espero dormir, o meu tio há-de passar de bicicleta e não darei por ele, talvez nem se detenha a olhar-me e desça a ladeira perante a inércia dos cães, se a Lurdes me tirasse de novo esta manchinha cá dentro, o que nem tenho a certeza se existiu, uma vertigem, uma falta de forças

— Não vais tropeçar nas escadas?

e não tropeço, descansa, sento-me um instante num dos bancos da rua e continuo a andar, uma manchinha, uma coisa de nada que não existe, não se lamenta num berço, não sacode uma roca, se fosse capaz de exprimir o que sou e todavia sempre falei tão pouco, o meu pai

— É minha filha aquela

e eu muda, as senhoras de azul a sorrirem e eu muda, por mais que procurasse

— O que devo sentir?

não sentia fosse o que fosse, observava-as, não compreendo o que significa

— É minha filha aquela

compreendo a terra às vezes, os seus caprichos e as suas manias, julgo que compreendo a chuva, compreendo os cachorros se me tomarem, não compreendo

— É minha filha aquela

por não compreender o que é ser filha, a relação entre mim e um cavalheiro idoso numa herdade que o fogo destruiu a revolver moedas nos bolsos sem fixar as moedas e mais logo, no caso dos ponteiros do relógio continuarem a avançar e só Deus sabe se continuarão a avançar, podem deter-se às três e meia, às quatro, às quatro e vinte a anunciar

— Acabaram-se os dias

e este quarto já não escuro, negro, as carroças dos ciganos a afastarem-se com os seus guizos e os seus trapos coloridos, a voz do meu marido que se dissolve e as enfermarias do hospital desertas, corredores e corredores de que é impossível sair, no caso de me interrogarem

— Que horas são?

por mais que me apeteça ser útil não poderei responder-vos, se me permitissem deixar de escrever, lembrar a época em que o meu marido vivo, não os estranhos no escritório com ele, agradecia, reformei-me há seis meses, mudei de casa, moro perto de onde passei muitos anos com a minha mãe no interior da muralha, a noventa ou a cem metros da praça, e a Elizabete e a Lurdes tal como eu calculava nem uma visita sequer, provavelmente a bomba de gasolina e o telheiro persistem, a herdade do meu pai um baldio de corvos e estevas, o capataz

(há criaturas eternas)

encostado à segadora a fumar, julgo que os estranhos a ocuparem-se de outro colega do meu marido, se calhar o último, distraído também ele com os planetas extintos e a recordação da irmã, forte, grisalha, baixinha, a bater com uma colher na lata entre estalos de língua no seu quintal de couves, reflectindo melhor decerto o último porque as pessoas vão morrendo, mesmo os defensores da Igreja e do Estado, e os estranhos visitá-lo-ão uma noite, de modo que não dêem por eles, às três e vinte e um da manhã, no momento em que uma nuvem descobre a lua e o berço do meu filho num suspiro de gente, eis o que ficará de mim na altura em que apenas um chapelinho de pena quebrada num bengaleiro de pobre que como todos os bengaleiros de pobre imita um bengaleiro de rico, volutas, ornatos e o pinho sobre a pintura que fingia carvalho, um piano que ninguém toca, carrega-se com o dedo e uma nota assustada a ecoar ainda, uma senhora sem quaisquer dedos a pegar nos da irmã tranquilizando-a

— Sossega

eu esquecida pelos vivos e as minhas compotas a embranquecerem de bolor na despensa, lembro-me do gosto dos morangos, o meu tio numa ocasião um cabazinho

— Toma

e antes de lhe agradecer montou na bicicleta a pedir com a mão

— Cala-te

e desceu a ladeira, como será o Luxemburgo, a língua deles, as casas, como será ter fome no estrangeiro, haverá quem lhe coza umas batatas e lhe prepare a roupa dos domingos, o relatório que me exigiram

— Ponha tudo

inútil, o que vivi inútil, o que senti inútil, uma existência tão sem interesse, pequena, enfermeira num hospital de província, supõe-se que o pai rico e a mãe uma cozinheira qualquer, um homem aqui outro ali sem interesse também, funcionários

(dois, o canalizador e um dos motoristas)

do hospital, um de mais peso, viúvo, com uma quota na farmácia a perguntar inquieto

— A sério que não sou muito velho?

isto numa pensão em Montemor, tomava de chapéu até às orelhas

— Não se percebe que sou eu não achas?

a camioneta antes da minha, se calhava cumprimentarem-me um recuar de amuo e o joelho a sacudir-se

— Quem era aquele diz lá?

oferecia-me pulseiritas de vidro e corações de cetim, verificava duas vezes as notas na carteira no medo que o roubasse

— Raparigas novas com cavalheiros compreendes?
o corpo não conseguia e ele zangado com o corpo
— Há-de haver um chazinho africano que me resolva isto
a filha bancária em Viseu que se não ralava com ele
— Anda à espera da herança não se rala comigo
cheirava a infusões de eucalipto e a pomada para os ossos, proibia-me de conversar com as pessoas
— Não contes a ninguém ouviste?
espiava-me à saída do trabalho
— Passei aqui por acaso
olhando em torno a adubar ciúmes, de quando em quando parava de mão no peito em atitudes de cegonha à escuta, empoleiram-se na chaminé do doutor e lá estão elas de tornozelos esqueléticos, narigudas, atentas
— Não é nada pequena
olhos em mim sem me verem e uma espécie de sorriso vacilante, inseguro, compram-se barato nas capelistas, colam-se na boca e despegam-se
— Não é nada pequena
voltamos a colá-los e eles sem força a tombarem, anos depois achei-o na enfermaria com uma mosca à sua volta a poisar-lhe na manga, tinha o retrato da filha que não se ralava com ele à cabeceira
(as coisas em que a gente se apoia)
e a mosca a teimar, uma espiral e pumba, um saco para a urina, um saco para as fezes, estendia-se-lhe a água num copo e entornava a água
(dava conta de entornar a água senhor Marques?)
soprou-me na orelha
— A sério que não sou muito velho?
experimentou o sorriso com o indicador
(a unha tão comprida, não tem quem trate de si?)
e o sorriso a falhar, deixe-se estar quieto eu ajudo, aí tem o sorriso mais ou menos no sítio, não mova a boca para que não lhe falte, se não falar aguenta-se, a carteira no bolso do pijama e a mão espalmada em cima
(— Raparigas novas com cavalheiros compreendes?)

e afinal somos isto, só isto, o sorriso lá se aguentou coitado

— Não é nada pequena

e no dia seguinte a boca do viúvo demasiado aberta para o sorriso caber, a filha bancária igualzinha ao retrato e igualzinha a ele a verificar as notas da carteira e a devolver-lha vazia, quando me entrarem em casa acharão o soalho varrido, a cama feita e os pratos não no lava-loiças, guardados, há um mês tornei à herdade do meu pai pelo sítio onde os ciganos acampavam em julho entre duas viagens e panelas onde ferviam coisas, um cavalo com uma ferida na anca e na ferida a mesma mosca que o viúvo no hospital, a mesma que na sala entre o reposteiro e o caixilho, a mesma que a dona Isménia sacudia durante o ditado a anunciar quem manda em Portugal é o doutor Salazar e a repetir até que as cabeças se erguessem quem manda em Portugal é o doutor Salazar, a fotografia do doutor Salazar na parede maior que o crucifixo, o meu marido trabalhou para ele num forte à beira mar, uma praia de pescadores que não visitei nunca e albatrozes, penedos, na herdade do meu pai o feitor não encostado à segadora, ausente, espantalhos feitos de desperdícios e canas a julgarem-se sentinelas e por consequência ninguém, uma parte de celeiro, um armazém escancarado, se acrescentasse pássaros exagerava, nem andorinhas para amostra, a filha cobriu o viúvo com o lençol e debaixo do lençol a certeza que ele

— Não é nada pequena

os espantalhos da herdade, o reservatório da água onde os ninhos da primavera anterior que o inverno desfaz e a Lurdes a amparar-me nos degraus

— Julgas que tens força tu?

à medida que as paredes giravam, a casa do meu pai inclinada no feno, o automóvel um trambolho oxidado que me não lançava moedas, com as senhoras de azul

(quem me prova o contrário?)

amortalhadas nos estofos, uma praia de pescadores e perdi-lhe o nome, não lhe perdi o nome, Peniche, ondas a recuarem no sifão dos penedos

(irão ler o que escrevo?)

    o que recordo de Montemor é a paragem das camionetas e as facas do talho, a pensão esfumou-se tirando uma voz derrotada a consolar-se a si mesma
  — Há-de haver um chazinho africano que me resolva isto
    a mão no peito à escuta e uma pausa no mundo, a China, a Roménia, as Honduras à espera de autorização
  — Não é nada pequena
    para regressarem aos mapas, a seguir ao viúvo o meu marido nas árvores do passeio ou então a minha mãe junto de mim
  — O teu pai
    sentia a azinheira como nunca a sentira
    (— Não dás pela azinheira?)
    e o meu pai um bolso revolvido à pressa e moedas que nenhuma de nós apanhou, as senhoras de azul
    (de azul?)
  — Tua filha?
    na poeira que se afastava da gente e a minha mãe varreu com a vassoura, a casa do meu pai
    (— É minha filha aquela)
    ruínas que daqui a nada o feno engolirá, o meu marido surgiu das árvores a mudar a pastinha de braço
  — Posso acompanhá-la menina?
    eu surpreendida, menina, trinta e dois anos, cabelos brancos, rugas e menina, o meu marido não desenvolto como os colegas a baterem o indicador nos retratos
  — Conhece?
    sem olhar para mim, um cachorro por uma pena, pronto a escapar-se a uma ameaça, a um gesto, eu quase a explicar-lhe que não menina, repare-me no pescoço e nas mãos, demolições, desabamentos, misérias, trinta e dois anos, trinta e três em novembro
    (— A sério que não sou muito velho?)
    suspensa de mão no peito na atitude das cegonhas à escuta, empoleiram-se no terraço do convento e percebia-as daqui se fosse dia e não três e vinte e oito da manhã e a lua encoberta, lá estão elas atentas, as facas dos empregados do talho insistiam nos ossos

— Não é nada pequena

e o meu pai na varanda, de manta no colo, à medida que eu incendiava o feno cá em baixo, ainda o chamei

— Senhor

o convidei a assistir

— Não repara no feno senhor?

e o meu pai calado, dava ideia de procurar moedas não achando as moedas, não achando o bolso, não me achando a mim, pergunto-me se alguma parte dele continuava a funcionar, o entendimento, a memória, ou igual à minha mãe que não reconhecia nada, um monossílabo sem origem, uma risadinha vazia, o feno ora vermelho ora negro a extinguir-se conforme os planetas se extinguiram há séculos, o meu marido

— Menina

e as minhas ancas a espessarem-se e o focinho pendente, se ao menos uma garagem e o ventre contra o cimento à espera, a Lurdes

— Estamos quase

e não dores, não incómodo, dei fé das compressas no balde e do telefone no corredor que aumentava de intensidade a tocar para mim visto que a Lurdes indiferente a arrumar os instrumentos, a Elizabete indiferente a sorrir-me da porta, o montacargas indiferente a oscilar nos cabos, mal a Lurdes

— Experimenta levantar-te

e as paredes se curvaram a campainha cessou de maneira que se calhar o telefone o rebuliço do sangue nas veias a indignar-se comigo e para quê indignar-se, trancaram-me a barriga e o berço que fique sozinho a abanar nas piteiras, sem motivo nenhum veio-me à cabeça o mar, longas ondas tranquilas e cada onda

— Tu

longas ondas tranquilas sem palavra alguma, talvez mensagens que não sei decifrar e no entanto convencidas que poderiam salvar-me eu que não necessito ser salva, necessito do escuro e dos cachorros a farejarem-me e a deixarem-me em paz, necessito que tu, que você

(desse assunto não falo)

três e quarenta

(menos um tracinho, três e trinta e nove, três e trinta e nove e meio) da manhã, não me preocupa o meu marido e o que lhe possa acontecer com os estranhos, não me preocupa que o dia chegue ou não chegue embora menos móveis que de noite e a casa a fingir que me aceita não tentando expulsar-me, aprendi a não acreditar nas casas sempre a enxotarem-me para a rua ou a cercarem-me de tralha

— Não saias daqui agora

barrando-me a saída, preocupa-me

(três e quarenta e um acho eu, desisti de comprovar no relógio e qual a importância afinal, tudo se move, roda, caminha, mas em que direcção santo Deus e com que sentido se dentro em pouco um peso no meu ombro

— Senhora

e os estranhos aqui sem lhes perceber as feições, percebo-lhes as sombras e o branco das camisas)

preocupam-me os cachorros e o branco das camisas, percebo que dois estranhos, corrijo, não tinha olhado bem, três estranhos, percebo que três estranhos, um deles na moldura da porta e os restantes a espreitar a janela de onde chegará a luz, percebo que o meu marido o meu nome no escritório e a cadeira arrastada e seja o que for, não um corpo, evidentemente que não um corpo, não o barulho de um corpo, tudo o que quiserem menos um corpo no chão, o frémito das malvas que antecede os ciganos adivinhando-os, prevendo-os, de forma que antes da manhã eixos de carroças e pedaços de gelo que se desprendem das mulas, preocupam-me os cachorros, não me preocupa que a manhã chegue ou não chegue, o que vale a manhã, qualquer manhã, o que valem os dias, além do mais a manhã não sozinha, acompanhada pelo armário que anuncia na sua voz redonda

— Sou um armário eu

e se apaga, a voz

— Sou um

e muda

(os estranhos com simpatia, educados, ia escrever que amáveis e porque não amáveis, os estranhos amáveis, com simpatia, educados e amáveis, tenho sono e amáveis, escorrego dentro de mim e amáveis, mais para o interior do que sou e amáveis, a minha boca prossegue sozinha e amáveis, alcanço a minha mãe, a minha avó, as raízes, as pedras, um esquecimento comprido, oiço-os lá em cima e amáveis

— Senhora

e no fundo disto o mar, ondas tranquilas, amáveis, não barcos, não peixes, ondas somente, amáveis, contra o forte que dizem chamar-se de Peniche e dava ideia de fazer parte de rochedos amáveis, deixei de ouvir e amáveis, como são a minha cara, os meus gestos, no caso da minha avó

— Não dás pela azinheira?

perguntar-lhe

— Como sei que é você?

e que sopro, se algum sopro houver, me responde, não acredito que me respondam, larguem-me)

preocupam-me os cachorros junto ao berço e à garagem, doze cachorros incluindo o pequeno, amarelo, e o que pretendem de mim, por que razão me apoiam uma das patas nas costas e palavras demorando a chegarem-me à língua sem corresponderem ao que pretendo exprimir

(o que pretendo exprimir?)

pergunto-me se os estranhos

— Senhora

pergunto-me se os estranhos amáveis, eu incapaz de me levantar, mexer-me, se abrir os olhos darei com quê respondam, a porta da garagem fechada, uma das senhoras de azul a estranhar

— Tua filha?

um leque mais

(ou

— Sua filha?)

um leque mais rápido que se despede de mim, um chapelinho com uma pena quebrada, dedos que buscam dedos e esta aflição, este medo, uma paz secreta depois desta aflição e deste medo e eu a dormir serena, as horas que quiserem da manhã, tanto me dá, serena, os ciganos não atentam em mim eles que atentam em tudo o que possa servir-lhes, o da farmácia a sossegar-me

— Não é nada pequena

um comprimidinho num estojo, tomava o comprimidinho e regressavam-lhe as cores

— Não contes a ninguém ouviste?

(preocupam-me os cachorros)

uma tarde em Montemor quando as facas dos empregados do talho estalos de cartilagens e rótulas começou a chorar, quer dizer não um choro, essa humidade no interior das grutas, mostrou-me a esposa na carteira, o neto, encolheu-se num vão a ocultar-se de mim

— Sou tão velho

e eu de acordo com ele, Montemor uma vila que aparecia de repente na estrada, lembro-me da ourivesaria, da pensão, a humidadezinha no queixo onde um pingo aumentava, não transparente, turvo

— Não te meto nojo pequena?

isto antes da mosca a poisar-lhe na manga, uma espiral e pumba, um saco para a urina, um saco para as fezes

(agora que estás no fim lembra-te de incluir os cachorros)

estendia-se-lhe água num copo

(dava-se conta de a entornar senhor Marques?)

não conseguia e contudo esperançoso, o palerma

— Não contes a ninguém ouviste?

a compor o lençol e os deditos falhavam

— Não contes a ninguém

não conto a ninguém senhor Marques, deixe isso que tem a camioneta de Montemor à espera, o seu quartinho na pensão todo catita e o nó do terço à cabeceira para uma reza de necessidade que isto às vezes não é o que pensamos, prega-nos partidas, complica-se, eu por exemplo

(os cachorros)

já lá vamos aos cachorros, eu por exemplo à espera que o meu marido comigo e não veio, os estranhos com simpatia, educados, amáveis, porque não amáveis, os estranhos amáveis

— Não se aflija que ele não sai do escritório

fica no escritório com os seus planetas extintos, a sua claridadezinha, o seu pânico e o meu marido sem pânico, acabaram-se a inquietação, os passos no corredor, a espera, descanse que não a incomoda, não merece a pena chamá-lo, o seu marido

(três e cinquenta e seis da manhã)

a descansar senhora enquanto resolvemos este assunto tão depressa quanto a Lurdes resolveu o seu filho há muitos anos, distraia-se da gente pensando em Monte

(os cachorros)

mor, no senhor Marques

— Não contes a ninguém ouviste?

e nas tais ondas tranquilas, nem barcos, nem peixes, unicamente as ondas, olhe aquela a formar-se quase nem onda primeiro, uma prega e vai na volta a inchar ganhando um friso mais claro à medida que avança, não repare na gente, não ligue, até pode ser que não estejamos aqui, não somos nós, são os cachorros

(ora aí tem os seus cachorros, tome-os, aproveite)

finalmente consigo, não a gente, não a Lurdes a puxar-lhe o seu filho, os cachorros, o que a senhora queria, o amarelo, a filar-lhe a nuca e você feliz como com a gente não é, você a consentir, a pedir-nos, você

(quatro da manhã)

uma, uma falta de forças, você para nós

— Não

e nada mais que

(tão fácil imaginar)

um estalo de cartilagens e rótulas numa pensão de província.

2

Continua a falar é o que me pedem. Viram-se para mim do alto da importância deles, da autoridade deles
— Continua a falar
e continuo a falar de quê? Da minha filha, do meu pai, do homem que me visita a meio da noite, senta-se nessa cadeira e fica à espera que batam à porta a chamá-lo, regressa no mês seguinte atento ao mínimo ruído, sem me olhar, e se as árvores da China estremecem ele estremece, as árvores da China emudecem e alarga-se no assento satisfeito com elas e eu no divã a acompanhá-lo, não me movo, não converso, tomo atenção igualmente, penso que nos esqueceram, quase digo
— Esqueceram-nos
mas permaneço com ele e não sei explicar se me é indiferente ou me faz pena, não é a minha filha que nos une porque desde há anos nada nos une a nada, trabalho em casa da senhora e o que se passa comigo passa-se longe de mim, nos domingos de folga vigio os barulhos sozinha e não corto a erva do quintal, ela que cresça em paz, dá-me a ideia de sentir vozes mais remotas que a da minha mãe, tento escutá-las e perco-as
(de que pessoa seriam?)
continua a falar é o que me pedem e para quem, de quê, perguntem à boneca, não a mim, não percam tempo comigo que o meu tempo acabou, uma ou duas semanas com sorte eu que não acredito na sorte, ignoro se alcançarei a manhã, são três horas e quantas manhãs me faltam, quantas horas, um automóvel na praceta que não abranda, seguiu de forma que continuarei a respirar, aproveita para respirar, as árvores da China por exemplo, vejo-as daqui, respiram, nenhum quintal a seguir ao meu, prédios, num deles apesar de tão tarde uma criança à janela, não acredito que me veja e no entanto tenho a certeza que me espia, derivado a espiar-me compreendo que nem uma hora talvez, mi-

nutos, o automóvel que não abrandou na praceta largado numa transversal onde o condutor à espera e os restantes ao meu encontro, homens não da idade do meu marido, velhos como o meu pai a enganarem-se nas fachadas e nos números e a conferirem papelinhos que demoram a achar, óculos, agendas, o cartão do dentista com a data do tratamento marcada, iluminam os papelinhos com o isqueiro sem decifrarem a letra

— Consegues entender isto tu?

os colegas um segundo isqueiro e a chamazinha dobra-se e apaga-se, narizes que se inclinam, testas que diminuem, esquemas com setas, riscos, uma cruz num rectângulo

(o rectângulo eu)

mas entretanto o quarteirão alterou-se e uma avenida no lugar da fábrica, nas travessas de dantes o matadouro e atrelados de vitelas à espera que o guarda desaferrolhe a entrada, as bocas dos animais abertas, patas que flectem e se equilibram a custo, depois do túnel que prolonga o portão uma lâmpada fraca e os atrelados a sucederem-se no túnel, mal o guarda trancar a entrada uma navalha, um tiro, um martelo a empurrar um prego na nuca, as mãos dos velhos sem força, como farão connosco, imagino-os a tropeçarem no quintal no caso de descobrirem o quintal

(descobrirão o quintal?)

derrubando vasos e baldes, zangados com a tirania do Estado por continuarem a trabalhar aos setenta anos, pode ser que depois da gente a reforma, o patrão deles a desembaraçar as gavetas e a enviar o ficheiro para a cave

— Terminámos

isto numa repartição sem telefones pertencente a um ministério que já não existe e de que ninguém se lembra num canto da cidade desviado do rio, uma placa ao lado da campainha que dois parafusos mantêm e dentro móveis desemparelhados, caixotes, um cavalheiro de farda numa moldura torta, uma senhora presumo que viúva a copiar à máquina relatórios inúteis, o que nos diz respeito abandonado antes do fim

— Não é necessário dona Laura terminámos

e os velhos a mirarem-se com espanto, sem trabalho, quem os receberia em casa, se ocuparia deles, degraus galgados a custo, chazinhos de macela, cachecóis, nem sinais de unhas nem um bafo no espelho, a infância a surgir de súbito e uma espécie de alegria

— Padrinho

e em lugar do padrinho a sorrir um poço se desvanece no exacto instante em que caímos e portanto deixamos de cair, caímos não para nós, para aqueles que nos descobrirão de pijama torcidos nos ladrilhos junto a um bule frio, o médico a endireitar-se

— Não tomaram cuidado

e continuar a falar para quem se não escutam, no caso dos velhos aqui e eu a explicar-me aos velhos, pode ser que interrompam um instante a navalha, o tiro, o martelo, informem apontando o ouvido

— Um problema de surdez com os anos

e o martelo a erguer-se de novo aos arrancos, cansado

— Não custa nada vai ver

e pode ser que não custe, não sei, daqui a nada respondo, conto-vos em pormenor foi assim, foi assado, de boca aberta como os vitelos, lá estou eu de fio a badalar-me no beiço trotando sob o arco, uma passadeira de borracha transporta-nos aos safanões para o compartimento vizinho onde os talhantes

— Terminámos

me aguardam a mim e ao de Évora que se julga pai da minha filha quando o pai da minha filha nem ele nem o meu marido, outro, se continuar a falar hei-de mencioná-lo enquanto os velhos perdidos no bairro descansam num tronco dado que os pulmões, as artérias

(— Tomem cuidado convosco)

aconchegando-se nos casacos derivado ao fresco da noite, se lhes permitissem enfiar os pés num alguidar de água morna, se uma esposa compassiva uma escalfeta em lugar da cama por fazer e da roupa suja no chão, os velhos a estremecerem ao ritmo das ondas de Peniche que embatiam no forte numa época em que as gravatas deles recentes e as camisas, os sapatos

(continua a falar)

albatrozes a gritarem anulando os gritos dos presos e do que prometeu visitar-me e não visita, pensando melhor os albatrozes nem necessitam de gritar porque a gente calados conforme os presos calados, tanto vitelo de boca aberta a pedir desculpa

ignorando de quê, o meu marido até ao fim na esperança de que o poupassem
— Não
queria viver, julgava que vivia, julgava que eu com ele e eu sozinha, ele sozinho, a nossa filha, perdão, a que ele pensava nossa e não gostava de mim
(gostaria da boneca?)
preferindo não me encontrar, não me recordo de
— Mãe
recordo o cotovelo a afastar-me e a almofada por cima da cabeça se tentava beijá-la, ao procurar a alcofa dei com ela na arrecadação dos bolbos onde uma boneca minha
(também tive bonecas)
a que faltava um braço, de cabeça para baixo a lamentar-se
— Fiz-te algum mal?
e eu a adivinhar por uma marca de lama que a minha filha a pisou, notava-se o algodão numa rasgadura do peito, ia apostar que os velhos com a idade que tinham rasgaduras também, cosidas com uma agulha apressada, funcionários de um ministério que já não existe e de que ninguém se lembra com as suas ondas invisíveis numa praia distante
(Peniche, segredam eles)
a bater, os velhos num cubículo do norte da cidade
(móveis desemparelhados, caixotes, um cavalheiro de farda numa moldura torta)
com o dedo no retrato do que ficou de visitar-me e não visita
— Trabalhou connosco este?
e lá estavam a macieira, as árvores da China e eu a franzir-me ao sol, as ondas e o avanço da tarde impediam-nos de ver-me, mais uma hora ou duas e não dariam por mim no quintal, ervas somente, que é feito dos pedaços de tijolo que limitavam os canteiros, do muro e os seus cacos em cima, o que o meu marido gostou disto ao comprarmos a casa, plantou narcisos, legumes e de regresso do forte aperfeiçoava corolas, os velhos a aumentarem as rugas
— Este connosco também?

enquanto o patrão deles adormecia nos caixotes, acordava e respondia para o tecto a adormecer de novo

— Esse também acho eu

gastavam tardes

(quais tardes, dias inteiros)

enxotados pelos contínuos de secretaria em secretaria a esmolar o vencimento e não apenas secretarias, a tesouraria central, a subtesouraria no edifício vizinho, o infantário, a garagem, a secção de recursos humanos, a secção de planeamento, isto munidos do impresso trinta e nove, do impresso onze e do formulário B setenta e seis que a empregada das cobranças carimbava a recusá-lo

— Não é o B setenta e seis é o F dois mais as guias autenticadas criaturas

e as ondas constantemente, um albatroz na muralha a fitá-los de asas não brancas, pardas e de bico curvo, vermelho, um preso de pé há dezoito dias a urinar nas calças e alguém num soprozito maçado

— É melhor não insistirem por hoje

finalmente expulsos pela senhora da limpeza a arrastar esfregonas na secção de planeamento cheia de ficheiros e detergente no soalho

— Voltem amanhã homenzinhos

depois de lhes considerar a miséria da roupa, bolsos a engordarem de cartuchos de rebuçados de eucalipto e o albatroz a troçá-los, tentaram um passo na ideia de estrangular o albatroz e os calcanhares escaparam-se, a senhora da limpeza segurou-lhes as lapelas

— Olhem que isto escorrega

chamou o empregado da noite

— Tenho aqui uns emplastros

nenhuns móveis desemparelhados, nenhum cavalheiro de farda numa moldura torta, as ondas a recuarem em Peniche

(julgo eu que em Peniche)

levando consigo a Igreja e o Estado, faltava o de Évora e no entanto os velhos para que o patrão contente

— Terminámos

fechando o cubículo a despedir-se deles, uma espiadela aos caixotes, uma emoçãozinha digna

— Cumprimos tudo não foi?

um grupo de patetas de uniforme na arca juntamente com a pistola a que faltavam peças e o boiãozinho de mel, um louvor encaixilhado com o escudo da República que desbotava na marquise e eu segura que haveriam de encontrar-nos na tenacidade lenta dos moribundos

(basta reparar no tempo que demoram a falecer e uma vez falecidos na forma como tentam atingir a superfície

lembrem-se da tartaruga

a quebrarem pedras e raízes com o que sobeja dos ossos)

de fatinho no fio e olhos pálidos de cadáver a desarrumarem-me o bengaleiro talvez, a dobrarem-me o tapete estou certa, a trocarem-me o nome não duvido mas a cercarem-nos com a navalha, o revólver, o martelo, ondas lá fora no quintal a submergirem a macieira e a gente a tombar frente ao espelho sob aqueles palhaços ridículos, a gente

— Não

e caindo

(estou certa que dão fé de cairmos dado que um deles apiedado

— Não custa nada vai ver)

e hei-de descobrir sob o armário um anel que julgava perdido, alegrar-me pelo anel, apanhá-lo e apesar de apanhá-lo perdendo-o para sempre, velhos mais decrépitos que o meu pai a juntarem-se a mim, boa noite, para além da poltrona têm o sofá que faz cama e o banco no quarto da minha filha diante da mesa com o livro de história, gostava que lhe segurasse os ombros à saída da escola, a erguesse no ar uma volta, duas voltas e ela

— Mais depressa

num risinho de medo, contente, ajudava a aluna cega nos degraus

— Está quase

e creio que um baloiço no recreio, uma árvore

(provavelmente em todos os recreios um baloiço e uma árvore, na minha escola duas árvores e o baloiço uma cadeirinha de ferro sempre ocupada por uma gorda

Marinela?

que nos impedia de andar, não Marinela, Marionela, com óculos, imensa, ainda lhe invejo o nome, a mãe redonda com voz de homem
— Marionela anda cá
e a Marionela a dar impulso com as pernas
— Não vou
invejo-lhe a indiferença igualmente, não uma birra, um desdém
— Não vou
na minha opinião continua aos cinquenta anos a viajar no baloiço, usava uma pulseira com Marionela gravado e também lhe invejo a pulseira)
a minha filha o perfil da minha família mais desenhado que o meu, não gostava do que prometeu visitar-me e não visita nem do outro de que não falei, de que espero não falar e não te exaltes, acalma-te, hás-de conseguir não falar, gostava do meu marido, tratava-o por pai, ele que não era pai dela, a mim não
— Mãe
eu que era mãe dela, a mim
— Olhe
interessava-se pelos narcisos, ajudava-o na horta, perguntava-lhe
— Quer beber do meu copo?
o copo dela verde e os nossos transparentes, comigo nem uma vez
— Quer beber do meu copo?
um soslaio de Marionela que me diminuía no assento e de imediato o baloiço na sala em ganidos de correntes que me transtornavam os nervos, que extraordinário Marionela, à força de feio vai-se tornando bonito, a gente habitua-se e não esquece mais, sacudimos o Marionela cuidando que nos livramos do nome e não livramos, fica, acabamos por beber do copo verde às escondidas e o sabor diferente, a minha filha a brincar perto da macieira conversando com a boneca
(nunca conversei com a minha)
se por acaso me aproximava calavam-se as duas numa careta aborrecida, a minha boneca nenhuma careta, uma expressão infeliz
— Para aqui ando sozinha

e claro que para ali andava sozinha, não ia pô-la em casa sem cabelo, a dificuldade que as coisas têm em aceitar que o tempo delas já foi
— Por que carga de água é que o meu tempo já foi?
argumentam com a gente, insistem que são úteis
— Estás a ver estás a ver?
recusam a imagem no espelho
— Sou melhor do que aquilo
recusam a morte
— Pareço morta eu?
dançam à nossa roda à beirinha das lágrimas
(Marionela, que sorte)
numa espécie de imploração
— Por favor
e nós quase a cedermos, a conseguirmos não ceder
— Tenham paciência é a vida
ou seja o fundo de uma gaveta, uma cave, a arca onde se decompõem coitadas, se as encontramos um sobressalto murcho
— Vais levar-me contigo?
e ao verificarem que não as levamos voltam-se de costas amuadas e só então principiam a decompor-se e a secarem, a minha boneca, por exemplo
(o que queria ela?)
um destroço, a da minha filha que herdou o temperamento da dona
(o que posso fazer para me livrar da Marionela, meu Deus?)
vê-me beber do copo verde sem ressentimento nem zanga, depois dos velhos se irem embora ficará na prateleira sobre os copos tombados, já estou a imaginá-la no exacto centro do escuro onde o único objecto que me interessa é o copo verde na cozinha, a aguardar que nos estendam uma lona por cima e nos transportem
(a polícia, enfermeiros, bombeiros?)
para um desses lugares onde estudam os finados com canivetes e pinças antes de os afundarem na terra, os vizinhos suposições, espantos e os velhos longe daqui
— Terminámos

a abrirem os frascos de remédio porque é preciso cuidado, tomem cuidado convosco, um rim flutuante a boiar na barriga conspirando com o cólon, órgãos influenciáveis que cedem
(terminámos)
— E agora?
e agora nenhumas ondas, nenhum forte, nenhuns penedos sequer, os prédios de sempre na janela, o céu de sempre, se durassem mais cinquenta anos continuariam a encontrá-los que monótono, não vale a pena despedirmo-nos das coisas, para quê, não falam e se falassem uma espécie de imploração
— Por favor
graças a Deus os velhos alguns assuntos pendentes a adiar-lhes a morte por exemplo como chegar aqui, como entrar
(pelo quintal, pela rua?)
o papelinho das cruzes e das setas mil vezes estudado
(ia-se rasgando nos vincos)
e o que vamos fazer, o que não vamos, se existisse um telefone mas no caso de existir um telefone telefonar a quem, a chamada no vazio onde o silêncio do forte e um preso nu encostado à parede, o de Évora e eu quietinhos
(qual a razão de mover-nos?)
à espera deles na sala, a macieira um arrepio de folhas, dir-se-ia que a minha filha no quintal e filha alguma, o vento
(enquanto eu existir, Marionela, permaneces comigo)
os velhos desaparecerão um a um, de pés em alguidares de água morna deixando os chás de macela interrompidos e o preso nu encostado à parede sem que o notassem, quase o roçavam e nada, se lhes fizesse falta o sítio pegavam nele e mudavam-no de lugar não o vendo consoante a minha filha não me via, no caso de a chamar suspendia-se à espera e se eu
— Não é nada
continuava a andar não se incomodando comigo, a partir da altura em que trocou de escola e se torna pesada demais para a erguer pelos ombros cessei de ir buscá-la ao portão o que coincidiu grosso modo
(olha, latim)
com as unhas no espelho e desde aí recusou o copo verde que melhorava a água, acompanhou o funeral escoltada pela boneca, desatenta, sem respeito, acho que examinando as campas

a calcular a idade dos defuntos pelas datas de nascimento e da morte visto que nos cemitérios é o que faço sempre, sessenta e dois anos, cinquenta, dezanove, congratulando os muito antigos e repreendendo os novos, a quantidade de mais novos que eu aumenta a cada visita, dantes meia dúzia, agora quase todos e lá vinha a impressão de me achar sem direito de caminhar à superfície, devia estar em baixo a roer seixos, mognos e a interrogar-me se bom tempo, se julho, ocupada nos entreténs dos mortos, a mesma história com os nomes, se um nome parecido ao meu uma agitação, um receio e por cima disto, sem gastar cera em idades e nomes, uma cadela grávida a lamber-se num jazigo, a casinha do urinol logo à entrada, à esquerda, de mármore igualmente

(muito mármore há neste país, caramba)

de que se pedia a chave ao guarda e com o rolo de papel substituído por páginas de jornal num prego, no fundo do buraco, a calcular pelo cheiro, o remexer de pargo das múmias, a minha filha que eu saiba não regressou ao cemitério e eu também não para quê se mais cadelas grávidas, mais jazigos, as datas e as coincidências dos apelidos

(terei falecido eu?)

que me assustam, observo os choupos de longe e uns pardaizitos, uns melros, mudo de passeio a certificar-me do meu nome, tenho-o aqui, continua, via a minha filha no quintal a animar as alfaces com uma enxada sem cabo e a partir das quatro horas os prédios vertiam um entulho de chaminés e de sombras para cima da gente amortalhando-nos numa espessura parda, um dos meus vasos de dálias tombado do pires e a cancela não fechada, aberta, meia dúzia de tábuas a oscilarem nos gonzos, o tempo que demorei, com os juros como andam, a pagar isto tudo ou seja três assoalhadas

(o vendedor jurava que quatro)

e uns palmos de ervas

(o vendedor

— O parque)

que vou deixando crescer, subam até ao tecto, reproduzam-se, estrangulem-me, impeçam os velhos de atinarem comigo

(a pulseira da Marionela, a Marionela, o baloiço, nunca ocupei a cadeirinha nem toquei o ar com as sandálias, eu uma lagarta ou um sapo condenada a assistir ao Universo do chão)

a conjecturarem
— Onde ficará a casa?
a afundarem-se na horta e a aleijarem-se os infelizes no carrinho de mão até um candeeiro e uma fresta das cortinas decidirem salvá-los
— Acolá
o candeeiro um cone, antes do cone um lustre que se oxidou num instante e antes do lustre uma lâmpada pendurada da sua trança a doer-me nas pálpebras, o meu marido trouxe-a de Peniche e com ela os passos dos presos e a zanga do mar, um ferrolho, uma queda
(não ainda a minha mas lá chegaremos em breve)
e nenhum preso encostado à parede, quando muito um vestígio de nádegas que a caliça evapora, o meu marido a esconder-mo
— Não vejas
um hálito, não um sopro
— Não
e o meu marido a desligar a lâmpada inquieto por mim, durante um momento nada, quer dizer preto e a pouco e pouco no preto a cara dele, a minha, a do preso que aparece e se esvai, a da minha filha que se esvai igualmente, as dos velhos que ao contrário da minha filha não se esvaem, ficam, três palhaços de fatinho gasto, gravata catita, colarinhos precisados de uma barrela, sabão e a navalha, a pistola, o martelo mas inseguros, lentos, se ao menos os ajudassem cumprindo o serviço por eles, o que me visita às vezes a levantar-se, a sentar-se e agora a cara da boneca também e o nylon das pestanas transparente, não me recordo de a minha filha a vestir, ocupar-se dela, chamá-la, ao voltar da maternidade qual das duas na alcofa, o que terá acontecido à Marionela entretanto, morará onde, com quem, nunca lhe achei o nome no cemitério com um par de datas por baixo, a suspeita que quando eu no urinol o guarda a espreitar-me, abri a porta de repente e ele de uniforme acolá, um blusão castanho com botões de lata e o boné amarrotado, o que fariam aos ossos, o que farão aos meus ossos, vão queimá-los, quebrá-los
— Não custa nada vai ver

e de imediato as ondas, não albatrozes, não gaivotas, uma espécie de lua sobre uma espécie de mar, o meu pai ao meu lado embora eu não existisse

— Pões-me nervoso tu

lembra-se de mim a correr atrás de você senhor e a memória de um riso em qualquer parte nossa, na tarde em que me visitou

— Vi-me grego para descobrir onde moras

riso algum, desconforto, você a manquejar no sentido da farmácia, dezasseis graus, quinzes graus não mencionando as horas, a constante alteração do tempo que me perturba e confunde, como raciocinar em paz, continuar falando

— Continue a falar

se mesmo as sombras se transformam, mesmo o escuro fervilha, tentando resumir

(serei capaz de resumir?)

e deixando de parte os albatrozes, o mar, tentando resumir e deixando de parte a madrinha da aluna cega, a escola, a Marionela

(como gostaria de me ocupar da Marionela um parágrafo ou dois, não ligava à professora, não entregava os ditados, porque terás vindo importunar-me cinquenta anos mais tarde?)

tentando resumir

(adeus Marionela)

os três velhos connosco sem fotografias, sem pasta, fixando-nos, três empregados de uma repartição esquecida num ministério que deixou de existir, caixotes, móveis desemparelhados, um cavalheiro de farda numa moldura torta, uma senhora

(provavelmente senhora nenhuma, os três velhos apenas)

a copiar à máquina relatórios supérfluos, o que se ocupa de nós abandonado antes do fim

— Não é necessário dona Laura terminámos

quem os receberia em casa, se ocuparia deles, degraus galgados a custo

(contar os degraus ajuda, faltam dezassete, dezasseis)

porque as articulações se soldam no inverno apesar do xaile e das luvas de lã e a carne idosa gelada, ideias que surgem, se desfazem e não chegam a ser, a impressão que uma esposa noutro lugar, noutra época

— Honório

e o

— Honório

familiar

— Qual Honório?

não com curiosidade, exaustos, a minha esposa Berta, eu Honório e contudo pronto a jurar que se a minha esposa

— Honório

não é a mim que chama, eu Honório quando digo que Honório, não quando ela

— Honório

dado que a sua voz só Honório na aparência, outro nome por dentro, Jorge Carlos Francisco ou aquele primo, Orlando, que cantou ópera num coro, o que encontrávamos nos velórios, vinha assistir-nos à morte, o das flores no Natal, tentando resumir o que é difícil resumir

(se lhe pedíamos

— Cante uma ária primo Orlando

erguia-se em bicos de pés perseguindo a voz com uma veia na têmpora a inchar, eu a apostar comigo terá um ataque, não terá um ataque, a desejar o ataque

— Um ataquezinho meu Deus faz-me a vontade anda lá

e o primo Orlando sem ataque, certo no próximo velório e no próximo Natal, portanto se a minha esposa

— Honório

é Orlando que chama, ainda não abrira a boca e já o louceiro tremia, diante dos finados um sinal da cruz, uma vénia e desaparecia entre círios, invisível e presente como o Senhor do catecismo que nos observa e julga na Sua infinita piedade, se dependesse de mim o primo Honório, não, o primo Orlando em Peniche encostado à parede deixando na caliça a marcazinha das nádegas e o médico para mim

— É melhor não insistirem por hoje)

tentando resumir os três velhos connosco, entraram pelo quintal visto que restos de terra no soalho e eles a darem conta

— Perdão

a macieira num pulinho, as árvores da China tranquilas, um grito na noite

(mais um)
um grito na noite sempre cheia de gritos não do que me visita, não meus, que alguém na rua soltou, provavelmente um preso que se inclina para diante principiando a cair, um homenzinho qualquer sem família, sem importância, sem filhos
(quem lhe daria importância?)
que se inclinava para diante principiando a cair, mais um grito entre tantos gritos, que nos interessam os gritos, levantamos a cabeça, olhamo-nos
— Outro grito
e recomeçamos a ler, lembro-me de acordar a meio da noite em criança assustada por esses uivos de ferido, esses pedidos à minha volta
— Não
e de permanecer à espera, à beira das lágrimas, percebendo que a minha mãe na cozinha e decidida a chamá-la
— Fique comigo senhora
embora a única frase de que a minha mãe era capaz a vasculhar-me as algibeiras e o forro do vestido fosse
— Deu-te o dinheiro ao menos?
quando não me vasculhava
— Deu-te o dinheiro ao menos?
tentava convencer o senhorio a propósito da renda que quinze dias senhor Borges, três semanas senhor Borges, tão gasta, não, pior que gasta, gastando-se, vendeu a cantoneira, a bandejazinha de prata, estou em crer que se valesse alguma coisa me vendia a mim
(no caso de eu a Marionela os penhores aceitavam mas por azar eu diminuta, magra, não andei de baloiço
— Quer isto?)
portanto em criança eu sentada à beira das lágrimas enquanto hoje
(estamos no bom caminho, não percas o fio, aí vamos)
de olhos secos, vazios, e dentro em pouco não um grito, não um preso que se inclina para diante e principia a cair, um dos velhos
(qual deles?)
— Terminámos

e a minha boca aberta, patas que se flectem e equilibram ainda, não se equilibram, desistem, o arco de pedra do matadouro e o início do túnel

(uma mangueira no chão)

a infância inteira comigo, o busto do filólogo, o parque, eu alegre

— Paizinho

(curioso que

— Paizinho

não esperava)

a gente os dois a corrermos e em lugar do meu pai

(— Vi-me grego para descobrir onde moras paizinho)

um poço que se desvanece no exacto instante em que tombo e portanto deixo de tombar, tombo não para mim, para aqueles que me acharão quatro dias ou uma semana depois

(uma semana depois uma vez que tirando o de Évora não recebo visitas e não creio que o meu pai me apareça de novo)

junto a um banco de lado, o médico há-de endireitar-se recolhendo seringas numa espécie de maleta

(não bem maleta, uma coisa de pano

— Nunca tomou cuidado)

de modo que continuar a falar para quem se não escutam, no caso dos velhos eu a explicar-me aos velhos, pode ser que interrompam um instante, por educação, a navalha, o tiro, o martelo, me informem designando os vitelos

— Um problema de surdez com os anos senhora

com dó de não poderem ouvir-me, não por culpa deles, a idade, o organismo desiste de funcionar, fica para ali, termina, acaba-se o organismo compreende, não temos organismo, não leve a mal, somos isto

— Um problema de surdez com os anos

gastamos tardes, quais tardes, dias inteiros de secretaria em secretaria a esmolar o vencimento enxotados pelos contínuos para a tesouraria central, a subtesouraria, o infantário, a garagem, a secção dos recursos humanos, a secção de planeamento, o impresso número trinta e nove, o impresso número onze, o formulário B setenta e seis que a empregada das cobranças recusa carimbar

— Não é o B setenta e seis é o F dois mais as guias autenticadas criatura

somos isto e as ondas constantemente, um albatroz na muralha a fitar-nos de asas não brancas, pardas, bico curvo, vermelho, somos isto, a cancela para cá e para lá um tudo-nada nos gonzos, as árvores da China, a macieira, a Marionela a abandonar a cadeirinha de ferro

— Apetece-te o baloiço tu?

ajudando-me a instalar-me e a dar impulso com as pernas, a Marionela

— Mais alto

comigo para a frente e para trás sem reparar, é lógico, na mulherzinha no soalho tão insignificante, tão cómica, procurando segurar com os dedos, sem conseguir agarrá-la, a franja do tapete.

3

Era eu quem devia estar na garagem no lugar da cadela sentindo os cachorros a rondarem-me e o cheiro das malvas, eu de focinho no cimento a adivinhar luzes dispersas que não servem de nada excepto para aumentar a inquietação e o medo, quase sempre a esta hora, três da manhã, ocupava-me com dois colegas dos inimigos da Igreja e do Estado, saíamos não do edifício central, de outro a norte da cidade no prédio vulgar de um bairro vulgar

(proíbem-me de citar o nome e derivado a proibirem-me de citar o nome quem me garante que não continuam a usá-lo?)

onde a dona Laura batia à máquina à razão de uma palavra por minuto os seus memorandos sem fim, lembro-me

(surpreende-me que me lembre passados tantos anos)

de mobília desemparelhada, caixotes e a moldura torta com o retrato de quem mandava, a província logo ali sob a forma de abetos numa encosta entre as últimas casas, não casas de cidades ou essas, de costas para nós, das estações dos comboios, uns chalezinhos catitas com nomes franceses, Mon Repos, Riviera, em que ninguém morava quanto mais estrangeiros, de janelas pregadas com tábuas e jardins ao abandono nos quais me parecia enxergar, nos sótãos ou no meio dos cardos, um lencito de adeus ou seja a despedida das coisas antes de se transformarem em entulho, provavelmente criaturas sem idade que imagino vestidas como para um baile de máscaras

(os tais franceses?)

encerradas em compartimentos sombrios e nenhuma locomotiva nas redondezas, nenhumas carruagens a estremecerem as árvores, apenas a dona Laura ora um dedo ora outro nas suas teclas antigas e o salto de uma haste com um carimbozinho na ponta a deixar uma consoante solitária no papel, almoçava biscoitos de um cartucho, limpava os óculos na manga a olhar em torno sem olhar para nós e a massajar o tornozelo com a mão preocupada, uma segunda consoante

(ou uma vogal, não sei)

pulava da sua haste numa bicada metálica assustando-nos a todos, às sete, quando os abetos começavam a escolher o sítio onde dormir alterando a cor do verde claro para o verde carregado, a palparem o ar em torno com a pontinha das folhas e a dobrarem-se finalmente no lugar em que se amontoava o escuro, a dona Laura afastava a cadeira da máquina num ganido cuja lembrança me faz ranger as tíbias e juntava à carteira, aos biscoitos e aos óculos um sorriso de despedida que se demorava um instante antes de o engolir, transportava aquilo tudo na direcção da porta e mal a porta se fechava noite, acabaram-se a província, os chalés, as criaturas sem idade e ficávamos entre a mobília desemparelhada aguardando as três da manhã sem nos vermos uns aos outros, percebia-se a dona Laura a descer as escadas parando uma ou duas vezes a massajar o tornozelo, degraus que cessavam de vibrar e a seguir nada excepto o nosso susto isto é gatunos que nos levavam em sacos, mães demasiado longe para nos salvarem, vontade de chamá-la

— Não quer voltar dona Laura?

e uma consoante qualquer tão de repente na página, a dona Laura a tomar o autocarro e a desaparecer da gente, nem uma pontinha de sorriso de modo que era eu quem devia estar na garagem no lugar da cadela debaixo do automóvel ou junto aos pneus do fundo, contente com as luzes dispersas

(do telheiro, da bomba de gasolina, dos planetas extintos?)

qualquer coisa, seja o que for, que me tranquilizasse e ajudasse a esperar, escutávamos a dona Laura a desculpar-se sei lá onde

— É muito tarde não posso

o sorriso regressava um instante e perdíamo-lo, a minha mulher a agitar-se no quarto porque a cabeceira, o colchão, no caso de a chamar ignoro se uma resposta ou o vento nas piteiras, tanto silêncio aqui, as piteiras silêncio, as vozes silêncio, inclusive os pratos no lava-loiças silêncio, mesmo um tiro

(e daqui a pouco um tiro, todos sabemos que daqui a pouco um tiro) silêncio, caíamos em silêncio, nós no chão em silêncio, nuvens que se agrupam e separam descobrindo o pomar que falará por nós a narrar o quê, por que ordem, a quem, aos ciganos que não se interessavam por mim, era eu que me interessava por eles, invejava-os, à bomba de gasolina, aos cachorros, às três da manhã a gente a embater na mobília desemparelhada a caminho do patamar em que os chalés e os abetos

(deitado no cimento da garagem, ao frio, a sentir os cachorros a rondarem-me e o cheiro das malvas ainda me lembro de vós)

ia garantir que uma locomotiva e falso, um estore que descia e um rosto atrás do estore para sempre perdido, talvez aquele que desejei a vida inteira sem jamais nos cruzarmos, que desde o início me pertence e a quem pertenço desconhecendo que lhe pertencia, pelo qual morrerei soluçando de amor sem nunca nos havermos tocado, se contasse isto à dona Laura a dona Laura comovida a esquecer as consoantes

— Que lindo

observando o estore de viés coisa que às três da manhã não podíamos fazer dado que estore algum, o escuro, os candeeiros da rua apagados à pedrada e apenas lâmpadas na ourivesaria protegida por grades, nem um lencito de adeus e aí estávamos nós, defensores da Igreja e do Estado, sem a miséria de um encorajamento, uma palavra, um conselho a amontoarmo-nos no carrinho da polícia, gordurosos de sono, prontos a socorrer o País

(lembro-me de vós mas não me recordo quantos eram, dez abetos, quinze?)

não em Peniche, em Lisboa na vizinhança do rio

(dez no mínimo creio, devia tê-los contado)

onde escritórios, oficinas, edifícios antigamente ricos e agora infelizes, habitados por reformados, mulheres da vida, pobres e dentro em pouco, pelo caminho que África levava, pretos que se haviam de misturar com a gente e roubar o trabalho a quem precisa eles que nem sabem falar

(dez ou quinze ou cinquenta, o que interessa isso agora se dentro em breve hão-de descerrar o portão da garagem e a navalha, a pistola, o martelo, eu mesmo assim com os abetos na ideia, não a minha irmã, não a minha mãe paz à sua alma, os abetos na ideia) nós portanto em Lisboa na vizinhança do rio, cestos barricas pontões, essa tralha dos cais, uma espécie de halo sem origem, mais afastado ou mais próximo, sempre presente na água e o céu na muralha destingido nas ondas, que é do rosto no estore pelo qual morreria sem nos havermos tocado soluçando de amor, a minha mulher expandia-se no quarto e diminuía de novo, parecia convocar-me a tactear o lençol, cuidava que me agarrava e incapaz de agarrar-me, não respondo, não ligo, não nos conhecemos sequer, levantem-me do cimento

— Ficou pesado este

empurrem-me contra os pneus ou a bancada das ferramentas e achem-me a nuca depressa, um abeto, dois abetos, um chalezinho francês e deixo de pesar-vos vão ver, o empregado da bomba de gasolina sem compreender o rio, compreende um galho que se quebra e os estalos da terra, sons que nos acompanham desde a infância, ele de volta ao jornal aborrecido consigo por se inquietar que pateta, a dona Laura a picar-me com o guarda-chuva

— Faleceu?

esqueça o tornozelo dona Laura, termine o relatório frente a um estore descido e talvez o rosto volte, pertence-me, é meu, tantos anos à espera dele meu Deus e finalmente real, beijo-te os pés Senhor, agradeço-Te, na vizinhança do rio edifícios outrora ricos e agora desbotados, relevos sobre as portas, náiades e sereias mas oxidadas, limosas e num desses edifícios entre reformados, mulheres da vida, pobres, a fingir-se partidário dos que mandam e no entanto conspirando, minando, o inimigo da Igreja e do Estado, nós a conferirmos o papelinho da morada

(voltarão eles, os ciganos, numa balbúrdia de guizos?)

nesta ausência de pássaros, os empregados da Câmara tão coitados como eu a lavarem a rua num estrondear de ecos, árvores magras tão diferentes dos meus abetos, amigos, quase o pomar de Évora ao comprido do muro, troncos calcinados que bem os sinto a ramalhar na garagem conforme sinto as piteiras e as malvas que se torcem falando, se ao menos a minha mãe viva, o meu pai a cortar pedaços de cana com a faca, a minha irmã comigo, pessoas que me segurassem a mão enquanto os meus colegas

— Ficou pesado este

e eu quase nu, eu nu procurando com as unhas um espelho que não havia no qual deixar o meu sangue, qualquer coisa de mim que permanecesse um momento e o rosto no estore conseguisse entrever que morreria por ele, apertavam os parafusos a esmagar-me e apesar de me esmagarem permaneço à sua frente soluçando de amor, Mon Repos, Riviera, doces nomes franceses, não nesta língua dura que recusa exprimir-se e ao exprimir-se coxeia, aposto que a minha irmã acordada como eu sustentando na palma as gorduras do coração que desobedece, a colher a bater na lata vai deter-se, detém-se, recomeça a bater, da minha mãe não me lembro, lembro-me de velas, não recordo as feições, três da manhã, três e tal, uma ambulância em baixo

(não para mim)

isto é duas lanternas cor de laranja que se duplicavam no rio, não se notavam barcos, notava-se uma ladeira em que mais silêncio, uma insígnia de restaurante ou metade de uma insígnia contraindo-se ainda, a colher de um coração a bater na sua lata, a hesitar, a calar-se e a insígnia apagada, a bomba de gasolina apagada, os planetas extintos reduzidos a uma poeirita imóvel, a minha mulher a tactear os lençóis sem me encontrar ao seu lado, que noite esta senhores, se não fosse a última por mil anos que vivesse não a esqueceria nunca, azar o meu tudo ter chegado tão tarde, o rosto no estore e o conhecimento das coisas, uma certa paz na garagem se abstraísse os cachorros, a cadela ao meu lado a compreender, a aceitar

(matá-la-ão igualmente?)

quando a minha mulher a soltava farejava o berço a aprová-lo, era a única que respondia assente sobre a cauda aos latidos distantes, a primeira a descobrir uma cobra ou uma toupeira e a correr para elas, estendia-me a cabeça para que lhe acariciasse as orelhas e afastava-a com o pé, desculpa, não te afastarei mais, se em lugar de me estenderes a cabeça me roçasses a palma talvez conseguisse, não sei, corresponder-te, afagar-te, sacudir-te os ombros

— Mãe

à medida que uma nuvem descobria os campos e se distinguia o poço para o qual, se gritava, o eco a responder-me e não a minha voz, uma exaltação nas pedras onde limos e visco, a dúvida da minha irmã

— Foste tu?

se nos calávamos uma mudez de mau agoiro no negrume vazio, brilhozitos, calhaus, um cesto abandonado, segundo a minha irmã o cabaz da minha mãe, o das molas da roupa cuja asa se rasgou, a diferença entre a minha irmã e eu está em que a minha irmã teve mãe e eu não, tive homens a martelarem uma tampa numa tarde confusa, o meu pai a olhar não para mim, sobre mim

— Vai-te embora rapaz

e bicicletas contra o muro, a minha irmã com um avental que não lhe pertencia a cozinhar o jantar, não parecida com o rosto do estore, gorducha, de acordo com o papelinho que nos entregaram o inimigo da Igreja e do Estado numa rua lateral onde as camionetas de fruta impediam a manhã, ninguém salvo a gente a quem não aumentavam o ordenado e recusavam as férias, uma semana em Peniche e era um pau na companhia dos presos, cada porta que se fechava era sobre nós que se fechava sempre mais distante do mundo a impedir-nos o sol, a rua lateral dois ou três postigos, um pátio, a minha irmã

— Somos nós?

afligida com o eco do poço, experimentámos a fundura com o balde e o balde na extremidade da corda a oscilar no vazio, acabamos antes das coisas e adivinha-se o mundo a continuar sob a gente, no papelinho o número da rua lateral sublinhado a vermelho numa máquina equivalente à da dona Laura e com igual lentidão

— Foi a senhora que escreveu isto dona Laura não foi?

cinco andares, um sótão, uma gaiola no primeiro coberta com um pano e no pano um ruidozinho de arame de poleiro em poleiro, esses pássaros de coração mais rápido que qualquer colher em qualquer lata a convocar os seus frangos, um olhinho neutro que nos observa e despreza sem curiosidade ou paixão, cinco andares, um sótão e o inimigo da Igreja e do Estado no quinto andar ou no sótão

(mesmo levando em conta as flores prefiro os abetos aos jacarandás, outra dignidade, outra elegância)

nenhum estore e nenhum rosto no estore, o vestíbulo que cheirava a hortaliça antiga e a demasiadas vidas, ao óleo da enchente na muralha

(— Ficou pesado este
e ao retirarem-me da garagem a manga solta do ombro e um cachorro a escapar-se receoso deles ou de mim)
a gente uns atrás dos outros de patamar em patamar avaliando os degraus com as biqueiras, riscos na parede, o corrimão descascado, no terceiro andar uma voz a exaltar-se
— Fernanda
e uma caçarola no chão, porque diabo conto isto que os relatórios omitem, enviávamos à sede meia página e pronto, só o médico se demorava neles
— É melhor não insistirem por hoje
e portanto pormenores sem relevância os chalés, os abetos, o que poderia ter sido e não foi se tivesse coragem de procurar aquele rosto, nem necessitava de falar, soluçava de amor por nos pertencermos um ao outro antes de nos havermos tocado, Mon Repos, Riviera, no terceiro em letras de costureira Amélie e imagino a goma das toalhas, plumas coloridas, recordações de Paris, mostrá-lo à minha irmã em Estremoz e a minha irmã a benzer-se como diante dos altares, a lembrança do meu pai a afiar a caninha e os meus colegas comovidos
— Ai sim?
a conversarem com o empregado na bomba de gasolina, a que me espera em Lisboa embalava no sofazito as memórias da filha, não minha filha, dela, para que quero uma filha, chega-me um berço em fanicos a oxidar-se nas piteiras e véus idiotas de tule que os cachorros rasgaram, lá estava a minha mulher a debruçar-se para aquilo, não, a minha mulher no quarto a verificar as horas e como acreditava em manhãs
(não conheceu Peniche)
à minha espera acho eu
(se conhecesse Peniche entendia)
julgando-me no corredor, na ombreira ou ao seu lado na cama eu que galgava com os meus colegas cinco andares junto ao rio não mencionando o sótão onde o inimigo da Igreja e do Estado se escondia da gente, na fotografia que me entregaram um homem da minha idade com uma garota de tranças e nisto, só por uns instantes que sorte, um fio de estendal pendurado num galho, duas árvores da China, erva a crescer, o chefe a demorar-se em mim

— Assustaste-te?

o mesmo que hoje

— Ficou pesado este

ao puxarem-me da garagem na direcção do muro, tanto quanto me lembro nunca me pegaram ao colo, levantavam-me do chão e era tudo, não os meus pais, não a minha irmã, outra pessoa mas qual, um vizinho, um amigo e julgo que não vizinhos nem amigos dado que nenhum estranho connosco, se a minha irmã em Évora respondia de certeza, pode ser que o meu pai por distracção uma tarde e ao dar-se conta a largar-me, quando adoeceu mudava-o para a cadeira e ele tão leve, ossinhos, um murmúrio que me obrigava a aproximar a orelha

— O quê?

e o segredo que a boca construía, um molar lá atrás que não servia para nada

— Não preciso de doutores

precisava da caçadeira, das perdizes e de passar por nós sem nos ver, um tiro de tempos a tempos e um desequilíbrio de asas, buxos que se aquietavam nos quais uma garra, um bico e eu num desnível a espiar o modo como batia as cabeças numa pedra e as suspendia do cinto

— Este é o meu pai que esquisito

morava com ele e era tudo, a minha irmã minha irmã, podia aceitar que a minha mãe minha mãe agora aquele homem das perdizes desconhecia quem fosse, cortava canas com a faca, não falava connosco, quem é você, quem sou eu, se me fixasse fugia, não me comovi no funeral, não lhe senti a falta, era a minha irmã que o visitava para mudar as flores, se entrasse no cemitério não lhe dava com a campa, refiro-me ao cemitério antigo, está claro, que suponho hoje em dia um baldio com umas cruzes, até os blocos da capela foram roubando aos poucos, os dois jazigos, os anjos, qualquer dia prédios uns a seguir aos outros pisando vértebras inquietas e cabeças de perdizes quase sem penas, vivas, há momentos em que me pergunto se a minha mãe e o meu pai existiram de facto, se tivesse uma filha, é a ordem das coisas, perguntar-se-ia igualmente mas no meu caso filha alguma garanto, uma criança qualquer a quem comprei uma boneca nem sei por que motivo e é tudo, um impulso, um capricho, não se imagine que amor, o amor ficou no rosto que me pertence, a quem

pertenço desde sempre e pelo qual morrerei sem nos havermos tocado, a que julgam minha filha
— Tua filha
uma criança que me evitava, não conversava comigo, nunca
— Pai
é evidente, nenhuma razão para que
— Pai
eu um intruso na sala, não me agradeceu a boneca, sumiu-se na macieira a arrastar os pés e foi tudo, a certeza que as pessoas me troçavam ao caminhar com a caixa, o laçarote demasiado grande, o papel de estrelinhas, se coubessem em Peniche trancava as bonecas todas
— Não saem daí agora
até que o médico
— É melhor não insistirem por hoje
e a água contra as rochas concordando com ele, a noite junto ao rio mais noite que no interior da cidade porque nenhuns estores, nenhuns rostos, o nevoeiro a dissolver as vozes e o barulho dos passos, não vejo o rosto no estore mas continuo a ver a boneca a girar no seu galho, se me entregassem uma tesoura cortava a erva igualmente, os meus colegas e eu no quarto andar, no quinto, não a caminho de um inimigo da Igreja e do Estado mas do cachorro que sou escondido a seguir às piteiras e ao que resta das árvores
(quase nada resta das árvores)
junto aos pneus do fundo com o meu casaquinho, a minha gravata e as minhas calças gastas, não, de vestido e brincos diante do espelho e as minhas unhas, o meu hálito, a minha mancha de sangue
— Não
se ao menos o médico da polícia por uma vez me ajudasse
— É melhor não insistirem por hoje
se o meu pai não me batesse a cabeça numa pedra nem me suspendesse do cinto, se a dona Laura comigo
— Não lhe apetece voltar dona Laura?
e nenhum albatroz a fitar-me, quero a paz da minha casa e a minha mulher a quem tão poucas vezes chamei esposa a dor-

mir no seu quarto, no meu quarto, no nosso quarto onde se me ajudasse agora eu mais vezes em lugar do divã do escritório e dos planetas extintos sem que os planetas me ralassem, era na minha morte que pensava aterrado, não propriamente na dor nem nos parafusos que me esmagariam e no rosto atrás do estore continuando sem mim, quantas vezes observei o chalé e ninguém na janela, não o Mon Repos nem o Riviera, o terceiro
	(Amélie)
cheguei a tentar um passo no que foi uma vereda e nos tijolos do lago a solidão estagnada, dentro em pouco chegariam as máquinas e pedaços de calcário, pranchas, entulho, esse amontoado de coisas sem alma
	(tiveram alma algum dia?)
a que chamamos vida, durante a época da polícia procurei conservá-las contra a incompreensão dos tempos e a maldade dos homens e eis a recompensa que tenho, uma navalha, um tiro ou um prego na nuca que um martelo não muito firme empurra, mais de uma ocasião me enganei no lugar exacto do prego e o inimigo da Igreja e do Estado pernas que pontapeavam ninguém e um resmungo indistinto, perguntar à minha irmã ao visitá-la em Estremoz se a minha mãe um resmungo indistinto, sacudi-lhe os ombros e nada, puxei-lhe o brinco e silêncio, falei com ela e morta, quando amanhã a minha mulher me encontrar a mão na boca, as lágrimas a menos que os meus colegas lhe experimentem a seguir a mim o seu preguinho também tal como eu faria a pegar-lhe na gola
	— Tenha paciência minha senhora
e lamúrias que as ondas de Peniche se encarregavam de calar, o mundo em ordem, perfeito, para além da minha mulher e da que me espera em Lisboa outras mulheres nestes anos, sobrinhas ou afilhadas de presos, desconhecidas encontradas na rua que ignoravam Peniche e não ligavam às ondas, a dona Laura uma tarde em que os meus colegas não sei onde e o sorriso agradecido, feliz, os chocolatinhos que me deixava na mesa, um bilhete com uma lebre de chapéu alto estampado, ninharias, durante uma semana o perfume da dona Laura aplicado atrás das orelhas com a delicadeza do mindinho a empestar o cubículo e nenhum perfume depois, soslaios ressentidos e as consoantes jogadas contra o papel numa fúria, o lenço a moldar uma lágri-

ma de abandono aperfeiçoando-a na pálpebra, colhendo-a sem a quebrar e sepultando-a na carteira, de vez em quando retirava as camisas do marido defunto da gaveta, lavava-as, engomava-as, desdobrava uma delas sobre a cama para a manhã seguinte e as horas menos difíceis, mais rápidas, as ameaças da noite insuportáveis, passos de alguém conhecido que voltava mas a camisa à espera e a dona Laura a escutar-se a si mesma, a desistir de escutar-se, a dar-lhe ideia que chovia e chuva alguma, julho, o mês em que quinze dias nas termas ou seja flutuações de pinheiros e a orquestrazita tocando ao jantar, a minha mulher que me procura no escritório, na cozinha, na sala, observa o jardim pelo intervalo das cortinas e a desordem das piteiras e os cachorros apenas, pensa que eu em Lisboa e eu em Lisboa de facto, não junto a uma macieira de quintal, num desses edifícios antigos que demolirão um dia habitados por reformados, pobres, gente como a minha irmã, como eu, como a dona Laura coitada, a família dela no norte, uma prima em Lamego e um embrulho de enchidos na Páscoa, saberia do falecimento da prima se o pacote não viesse e a certa altura o pacote não veio, perguntou ao carteiro e embrulho algum, o director

— Tivemos uma revolução por aí dona Laura

e a dona Laura a fitá-lo, esqueceu o envelope do dinheiro e não voltou atrás pelas notas, vimo-la na paragem do autocarro e quando o autocarro se foi embora a paragem deserta, a máquina de escrever continuou ali mais as suas consoantes ferozes, se por acaso estiver viva quantos anos tem dona Laura confesse, uma camisa sobre a cama que queimou com o ferro sem perceber que a queimou, aposto que um domingo destes o seu marido

— Laura

a chave desta vez sim, na porta, e a senhora a ouvi-la, o pacote de regresso na Páscoa não se aflija, vai ver, não se ponha com tremuras

— Noventa anos oitenta?

nós diante do quinto andar e no quinto andar nada contra a Igreja e o Estado excepto lixo, bafio, Mon Repos que bonito, colheres de prata, aguarelas, convites para jantar nas molduras, do Amélie não falo nem do rosto no estore, isto foi quando meu Deus, a cadela quase encostada a mim a vigiar o meu sono, o automóvel dos meus colegas na estrada de Lisboa e árvores rodopiando, fugindo, Montemor, Vendas Novas, não a minha irmã, não Estremoz, a que não era minha filha só uma vez a olhar-me no limiar da sala isto uma semana antes, acho eu, da corda no ramo, ela não com medo, eu com medo, não minha filha e eu com medo, um vinco na boca, não sei quê da minha mãe nas feições duras, graves, agarrava-lhe o vestido e sacudia-lhe os ombros, uma cadeira de baloiço no quinto andar um impulsozinho, um atrito, a impressão que um desconhecido há séculos em Évora numa cadeira assim mas pode ser mentira dado que o passado me engana, quanto tem de reforma dona Laura confesse, acabou-se o gás, acabou-se a luz e você às escuras na marquise, o cheiro da cadela debaixo do automóvel idêntico ao da minha mulher nos serões de janeiro, a cauda horizontal, a garupa que se ergue, a pele no interior da minha roupa que cheirava também, um movimento das ancas que contrariei avançando no peitoril como se os ciganos a chegarem do Pólo e não chegam, as carroças deles no Japão e a propósito de cadeira de baloiço qual cadeira de baloiço em Évora, engano meu, nunca houve, mergulhei até ao caroço da minha infância e regressei sem ela, houve os corvos, a muralha, os gansos do pântano que o meu pai não matava

— É pecado

todo interdições e cautelas e portanto o inimigo da Igreja e do Estado no sótão, uma espécie de corredor, degraus, o Tejo num postigo com os montes de Almada, esses pontinhos claros de quando o mar vacila

— Vou subir vou descer?

e uma vibração nas paredes, não me faz saudades o rio, fazem-me saudades o estore, os abetos, o rosto pelo qual morrerei soluçando de amor

(ter-me-á visto ao menos?)

sem nos havermos tocado

(duvido que me visse)

eu que me cuidava incapaz de sentimentos e arroubos, não visitava a minha irmã, distraía-me no forte com os colegas, os presos, mandava abrir uma cela

(ao abrir a cela as ondas aumentavam e o sifão da maré a estremecer de assobios, mal a vazante baixava um motor de traineira sem alcançar a praia e sentiam-se os albatrozes nas cavidades das rochas)

apontava um dos beliches
— Tu
galerias e galerias, ameias, a cidade
(não estou certo que cidade, não importa, a cidade)
a escorregar para a água e os presos de lâmpada na cara vencidos e supondo que não vencidos os idiotas, que resistindo os palermas, que heróicos os cretinos e vencidos de facto, de pé junto ao ficheiro enganando-nos, mentindo, não conheço nada de explosivos senhor agente, não conheço nada de aviões, qual conspiração, qual jornal, sou despachante, sou mecanógrafo, trabalho nos seguros senhor agente, nunca ouvi nada disso e eu tranquilo, furioso e tranquilo, eu a ferver e tranquilo, os presos o mesmo cheiro que a minha esposa nos serões de janeiro, a cauda horizontal, a garupa que se ergue, a pele no interior da minha roupa que cheirava também, algo de mim para eles que me levava a morder-lhes os pescoços, os flancos, as minhas patas a escorregarem, a detestarem-nos e a tentarem de novo, não a minha mulher, homens que se tornavam a minha mulher, eram a minha mulher
— Fica assim aguenta
e eu a segurá-los, a apertá-los, a estender-me sobre eles
— Aguenta
a falhar, a conseguir, a trilhar-lhes as costas e o cheiro amigos, aquele cheiro que me
— Aguenta
que me conduzia do escritório ao quarto, obrigava-a a curvar-se e a garupa mais alta, eu para a minha mulher
— Aguenta
e aguentavam, curvavam-se, com o tubo de chumbo nas costelas curvavam-se, diz que não sabes anda, afiança que não sabes, o médico atrás de mim
— É melhor não
e eu
— Cale-se
não cheirava aos serões de janeiro, o médico, não cheirava a árvores de fruto, a piteiras, cheirava a loção para a barba, a corpo morto
— Cale-se
eu a proteger o País e eles de lâmpada na cara vencidos e supondo que não vencidos os idiotas, que resistindo os pa-

lermas, que heróicos os cretinos e vencidos de facto, o médico vencido, a minha esposa vencida, a cadela vencida, eu não vencido, ganhando e o cheiro a aumentar, a explodir, presos que me pertenciam e aos quais pertenço desconhecendo que lhes pertencia, pelos quais morrerei soluçando de amor, eu um rosnar, um latido

— Não me deixes

(Mon Repos, Riviera, Amélie, jurei que não dizia Amélie e no entanto Amélie, Amélie, o estore que se fecha e o rosto que me escapa e não volta, não quer saber de mim, me abandona, será que hoje ao menos ao encontrarem-me diante da macieira, debaixo do automóvel ou no quarto com a minha mulher, será que hoje ao menos o verei antes de o perder, Amélie)

até que as ondas contra o forte de novo mais espaçadas, mais lentas, o cheiro dos serões de janeiro que me conduzia do escritório ao quarto a afastar-se

(há quanto tempo não almoça como deve ser dona Laura, uma canja, um cozido, uma peça de fruta?)

e eu para eles

— Vai-te embora

não furioso, não a ferver, a minha garupa quieta, as minhas patas em sossego e todavia não tranquilo, a rapariga das tranças não minha filha

(se fosse minha filha aborrecia-se de mim?)

a rapariga das tranças posso jurar que não minha filha, conheço o pai dela, trouxe o escadote da cozinha depois de lhe tirar o alguidar de cima, trepou para o escadote quase impossível de perceber na erva, deu duas voltas ao galho da macieira com o fio do estendal e não consigo explicar melhor porque as árvores da China, uma à direita e outra à esquerda, não as árvores da China, a sombra das árvores da China, a ocultavam de mim, não só as árvores da China, as cortinas, um móvel que neste momento não recordo qual era, não consigo explicar melhor porque os meus olhos fechados, não fechados de propósito, fechados por acaso conforme os fechava por acaso no forte ao ordenar

— Vai-te embora

eu na única cadeira diante da única mesa, de cabeça assente o mais fundo que podia no cotovelo dobrado (rodeiem-me de abetos depressa e impeçam-me de ver, da muralha de Évora, de outros mil cotovelos, do sorriso da dona Laura

— Que lindo

e o saltinho de uma consoante a imprimir-se no papel, da minha irmã quase a pegar-me ao colo, a não me pegar ao colo, a ocupar-se do fogão onde o leite transbordava e a esquecer-se de mim, ganas de chamá-la

— Espera

já baixinha, já forte, ainda não muito forte mas já forte, não grisalha, não velha)

— Vai-te embora

(a minha irmã que mesmo hoje, hoje não, até há alguns anos talvez, seria capaz de ajudar-me mas as galinhas, os estalos da língua, a colher na lata a acompanhar os estalos, cuidará das nossas campas, limpar-nos-á as jarras, se lhe contasse de Peniche não me segredava

— Cala-te

aceitava-me)

e mesmo que se fossem embora permaneciam ali a designarem-me uns aos outros

— Aquele

iguais aos planetas extintos no seu último brilho, nuvens que se afastam e o mundo no fim de contas não esférico, comprido, nem no Pólo se acaba, depois do Pólo mais mundo e aqui temos esta noite, este forte e a intensidade da lâmpada na parede vazia, o sótão em que o inimigo

(mais um que cambada)

da Igreja e do Estado sem se dar conta de nós, um despachante, um mecanógrafo, um empregado dos seguros, um pobre como eu

— Vai-te embora

que o primeiro rosto num estore comove a ponto de lhe pertencer soluçando de amor eu que não soluçava, cumpria o meu trabalho mal apreciado, mal pago, acompanhava a minha sombra não a conduzindo nunca, batam uma colher numa lata em Estremoz ou em Lisboa, não importa onde, e ter-me-ão convosco, lá venho eu a desesperar-me de pressa com o bico aberto a trotar e ali estava agora a caminho do sótão, batido pela colher

na lata de uma ordem e pronto a ocupar-me do que me mandavam, um pouco vagaroso talvez se me criticasse a mim mesmo
(não vagaroso, competente, metódico)
surdo aos conselhos do médico
— É melhor não insistirem por hoje
até que umas unhas, um hálito, uma nodoazita rosada
— Parabéns meu rapaz bom trabalho
um corpo
— Ficou pesado este
que se tomou pelos sovacos e se largou nas malvas ao desinteresse dos cachorros, a porta do sótão
(Mon Repos, Riviera, nomes que me alegrariam se fosse capaz de alegrar-me, dá-me o júbilo da Tua presença, Senhor, não me esqueças ainda)
uma maçaneta de loiça com um frisozinho gravado, gonzos frouxos, antigos
(uma espécie de clarabóia a iluminar aquilo, talvez a aura do Tejo, o raio verde que não sei o que é ou o algodão do Infinito)
e bastava um ombro, um sapato, mais jeito do que força como dizia a minha irmã acerca das tampas dos boiões, escarlate, toda ela ruídos que se denominam guturais
(guturais que palavra, deve ser dos Evangelhos penso eu)
nada de manobras complicadas, escarafunchadelas, trabalho, a mesma coisa com o portão da garagem que nem trancava sequer, erguia-se uma guita e as chapas subiam em impulsos empenados mostrando a cadela que nos fitava amolecida, pacífica, podiam entrar vinte gatunos que não dava sinal, enrolava-se mais, seguia-nos parada, o cheiro nela e de imediato
(Amélie)
vontade de morder-lhe as orelhas e as patas a aleijar-lhe a garupa arranhando-a, não sei o quê nos meus olhos em geral castanhos e nesse momento amarelos que me assustaria se
(ou quase castanhos e nesse momento não amarelos, quase brancos)
os visse, o sótão a que me custou a habituar apesar do raio verde e do algodão do Infinito, um postigo onde os guindastes do Tejo, não planetas extintos, o que julguei um farol mas

não há faróis em Lisboa, os faróis a seguir às dunas do Guincho e a um mato sem nome, ondas idênticas às de Peniche vindas de longe, pálidas, não me digam seja o que for, não me incomodem, não falem, deixem-me assim uns segundos sentindo a areia e o vento, uma coisa como espuma

    (admitamos que espuma)

    na cara, os presos não espuma, o sanguezinho, o hálito, unhas que se laceravam a si mesmas nas palmas, Mon Repos, Riviera, eu numa espreguiçadeira de lona sob as tílias a enlanguescer

    (enlanguescer?)

    a enlanguescer ao crepúsculo na grande paz de setembro, mês entre todos amado no seu vagar de bocejo

    (enlanguescer?)

    a promessa do outono ao rés da terra a chamar-me, insectozinhos que se erguem, nos dão medo, não conseguem voar, os primeiros suspiros, não meus, como se uma chuvinha branda, eu eterno, Amélie, com a ajuda do raio verde e do algodão do Infinito vejo sacos, colchões, um manequim de alfaiate de cabeça substituída por uma bola de verniz

    (uma espreguiçadeira de lona sob as tílias, pode ser-se feliz sem pensar)

    e o inimigo da Igreja e do Estado acolá, um homem da minha idade, do meu tamanho, sob o automóvel ou junto aos pneus de fundo ou seja eu amolecido, pacífico

    (enlanguescido?)

    enrolando-me mais seguindo-os parado

    (pode ser-se feliz sem pensar?)

    o cheiro em mim e os meus colegas patas que me aleijavam e a garupa arranhando-me, não sei quê nos olhos

    (não amarelos, quase brancos)

    que me assustaria se os visse conforme me assustaria com a navalha, a pistola, o martelo ou talvez nem navalha, pistola, martelo, a bicada de uma consoante a pular na sua haste

    (e a dona Laura

    — Que lindo)

    com um carimbozinho na ponta, uma segunda consoante, uma terceira, uma quarta e não custava garanto, eu com receio que custasse e não custava nem isto, lá estava o Tejo, o raio verde, o algodão do Infinito, a minha irmã a amparar-me

— É uma questão de jeito percebes?

(Mon Repos)

e felizmente silêncio, a grande paz de setembro e o seu vagar de bocejo

(pode ser-se feliz sem pensar?)

o estore que descia ocultando-me o rosto pelo qual morrerei soluçando de amor sem nos havermos tocado, o que desejei a vida inteira, a quem pertenço e é meu de modo que de tão contente nem me apercebi da dona Laura a carregar numa última tecla, limpando os óculos com a manga sem olhar para nós.

4

Depois de uma vida inteira de trabalho e Deus, que tudo entende e conhece e perante o qual responderei um dia, sabe quanto e com quanta devoção me dediquei às minhas obrigações sem olhar para trás, a minha esposa por exemplo a lamentar-se
— Tralalá tralalá
e eu a fazer a mala não me deixando enternecer
— É assim
até que foi ela a fazer a malinha não se deixando enternecer igualmente
(por que motivo escrevo a meu respeito
eu a fazer a mala
e a respeito da minha esposa
ela a fazer a malinha
quando só possuíamos aquela e desde então eu um saco?)
— Passa bem
comigo de queixo na vidraça enquanto um cavalheiro que lhe não respondia
— É assim
a ajudava com a malinha lá em baixo
(não disse cavalheiro em vão eu que nem cavalheiro podia ser no inferno em que andava porque não me cabia espaço para educação, respeito)
depois de uma vida inteira de trabalho, dias, noites, semanas sem dormir às vezes, mandavam-me e obedecia, chamavam-me e lá ia eu, fosse aqui, fosse em África que também era Portugal antes dos inimigos da Igreja e do Estado a entregarem de mão beijada aos pretos, fosse no estrangeiro, em Espanha, um país sério nessa época, ou com os emigrantes de Paris a aprenderem o que não devem nas barracas de miséria onde moravam, eu que nem francês falo, gesticulo, gaguejo, não me entendiam, troçavam, a minha esposa

— Passa bem

numa alegria de vingança a troçar-me igualmente, convocavam-me à sede, obrigavam-me a esperar duas horas num ângulo de banco, chamavam-me entre portas, à pressa, sem um cumprimento, um sorriso

— Tens de nos resolver isto menino

e demorasse o que demorasse

(uma ocasião quase seis meses, só me faltou comer pedras)

resolvia, estão acolá numa caixa enfiada sob a roupa

(não sou criatura de gabar-me)

os louvores que me não deixam mentir, isto é uma ordem de serviço e um louvor porque até nisso poupavam

— As coisas não andam fáceis menino

depois de uma vida inteira de trabalho, a solidão, o desamparo

— Passa bem

e risinhos, o cavalheiro mais alto que eu, mais novo, a reforma sempre atrasada nas poucas vezes que chega, protesto nos Correios e vasculham gavetas

— Não temos nada senhor

a empregada farta de mim, mal me lobriga no guarda-vento anuncia

— Não temos nada senhor

uma criatura no género da minha esposa, o ímpeto, as remexidelas, a declarar

— Não temos nada senhor

precisamente no tom em que há anos

— Passa bem

ficando-me com a mala, a malinha, a única que possuíamos e desde então eu um saco, este, entretanto desbotado e de fecho que não sobe que me acompanha aos Correios, os que esperam no balcão receosos que eu, a medir pelo casaco ou a cara ou os modos

— Uma esmola

o retrato do casamento censurava-me da moldura

— Não a desleixasses bem feita

de forma que depois de uma vida inteira de trabalho, a solidão, o desamparo, o rim esquerdo que me desperta se começo a dormir

— Vou doer-te

e uma moinha cruel, não sei se o rim ou um músculo cansado, pouco importa, importa a vozita

— Vou doer-te

e a bisnaga do reumático caída atrás de um móvel impossível de apanhar, experimentei com a tranca e escapou-se

— Passa bem

há-de haver um alçapão ou um túnel onde os meus pertences se somem, o cabo de uma esfregona para cá e para lá e nada ou então o passe social caducado, uma moeda que previne

— Deixei de circular em mil novecentos e trinta

o alçapão ou o túnel

(os espertos)

engolem o que preciso e entregam-me o que não quero, esvaziam-me a casa, desemparelham-me os sapatos, que é do esquerdo, se a minha esposa aqui em lugar de

— Passa bem

descobria-o, tempos e tempos a fio na época em que esta casa nova, quer dizer não tão velha, a lamentar-se

— Tralalá tralalá

ora a suplicar, ora furiosa, ora de súbito ocupada a fingir-se indiferente

— Boa viagem

de modo que depois de uma vida inteira de trabalho isto, a casa não tão velha, velha mesmo, na parte antiga do bairro, problemas não apenas com o rim ou uma análise cujo valor não desce apesar da dieta

(aparece a encarnado com um círculo em torno)

volta e meia borbulhas e o centro do mundo a manifestar-se nos ralos numa ascensão de limos, se calhar a bisnaga do reumático e o sapato perdido, os meus pertences que regressam e juntamente com os meus pertences a mala, a malinha, a minha esposa mais os seus pedidos lágrimas ameaças

— Tralalá tralalá

estender o braço para o ralo, segurá-la

— Agora que me reformaram ficas aqui

idosa como eu, sem préstimo, não tens nada para vestir no armário, talvez o avental ou o roupão descosido, o retrato do casamento sem saber o que pensar

— Não sei o que pensar vamos ver

os canos recompunham-se, os limos sumiam-se e a minha esposa com eles

— Passa bem

num eco divertido, a luz dançaricou, cresceu, o sapato escapou-se numa pirueta

— Adeusinho

e o retrato do casamento a triunfar

— Aí tens

formigas na cozinha e o linóleo rasgado, precisava do martelo para cerrar a janela e à medida que o óxido do trinco ia cavando a madeira recordava-me do braço do cavalheiro no ombro da minha esposa a guiá-la para o táxi e senti-me uma visita numa casa desconhecida apesar de nenhum compartimento alterado, de quem será esta cama, quem come nesta mesa, que homem é este no espelho

(não eu, que não me deixo emocionar)

com qualquer coisa difícil de definir a descer-lhe a bochecha ao comprido de uma ruga, a encontrar uma cova e que a manga apagou, lembro-me que me enganei no guardanapo ao jantar e um resto de baton a culpar-me, volta e meia o centro do mundo a manifestar-se nos ralos e a minha esposa de mistura com os limos

— Tralalá tralalá

antes de poder segurá-la anuncia

— Passa bem

vai-se embora mais eles e eu a espreitar ausências, enfio o dedo no cano e não vem, se o meu sapato ao menos ou a bisnaga do reumático, o guardanapo com o resto de baton

— Ora viva

em lugar deste silêncio aumentado pelos vizinhos de conversas ou passos porque a idade tudo confunde desde as recordações aos sons, desejei que o ralo me engolisse

— Anda cá

levando-me consigo na direcção do Tejo onde congros em cujos ventres sem ruído o sossego da noite, nenhum posto dos Correios

— Não temos nada senhor

um agente que me chamasse entre duas portas, à pressa, sem um cumprimento, um sorriso

— Tens de nos resolver isto menino

como no último trabalho antes da reforma, em Évora, há seis ou sete anos, já não existia a sede, não existia a polícia, existíamos nós três num cubículo parecido com o lugar onde vivo, os mesmos passos e as mesmas vozes que discutem porque exclamações e assim, o centro do mundo a manifestar-se nos ralos só que bisnagas e sapatos que não eram os meus, uma senhora

— Tralalá tralalá

que desconhecia quem fosse, outro vestido, outra mala, um

— Passa bem

não vingativo, com pena, capaz de apaziguar-me o rim

— Já passou

e almofadas nas costas, atenções, coisinhas, como dizia nós três e a dona Laura a copiar à máquina relatórios urgentes que não enviávamos a ninguém porque ninguém os leria, dúzias de relatórios à espera num prediozito que já não sei onde fica entre chalés e abetos, tenho ideia de nos espiarem de um estore que se fechava e adeus, um colega, não me recordo qual

— Quem será?

provavelmente o do último trabalho antes da reforma, em Évora, a dona Laura não a copiar relatórios, acabaram-se os relatórios, eram os inimigos da Igreja e do Estado que mandavam agora, a inventá-los coitada, uma letra aqui, outra ali a massajar o tornozelo

— Pode ser que nos paguem

e não pagavam claro, não sabiam quem éramos, os abetos a imitarem a minha mulher

— Tralalá tralalá

remexendo folhinhas, o telefone sem som, nem uma carta, uma convocatória, um aviso, um dia o contínuo da sede a fitar a mobília desemparelhada e os caixotes

— É aqui?

surpreendido connosco, a dona Laura a esconder os biscoitos e uma tecla ao acaso, o estore desceu no chalé sobre um rosto em silêncio, o colega do último trabalho

— Viste?

a dobrar-se para ele conforme eu para o ralo, das últimas ocasiões nem um sapato sequer, uma porta que se fecha para sempre dentro de portas fechadas e eu sozinho Virgem Santíssima, olha-se em torno e sozinho, passos acima e abaixo e sozinho, quantos dias ainda a martelar o trinco e a encostar-me à vidraça numa esperança de táxis, não me deixem na dúvida, sejam francos comigo, quanto tempo me falta e o contínuo a mirar-nos comparando-se connosco, o casaco, a idade, mais cuidado, mais gordo, uma filha

(um filho?)

professora

(professor?)

que se preocupava com ele de maneira que o fato engomado e a camisa decente, isto um subalterno, um moço de recados, tratava-nos por senhor, não lhe apertávamos a mão nem lhe dizíamos bom dia e ao fim de tantos anos a visitar-nos junto aos chalés, aos abetos

— É aqui?

perplexo com a desarrumação e os tarecos, as árvores que anoiteciam em março logo a partir da manhã e a dona Laura a engrossar os óculos para dar fé das vogais, se ma trouxessem no ralo

— Tome lá

aceitava, esteja à vontade dona Laura, cozinhe ao seu gosto, mude os abajures, o contínuo a distribuir-nos fotografias, papéis

— Um sujeito pediu-me no café que entregasse isto a vocês

retratos manchados e instruções e mapas, tudo confuso como sempre, cheio de enganos e emendas, provavelmente o ministério continuava e a polícia e nós, quem me afiança que o rosto no estore não um inspector a seguir-nos, o sujeito do café mandado pela direcção penso eu

— Vais falar com o contínuo

e o infeliz semanas e semanas às voltas na cidade sem achar o toldozinho dado que o director a enganar-se, a insistir no engano com a teimosia dos velhos e as instruções erradas, presumo que Peniche uma ruína hoje em dia, um preso que sobrava contra um ângulo de parede ansioso pelo martelo na nuca que não vem, não vai vir, nortada o dia inteiro a calcinar as giestas, grades soltas no chão ou nada disso, intacto, uma cancela

(não me recordo de uma cancela no forte, na casa da minha madrinha uma cancela, escuto-lhe as dobradiças tão nítidas)

persistindo em bater, o marido da minha madrinha

— Será o cão?

e cão algum é evidente, uma alma penada

(de um vizinho, de um primo?)

que não achava descanso, bebia a água da rega, caminhava nas dálias, de quando em quando uma opinião sobre a horta, perguntava

— A minha faca de prata?

e um soluço que metia dó, a minha madrinha remexia na cómoda e mostrava-lhe a faca tentando que não reparasse no cabo a descolar-se da lâmina

— Descanse tio Isidoro não há azar está aqui

e a cancela calada, o marido da minha madrinha de regresso ao jornal

— Deixa a faca onde ele a veja

e ao outro dia os legumes revolvidos e a ameixoeira enxertada, uma tesoura nova na Páscoa, uma atenção, uma prenda, a minha madrinha emocionada com a delicadeza dos mortos tão preocupados connosco, o sujeito do café a seguir setas com o dedo e no fim das setas um baldio, um hospital, um convento

— Não pode ser confundiram-se

e o director a aumentar para o médico

— A minha memória piorou diz você?

ele outrora tão grave de há meses para cá a cantarolar disparates apontando-nos o nada

— Vês aquele gnomo ali?

à medida que o infeliz semanas e semanas aos tombos na cidade, passou-nos pelo quarteirão vezes sem conta suponho, a rever as instruções sem atentar nos abetos, veio-lhe à cabeça que um dos chalés Riviera, os outros dois não fixou

(o médico

— Mas qual gnomo senhor?)

lembrava-se do azulejo na fachada com uma praia ou isso e não albatrozes, não Peniche, tudo cor-de-rosa e azul e Peniche cinzento, se o preso ainda a escorregar da parede martelava-lhe a nuca conforme martelo o trinco, não por ofício, por pena, havia de se encontrar um espigão que servisse, mesmo que torto, nas empenas do forte que aguentam, depois de séculos e séculos o café, em certas alturas dava por mim a pensar nesse nome, Riviera, soletrava-o e a dona Laura
— Como?
e
— Como?
é dizer demais, a dona Laura a interrogar-me com as pestanas, também não, se escrevesse que me interrogava com as pestanas solucionava o assunto mentindo, a dona Laura nem
— Perdão?
nem a interrogar-me com as pestanas, a dona Laura à espera e não respondi ao
— Como?
nem às pestanas que não houve, respondi sei lá o quê
— Riviera dona Laura
e o dedo sem carregar na tecla a ponderar, se o ralo ma entregasse manchada de limos aceitava-a, em certas noites quando o passado nos vence mesmo que não falemos com ela uma mulher ajuda, há memórias que se movem e nos incomodam por dentro ao trocarem de lugar, não me refiro ao
— Passa bem
nem ao táxi, refiro-me ao marido da minha madrinha, teria eu sete ou oito anos, a apertar-me nos joelhos
— Olha isto
e a despedir-me no momento a seguir quase à beira das lágrimas, não exagero palavra
— Hás-de esquecer-te um dia
e não esqueci nem entendo dado que mal chegava a tocar-me, os dedos ficavam por ali a fecharem-se e a abrirem-se, o agente para o contínuo a passar-lhe as fotografias, os mapas
— Entrega-me isto aos rapazes
(mesmo que não falemos com ela uma mulher ajuda)
de sapatos vindos do centro do mundo misturados com algas

(haverá quem me desminta?)

aquele cabelo, aqueles olhos, posso afirmar que Peniche gastava-nos e continua, não pares, se parares não consegues, lá está o forte senhores, dormíamos nesta ala com os presos e a minha mulher sem motivo

— Tralalá tralalá

convencida que um divertimento, uma festa quando numa ala com os presos as mesmas ondas a ameaçarem afogar-nos, o contínuo

— Juram que é o último trabalho uma questão em Portalegre ou em Évora

enquanto Peniche e a minha esposa me permaneciam na ideia, a minha esposa

— Passa bem

e mesmo em julho uma espécie de frio, quem me aclara este ponto, os papagaios do mar

— Tralalá tralalá

à procura de amêijoas, papagaios porquê se nem caminhavam de lado, lembro-me de coelhos bravos, ratos que confundi com os coelhos e bicharada miúda, o último trabalho uma questão em Évora numa altura em que a gente desabituados de trabalhar, tantos anos no cubículo a desejar uma ordem com a impressão que nos esqueceram a tirar-nos o ânimo, um sobressalto se pessoas na escada, nós a compormos a roupa até os passos se afastarem e afastavam-se sempre, um cobrador, um inquilino, os vendedores de Bíblias tão desgraçados quanto nós a apontarem uma nódoa do tecto a que chamavam Deus e portanto Deus uma mancha de grelado, o senhorio abria a porta e ia-se embora a bufar

— Continuam aqui

e até à chegada do contínuo continuámos ali, não nos atrevíamos a descer à praceta diante do mercado ou um armazém ou o que era porque um de nós, inquieto

— E se nos chamam agora?

(um mercado penso eu, não afirmo, tantas dúvidas em mim e a mania da precisão, do detalhe, herdei isto de quem?)

de modo que o mercado só o observava em casa se é que pode chamar-se casa a um lugar onde o centro do mundo não cessa de mostrar-se na cozinha, no lavatório, no meu quarto inclusive entre as tábuas do soalho que com o tempo se abrem e nas quais brilhos, presenças que vêm à tona não fazendo parte do meu passado e elas a julgarem que sim

— Conhecemos-te

não mencionando os que tombavam nos espelhos, tombavam no forte, tombavam na rua como o pintor

(o escultor?)

há muitos anos em Lisboa, lá ando eu com os meus escrúpulos incapaz de decidir, um pintor, um escultor e se calhar nem pintor nem escultor, outro emprego, veterinário, compositor, não te atrases aqui, segue sempre, o veterinário ou compositor não num prédio, na rua, a pistola que não supunha tão pesada e o gatilho tão preso, o veterinário

(ou compositor ou pintor ou escultor, não aprendeste ainda, depressa)

a correr, a cansar-se, a olhar para nós, a correr, a deixar de correr, a ajoelhar, a deitar-se, posso garantir que chovia derivado a que do pescoço dele uma água não vermelha, pálida, lembro-me que a dentadura postiça e com isto da dentadura perdi-me, a dentadura postiça o quê para além de soltar-se, experimentemos que a dentadura fora da boca, no chão

(obrigado, Senhor)

a dentadura postiça no chão, não uma dentadura completa, alguns dentes, o lábio

(como é a natureza das pessoas, mesmo na morte vaidosas)

ia no lábio, pus o mindinho na palavra lábio, o lábio

(mesmo na morte vaidosas)

a ocultar a gengiva, o ar para dentro e para fora numa espécie de silvo ou de sopro, mais sopro que silvo, qual a diferença entre um silvo e um sopro, porque não ambos, junto o silvo ao sopro e digo que o lábio tranquilo, tocámos-lhe com a biqueira e tranquilo, empurrámos e tranquilo, não apenas o lábio tranquilo, o compositor tranquilo, a água pálida derivado à chuva visto que chovia, cessou de chover, interrompeu-se, parou, nós parados, nós leves, eu leve, a pistola leve no cinto, curioso os ângulos que os corpos formam às vezes

(o médico

— É melhor não insistirem por hoje

e não insistimos não se inquiete, uma última biqueira e pronto, como vê não insistimos, ocupe-se com ele se quiser, tome lá)

e com esta conversa da qual peço desculpa

(tão fácil pedir desculpa na situação em que estou)

mas é a oportunidade que tenho de me explicar antes que tudo se apague e apaga-se, luzes mais fracas, silhuetas, nem vos distingo aí, percebo que me escutam sem que eu saiba quem são e isso basta-me, com esta conversa desviámo-nos do último trabalho antes da reforma, em Évora, ou seja uma moradia fora da muralha fácil de descobrir porque uma bomba de gasolina próxima e a vereda que os ciganos usavam com o seu cortejo de carroças e guizos, uma dúzia de cachorros amarelos ou castanhos e amarelos para acabarmos com o assunto

(algum nexo entre eles e o centro do mundo?)

e na moradia um casal que nem dava por nós ou esperava que chegássemos, a mulher que o homem pensava que dormia, e não dormia, no quarto, e o homem que a mulher pensava que não dormia e o homem pensava também que não dormia e dormia, no escritório, avançando do peitoril para os planetas extintos que nunca me interessaram, as minhas preocupações são rasteiras, o que comerei ao jantar ou mais simplesmente se haverá jantar, me cortarão a luz, consentirão que por mais uma semana ou duas permaneça neste esconso antes que o proprietário uma ordem de despejo, o filho do proprietário sem ordem de despejo alguma

— Desapareça

e a dona Laura e eu, isto é eu sozinho

(tive o endereço da dona Laura e perdi-o, vou perdendo as coisas antes de me perder a mim mesmo e ao perder-me a mim mesmo

em que lugar me perdi?

espero que uma espécie de repouso no centro do mundo com a bisnaga, o sapato e a minha madrinha mais a faca de prata a tentar ligar o cabo à lâmina sem que a lâmina encaixe

— Pensava que fosse o tio Isidoro que susto)

eu com o saco a substituir a mala que a

— Tralalá

me levou ao descer as escadas, sempre obedeci por cobardia, por hábito, lá estou eu a divagar, toma atenção, vigia-te, o último trabalho antes da reforma, é esse ponto que conta

(dona Laura, nunca me atrevi a dizer Laura

— Laura

e no entanto algo me cochicha, que raio de expressão, algo me cochicha que ela a aceitar enternecida recordando o marido que esse sim por direito

— Laura

e se lhe falávamos dele encolhia ombros e lábios e não existia senão a máquina, sem dedos que lhe carregassem, a bater no silêncio)

o homem e a mulher, malvas, piteiras, gansos selvagens num pântano que provavelmente comunica pelo seu hálito morto com o centro do mundo, o último trabalho antes da reforma, em Évora, embora os papelinhos não excluíssem Lisboa, uma macieira, uma criança

(no primeiro retrato criança, no segundo retrato já não criança, uma rapariga de tranças com um fio de estendal e um escadote)

ora mencionada como filha do homem ora como filha de outro sem nos avisarem que outro, um ponto de interrogação diante do outro e acrescentado a lápis hipótese a verificar como se nós alguma vez verificássemos hipóteses, resolvíamos o assunto o mais depressa que podíamos e na nossa idade não muito depressa de certeza, vínhamo-nos embora e fim, o homem um colega da gente em Peniche e no entanto pela fotografia desfocada

(a ampliação de uma fotografia pequena)

não lhe percebia as feições, percebia uma espécie de parque, um coreto e um tanque isto a menos que um cenário de estúdio no qual as pessoas

— Vocês ficam aqui

a disfarçarem as rasgaduras do telão, um amigo com ele e uma criatura indistinta

(a mãe da criança?)

numa nódoa de luz a acompanhá-los a ambos, pela nódoa de luz talvez não um cenário, não afirmo porque os olhos me falham como me falha o coração dado que uma pausa comprida e um recomeço difícil, os abetos a cobrirem-me, os chalés regressam, a vida

(toc toc toc)

a acertar nos pedais e a caminhar de novo, a dona Laura preocupada

— Tralalá tralalá

estou a ser injusto, era a brincar, não amue, a dona Laura preocupada

— O que foi?

o colega da gente em Peniche sujeito às mesmas ondas, aos mesmos albatrozes e aos mesmos gritos na noite, um grito e a gente a estudarmo-nos com desconfiança, este, aquele, o estagiário à janela

— Quem foi de nós que gritou?

um grito apenas, um choro, o eco baço de um corpo no cimento primeiro e jogado das ameias depois num novo eco baço que a misericórdia do mar ou o sifão dos penedos nos impediam de ouvir, o colega em Évora o último trabalho contra os inimigos da Igreja e do Estado antes da reforma meninos, apanham a camioneta das sete que só pára em Vendas Novas de forma que o Alentejo num pulo e depois a delícia do campo, gado a pastar, essas tretas, invejo a vossa sorte enquanto ficamos aqui, os azarentos, no meio dos escapes, nem necessitam de chegar a Évora aliás, a casa antes da muralha, basta orientarem-se pelos gansos selvagens e dão logo com a bomba de gasolina, mesmo com a lâmpada apagada sempre um brilho, um reflexo, notam edificiozitos de operários, vivendas, escolhem a dos cachorros a fungarem em torno da garagem ou seja um cubo que as trepadeiras

(não semeadas, nascidas por si num ímpeto de folhas)

apagam, encostam-se ao lado do que faz de pomar, uns galhos negros que não chegam a cinza, até à casa sob a claridade dos planetas extintos tão débil que hesito na palavra, não mais se calhar do que o halo das nuvens, o que temos de fazer nós os polícias, senhores, a fim de contentar quem nos paga, o último trabalho, uma reformazinha ou seja o jantar desta noite e o almoço de amanhã, não um banquete, uma salada, um peixito, o proprietário a conferir contra a janela, a amarrotar e a esticar uma nota, o dinheiro da renda

— Já não era sem tempo

a fitar-me não a direito na cara, de baixo para cima, nem se percebiam os olhos, percebia-se a desconfiança das sobrancelhas que tomavam sozinhas o lugar inteiro da testa, um sujeito autoritário, zangado, que felizmente para ele

(há pessoas que a vida poupou)

não conhece o forte, não se assustou com um grito, não se imobilizou de repente

— Terei sido eu a gritar?

verificando a nuca no receio de um martelo ou um prego, o veterinário ou pintor esta travessa, aquela, nesse portal estou seguro e não estava, sentia os nossos passos e recomeçava a correr, o colega em Évora acreditando-se a salvo o pateta e nisto, sem motivo algum, vieram-me à lembrança os meus pais, o meu pai doente da tiróide escriturário na Câmara, a minha mãe a irritar-se com os filhos em casa, já faleceram os dois, a minha mãe primeiro de qualquer coisa nos intestinos, uma bactéria acho eu, o que não falta são bactérias e o intestino fraquinho, ao mínimo abalo lá vamos nós de charola, a tiróide dura de roer visto que o médico para o meu pai

— Teve sorte

penso que mais que os intestinos o problema da minha mãe eram os nervos a comerem-lhe a carne e uma exaltação, uma febre, isto em Sintra em que nevoeiro no castelo e na vila, deitávamo-nos a tremer entre lençóis molhados, cinco irmãs, dois irmãos, eu o segundo e no nevoeiro os relinchos dos cavalos dos coches, há momentos em que me pergunto se Sintra por acaso não o centro do mundo, um dia destes em lugar da minha bisnaga e do meu sapato no ralo os lençóis molhados e os relinchos dos coches, uma gaivota sozinha

— Cuá cuá

não bem

— Cuá cuá

mas serve, rente aos pinheiros, aos telhados, a gaivota

— Cuá cuá

nós

— Cuá cuá

e o nevoeiro, está claro, mencionar o nevoeiro e tanto frio dona Laura, a senhora, de meias grossas, ia apostar que compreende, a minha mãe com a bactéria nem tugia na cama, só a alma a seguir-nos

— Não os sinto a vocês

adivinhava-nos as ideias

— Não se importam comigo

e há alturas em que me pergunto se me importava consigo, acho que não, não se zangue, quem se importa comigo, no fundo sendo franco

(e sou franco)

o que me importava a dona Laura, os meus colegas, a minha esposa inclusive, importa-me a reforma, o almocinho, o jantar, o último trabalho em Évora e em menos de meia hora resolve-se a questão, um colega que obrigou outro colega a descer no seu espelho e portanto não um colega, um inimigo da Igreja e do Estado, no regresso fecham a porta do cubículo sem saudades da mobília desemparelhada, dos caixotes, da máquina de escrever a que faltam teclas sem que ninguém se apercebesse porque ninguém lia os relatórios, ninguém lerá os relatórios, ninguém se interessa pelos relatórios

(a quem interessam os relatórios?)

fecham a porta do cubículo e desaparecem daqui acabando deste modo com os chalés, os abetos

(no que se refere aos chalés só me ficou o Riviera)

esta parte da cidade entre Lisboa e a província ou seja esta parte da província que se prolonga em Lisboa e onde nem comboios sequer, até há pouco carroças, vendinhas, um cemitério de goivos e choupos anões nos seus potes de loiça, não têm mais que fechar a porta, despedirem-se uns dos outros e não se voltarem a encontrar, cada qual sossegadinho no seu canto e esquecerem-nos, esquecerem Peniche, o forte, os gritos e que gritos afinal, ilusão vossa tal como nenhum corpo a rombar das ameias, nenhum albatroz a fixar-nos, nenhum preso, uma terra de pescadores igual a tantas terras de pescadores do País, traineiras que sujam tudo de gasóleo, bois a largarem palhas e fezes à medida que as puxam e enquanto puxam e não puxam mais fezes, mais gasóleo, mais lixo, as terras de pescadores, vendo bem, uma miséria de lixo, cola-se aqui um postal, nem merece a pena escrever, rafeiros à divina, tripas ao léu a federem que é a vocação delas e pronto, tripas de peixe, não de pessoas, que pessoas, acabado o trabalho em Évora fecham a porta ou nem precisam de fechar, deixam-na aberta porque nenhum de nós existiu, Peniche que mentira e lá estava Évora realmente, por uma vez na vida e já não era sem tempo

(faltavam teclas na máquina dona Laura sabia?)

as fotografias certas, os papelinhos certos, a bomba de gasolina de lâmpada apagada e o telheiro em que os ciganos desperdícios e trapos, não muitos corvos, um corvo furioso para nós

— Cuá cuá

um único corvo

— Cuá cuá

por muito que se julgue que os corvos não

— Cuá cuá

a espiar-nos, uma espécie de, ia dizer cancela mas primeiro imensas cancelas no meu relato, chega de cancelas, e segundo não bem cancela, tábuas unidas por fios de ráfia e encaixadas no muro, não demos pelos planetas extintos, demos pelo que descia das nuvens, uma palidez, uma poeira, mais palidez que poeira, usaria com gosto o termo claridade se não fosse excessivo, não desanimes, não reflictas, não corrijas, mexe a caneta que alguém mais tarde há-de emendar por ti, abreviando entrámos no jardim pela não cancela, tábuas unidas por fios de ráfia e encaixadas no muro já sabemos, aproximámo-nos da casa e não mencionei a dona Laura no caixão há dois anos, um sobrinho ou uma prima com quem vivia por esmola

(não por esmola, nada de emoções agora)

enterrou-a, não terás ocasião de

— Laura

consola-te a imaginar que a tua esposa

— Tralalá

te visita e traz a malinha consigo, ficam para aí os dois embaraçados, mudos, à hora do comer há-de vir para a marquise em silêncio e depois escutarás uma gaveta, outra gaveta e o fogão ou seja escutarás o fósforo primeiro e o fogão a seguir, água numa panela, um armário a bater e passos no andar de cima, no andar de baixo a vida, minúsculas alegrias porque não, toma lá, sobretudo no passado, o presente tão estreito, um dos cachorros pequeno, amarelo ou esbranquiçado, inclino-me para que esbranquiçado e inclino-me uma forma de expressão, não me inclinei nem um centímetro, permaneci direito, um dos cachorros amarelo ou esbranquiçado veio lamber-me, veio lamber-te as mãos, a mão, acaba com as incorrecções, as falhas, a outra mão na algibeira, veio lamber-te a mão, um dos teus colegas contigo, o que faltava a rodear a casa, de quantas coisas inúteis e que terás achado importantes a tua vida foi feita, a tua irmã mais velha na Alemanha, um dos irmãos no Brasil, não, no Uruguai, que ideia o Uruguai, no Uruguai porquê, onde fica o Uruguai, não merece a pena inventar, um dos irmãos no Brasil, a ideia de estar perto das pessoas sem que elas se apercebam desde sempre me agradou, sabê-las dependentes de mim, indefesas, utilizar a navalha, a pistola, o martelo vendo-as escorregar nem suspeitando quem sou, nem suspeitando que escorregam e nisto não a impressão de partirem ou de deixarem de ser, nada, tentava que os presos não dessem pela minha chegada a Peniche antes de lhes tocar e então o tal grito que nos obriga a suspender um aceno e a fitarmos aterrorizados o silêncio que volta, anulando o som ao fechar-se sobre ele conforme as águas se fecham sobre um corpo afogado e que embora submergido na areia continua presente, nota-se a goela que permanece aberta e finalmente se perde, cuidamo-nos a salvo e em qualquer pomo inlocalizável, oculto

(no interior de nós, fora de nós?)

o grito de novo, nenhuma luz na casa, o cachorro que me lambeu a mão afastou-se de mim trocando-me por um rato entre as ervas ou numa dobra de terra numa atitude de fuga e o rato tenso, o cachorro tenso, eu tenso, uma espécie de fervor tenso, de júbilo tenso, de alegria tensa como se de cada vez que prestes a terminar um trabalho, os dedos na navalha, no martelo, no prego avaliando, medindo, antecipando o golpe, nenhuma luz na casa e todavia a mulher e o homem, adivinhava-os, sabia, do mesmo modo

(estava certo)

que eles por seu turno adivinhavam, sabiam, encontrar uma janela, uma porta ou nem janela nem porta, um interstício, uma ranhura, uma fenda que me permitissem entrar, os planetas extintos uma suposição sem nexo, basta o quarto minguante nos freixos, a extensão de uma herdade e do outro lado Évora que não visitaria nunca para além da muralha, por conseguinte na

casa a mulher e o homem adivinhavam, sabiam, eu quase levado a escrever que contentes, a contrariar o impulso de escrever que contentes, a escrever que a mulher e o homem adivinhavam, sabiam, isto é a esposa do colega e o colega há quantos anos
(quantos?)
a adivinhar, a saber e consoante as instruções, por uma vez na vida no meio de tanto erro obrigando-me a chegar à conclusão triste
(detesto conclusões tristes)
de que não aprendemos com o tempo, por uma vez na vida a esposa do colega acordada na cama e o marido adormecido no escritório, isto de início, depois não adormecido, acordado igualmente, quase um grito, nenhum grito, quase um grito outra vez que desistiu de crescer ao iniciarmos o trabalho, o último antes da reforma, uma gorjetazinha de bónus, um auxílio para os intermináveis, longos
(mesmo que sejam poucos)
dias que hão-de vir, talvez venham, porventura virão ou então não a casa, o quarto, o escritório, eu na garagem onde eles dois sob o automóvel de ventre aberto no cimento, cauda horizontal, focinho a alongar-se arredondando a garupa, ou então nem casa nem garagem, uma rapariga de tranças
(uma boneca?)
debaixo de uma macieira rodando ou então nada disto, a minha esposa a lamentar-se
— Tralalá tralalá
eu a fazer a mala não me deixando comover
— É assim
até que foi ela a fazer a malinha não se deixando comover igualmente
(por que motivo escrevo a meu respeito
eu a fazer a mala
e a respeito da minha esposa
ela a fazer a malinha
quando só possuíamos aquela e desde aí eu um saco)
— Passa bem
comigo de queixo na vidraça enquanto um cavalheiro que lhe não respondia
— É assim

a ajudava com a mala ou a malinha lá em baixo
(não disse cavalheiro em vão eu que nem cavalheiro podia ser no inferno em que andava e no qual não me cabia espaço para educação, respeito)
depois de uma vida inteira de trabalho, dias, noites, semanas às vezes, mandavam-me e obedecia dona Laura
(a senhora está a par, compreende)
chamavam-me e lá ia eu, fosse em África que também era Portugal antes dos inimigos da Igreja e do Estado a entregarem de mão beijada aos pretos, fosse em Espanha, um país sério nessa época, ou com os emigrantes de Paris nas barracas de miséria em que moravam eu que nem francês falo, gesticulo, gaguejo, fosse na casa de Évora ou a aproximar-me da macieira em que uma rapariga de tranças ia girando, girando, os meus colegas

— Tens o martelo o prego?

e tinha o martelo, o prego, não sei porquê nesse momento, ao falarem-me do prego e do martelo, recordei-me do táxi a partir e eu sozinho, ignoro o motivo de todos estes anos depois haver tornado a escutar

— Tralalá tralalá

a escutar

— Passa bem

e mais simples do que se pensa dona Laura, mais fácil, não custa nada descobrir o lugar entre as vértebras e bater, uma onda final em Peniche antes do silêncio e eu de pé, encostado à parede do forte, a calar-me com ela.

Quatro horas da manhã

1

Não era nada do que escrevi até agora o que queria dizer ou seja a que me espera em Lisboa, a que dorme lá dentro, os cachorros, tudo isso, os meus colegas no quintal pela banda do pomar etc, não eram histórias do passado nem da minha vida hoje em dia nem histórias de pessoas, não dou importância às histórias, às pessoas, eram coisas minhas, secretas, que mal se notam, ninguém nota, a ninguém interessam e no entanto as únicas que sou realmente mas tão leves, tão ínfimas, esse mínimo ruído das capoeiras à noite, feito de suspirozinhos, roçar de penas, sombras que trocam de poleiro num sobressalto mudo, um pedaço de caliça que se desfaz na terra e eu a caliça, o sobressalto, a sombra, o suspiro ou então um inclinar de caules antes da chegada do vento e eu os caules e o que antecede o vento

(o que antecede o vento uma esperança nas ervas) nada de gritos, de vozes, de ondas, tudo ocorre por dentro longe da vista e das mãos, eu um simples inclinar de caules antes da chegada do vento, o meu pai tirava o boné se passava um enterro e ficava quieto a olhá-lo, o enterro sumia-se na esquina e só então o meu pai o boné na cabeça, se ele agora aqui tirava-o a mim que não acabo de passar, eu o padre, a família e a banda que toca, crianças mascaradas de anjos com círios que baloiçam e se apagam, a cara do meu pai como se remoesse ideias e não remoía ideias, não pensava, permanecia de boné encostado ao peito até a música se extinguir, mesmo depois de se extinguir a boca continuava, não raciocínios, não memórias, falava de perdizes acho eu, à minha mãe nunca lhe escutei uma palavra para amostra, nunca qualquer de nós uma palavra para amostra, foi desaparecendo da casa, os compartimentos começaram a mudar mal deixou de existir e um dedal ou um lenço escondidos pelos móveis

— Não tínhamos reparado que ainda estavam vocês

de modo que se procurasse algum objecto dela não encontrava nem isto, as coisas que pertenceram aos defuntos de repente sem dono a fingirem-se infelizes

— Fomos de quem a gente?

ou armadas em inocentes a oferecerem-se a nós

— Não queres ficar comigo?

não era nada do que escrevi até agora o que queria dizer enquanto tenho tempo e tenho pouco já, uma questão de minutos se a terra empenar no seu eixo e há ocasiões em que empena, fica a vibrar num ressalto, quatro da manhã santo Deus, menos escuro à direita, o contorno dos campos a elevar-se e a endurecer, nada do que escrevi até agora me serve, onde estou eu afinal, o meu pai sem boné uma criatura mais nova, ter-nos-íamos compreendido se fosse possível compreender os outros tão idênticos a nós que se nos tornam estranhos, que faço eu em Lisboa, visito a que me espera

(como te chamas tu?)

ou visito a macieira isto é a filha dela através da macieira, uma rapariga de tranças que não gostava de mim e de quem não gostava, esperei-a uma ou duas quintas-feiras à saída da escola apequenando-me no automóvel sem coragem de mostrar-me, mesmo não levantando o nariz sabia quando era ela a atravessar a rua não me perguntem porquê, prefiro não me perguntar porquê para não me ouvir responder, se me aproximava do sofá a que me espera afastava-me endurecendo à escuta

— Tens a certeza que ela está a dormir?

tal como suponho que a minha mãe antes do meu pai se aproximar na cozinha

— Tens a certeza que eles estão a dormir?

e quase de imediato os corvos na muralha, não os ornatos da cama

— Cuá cuá

a sacudirem a parede, só existia uma cama

(a dos meus avós vendemo-la)

de modo que a minha irmã e eu no colchão da despensa, a suspeita que o corpo dela

— Cuá cuá

igualmente, o meu corpo em silêncio, intrigado, o sacristão que o

— Cuá cuá

atraía rondava-nos a manquejar, velhíssimo, um boné igual ao do meu pai só que não castanho, preto, se a minha irmã batesse a colher numa lata antecipava-se de bico aberto às galinhas pulando-lhe em volta, dava com uns pingos no colchão, umas manchas e a minha irmã de olhos vagos isto é não vagos, urgentes

— Não é nada

esfregando-as com um pano e as manchas maiores, a minha irmã a sacudir-me apesar de eu calado

— Cala-te

apertando-me contra si e a fúria a desaparecer à medida que apertava, os joelhos na minha barriga ora um ora outro e os dois joelhos por fim, uma espécie de sorriso comprido acompanhado de um

— Cuá cuá

em surdina e a seguir ao

— Cuá cuá

a empurrar-me desgostosa de mim

— Não me toques

eu que não lhe toquei, me limitava a tentar soltar-me torcendo-me, a minha irmã rezava à imagem entre o forno e o relógio

(quatro da manhã Jesus Cristo)

— Perdoai-me

enquanto um último

— Cuá cuá

desesperando-a e multiplicando-lhe a fé se misturava no pedido, sentia o sacristão a manquejar lá fora, se lhe jogasse uma pedra escapava-se a latir, ia às perdizes com o meu pai e tomava o lugar da minha mãe aos domingos a erguer-se nas patas traseiras, agitado, inseguro, um passinho, outro passinho e ao dar por mim a baixar-se, o peito da minha irmã inchava sobre a toalha, um soslaiozinho pontiagudo e o

— Cuá cuá

urgente que se enrolava em mim, o joelho a encontrar-me, a ficar comigo, a reparar na imagem e a ir-se embora depressa, se não tivéssemos vendido a caçadeira do meu pai matava os corvos todos de Évora enquanto as árvores da muralha tremelicavam as copas, qualquer coisa de noite nas folhas mesmo no centro do dia, ecos de passos, de gotas de remédio num copo, de insectos invisíveis trabalhando o sobrado, quatro horas da manhã, nem meia hora para dizer o que quero e aí temos, no quarto da minha mulher ou no quarto das visitas em que ninguém se deitava, os passos, as gotas, a teimosia dos insectos mastigando, roendo, se as gotas se tornavam mais rápidas abria o quarto das visitas e nada tirando a poeira numa fresta de sol, quantas vezes desejei, no mais escondido de mim, que a minha filha, não minha filha, a filha da que me espera em Lisboa acolá, pode ser que finalmente uma espécie não de estima que não peço tanto, não de cumplicidade é evidente, uma espécie de aceitação sem intimidade nem estima entre nós, não exijo que te preocupes comigo, bastava-me sentir-te no corredor, no jardim, no escritório, poder escutar se falasses

(contentava-me com isso)

e portanto nenhumas tranças a girarem sob uma macieira perto de um escadote no chão, as tais coisas tão ínfimas, um simples inclinar de caules antes da chegada do vento, no ano em que comecei na polícia, já com a minha irmã em Estremoz, encontrei o sacristão, de regresso das perdizes, a manquejar para mim de espingarda no braço e eu a vê-lo erguer-se nas patas traseiras, agitado, inseguro, um passinho, outro passinho, os joelhos da minha irmã, apesar de longe, na minha barriga apertando-me e uma espécie de sorriso comprido, um

— Cuá cuá

em surdina, o sacristão a dar por mim e a baixar-se tentando contornar a lomba num trotezinho miúdo

(não nos cumprimentámos sequer)

quando o pescoço se me encrespou a galopar para ele, nem um latido, uma fervura na garganta, a minha irmã para a imagem

— Perdoai-me

a empurrar-me e eu calado tirando este desconforto no peito, campos e campos ao abandono até à extrema da herdade

(lá estava o marco afogado nas ervas)

em que dantes trigo e agora arbustos e pedaços de celeiro, a certeza que apenas mortos aqui, sepultaram-nos demasiado fundo para conseguirem voltar, o empregado da bomba de gasolina não se distraiu do jornal, não crepúsculo por enquanto e todavia luzes e os últimos grilos, esse mínimo ruído das capoeiras à noite feito de suspirozinhos, roçar de penas e sombras que trocam de poleiro num sobressalto mudo, o sacristão tornou a erguer-se nas patas traseiras, agitado, inseguro, ia experimentar mais um passo mas um pedaço de caliça desfez-se na terra e eu a caliça, o sobressalto, a sombra, o suspiro, eu a capoeira senhores, pergunto-me se a minha irmã em Estremoz escutou os tiros, não um disparo, dois e uma angústia de gansos, embora não se visse o pântano percebiam-se os sapos e vapores de água parada a agoniarem a gente conforme o sangue me agonia, se por acaso uma feridinha suponhamos que no dedo não olho, a minha mulher tintura e eu de cara virada

— Ai de mim

o corpo do sacristão mais difícil do que eu pensava de arrastar nos calhaus, aí está o motivo de hesitar sobre as patas traseiras, não podia imaginar-se que tanto peso o pobre, o empregado da bomba de gasolina continuava a ler, no telheiro rolas bravas e pombinhos tudo pintado a aguarela e nas algibeiras do sacristão uma chave se calhar da caixa de esmolas e portanto sagrada, o dinheiro das almas, metade de um sobrescrito com números a lápis, cigarros, os pertences das pessoas que quase me enternecem, ganas de perguntar humildemente ao Senhor

— Porque nos fizestes assim?

o pântano uma espécie de lagoa rodeada de buxos onde a chaminé de um tractor amolecia quebrada, animais

(lagartixas?)

que reptavam no lodo

(nada de especial, lagartixas)

os gansos na outra margem, um bando de quinze ou vinte a alisarem as penas, felizmente não

— Cuá cuá

para não ter que matá-los, que faleçam de morte natural fartos de dias como Melquisedeque quando a Providência entender, joguei a chave e os pertences e círculos espessos ou nem círculos, foram descendo sozinhos, talvez as almas encontrassem no fundo os seus invólucros terrenos antecipando o Juízo que nos separará dos pecadores inimigos da Igreja e do Estado, sodomitas, gatunos, a orla da lagoa uma espuma tão negra como a que

supomos no Inferno isto é a bílis dos sodomitas a arder de castigo, cujos fluidos orgânicos o Antigo Testamento condena, manchas no colchão por exemplo que esfregá-las não tira, os indícios do desejo fora do matrimónio maiores, salamandras de boca aberta iguais à minha irmã a apertar-me, tinha de subir pescoço acima para conseguir respirar, como fará agora em Estremoz com a sua colher, a sua lata, as galinhas que a bicam, quem
— Cuá cuá
para ela nas inquietações de outubro quando a lua e as marés, que muralha, que corvos, um dos gansos avançou a mirar-me, distraiu-se de mim, desistiu, talvez não fosse eu que o interessasse, fosse uma cobra não sei, não tenho ideia do que comem os gansos, bagos de sementes, carne, peixinhos que a avaliar pelos relentos de enxofre não acredito que houvesse, imagino animais impossíveis de corpo humano e guelras a quem os fenícios
(ou os mongóis ou os hunos ou nós, os incrédulos?)
temiam adorar, o céu a ocupar-se consigo mesmo, alheado, mas o que importa o céu que se não importa connosco, mencionem o Purgatório ou o Limbo e é provável que lhes dê atenção, agora o céu que me rala, importavam-me a bomba de gasolina e o telheiro para além de um cabeço, um caçador a bater lebres nas giestas, a possibilidade em resumo de que alguém me espreitasse, o sacristão apesar de manquejar uma esposa, família, era a esposa, lembro-me neste instante, isto é não me lembro da esposa, lembro-me do acto, quem abria a caixa das esmolas das almas onde para além de moedas os livre-pensadores parafusos e argolas, se calhar os gansos selvagens alimentam-se de sereias, as buzinas deles no outono na direcção da Tunísia e portanto até hoje
(pelo menos até ontem e às quatro da manhã ainda não)
o
— Cuácuá
a maçar-me, não me sorriam uma espécie de sorriso, não chorem
(não choro, uma expressão de choro e o
— Cuá cuá
em segredo)

não se enfureçam, não rezem, o meu receio que o sacristão a erguer-se sobre as patas traseiras enquanto o transportava de forma que pegar na caçadeira, apontar não sei onde e o eco do disparo a abalar os animais dos fenícios e os gansos selvagens, segurar de novo os tornozelos continuando a arrastá-lo, quase perdia o boné numa aresta de seixo, a barriga ao léu sob o casaco e a camisa

(um cachorro)

dava-me a ideia que dentes mas intervalados, escuros, os braços sem energia quebrando vimes e caules

(escrevi quatro horas da manhã e falso, quatro horas e dezoito e o dezoito terrível, coloquem moedas verdadeiras na caixa das almas, não obriguem Deus a zangar-se

— Ele é isso?

empurrando-me para as regiões inferiores, as do sofrimento e das chamas, ajudem-me)

bate a colher numa lata mana, acompanha-me enquanto os meus pés na lagoa, as lagartixas, os girinos, o lodo, quase noite aqui, quase trevas e por conseguinte ecos de passos, de gotas de remédio, de insectos invisíveis trabalhando o sobrado e trabalhando-me a mim, o visco da memória onde afinal de contas a convicção que a minha mãe o meu nome e os insectos invisíveis trabalhando o meu nome, fica o corpo do sacristão a aumentar a lagoa, não lhe notava as feições, notava-lhe os sapatos, o sacristão sapatos, não pessoa, a sumir-se nos caniços e na lama

(uma borbulha, não mais)

e em qualquer ponto de Estremoz uma colher numa lata a convocar os frangos para o milho da tarde, de regresso a casa senti as perdizes e os guinchos das crias, o empregado da bomba de gasolina a trancar o cubículo, na herdade do pai da minha mulher, no canto oposto do mundo, uma janela acesa, uma ideia de lar justamente o que nunca tive, não tenho, tenho planetas extintos, cachorros, uma criatura que dorme, tenho os que me procuram a caminhar para mim, não tenho um rosto num estore na companhia do qual eu, e não acrescento seja o que for, se acrescentasse mentia, continuava a escrever o que não tem importância em vez de suspirozinhos, roçar de penas, sombras que trocam de poleiro num sobressalto mudo, um pedaço de caliça que se desfaz na terra, coisas ínfimas, minhas, tais como abrir a porta da garagem e habituar-me a um escuro sem piteiras nem nuvens nem bichos do pântano em que ia descobrindo o automóvel e os pneus não mencionando o frigorífico antigo, o primeiro que tivemos, a remexer-se nesses sonhos dos cachorros que nos perturbam e assustam, estão a dormir e gemem, tornam a enrolar-se tranquilos, instalar-me nos pneus, assobiar à cadela e ir-lhe falando até que o ventre aberto se arrume contra mim, não lhe buscar a garupa, não a aleijar com as unhas, mudar-me dos pneus para o cimento do chão acariciando-lhe o lombo e não me preocupar com as horas, quantas horas não gastei na época da polícia de vigia a uma fábrica, uma loja, um primeiro andar qualquer sobre uma pastelaria onde escreviam jornais contra a Igreja e o Estado, quantas horas em Peniche no postigo do corredor a olhar para as ondas, o meu pai no fim da vida meses e meses assim, a minha irmã

— Senhor

e moita, ao atravessar a casa de repente compridíssima lá estava ele em silêncio diante da nogueira que ajudou o pai a plantar, nem um retrato do meu avô existia, ficou a árvore e é tudo, se lhe perguntasse

— Lembra-se do seu pai?

não escutava, acho que escutava a nogueira, uma ocasião encontrei-o no pátio com a espingarda, sem o cinto das perdizes, os cartuchos e os rafeiros, a acariciar-lhe o cano conforme eu acariciava a cadela

(contaram-me que o meu avô trabalhou nas minas e adoeceu dos pulmões)

não me entregou a espingarda, estendeu-a para o tronco cuidando que um tuberculoso ocupado a respirar a agarrava

— Não sou capaz velhote

e afigurou-se-me que nesse momento odiava a nogueira, coisas minhas, secretas, que mal se notam, ninguém nota, a ninguém interessam e no entanto as únicas capazes de salvarem-me mas tão leves, tão ínfimas, a banda de música travessa abaixo e por estranho que pareça não triste, bonito, ainda hoje bonito, se penso nisso bonito, derramaria lágrimas felizes se escutasse a música outra vez, porque terão acabado com as bandas

(custa-me dar-lhe a notícia senhor mas a nogueira secou, veio um homem arrancá-la e não pesava quase nada imagine, no tempo do seu pai petalazinhas em abril, soltavam-se dos galhos e ultrapassavam o muro, cheguei a encontrá-las na estrada de Reguengos sem tocarem na terra, quer dizer tocavam na terra e erguiam-se de novo flutuando para sempre, há séculos que não as via e dei por elas aqui)

    o boné do meu pai espalmado contra o peito

    (compreendo-o tão bem senhor, mesmo depois do funeral desaparecer o boné contra o peito, se eu o tivesse acredite em mim, imitava-o)

    fiquei-lhe com o canivete, vendemos-lhe a roupa e você sem um tostão sabia, empresto-lhe uma muda quando voltar descanse, não me recordo se mais gordo ou mais magro que eu mas é o que tenho, amanhe-se consoante toda a vida me amanhei, o que sou realmente coisas tão ínfimas, tão leves, um pedaço de caliça que se desfaz na terra e eu a caliça, adeus, não me aborreça com a nogueira procurando-a sem falar, a nogueira secou e nem o buraco resta, tapámo-lo, quem não soubesse de antemão que uma nogueira neste sítio não esperava, palavra, conforme não darão por mim na garagem aqueles que hão-de vir e não me rala que venham, aqui há anos um preso não se ralou também, informou-me mal o médico

    — É melhor não insistirem por hoje

    um preso vestido de mulher com a orelha rasgada, não hálito, não manchas, não unhas, dois cotovelos um a seguir ao outro no braço que pisei, os galhos da nogueira quebraram-se sozinhos e a minha irmã a observá-los, os dedos dela no meu ombro e eu sossegado porque não

    — Cuá cuá

    nenhuma espécie de sorriso nem roçando o ventre aberto no chão, de que falavas mana, de que falas em Estremoz sozinha

    (de que maneira o mundo existirá sem mim, que pessoas são estas, em que dia é que estamos, não acredito que o mundo exista sem mim, tudo sereno, morto)

    a chamar a criação com a colher e a lata, o homem que arrancou a nogueira explicou-nos podem adubar a terra com ela e os dedos da minha irmã no meu ombro, nenhum

    — Cuá cuá

    em segredo, nós diante da nogueira somente, nós irmãos, se conseguíssemos ser irmãos agora ajudava-me, deste-me de comer tantas vezes, lavaste-me na selha, a água de início quente, depois morna, depois fria e os ruídos lá fora inarticulados, agudos, se um fruto tombasse no quintal ensurdecia toda a gente, nós de mãos nos ouvidos

— Não caiam

o médico a endireitar-se em Peniche e digo Peniche porque ondas, preferia casas onde pessoas, cafeteiras ao lume, o amor e quais cafeteiras, não se pense que cafeteiras, qual amor

— É melhor não insistirem por hoje

e o olho do preso

(quantas nogueiras vi morrer, Jesus Cristo?)

quer dizer o olho que restava, o outro pálpebras sem pestanas ou seja rugas inchadas, escuras, o olho do preso ou o nariz ou a bochecha se é que nariz, se é que bochecha, não nariz nem bochecha, pálpebras igualmente ou seja rugas inchadas, escuras mas chamemos-lhe nariz e bochecha e portanto o olho do preso ou o nariz ou a bochecha não a pedir, a mandar do mesmo modo que não a voz toda, um ângulo de garganta

— Continue senhor

e continuar o quê se não era uma linha do que escrevia até agora o que queria dizer, sinto a manhã neste momento e nenhum de vocês me fez mal, me ordenou que me despisse, me encostasse à parede, limitavam-se a sentar-se acolá, a acalmarem-me

— Não se inquiete connosco

explicava eu que sinto a manhã neste momento, não ainda a claridade da manhã, um inclinar de caules antes da chegada do vento e eu os caules é o que antecede o vento

(o que antecede o vento uma esperança nas ervas)

nada de gritos, vozes, coisas ínfimas, leves, a minha mulher a aproximar-se porque uma tábua estalou mas o que não estala neste sítio amigos meus, as cómodas

(temos duas)

o telhado talvez, os alicerces, os canos, na casa antes desta, perto da casa do meu pai, eram os corvos da muralha

— Cuá cuá

e logo a minha irmã com eles e o sacristão a rondá-la, reparem como tudo se ajusta, julga-se que peças dispersas e qual quê, o cenário completo, quem o mandou erguer-se sobre as patas traseiras, um passinho, outro passinho e a dar por mim, a encolher-se, mesmo hoje não consigo entender se foi o sacristão que deixei na lagoa

(e os gansos selvagens a desconfiarem de mim)

ou o peito da minha irmã a inchar sobre a toalha e um soslaiozinho agudo

— Cuá cuá

que o pântano devorou, se a minha, que patetice, se a filha da que me espera em Lisboa, não minha filha que alívio, como pude desconfiar que minha filha, os inimigos da Igreja e do Estado têm filhos, eu não, o que se faz com um filho, o que se diz a um filho, como se morre

(contem-me)

diante de um filho, à minha mãe esmagaram-na, o meu pai no hospital

— Leva-me para casa estou bom

convencido que tinha casa coitado e a nogueira e a horta, que podia sentar-se no pátio a conversar com as perdizes, não era nada do que escrevi até agora o que queria dizer ou seja a que me espera em Lisboa, a minha mulher, os cachorros, eram coisas minhas, secretas, as que sou realmente mas tão leves, tão ínfimas, neste momento às cinco da manhã, quase cinco da manhã penso eu, a bomba de gasolina a subir do nevoeiro e uma vereda de carroças onde os guizos dos ciganos no outono quando os patos e as rolas chegam ou partem, tanto faz, buzinando, gritando

(buzinando mais certo)

a bomba de gasolina, o banco do empregado com o jornal, a minha mulher

— Acorda

e eu acordado que mania, não me gritem

— Acorda

não argumentem que não gritos, cochichos, quando são gritos que oiço, a minha mulher não vestida, descalça, de cabelo cinzento

(o meu cabelo cinzento?)

com uma espécie de camisa, uma dessas, um desses balandraus demasiado largos, balandraus, não camisas, com que de manhã acende o fogão e o gás a enervar-me, um círculo de chamazinhas mais irritadas que os gansos, cuspidelas de faúlhas, linguazitas iradas, quase cinco da manhã visto que o primei-

ro cachorro a desenrolar-se nas malvas, a medir no pomar uma alteração, um bicho, a lembrar-se da cadela e a trotar para a garagem, nenhum latido por enquanto, nenhum albatroz em Peniche, o médico da polícia tem razão, é melhor não insistirem por hoje, não me procurem aqui, não me gritem
 (porque um grito, não um cochicho, um grito)
 — Acorda
dado que eu acordado, a minha mãe acordada, o meu pai acordado, os insectos no soalho acordados não nos vendo, à espera, não existe a minha irmã, a minha irmã em Estremoz, os meus pais e eu acordados, os ornatos da cama a insistirem na parede, só havia uma cama mais um colchão na despensa e uns tarecos, uns trastes, só havia perdizes, uma urna cuja tampa nos esmagava a cara, uma colher numa lata e as galinhas em torno a bicarem-me, não me comam antes que chegue a vazante nos penedos do forte ou eu tombe num espelho e as unhas a rasgarem o vidro, a rasgarem o hálito, a desfazerem uma mancha de sangue
 (a minha irmã esfregava com um pano as manchas maiores que não saem, aumentam, manchas enormes, castanhas)
 não me ordenem
 — Cala-te
dado que qualquer peça do mecanismo da fala se me soltou e não pára, retomando o que escrevo não consigo entender se foi o sacristão a erguer-se sobre as patas traseiras, um passinho, outro passinho, que deixei na lagoa
 (e os gansos selvagens a buzinarem, desconfiados de mim)
 ou o peito da minha irmã a inchar sobre a toalha, um soslaiozinho agudo
 — Cuá cuá
que o lodo engoliu, se a minha, que patetice, se a filha da que me espera em Lisboa me apertasse contra si, furiosa, e a fúria a desaparecer à medida que apertava, pegava nela e matava-a, olhem bem para mim, não é exagero, matava-a, uma navalha, um tiro, um martelo na nuca, uma tarde há que séculos nós dois sozinhos, quer dizer eu na sala e ela no quintal com a boneca e nem assim foi capaz de um
 — Olá
quase cinco da manhã e tudo claro senhores, os patos e as rolas que não chegavam nem partiam no eucaliptal a cem me-

tros, pode ser que daqui a pouco os ciganos de volta se é que os não inventei, eu acordado que mania, não tentem convencer-me que durmo e a prova que não durmo é que oiço os corvos
— Cuá cuá
alguém que me levanta do chão
(a minha mãe?)
me transporta consigo
— Não páras de crescer já viste?
e eu a puxar-lhe os brincos e a sacudi-la, eu
— Senhora
a minha mãe não com uma espécie de camisa, não de balandrau, vestida, sapatos grandes demais para ela como que vazios, engraxados, tinha a certeza que não me recordava e recordo, o meu pai da minha altura, a minha mãe enorme, isto é a minha mãe enorme porque eu pequeno ao seu colo ou então
(quem me ajuda a esclarecer?)
a minha mãe enorme de facto, não apenas os sapatos, a cabeça gigantesca, os ombros que eu sacudia sem fim, o cordão ao pescoço
(não um fio de estendal, um cordão de prata ao pescoço, a minha mãe herdou-o, nunca a vi com ele)
bicicletas no muro do cemitério ao deixarem-na, reparem como tudo ganha sentido, não a minha mulher, não a minha irmã, a minha mãe
— Acorda
e um som terrível, imenso, vestia-me aos puxões
— Acorda
não era a minha irmã que o sacristão rondava, era ela, um passo, outro passo, dava por mim e baixava-se, no caso de lhe jogar uma pedra escapava-se a latir e a minha mãe
— Cala-te
apesar de eu calado, as árvores da muralha a tremelicarem as copas e insectos invisíveis trabalhando o sobrado, era a minha mãe não a minha irmã quem
— Cuá cuá
(a minha irmã baixinha, grisalha, forte, a gordura do coração impedia-a)
e o
— Cuá cuá

em segredo, rezava à imagem entre o forno e o relógio
(cinco da manhã Virgem Santíssima)
— Perdoai-me
a minha mãe
— Não me toques
eu que não lhe tocava, limitava-me a tentar soltar-me torcendo-me, o meu pai de regresso das perdizes a entender-me, a não entender, a entender de novo sentado no pátio da cozinha a dialogar com as perdizes
(durante quanto tempo falou você com as perdizes?)
com a nogueira, com o pai dele, julgava não recordar e recordava, era a senhora, mãe, não a minha irmã, a minha irmã a trabalhar na fábrica, a senhora num sorriso comprido
— Cuá cuá
e portanto rasgar-lhe a orelha, magoá-la, se fosse eu a apertar-lhe os parafusos da tampa em lugar dos homens, se fosse eu a botar-lhe a terra na cova, desculpe a mãe pai, não ligue, até que graças a Deus um mês ou dois antes de começar na polícia
(não era nada do que escrevi que eu queria dizer, era isto)
campos e campos ao abandono até à extrema da herdade
(lá estava o marco com uns riscos gravados a afogar-se nas giestas)
dantes trigo parece-me e agora mato, arbustos
(era isto que eu queria dizer senhora e não tinha coragem, era isto)
pedaços de celeiro, de estábulo
(umas empenas, pranchas, uma ocasião uma coruja e ao olhar os campos a certeza que apenas mortos aqui, sepultavam-nos demasiado fundo, não conseguiam voltar, um mês ou dois antes de entrar na polícia encontrei o sacristão não na cidade, fora
(fiz isto por si pai, entendeu?)
quer dizer não encontrei, pedi ao sacristão
(a mulher dentro de casa
— Quem é?)
eu à porta do sacristão e a mulher
— Quem é?
baixinha, grisalha, forte, igual à minha irmã em Estremoz, eu à porta do sacristão e uma colher a bater numa lata, quer

dizer o coração uma colher e uma lata, quer dizer eu todo uma colher que não cessava de bater numa lata e a lata nas minhas têmporas, na barriga, nos ossos, eu uma lata amolgada de fruta em calda ou de chá de lucialima macela cidreira onde a colher batia, a mulher do sacristão

— Quem é?

o sacristão não

— Entre

a entender, a não entender, a entender de novo, o sacristão com a espingarda, à volta do sacristão alumínios, uma mesa, o retrato de uma menina defunta

(não de tranças)

ao lado de uma jarrinha com flores de pano, estrelícias demasiado coloridas, demasiado perfeitas, percebia-se que a menina defunta porque a expressão dela a inveja dos mortos nas molduras, tentam avançar uma perna e a perna não obedece, erguer o braço e o braço parado, perguntam-nos a opinião pelos lábios franzidos

— Não é esquisito?

e claro que é esquisito menina, quem se conforma estar vestido de domingo a desbotar-se aí, quem aceita ficar sobre um naperon tanto tempo impedido de uma vontade, um capricho, as flores a curvarem-se com os anos nas bainhas de arame, concordo consigo, é esquisito, encontrei o sacristão não na cidade, fora, perto da bomba de gasolina a manquejar para mim de espingarda no braço, era isto que eu queria escrever e não tinha coragem, isto, não olhei para a mulher do sacristão, olhei para ele, para a menina, pensei que se calhar a filha

(coisas que a gente pensa)

e portanto árvores da China, uma macieira e na macieira, suspensa de uma corda, uma boneca a girar, se calhar a filha dado que todos nós filhos, todos vírgula, eu não, olhei para ele e entendeu, não entendeu, entendeu de novo visto que outra colher noutra lata quer dizer o sacristão uma colher numa lata também, uma lata amolgada de fruta em calda ou de chá, lucialima macela cidreira, eu para o sacristão antes que se erguesse sobre as patas traseiras e um passinho, outro passinho, antes que a dar por mim e a baixar-se

— Precisamos de ter uma conversa senhor

a mulher do sacristão igual à minha irmã, grisalha, forte, baixinha, a egoísta da menina sem reparar na gente, não aflita pelo pai

(não tenho filhos)

aflita consigo insistindo em perguntar-me a opinião pelos lábios franzidos

— Não é esquisito?

(a minha irmã em Estremoz espero que não falecida, viva)

e as estrelícias a vibrarem sempre que uma corrente de ar ou as colheres nas latas, o sacristão manquejava ao meu lado velhíssimo como eu velhíssimo agora, setenta e dois em setembro, apetece-me perguntar a opinião da menina pelos lábios franzidos

— Não é esquisito?

descemos da muralha, passámos o bairro e lá estavam as piteiras, as malvas, nenhum berço, a minha mulher uma estranha para mim nessa época, contornámos a bomba de gasolina e o empregado não se distraiu do jornal, não crepúsculo e no entanto os primeiros besouros e os últimos grilos, de início julguei que um tractor e tractor algum, grilos, esse mínimo ruído das capoeiras à noite feito de suspirozinhos, roçar de penas, sombras que trocam de poleiro num sobressalto mudo ou se quiserem um inclinar de caules antes da chegada do vento e eu os caules e o que antecede o vento sendo que aquilo que antecede o vento uma esperança nas ervas, nada de gritos, vozes, ondas

— Não é esquisito?

tudo ocorre por dentro, longe da vista, das mãos, coisas minhas mas tão leves, tão ínfimas, o sacristão a farejar, a fungar, a eira onde os ciganos acampavam e restos de manta, trapos, cintilações de fogueira, penso sempre que se vasculhar os trapos, acharei uma menina a perguntar-me a opinião pelos lábios franzidos

— Não é esquisito?

os joelhos da minha mãe a aleijarem-me

(era isto que eu queria dizer, não a minha irmã, a minha mãe, e não tinha coragem, isto, coisas minhas, secretas, que mal se notam, ninguém nota, a ninguém interessam e contudo o que sou realmente) um sorriso comprido, um

— Cuá cuá

em segredo, manchas que esfregava com um pano e as manchas maiores, a minha mãe a sacudir-me apesar de eu calado

— Cala-te

a empurrar-me desgostosa de mim

— Não me toques

eu que me limitava a tentar soltar-me torcendo-me, por causa do sacristão a minha mãe diante da imagem entre o forno e o relógio

— Perdoai-me

e não me pergunte se é esquisito, claro que é esquisito menina, uma jarra com flores de pano e a gente espantados

— É esquisito

o meu pai no pátio da cozinha a entender, a não entender, a entender de novo ou junto ao poço a cortar uma cana com a faca, a minha mãe diante da imagem

— Perdoai-me

enquanto um último

— Cuá cuá

se misturava no pedido e eu sereno tirando este desconforto no peito, campos e campos ao abandono até à extrema da herdade, lá estava o marco nas giestas, pedaços de celeiro, de estábulo, a impressão que apenas mortos aqui, sepultaram-nos demasiado fundo e não conseguem voltar, o sacristão a desviar-se quando estaquei horizontal e de orelhas alerta, quando disse

— Pai

sem as palavras, não necessitava das palavras para dizer

— Pai

para lhe dizer

— O meu pai

que por sua culpa o meu pai no pátio da cozinha ou a afiar canas num poço, por sua culpa a minha irmã em Estremoz, a vergonha dela senhor e as galinhas bicando-a, o sacristão a fugir quando o pescoço se me encrespou e galopei para ele, um latido, uma fervura, esse ruído mínimo das capoeiras, não suspiro, não roçar de penas, não sombra, um pedaço de caliça que se desfaz na terra, a colher a parar na lata, a minha irmã a chamar-

me num gesto que eu cá sei, o mesmo com que me chamava para me dar banho, me deitar, um aceno
— Depressa
a exigir
— Depressa
a obrigar-me a correr
— Mais depressa
nunca teve um homem e como podia ter um homem se os homens nos pátios das cozinhas ou às perdizes nos montes matando-se sem se matarem ou aguçando canas com a faca, como podia ter um homem se depois do homem ela diante da imagem entre o forno e o relógio
— Perdoai-me
e o que se sente, digam-me, quando uma pessoa diante de uma imagem
— Perdoai-me
na cara da imagem não já feições, gesso, a minha irmã baixinha, grisalha, forte, envelheceste mana, é esquisito, envelhecemos ambos, é esquisito, a minha mulher
— Acorda
e quase cinco da manhã penso eu, eis a bomba de gasolina que começa a perceber-se no nevoeiro quando os patos e as rolas chegam ou partem numa atrapalhação de asas, buzinando, grasnando
(buzinando mais certo)
a bomba de gasolina nítida, o banco do empregado com o jornal em cima, a minha mulher
— Acorda
e eu acordado que mania, não me gritem
— Acorda
não argumentem que não grito, cochichos, quando são gritos que oiço, os da minha irmã
— Depressa
a exigir-me
— Depressa
a obrigar-me a correr
— Mais depressa
e o sacristão a erguer-se nas patas traseiras, a experimentar um passo, outro passo, pergunto-me se a minha irmã, tão

longe, escutou a caçadeira e não um disparo, dois ou uma navalha ou um martelo na nuca e a colher a inquietar-se mais os sapos, vapores de água parada a agoniarem a gente conforme o sangue me agonia a mim, nunca gostei de sangue, se por acaso uma feridinha suponhamos que no dedo desvio a cara, não olho, não me obriguem a acordar
— Acorda
deixem-me em sossego sem me ralar com ninguém diante dos planetas extintos, do corpo do sacristão mais difícil do que eu pensava de arrastar nos calhaus, aí está o motivo de hesitar sobre as patas traseiras, não podia imaginar-se que tanto peso o pobre com o seu
— Cuá cuá
urgente que o lodo engoliu, deixem-me com o meu pai no peitoril do escritório finalmente capaz de conversar com ele
— Senhor
não necessitava de mais palavras que esta
— Senhor
e a certeza que ao dizer
— Senhor
a conversa mais longa que tivemos na vida.

2

Meu Deus o que me apetece que chova, escutar o telhado, o alpendre, as janelas, as folhas, tudo aquilo que não existe a não ser que a água ou o vento
— Repara
apontem com o dedo, por exemplo um balde de que me tinha esquecido e os pingos animam dando-lhe volume, forma
— É o balde
a roupa do estendal que se dobra no fio a inchar e a estreitar-se, pássaros num voo molhado de repente cegos entre duas empenas, qualquer coisa que desaba em silêncio
(não sei bem o quê, um ninho, um pêssego?)
e se dilui num charco, não um ninho nem um pêssego, o cesto das molas da minha mãe, muito antigo, dantes forrado de pano e cuja asa quebrou, objectos sem importância de tal maneira sumidos que não reparo neles e com a chuva se tornam insistentes, incómodos
— Somos nós
pensando melhor não me apetece que chova, para quê chover, a minha vida mais tranquila sem mistérios afinal resolvidos, o balde, a roupa, o cesto, ninguém à minha procura e portanto ao contrário do que pensava mais um dia, mais dias, muitos dias talvez, nenhuns cavalheiros a designarem-me um retrato
— E este?
e no retrato estranhos, o meu marido a dormir no escritório nos mesmos estremeços que os cachorros na erva isto é o pêlo que se desarruma e um sobressalto de patas, julga que o aborreço
— Acorda
eu que nem cheguei ao pé dele, continuo no quarto a medir o silêncio, a vigiá-lo, a ter medo, pergunto-me se o meu

pai na herdade acuado por lembranças confusas, senhoras num automóvel que se afasta e o deixa e o mesmo medo também, pergunto-me se no hospital os doentes a observarem-se uns aos outros regressando às suas dores

— Continuamos aqui

meu Deus não me apetece que chova e apetece-me que chova, quatro e tal da manhã, cinquenta e picos anos, sou velha, o soalho parece cavar-se como se uma pessoa a calcar a barriga das tábuas, a minha avó por ali enervada de não enxergar a azinheira, mesmo depois de não se levantar da cama continuou a moer-me o bichinho do ouvido

— Não dou por ela que é dela?

aumentando a palma na orelha, nunca morei longe de Évora e mal conheço o mar, a impressão que a lâmpada no alpendre se iluminou sozinha dado que uma claridade a seguir à porta e provavelmente não a lâmpada, a palidez de cartilagens que precede o sol e os móveis a rodearem-se de todo o escuro que conseguem para se defender dele, há porções desta casa que detestam o dia, a cave por exemplo sempre a baixar no interior da terra, ao princípio um único lanço de escadas e agora quatro, cinco, a cadeira de braços que me dá sempre ideia de ter sido abandonada, no instante em que entro, por uma criatura que aqui mora a angustiar-se por uma parente, uma amiga

— A Isabel?

eu desejosa de ajudar a afastar um contador e no contador nada

— Isabel?

nunca morei longe de Évora, pertenço aqui, subia da cave ressuscitando entre os mortos, parecia-me por um deslocar de objectos que a Isabel na copa a arrumar boiões, informava-a

— Estão à sua espera na cave

e nada igualmente, os boiões desalinhados, ninguém que se espantasse para mim

— Na cave?

quem habitou antes de nós neste sítio, passeou pelo corredor e ocupou o quarto, herdámos o pomar mais ou menos vivo na altura isto é uma romã a soltar-se de um galho e a explodir no chão, flores

(não túlipas como eu gosto porém flores mesmo assim)

que se extinguiram uma a uma apesar dos meus esforços, a criatura que abandona a cadeira no instante em que entro ou a tal Isabel saberiam cuidá-las, sobraram-nos uns bolbos, uns caules e a seguir as malvas apagaram-lhes o rastro, apetece-me que chova para escutar o telhado, o alpendre, as janelas e certificar-me que continuo, não somente um relógio a anunciar as quatro da manhã em qualquer ponto de um deserto de silhuetas e trevas, o meu pai no que pensava uma herdade e não herdade, feno, a segadora desmantelada, o feitor a mangar

— Patrãozinho

o meu marido acorda no escritório a imaginar que não dorme, que cavalheiros junto dele e uma manchinha no espelho quando na realidade ninguém, a cave fundíssima e no entanto uma voz junto a mim

— A Isabel?

se fosse eu a faltar não acredito que se alarmassem, outra enfermeira no hospital a ocupar-se das úlceras, a tranquilidade da casa, apesar de eu não importante, a sossegar-me também, não existiam ameaças, perseguições, perguntas, logo à tarde podia abrir a garagem porque o ventre da cadela fechou, tornou-se um bicho como os outros de focinho junto à terra esperançosa de sobejos e restos e portanto eu sem alongar a cauda nem erguer a garupa, nenhum cheiro que alcance o meu marido no escritório e a prova que nenhum cheiro está na mudez disto tudo, nem albatrozes nem ondas, continuamos vivos, havemos de durar anos e anos garanto-te, a velhota do chapelinho de pena quebrada foi-se embora sem uma queixa, sozinha, cruzou a porta do hospital muito direita e lá está ela no seu primeiro andar diante da maçãzinha cozida, comem tão pouco os velhos, vão-se trincando a si mesmos, cobrem os espelhos de panos negros para que a morte os não ache, alegram-se sem risos, comovem-se sem lágrimas, inquietam-se

— A Isabel?

e em resposta pingos de visco, bolor, nunca morei longe de Évora, onde estarei daqui a nove, dez meses, os cachorros a trotarem sem dono pelos campos e as janelas que não renascem com a chuva, nada mais que o balde a quem as gotas dão volume e forma, se topasse a velhota do chapelinho na rua e quem diz a velhota diz a Elizabete ou a Lurdes e me especasse à sua frente

— Lembram-se de mim?

julgo que me arredavam com o cotovelo a escaparem-se, no caso de o meu tio voltar do Luxemburgo em lugar de uma mala bafienta que chegou em vez dele talvez me observasse do alto da bicicleta com o sapato direito no pedal, o esquerdo no chão e a bicicleta inclinada para o sapato esquerdo aliás não sapato, uma bota, disso lembro-me consoante me lembro das pedrinhas que estalavam sob as solas

(comigo em lugar de estalarem esburacam-me os pés)

costumava esperá-lo fingindo entreter-me com as formas e uns paus sem que ele sonhasse que o esperava, percebia-o a olhar-me ao encostar a bicicleta à parede, detinha-se à beira de uma frase nunca pronunciada, eu no interior de mim

— Diga diga

e ele mudo, notava-se que um esforço a retê-lo

(idem com o meu marido acho eu, presunção minha não sei)

na véspera de ir embora para o estrangeiro

(compreendi-o depois)

um olhar mais vagaroso, a frase

(que ainda hoje espero me segredem e ao segredarem-me a minha vida mudada e eu grata, ia escrever feliz e feliz exagerado, grata)

a frase que ele impedia com a palma a afogar as palavras, gastou minutos no alto da bicicleta a medir-me, em lugar de encostá-la à parede lançou-a contra o tanque e passou por mim a correr, não, quase a correr, não se consentiu correr, mais depressa que o costume somente à medida que eu baralhava as formas e os paus despeitada, tentava erguer a bicicleta, desistia e uma das rodas a girar, qual seria a frase Virgem Bendita, não se calcula a quantidade de frases que precisava escutar e não escuto, não uma quantidade, exagerei, duas ou três chegavam-me, a sua por exemplo tio ainda vai a tempo, não me deixe a correr

(quase a correr)

não me deixe quase a correr, sei que empurrar a bicicleta foi a sua maneira de conversar comigo mas não empurre a bicicleta e diga-me, talvez tenha pronunciado a frase no Luxemburgo à noite, baixinho, o meu pai não uma frase, moedas, a velhota do chapelinho de pena quebrada não uma frase, os tacões nos ladrilhos do hospital, qualquer coisa como se uma lágrima a descer mas com a idade lágrimas que os olhos não conseguem prender e não significam nada, tudo lhes foge, os sentimentos, os braços, pergunto-me se teve notícia do falecimento da irmã e havendo tido notícia continuava a lembrar-se, ao encontrar uma cama ao lado da sua não adiantaria espantada

— Quem dormiu aqui?

demasiada roupa no guarda-fato, medicamentos que não lhe pertenciam, devem contar-se as lágrimas não pelo que desce nas bochechas, pela tremura do lábio, o meu marido lágrima alguma e no entanto quando julga que o não vejo o lábio, a única vez que se referiu à irmã o lábio e no seu caso não uma tremura, um pulinho, a irmã um pulinho, Estremoz um pulinho, a descrição que não compreendi bem de uma colher numa lata

(por que carga de água uma colher numa lata?)

um pulinho, eu em contrapartida nem pulinhos nem tremuras, as patas que se dobram, a garupa a crescer e todavia nenhum cachorro se preocupa comigo, preferem a Elizabete ou a Lurdes, criaturas menos gastas, mais fortes, não trancava a cadela na garagem a fim de protegê-la, trancava-a por ciúme, se adoecesse não telefonava ao veterinário e ela crédula, a parva, não suspeitando sequer, a abanar a cauda para mim e a seguir-me, apontava-lhe a pistola do meu marido

(ou a faca ou o prego)

e em vez de sumir-se a galope deitava-se nas malvas por gratidão, confiante, a aguardar como eu a frase entre todas decisiva que lhe mudaria a vida, há ocasiões em que tenho a certeza de escutá-la no hospital ou aqui, suspendo-me para a receber e afinal os guizos dos ciganos na vereda, uma víscera minha a encaixar-se melhor em sacudidelas de peru no lugar que lhe cabe, encontro-as numeradas de um a vinte e seis na criatura sem pele do livro de enfermagem, o cerebelo, o timo, a minha mãe a endireitar a bicicleta acariciando o guiador, reflectiu um momento

(cerebelo que nome)

e lançou-a contra o tanque igualmente num amontoado de metais desconjuntados, inúteis, para além do cerebelo e do timo designações mais inesperadas senhores, corpo caloso, supra-renal, esfenóide, uma coruja cruzou a persiana a caminho do seu buraco numa chaminé ou num sótão e portanto o prenúncio da manhã, uma transparência lilás a avisar do calor, curioso que a minha memória haja arrecadado o esfenóide, ia garantir que o meu marido desperto ou pelo menos a mudar de posição no assento derivado a que a poltrona do escritório baloiçou nas molas, com o meu marido desperto os cavalheiros de gravata e casaco inventados por ele a existirem de novo e a aproximarem-se da gente, inventou os cavalheiros, os albatrozes, as ondas, pessoas em fotografias

— Conhece?

que não conhecia claro, como podia conhecer, nunca morou longe de Évora também, trabalhou numa loja ou num banco e depois da reforma obrigam-no a mentir falando de um quintal que não há onde uma boneca girava numa macieira entre duas árvores da China, confinou-se ao escritório no receio que o matem a rasgar o espelho com as unhas à medida que cai e o resultado é que embora eu neste quarto, longíssimo do mar, escuto o som de muitos pregos ferrugentos da enchente a tombarem uns sobre os outros espalhando-se, reunindo-se

(alguém os reunia disso estou certa, mas quem?)

e espalhando-se outra vez

(fosse quem fosse ora se interessava e vinha, ora se distraía e esquecia-se)

comigo a hesitar mentiu não mentiu, inventou não inventou, se me levantasse da cama e o interrogasse da porta

— A macieira é verdade?

e quem diz a macieira diz os cavalheiros e as ondas não se voltava sequer, permanecia à espera, os campos da janela alaranjados, verdes, suponho que oliveiras numa prega de terra onde ontem não estavam, animais miúdos por enquanto tão poucos a ferverem no chão, asas pêlos antenas olhos facetados à espreita, principio a imaginar que talvez não tenha inventado e a recear a manhã eu que não receava a manhã visto que um dos cavalheiros a consultar papelinhos, a discutir com os colegas e impossível baixar vinte

(que digo eu, mais de trinta)

lanças de escada para ocultar-me na cave perto da cadeira de braços que me dá sempre ideia de ter sido abandonada no instante em que entro por uma criatura que se angustiava

— A Isabel?

pingos de humidade, bolor, colchas velhas

(qual de nós dorme?)

eu desejosa de ajudar afastando o contador e no contador nada

(será o meu marido quem me sacode

— Acorda?)

e não apenas quem se angustiava

— A Isabel?

outras vozes de conhecidos, de estranhos, da Lurdes a amparar-me no hospital quando umas compressas no balde

— Cuidado

não um filho, sou eu que durmo e as ondas de Peniche trazendo-me e levando-me não contra os móveis do quarto, contra o halo de cinza que o meu marido atribuía aos planetas extintos, por esta hora a herdade do meu pai a aparecer nas vidraças e os gansos selvagens a discutirem no pântano, um albatroz alisando-se no alpendre prestes a bicar-me o cerebelo e o timo, a minha mãe ergueu a bicicleta a pedir-lhe desculpa

(percebia-se pelos gestos que ia pedir-lhe desculpa, não deu por ela tio?)

e arrumou-a contra o muro, o cavalheiro dos papelinhos designou esta janela ou a janela a seguir, a do esconso com os trastes da minha avó e da minha mãe, coisas de pobres a que os pobres chamam coisas e a gente entulho, lixo, a minha avó

— As minhas coisas

a minha mãe

— As minhas coisas

eu durante anos

— As coisas delas

e hoje em dia, não é que seja rica, não sou rica, envelheci apenas, lixo, outrora lutaria por elas e desde que a Lurdes me pegou no braço

— Cuidado

desisti de lutar, abandono-me, aceito, os cavalheiros não terão necessidade de se ocupar de mim, hei-de estar tombada no chão a fitá-los ceguinha, a garupa inerte, o trapo da cauda e o focinho sem cheirar seja o que for, quieta, uma noite dei com a minha mãe em roupão junto à bicicleta, as senhoras de azul à medida que o carro se afastava

— Tua filha

e a minha mãe furiosa, a bicicleta e as senhoras de azul eis as minhas coisas de pobre, os meus trastes, não se divirtam à minha custa, não me designem

(ora aqui está um verbo como deve ser)

com o queixo à minha avó, nunca lhe achei um sorriso e tirando o

— Não dás pela azinheira?

toda a vida calada, de tempos a tempos uma vizinha com ela calada igualmente, não Isabel, Guilhermina, instalavam-se num banquinho a observarem a entrada na esperança do meu tio por aí acima mas outras bicicletas com outros homens de nariz no guiador, a estrada subia entre faias e olmos, se calhar não faias e olmos, não sou muito instruída em árvores, se a minha avó não afirmasse

— A azinheira

pela parte que me cabe dar-lhe-ia um nome qualquer, plátano, tipuana, carvalho, portanto se calhar nem faias nem olmos mas faias e olmos a partir do momento em que as escrevo assim e quanto à minha avó e à amiga

(dona Guilhermina)

bem podiam esperar o meu tio, outras bicicletas com outros homens de nariz no guiador

(isto vai bem, vou bem)

e o que me apetece que chova meu Deus, escutar o telhado, o alpendre, as janelas, as folhas que persistem no pomar cor de papel antigo, defuntas, mas quem se atreve a jurá-lo, tudo aquilo que não existe a não ser que a água e o vento me aconselhem

— Repara

a mostrarem com o dedo, um balde de que me tinha esquecido e os pingos animam dando-lhe volume, forma

— É o balde

eu a concordar nesta espécie de queda em que se tornou o meu sono

— É o balde

nesta descida a caminho da cave, pingos de visco, bolor, colchas velhas, o que com o tempo e sem que eu me aperceba se vai tornando o meu cheiro, não cheiro de cadela ou de ventre aberto, o meu cheiro, a roupa do estendal que se torce no fio a inchar e a estreitar-se, pássaros num voo confuso

(nota: em relação aos pássaros problema idêntico ao das árvores; pardais?)

em busca do abrigo de um galho, vi passar milhares de bicicletas até hoje e nunca a do meu tio, o triciclo do inválido a desconstruir-se nos desníveis e a reconstruir-se nas lombas, quem habitou antes de nós este sítio, passeou no corredor e ocupou o meu quarto, as muletas do inválido amarradas ao triciclo e às vezes trazia a filha num estradozito atrás dele quase a cair também, mesmo sem abrir os olhos tinha a certeza que um dos cavalheiros de fora a observar-me, de casaco com lustro e gravatinha gasta, não ameaçador, curioso

(um dos colegas provavelmente na cozinha, o outro no escritório e se calhar não ameaçadores, curiosos)

o cavalheiro sem pistola nem faca nem martelo a gostar de mim e a compreender-me

— Deixe-se estar à vontade minha senhora descanse

mais distinto que o meu marido, mais educado, atento, por que motivo te aceitei com as tuas piteiras e com os teus planetas extintos, não era para ti que o corpo me amolecia e alargava, era para quem gosta de mim, me compreende

— Deixe-se estar à vontade minha senhora descanse

aguarda que eu acorde antes de me aleijar os flancos a procurar-me na camisa a que o desprezo do meu marido

— Um balandrau

e permanece comigo num latidozinho miúdo, pensando melhor não me apetece que chova, para quê chover, ninguém à minha procura e portanto ao contrário do que supunha mais um dia, mais dias, poder medir o silêncio, tornar-me silêncio, o silêncio ser eu, a minha avó calada, a minha mãe calada, ninguém que me examine do escuro a angustiar-se por uma filha

(não me angustio pelo filho que não sei bem se filho, umas compressas, manchinhas)

uma parente, uma amiga

(nenhuma parente me ficou, sou sozinha)

— A Isabel?

pingos de humidade, bolor, colchas velhas, afastei o escadote e no escadote nada, quatro e cinquenta e um da manhã, não me acordes agora

— Isabel?

tantas pessoas nesta casa a cumprimentarem-se entre si, tantos sobretudos no bengaleiro, gabardines, chapéus, o professor da escola de enfermagem de cachimbo apagado a surgir do colete
— Para que serve o cerebelo para que serve o timo?
e o corpo caloso, as supra-renais, o esfenóide, a boca mudava-lhe de feitio, respeitosa, de cada vez que
— Esfenóide
o esfenóide importantíssimo a ocupar a aula inteira
— Para que serve o esfenóide?
e a propósito de esfenóide não me toquem no ombro, não me gritem
— Acorda
a pretexto que os cachorros a vacilarem de medo, se me levantasse da cama dava com esta paisagem monótona que me desalenta e os corvos da muralha devem desalentar-se igualmente porque não os vejo daqui, vejo um milhafre não em círculos, parado, o meu marido a afastar-se consoante o meu tio se afastava mais a frase nunca dita, um dia destes, sem uma despedida, uma carta, desapareço no Luxemburgo também até que anos depois uma mala bafienta que deixariam na cave se um único lanço de degraus como outrora e ao escrever outrora refiro-me a ontem, na época em que a minha vida apenas perturbada pelos boiões na copa ou seja a Isabel a dispor as conservas em ordem, informá-la
— Estão à sua espera lá em baixo
e ela sem conseguir escutar-me porque o som de muitos pregos ferrugentos a tombarem uns sobre os outros espalhando-se, reunindo-se e espalhando-se de novo, o meu marido
— Peniche
que ignoro onde fica, sempre morei aqui de modo que se o meu marido
— Peniche
aceito e entre os muitos pregos ferrugentos o cavalheiro a verificar os papelinhos
— Deixe-se estar à vontade minha senhora descanse
pronto a obsequiar-me, um amigo, o som dos pregos foi-se apagando lá fora, distinguia o zumbido do relógio à cabeceira e entre os números das horas e os números dos minutos

dois pontinhos vermelhos que se acendiam e apagavam ao ritmo dos segundos, nas noites difíceis tentava fazer coincidir o meu coração com eles, por vezes o coração uma pausa, durante a pausa eu

— Morri?

e o mecanismo a engatar a cadência, falhas enquanto acertava o passo habituando-se a ela ou não o coração, um músculo do braço que se contraía

(coisas lá deles)

e o coração parado, não a mover-se, se espalmasse a mão no peito não havia dúvidas, parado, pode viver-se de coração parado desde que o cerebelo ou o timo funcionem, o segredo no cerebelo, no timo

— Esfenóide

pode viver-se de coração parado desde que o esfenóide e a língua do professor a sublinhar a palavra, fechava os olhos para a pronunciar com mais pompa e a Lurdes de garupa redonda quase a pedir-lhe prende-me o cachaço, fica comigo, toma, a Elizabete para mim

— Que vergonha

e no entanto a sua garupa igualmente, os dedos no meu braço, o

— Que vergonha

não desprezo, inveja, a mancha vermelha na garganta de quando esperamos que um cachorro nos siga, quatro da manhã e eu nisto, o cavalheiro

— Tem tempo

e tenho tempo para quê senhor, não permita que o meu marido aqui, ele que trote nas piteiras com os outros, que descubra uma toupeira ou uma doninha, galope para elas a ladrar e nos deixe em sossego ao senhor, a mim e à cómoda que comprámos antes de casar em Elvas, não, Vila Viçosa perto do palácio dos reis, não, Elvas porque o aqueduto e a praça que eu gostava de que não recordo o nome, a cómoda que acreditávamos antiga dado que fendas, uma das pernas torta e o tampo quebrado como só as coisas antigas, para mais no meio da poeira na escuridão da loja em que um judeu, esse sim antigo, de barba se calhar postiça, a conversar connosco metade em português e metade em esperanto, só descobrimos mais tarde que não era esperanto, era a língua dos pês, por que razão lhe conto estas coisas se mal nos conhecemos e nem o nome me diz, apenas

— Deixe-se estar à vontade descanse

num tom tão educado que me sinto inclinada a falar-lhe, a cómoda evidentemente, olha a grande coisa, não era antiga, de puxadores que me juraram de marfim e afinal osso, não osso dado que se esfarelavam, massa, passado um mês ou nem tanto, dois para ser exacta, três meses, substituímo-los por pegas de bronze também não de bronze embora fizessem de conta com grinaldas gravadas, passando o dedo sente-se um relevo de malmequeres julgo eu, o meu marido

— Não são malmequeres são hortênsias

como se fosse possível distinguir malmequeres de hortênsias em carolas tão pequenas, o meu marido no caso de ainda não um martelo, uma navalha, um tiro, não há razão para um tiro, bastam-me os pregos ferrugentos a tombarem uns sobre os outros espalhando-se, reunindo-se

(alguém os reunia disso estou certa mas quem?)

e espalhando-os de novo

(fosse quem fosse ora se interessava e vinha, ora se distraía e esquecia-se)

o meu marido que no caso de ainda não um martelo e apetece-me que sim, um martelo, esperava com os outros cachorros lá fora sujando-se de terra, estirando-se ou a farejar a garagem onde tranquei a cadela e portanto nenhuma testemunha connosco salvo a cómoda, a língua do professor a aumentar o esfenóide, de olhos fechados para pronunciar com mais pompa e o cabelo da Lurdes a soltar-se do elástico, a mancha a dilatar-se, o judeu de Vila Viçosa ou de Elvas dessa forma comigo, os olhos um olho apenas de tão perto que estava

— Menina

e o meu marido lá fora a rodear um tronco de focinho a mover-se, interrogo-me sobre o que pensarão os cães sem conseguir dar por nós derivado a tanta cantoneira, tanto armário, tanta sombra

(o que pensam os cães realmente?)

a quantos lanços de escada a minha cave agora, diga-me, não ouve perguntar

— A Isabel?

numa pressa zangada, não dá por passos de homem lá em baixo quase ralhando com a gente, não vê o professor a dobrar-se e a Lurdes a aleijá-lo com as patas

(o que pensam os cães?)

a tristeza dos machos ao separarem-se de nós sem saberem quem somos

(não pensam nada os cães)

o meu marido por exemplo de cotovelo na cara a ocultar-se de mim, o coração mais rápido que os pontinhos vermelhos, um dos pés fora da cama demasiado nu, o joelho que ao sentir-me se retraía, nem

— Menina

nem

— Deixe-se estar à vontade descanse

evitava-me, não imagino o que pensam os cães mas sei que devo repugnar-lhes, repugno-lhes, agrupam-se num cantinho da cama e o pólen dos planetas extintos a descer na janela, o vértice das árvores

(não me interessa os seus nomes)

presenças fluidas que não cessam de agitar-se inclusive sem vento, meu Deus o que me apetece que chova a fim de escutar o telhado, o alpendre, os caixilhos, sentir a casa à minha volta em lugar do nada dos campos e a raiva dos insectos que não cessa, não cessa, se o senhor me garante

— Deixe-se estar à vontade descanse

não se zangue de lhe responder que não acredito em você, bem vistas as coisas é um homem também, um cachorro, e não imagino o que pensam os cães, o que os guia, os excita, o que faz que nos deixem, o professor da escola de enfermagem com a sua boca de esfenóide no que ele cuidava um sorriso chamou-me ao gabinete onde o mapa da criatura sem pele, de órgãos numerados de um a vinte e seis, e lá estava o cerebelo, o timo, tudo aquilo que somos por dentro enquanto por fora uma vozinha tensa

— Não é a Lurdes que interessa és tu

eu trinta e sete anos nessa época, as minhas colegas vinte, as mãos estragadas de trabalhar no restaurante servir almoços lavar loiça mexer nas gorduras e correr para o curso que a minha mãe não podia, creio que de quando em quando um cachorro a entregar-lhe dinheiro porque a minha mãe olhava-me e eu num caixote junto à estrada até ele se ir embora, depois de se ir embora a minha mãe

— Que sina

se lhe falasse no meu pai

— Cala-te

endireitava coisas já direitas, varria o varrido, por não entender o que pensam os cães não entendi o professor

— Não é a Lurdes que me interessa és tu

se calhar as manias dos bichos, partidas sem destino, chegadas sem razão, eu rugas que por sinal pouco aumentaram com os anos, cavaram-se um bocadinho, engordei e é tudo, ao contar isto aí estão os pregos de volta, espalhando-se, reunindo-se e espalhando-se de novo, alguém os junta, disso estou certa, mas que pessoa, da mesma forma que alguém ora se interessa e chega ora se distrai e esquece, o amigo do meu tio, de férias do Luxemburgo, dava ideia de se preocupar comigo mas quem me explica o que pensam os cães, bebia um licorzinho, insistia em que eu ficasse

— Que mal tem a miúda com a gente?

parecia encontrar em mim qualquer coisa do morto eu que nada tenho do morto a não ser o silêncio

— Dás ares do teu velhote sabias?

o meu tio com vinte cinco anos e velhote calcule-se, repare no que é o tempo senhor, a minha mãe enervada por lhe falar no irmão a endireitar coisas direitas e a varrer o varrido e o amigo do meu tio sem se ralar, elucide-me o mistério dos cães

— Não calculas como são os invernos no estrangeiro gaiata

com ele não me sentava no caixote, ficava ali a escutá-los e era como os cachorros no jardim entre as piteiras ou seja nada salvo uma pressa, uma tosse, o amigo de volta ao licor

— Não é a Lurdes que me interessa és tu

o amigo de volta ao licor

— Não calculas como são os invernos no estrangeiro gaiata

dava-lhe ares do meu velhote que estranho dado que o meu velhote uma bicicleta tombada com a qual a minha mãe se embravecia, não me apetece que chova, para quê chover, não necessito do telhado, do alpendre, da janela, das folhas, na janela malvas, campos, não distingo os algarismos do relógio, distingo os pontinhos dos segundos, o cotovelo do meu marido que se afasta da cara e ele pela primeira vez desde há anos a olhar-me, a espantar-se de olhar e continuando a olhar-me, a mão dele no espaço do meu corpo entre o ombro e o peito, vontade de apertá-la com a minha mão contra mim

— Aleija-me

apesar de eu uma cadela habituada a roçar a miséria do ventre aberto no chão não por desejo, outra coisa, nunca tive desejo nem me apeteceu que um cachorro, era o cerebelo ou o timo, não eu, eu ausente conforme a minha mãe ausente

— Que sina

não sei o que pensam os cães e não sei o que penso, o cerebelo e o timo levantam-me a garupa e separam-me as coxas enquanto eu, palavra de honra, imóvel diante da cómoda de Vila Viçosa ou de Elvas com as pegas de metal

(não bronze, não bronze)

e as grinaldas gravadas, a irmã do meu marido em Estremoz palpava as galinhas a verificar se o ovo, erguia-as por uma pata e o mindinho lá dentro, a Lurdes fez o mesmo no hospital com o meu filho

— Concentra-te na lâmpada do tecto

e eu a concentrar-me na lâmpada do tecto enegrecida, turva, vão-se embaciando com a idade, concentra-te na lâmpada e finge que não estou aqui, não me ligues, um instrumento cromado, uma espécie de tubo, falo sempre em piteiras e malvas e passo por cima das beladonas no muro, o meu marido a olhar-me e o senhor

— Deixe-se estar à vontade descanse

num tom tão educado que mesmo que não queira me sinto inclinada a conversar consigo, não leve a mal o meu sono, o meu marido

não, o judeu de Vila Viçosa ou de Elvas

não, o senhorio

o focinho do meu marido a tactear-me isto é não o meu marido, o cerebelo dele, o timo, o professor da escola de enfermagem

— Não é a Lurdes que me interessa

e portanto vai segurar-me o cachaço, os dentes dele que me agarram e ervinhas emaranhadas no pêlo, pedaços de lama e de terra, uma espécie de gaguejo como antes de ladrarem
— És tu
e a boca não a mudar de feitio, nenhuma língua a arredondar fosse o que fosse e ele em lugar de
— Esfenóide
a libertar uma borbulha, mais borbulha que palavras
— És tu
e dado que o senhor me afirma
— Deixe-se estar à vontade descanse
posso dormir em paz sem me inquietar com o meu marido ou consigo visto que haverá mais um dia, mais dias, muitos dias talvez, darei pela azinheira e encontrarei a Isabel na cave dúzias de lanços abaixo, nenhuns cavalheiros de gravatinha a designarem-me um retrato
— E este?
com o dedo a bater na película e no retrato uma mulher a franzir-se num parque derivado ao sol, acordarei às dez ou onze horas quando apenas um resto de noite no pântano dos gansos selvagens que não vemos daqui, parece-me dar pelo meu tio à tardinha
(não afirmo ser ele)
quando no vento de leste um vibrar de caniços, em cataria a minha mãe
— Cuidado com a lagoa
porque se dizia que areias movediças e mentira, os gansos selvagens de muito longe
— Cuá cuá
e o meu marido de um lado para o outro a trancar as portas de medo, um resto de noite no lugar onde enterrámos a primeira cadela e às dez ou onze horas nenhuns pregos ferrugentos a tombarem uns sobre os outros, nenhumas ondas felizmente, nenhum indício de mar, nenhuma coruja a raspar as persianas a caminho do seu buraco numa chaminé ou num sótão, flores
(não túlipas como eu gosto mas flores mesmo assim)
que se extinguiram apesar dos meus esforços, sobraram-nos uns bolbos, uns caules e a seguir os cachorros

(pela última vez: o que pensam os cães?)

apagaram-nas para sempre, adeus, nunca morei longe de Évora senhor, pertenço aqui e se não se aborrecer comigo afirmo-lhe que não é para o meu marido que o meu corpo amolece e se alarga, é para quem gosta de mim, me dá esperança

— Tem tempo

e me respeita, aguarda com educação que eu liberta do sono antes de me morder a nuca

— Não é a Lurdes que

me procurar, me falhar

(eu ajudo-o senhor, não se inquiete, eu ajudo)

me procurar de novo

(eu ajudo)

nesta camisa a que o desprezo do meu marido

— Um balandrau

apesar das rendas, dos laços

— Um balandrau

uma camisa da minha avó

(— Não dás pela azinheira?)

que descobri na arca e encolhi na cintura, permaneça pegado a mim senhor num latido miúdo, não se importe se o meu marido

— Acorda

nem lhe preste atenção porque não quero acordar, não acordo, quero sentir as suas patas

(não as do meu marido, as suas)

nos meus flancos, no lombo e pensando melhor tanto me faz que chova ou não chova, que o telhado, o alpendre, as janelas, o balde que os pingos animam dando-lhe volume, forma

— É o balde

a roupa do estendal que se dobra no fio a inchar e a estreitar-se, qualquer coisa que tomba em silêncio

(não sei bem o quê, um ninho, um pêssego)

e se dilui num charco, não ninho nem pêssego, o cesto das molas da minha mãe cuja asa quebrou, os objectos tão sem importância que não reparo neles e a propósito do que tomba em silêncio o meu marido a lacerar com as unhas, à medida que desce, o espelhinho da cómoda

(dedos que se curvam, desistem de curvar-se, aquietam-se)

e não se incomode conforme não me incomodo, tem tempo de se ocupar dele digo-lhe eu, que ironia

— Tem tempo

erga-se sobre as patas traseiras

(observe a minha cauda, repare como o espero)

avance um passinho trémulo até mim, aperceba-se do meu ventre aberto e pese-me na garupa o seu casaco no fio e a sua gravata puída à medida que os cisnes selvagens

— Cuá cuá

vão passando sobre nós a caminho da Tunísia e a minha cara dá ares do meu tio cansado no selim, pobre dele, a subir a ladeira.

3

Estará a senhora de olhos abertos indiferente com eu na vivendinha entre dúzias de vivendinhas iguais na outra banda do Tejo, um bairro de travessas com nomes de batalhas demasiado pomposos para laranjeiras miúdas e vasos de cimento onde ao fim da tarde criaturas velhas como ela regavam peónias a transportarem a água em cafeteiras e bules, viúvas com os maridos em casa a contarem os próprios dedos numa cadeira ortopédica e que elas regavam também de garoupa cozida, o que sobrava da fotografia de um militar, o bengaleiro aparafusado à parede em que se não pendurava nada e os maridos defuntos, sem feições nem voz, a separarem os dedos com ganas de arrancá-los, lembravam-se de um barco que chegava
 (de onde?)
 ou estrondos de oficina que mais ninguém ouvia, os dedos imobilizavam-se à procura mas o barco e a oficina regressavam ao nada, a cara em que de súbito um esboço de sobrolho deserta, as falanges recomeçavam o seu trabalho sem fim e eu a contá-las igualmente, uma duas três quatro cinco, faltam-me as laranjeiras e os vasos de cimento, a senhora se calhar o meu nome
 — Ana Emília
 e eu sem poder responder-lhe
 — Diga
 porque a minha filha vai instalar-se à mesa de comer com os trabalhos da escola, uma almofada para ficar mais alta e a língua ao canto da boca a conseguir uma letra, a macieira bem tentava avisar-me sem que lhe entendesse os receios, julgava que a contracção dos ramos derivada ao calor em lugar das palavras e depois da minha filha nem pio, amuou, se pudesse arrancava os dedos como eu faço a lembrar-me não de um barco que chegava mas de mim de joelhos, durante o funeral, a cortar a erva

que rodeava o tronco de língua ao canto da boca e o corpo torto a acompanhar a caneta, a tesoura, a conseguir o golpe de uma letra, outro golpe, se eu fosse a senhora na vivendinha do outro lado do Tejo chamava-me do primeiro andar não para me pedir nada, para ficarmos juntas enquanto a erva se amontoava ao meu lado, hei-de regar por gratidão os vasos de cimento e endireitar as peónias, que lugar movediço, o passado, continuando a existir ao mesmo tempo que nós, o meu pai no jornal, a minha mãe a saltar da sua esquina

— Deu-te o dinheiro ao menos?

uma alcofa que chegou a casa sem me apetecer aceitá-la e portanto que dia é hoje ajudem-me, que terça-feira, que sexta, quem é que espero ainda, o que prometeu visitar-me, o meu marido, o outro de que recuso falar, deviam chover lágrimas quando o coração pesa muito e há momentos, palavra de honra, não se compreende o motivo mas pesa, sente-se dentro o

(ia escrever incómodo e não incómodo conforme não tristeza, não dor, como se traduz isto, não sei)

deviam chover lágrimas quando o coração pesa muito e há momentos palavra de honra que pesa

(para já fica assim)

estávamos na minha dúvida sobre que dia é hoje, terça-feira, sexta, vinte e um, cinco, dezanove e qual o mês, qual o ano uma vez que os anos antigos a sucederem também, eu a correr atrás do meu pai em torno do busto do filólogo e a contar os dedos fixando a macieira que amuou comigo a ralhar-me

— Devias ter percebido

a Marionela no baloiço, nós à espera que uma das correntes quebrasse e no que me diz respeito continuo a esperar, não distingo se terça ou sexta-feira porém um dia de semana visto que o baloiço para cá e para lá, a dona Coralina do estrado

— A capital do Peru?

e não era a minha filha a procurar a capital do Peru no atlas, era eu enquanto a dona Coralina fervia no estrado, a Marionela na última fila e a carteira um baloiço que daqui a nada começaria a mover-se, nem precisávamos de voltar a cabeça para adivinhá-la lá atrás pelo som das correntes, no atlas borboletas secas, pratas de chocolate, capicuas, desdobrava-as com o mindinho e a minha filha a enxotar-me

— Não me faça cócegas deixe-me
de modo que eu a separar o mindinho antes dos outros dedos, a enganar-me, a arrancá-los, o que prometeu visitar-me e não visita
— O que te aconteceu às mãos?
faltam-me dedos e depois, não vou cortar mais erva, quem sobra nesta casa não atará um fio de estendal à macieira, para quê, bastam-me lembranças não de barcos nem de estrondos de oficinas, do jornal do meu pai
— Pões-me nervoso tu
a estender-me o telefone onde um silêncio de pedra, o Tibete ou o Alasca garantiria o atlas
— Até esta miséria desligaram já vês
mostrava o forro das algibeiras e a carteira vazia
— A tua mãe que vá ao banco se não acredita em mim
inspeccionava um gargalo contra a luz
— Nem um pingo caramba
e tombava no assento a empurrar-me com a manga, vencido de cansaço
— Some-te da minha frente
e os dedos cruzados na barriga, todos, não os cortou como eu, o meu pai falecido à secretária e o empregado a velá-lo, uma das pálpebras afastou-se à socapa a espiar-me e cerrou-se com mais força num suspiro definitivo
— Pões-me nervoso tu
e então sim senhor, ao cabo de um minuto comecei a acreditar nele, deu a alma, apagou-se, participar à minha mãe que sou órfã, temos de chegar a casa e meter luto depressa, a Marionela a entregar-me o baloiço
— Deixo-te andar um bocadinho porque o teu pai morreu
a dona Coralina a dispensar-me da capital do Peru
— Dispenso-te da capital do Peru chora à vontade pequena
embora eu sem lágrimas, seca, mais orgulhosa que um índio, os vizinhos
— Coitada
e eu a cumprimentá-los do vértice do meu desgosto secreto

(— É corajosa a miúda)
na delicadeza dos fortes
— Bom dia dona Andrelina boa tarde senhor Sá
escutei o meu pai a ressuscitar mal saí do jornal
— Pelo menos lá nos safámos desta
e muitos anos depois aqui comigo de palpebrazinha alerta
— Vi-me grego para descobrir onde moras
à medida que eu pensava num susto
— Pela sua saúde não faleça outra vez
e graças a Deus aguentou-se sem cruzar os dedos
— É aqui que tu vives?
incapaz de trotar no parque em redor do filólogo, se calhar desta feita expirava realmente, as orelhas dois papelinhos transparentes e a pulseira do relógio a dançar
— Perdeu carne você
o relógio parado numa hora sem importância visto que tantos tempos ao mesmo tempo pai e tantos dias juntos, o vinte e um, o cinco, o dezanove, lugares movediços a alterarem-se aumentando de pessoas, de vozes, o meu pai uma pergunta que não ouvi
(ouvi:
— Lembras-te de corrermos no parque?)
a minha mãe, a minha filha, o meu marido, centenas de perguntas que não ouvi
(digo que não ouvi mas ouvi)
que não oiço
(digo que não oiço mas oiço)
uma espécie de manhã nas árvores da China e todavia o meu relógio parado também, se a Marionela batesse à porta
(— Vi-me grega para descobrir onde moras)
não me espantava garanto, a dona Coralina a desordenar-me o cabelo
— Dispenso-te da capital do Peru chora à vontade pequena
e eu seca senhora, seca, não entendo a sua ideia, chorar porquê, por quem, a seguir à minha porta a perfumaria, o ourives, grades nas montras iluminadas e portanto losangos no passeio, se chovia os losangos cambulhavam na valeta juntamente

com raminhos, frascos de água de colónia, pulseiras e as montras vazias, as árvores da China não paravam de subir, a senhora da vivendinha

— Ana Emília

e eu sem poder responder-lhe, estou em Lisboa, desculpe, o meu pai

— Lá nos safámos desta

a alinhar anúncios com as mãozinhas intactas, que sorte a sua, dez dedos, veja os que me faltam repare, a erva tronco acima e eu incapaz de cortá-la de maneira que se a boneca girasse na corda nenhum de nós a veria, tanta gente connosco filha, a aluna cega, a madrinha, segurar-te pelos ombros, uma volta, duas voltas e o teu medo feliz

— Continue

isto em que mês de que ano, as minhas diversas idades a juntarem-se aqui e a dona Coralina perdida numa dobra do que fui, se ma entregassem tal qual era agradeço, as capitais, as contas de dividir, a gramática

(o nome predicativo do sujeito há-de acompanhar-me sempre, a dona Coralina

— O nome predicativo do sujeito

e o que tem o nome predicativo do sujeito meu Deus?)

eu a instalar-me à mesa de comer com os trabalhos da escola, uma almofada para ficar mais alta e a língua no canto da boca a conseguir uma letra, a segunda letra mais difícil, se tivesse o polegar e o indicador era capaz, direitinhas, o meu pai a soprar-me no pescoço, não sei se agradável ou desagradável

(agradável)

mais agradável que desagradável, não, desagradável, uma comichão, um arrepio

— Muito bem muito bem

não o punha nervoso nessa época, mandava-me comer o peixe todo, mandava-me deitar, ocupava-se da gente, não se via grego com nada, mal o perfume dela na minha mãe encolhia o pescoço e esfregava a nuca com força a impedir que o perfume em mim, dê-lho a ela e afaste-se, o meu pai sem entender

— Dou-lhe a ela o quê?

a interrogar com o lábio a minha mãe que não entendia tão-pouco, o seu lábio em resposta

— Não entendo tão-pouco

e o meu pai a ir-se embora e a esquecer-me, o meu marido, o que prometeu visitar-me e não visita e o outro de que recuso falar estenderão o lábio por seu turno não entendendo tão-pouco

(ver-se-ão gregos para descobrir onde moro?)

instalam-se na poltrona caladinhos a aguardar a manhã ou serei eu que me instalo na poltrona a aguardá-los a eles, será a Marionela a encolher e a estender as pernas sem que o sofá se desloque

— Não mudaste desde a escola que giro

e por conseguinte não casei, não houve alcofas, não me anunciaram remexendo membranas que deviam pertencer-me e não sentia minhas ou cessaram de ser minhas a partir do momento em que se alargavam, doíam

— Está quase

visto que aquilo que me pertence não dói ou vai doendo em silêncio, quando foi das pedras na vesícula a vesícula não me pertencia, não tive nada a ver

(por que razão havia de ter a ver olha este)

com os vómitos e a febre, observava de fora, assistia, tinha de estar ali sem obrigação de estar de forma que espiava as nuvens na janela e as rugas em que o céu se pregueia por vezes, a enfermaria vizinha a necessitar de pintura onde um homem de pijama me espiava por seu turno, se calhar uma vesícula que não lhe pertencia também, dores não suas e vómitos que lhe não diziam respeito, nós a encararmo-nos um ao outro

— O que fazemos aqui?

e não fazíamos nada de facto, espiávamos as nuvens e as tais pregas do céu e reparando melhor não somente pregas, degraus que conduziam sei lá onde e um pássaro escalava, preveni no hospital

— Não sou eu

surpreendida com a voz a procurar-lhe a origem, uma garganta não minha a sofrer o que a minha garganta não sofre, o que eu dizia de facto em lugar de

— Não sou eu

era

— Muito bem muito bem

a soprar-me no pescoço e a ir-me embora esquecida ou a instalar-me na poltrona a que demorei a habituar-me

— Vi-me grega para descobrir onde moro

a macieira com um fio de estendal pendurado e para que serve o fio, árvores da China que ninguém tratava, ao desleixo

(estou a gostar de escrever isto, continuarei a gostar ao rever o capítulo?)

e eu a ir-me embora esquecida conforme devia ir-me embora antes que entrem na sala não importa qual deles, não faz diferença a esta hora

(que hora?)

há um mês

(e que mês de que ano, que lugar movediço o passado continuando a existir ao mesmo tempo que nós, vê-se a minha mãe

— Deu-te o dinheiro ao menos?

não, a minha mãe mais nova com o perfume do meu pai no interior do roupão, não, a minha mãe a rir-se para mim sem se incomodar com o dinheiro, lembro-me que uma falha na pontinha do dente e nisto os olhos sérios, antes do riso acabar)

há um mês

(não sei que mês de que ano, refiro que há um mês e o que é um mês neste lugar movediço em que as sombras se confundem e eu confundida com elas, eu uma sombra afinal, quem és tu Ana Emília responde, onde te fui buscar, de onde vens, por que razão me inquietas no livro?)

há um mês não o meu marido, não o que prometeu visitar-me e não visita, não o outro de que não falo nunca, há um mês

(digamos que há um mês, isto é a vida, não um romance, se fosse um romance tudo perfeito, certo)

o empregado do jornal que estava comigo e com o meu pai assistiu à sua morte, aos dedos na barriga, todos

(veja os meus dedos pai)

e aos sapatos de repente gigantescos como sucede aos defuntos, não me recordo dos sapatos da minha filha, não vi, viram os outros por mim, eu a cortar a erva, a cortar-me o médio, o anular e não sangue, ervas também, as minhas falanges ervas, eu ervas, ficar na macieira perto dos insectos da terra, eu um insecto da terra a sumir-se entre raízes caminhando antena a antena e pinça a pinça ao longo de uma falha no muro e a depositar os meus ovos não em alcofas, no chão, há um mês

(e que mês de que ano, um lugar tão movediço o passado, o meu marido tocou-me a mão no cinema sem dizer nada e foi assim, a minha mão aceitou-lhe a mão, eu não estava presente, dedos não ervas demorando-se a brincar-me com o anel enquanto duravam as imagens a que nenhum de nós assistia)

há um mês o empregado do meu pai

(— Vi-me grego para descobrir onde mora)

sem ocupar a poltrona, de pé, admirado de eu crescida, claro que não a mostrar-me o forro das algibeiras nem a carteira vazia, claro que não

— Pões-me nervoso tu

porque eu adulta entretanto apesar do passado continuar ao mesmo tempo que o presente e a minha mãe a saltar da sua esquina

— Deu-te o dinheiro ao menos?

ainda que o pusesse nervoso o empregado não

— Pões-me nervoso tu

quando muito

— Põe-me nervoso senhora

— Põe-me nervoso madame

e logo arrependido, aflito, o empregado tão velho quanto o meu pai

(chegou a altura de dizer as horas mas não vou dizê-las, diga-as você se quiser, é o seu livro, mal o acabe deixei de existir como os infelizes dos livros anteriores e não me conhece mais)

tão velho quanto o meu pai apesar de não

— É aqui que tu vives?

e no

— É aqui que tu vives?

nem troça nem censura, duvido que desse conta dos reposteiros, dos quadros, o meu pai a desafiar-me

— Não me apanhas

e nunca o apanhei pai, no parque um tanque de patos, água escura, sementes, davam-lhes corda visto que um sulco de motor atrás deles, só lhes nasciam pernas

(de outros animais quaisquer dado que não sabiam caminhar com elas, mancavam)

ao treparem a rampazita de pedra, comprei uns patos de vidro para recordar esse domingo senhor e se for ao meu quarto dá com eles na cómoda, em fila, com o seu motor também embora imóveis, quer dizer para mim não imóveis, a contornarem as escovas, o retrato, cinco, um grande e os restantes pequenos, o meu marido

— Não percebo a piada que se pode achar a isto

e entendi nesse instante que não gostava dele, tac, assim que

— Não percebo a piada que se pode achar a isto

não foi só entender que não gostava dele, foi que nunca gostei dele, cinco patos de vidro a nadarem no tampo e eu a correr parque fora sem alcançar o meu pai entre canteiros e cedros, o homem que vendia livros numa banca indignava-se com os pombos a cobrir os livros com um plástico para evitar que os sujassem, usava os óculos na testa, nunca lhos vi no nariz, a medalhinha de um santo na lapela com uma fita vermelha, as minhas pernas metade minhas e metade de outros

(eu mais adiantada que os patos, vá lá)

visto que só de longe em longe mancavam, o empregado não

— Vi-me grego para descobrir onde mora

apesar de ter a certeza que se viu grego para descobrir onde moro, estas ruas transformam-se em pracetas, avenidas, largos, cessam de existir ao construírem prédios, tornam a existir com outro tamanho, outras árvores, tal como o tempo que lugar movediço, a cidade, sempre a alterar-se e a crescer, os losangos amarelos da ourivesaria valeta fora com as jóias, a loja de perfumes um dia destes um talho e nós todos nos ganchos, o entrecosto, a alcatra, há um mês

(outubro março fevereiro?)

o empregado do meu pai tão velho quanto ele não

— Põe-me nervoso senhora

— Põe-me nervoso madame

nem

— Pelo menos safámo-nos desta

talvez apreciasse os patos de vidro e percebesse a piada que se podia achar àquilo, o grande, os pequenos

(todos pequenos no fundo)

a contemplá-los comigo à medida que nadavam na cómoda, até nomes lhes dei que por vergonha não confesso

(o grande Baltasar, pronto, não me perguntem mais)

o empregado

— O seu pai

e desta feita sim senhor, morto mesmo

(o passado movediço por um instante fixo, o empregado fixo, eu fixa, os patos fixos na cómoda e portanto fixos no tanque sem nenhum motor dentro, o meu pai fixo a correr, o riso da minha mãe fixo

— De que se está a rir mãe?

qual a idade do seu riso)

o queixo do meu pai duro no tecto, nunca vi um queixo tão nítido, no dia em que se foi embora a arrumar a mala sobre a cama uns berlindes de gaiato que tirou da gaveta, azuis, verdes, brancos e o queixo diminuiu com os berlindes e endureceu outra vez, gastou mais tempo com eles que a dobrar as camisas, a concha da mão diferente ao pegar-lhes, uma espécie

(como exprimir-me?)

de por assim dizer ternura, passou os berlindes de uma palma para a outra a avaliá-los

(não diria uma carícia, a avaliá-los)

abriu o saquinho de pano, contou-os duas vezes e pareceu alegrar-se por não faltar nenhum, apertou os cordões do saquinho, tenho a certeza de o ouvir em segredo, aliviado

— Graças a Deus tenho todos

e o queixo nítido de novo, se eu

— Pai

antes do queixo nítido ia apostar que ele não se ia embora, ficava, mas a minha mãe a vingar-se num aceno de desdém

— Berlindes

e ele surdo para nós

(não surdo, capaz de estrangulá-la, a fingir-se surdo para nós a fim de não estrangulá-la e agora demasiado tarde para que eu

— Pai)

berlindes azuis, verdes, brancos, um deles transparente com uma espiral no interior, o meu pai a segurar-se o tempo todo para não anunciar a mostrá-lo à gente

— O Papa

não a anunciar, a envaidecer-se das volutas amarelas

— O dono do Papa começa o jogo primeiro

guardou o saquinho no bolso, desconfiou do bolso e sepultou-o na mala sob as camisolas e o pincel da barba, sentia-se o Papa a tilintar contra os colegas ou então fui eu que imaginei o Papa a tilintar contra os colegas ou então foi o meu pai que imaginou o Papa a tilintar contra os colegas, eu

— Pai

quando já não servia de nada que eu

— Pai

e ele a imaginar o Papa a tilintar contra os colegas azuis, verdes, brancos, o Papa tantas cores para além do amarelo, não uma espiral, duas que se cruzavam, um Papa importantíssimo, o rei dos Papas pai, quem me jura que à noite, logo que nós a dormir, não ia admirá-los às escondidas, amontoava-os na toalha, fazia-os rolar um bocadinho, o Papa

(é óbvio)

mais solene, mais lento, empreste-me o seu Papa senhor, com que dinheiro o comprou, quem lho ofereceu diga-me, o empregado do meu pai não

— É aqui que você vive?

queria lá saber onde eu vivia, queria apenas achar-me, o empregado tão velho quanto ele

— O seu pai

e desta feita morto mesmo, o passado movediço sempre a alterar-se, a crescer

(que dia é hoje, ajudem-me)

por um instante fixo, o empregado fixo, eu fixa, que terça-feira, que sexta de que mês, de que ano, o meu pai morto ou irá morrer um dia

(irá morrer um dia?)

o meu pai morto, fixo a correr, o riso da minha mãe fixo

(— De que está a rir-se mãe de que me estou a rir?

e qual a idade do seu riso, qual a idade do meu)

não o desdenhe
— Berlindes

atente no queixo que nunca vi um queixo tão nítido, nenhuma pálpebra a espiar-me, nenhum suspiro

— Pelo menos lá nos safámos desta

dei-lhe o nó da gravata e penteei-o com a minha escova eu que nunca lhe mexera antes por não conseguir agarrá-lo no parque, lembro-me do cheiro da minha mãe nele, não me lembro do meu, tome o meu cheiro, regale-se, isto não numa casa, no sítio onde fora o jornal, uma caneca de alumínio, a mesma mala e na mala os berlindes azuis, verdes, brancos, as espirais do Papa cujo dono começa o jogo primeiro, é você quem começa o jogo senhor, não tenha medo que não ganho, perco, mesmo que ganhasse não ganhava sossegue, perdia, guardei os patos em casa, cinco, o meu marido

— Que raio de piada se pode achar a isso?

e entendi não apenas que não gostava dele mas que nunca tinha gostado, cinco patos de vidro no tampo da cómoda e eu a trotar parque fora entre canteiros e cedros, o homem que vendia livros numa banca indignava-se com os pombos a cobrir os livros com um plástico para evitar que os sujassem, usava os óculos na testa, nunca lhos vi no nariz, se os colocasse no nariz as pupilas imensas e eu não uma, duas, uma em cada pupila, a medalhinha de um mártir na lapela com uma fita vermelha, o empregado finalmente a olhar-me, o meu pai dava ordens por ser o dono do Papa

— Vi-me grego para descobrir onde moras

terá sabido da macieira, da minha filha, de mim, do que prometeu visitar-me e não visita e os sujeitos da polícia à espera dele em vão, por que motivo me procurou

— É aqui que tu vives?

se lhe mostrasse os patos de vidro mangaria comigo

— Que parva

encolhia-se desconfiado

— Pões-me nervoso tu

a carteira vazia, o telefone sem som, o segundo andar às escuras

— Alumiava-se com os berlindes senhor?

mudava-os de uma palma para a outra, avaliava-os, palpava-os, quatro da manhã escrevo eu mas de quando, de daqui a uma semana, de ontem, de que estação, de que ano, quatro da manhã para mim, para você, para o meu pai, para quem, quatro da manhã, quase dia, apesar de me faltarem dedos

(o anular, o mindinho)

hei-de cortar a erva lá fora, que outra coisa posso fazer além de cortar a erva lá fora para que a boneca não gire e eu girando com ela, a dona Coralina

— Dispenso-te da capital do Peru podes chorar à vontade

embora eu sem lágrimas, seca, mais orgulhosa que um índio, a Marionela a emprestar-me o baloiço e detesto a Marionela emocionada, não emprestes, prefiro-te egoísta, má, a ocupar o fundo inteiro da aula, se me encontrasses em casa enquanto os losangos da ourivesaria cambulham na valeta juntamente com folhas

— Não mudaste desde a escola que divertido

palavra de honra agradecia, não mudei desde a escola, faltam-me dedos somente, o mindinho, o anular, soube agora que o médio, a senhora na outra banda do Tejo sem pássaros da água nem bielas de traineiras que moíam a tarde

— Ana Emília

alarmava-me o meu nome na sua voz fazendo-me pensar porque me chamo assim e não Fernanda, Madalena, Idalina

(se eu Idalina a minha vida melhor, o meu pai vivo e não quatro horas da manhã, cinco da tarde quando as árvores da China se aquietam e nenhuns homens à minha espera lá fora que vão chegar, vão chegar)

a vivenda entre dúzias de vivendas iguais, dois andares, quintaleco, muros à altura dos joelhos, vasos de cimento com plantas que criaturas da idade da senhora regavam com cafeteiras e bules, bengaleiros aparafusados à parede

(um dos parafusos a desenroscar-se)

em que não se pendurava nada dado que se acabaram os sobretudos, as gabardines, os blusões, sobra um cachecolzinho, o marido defunto sem feições nem voz

(o meu marido defunto sem feições nem voz foi descendo no espelho a rasgar o vidro com as unhas, cessei de vê-lo, gudebai) e quatro da manhã por fim, não de daqui a uma semana ou de ontem, quatro da manhã de hoje e as primeiras varandas, o empregado aceitou um licor a perguntar a si mesmo, não a mim

— E agora?

possuía os dedos todos mas de que lhe serviam os dedos

— Para que quer os dedos?

o cálice baloiçava na mão sem alcançar a boca

(— Para que quer os dedos?)

e daqui a pouco o empregado sozinho no jornal, pode ser que haja um sentido nisto embora não descubra nenhum e o cálice a entornar o licor, se pegar-lhe ao colo o ajudasse não me importava de lhe pegar ao colo mas penso que o empregado a afastar-me

— Põe-me nervoso senhora

a mesma pressa em ver-se livre de mim que o meu pai, a carteira vazia, o telefone cortado, enxotava-me com a manga num cansaço vencido e mal eu nas escadas

— Pelo menos lá nos safámos desta

o empregado aposto que a enganar-se no caminho, não na direcção do centro mas de ferramentas do que iria ser uma estrada abandonadas no chão, se acendesse a luz dava com o que prometeu visitar-me e não visita acolá na ombreira, a minha filha a passar por nós, eu

— Não se cumprimentam as visitas?

e ela a caminhar mais depressa, calada, a porta do quintal que se abria e fechava, ninguém, só uma alcofa, uma rapariga de tranças e não uma rapariga de tranças, uma boneca somente, não me recordo da minha filha nem de sentir a falta dela

— Mãe

da mesma forma que não sentia a falta de eu

— Mãe

de eu

— Pai

sentia as árvores da China, a macieira, as ervas, passos não do que prometeu visitar-me e não visita, mais lentos, parecia-me que uma palma se apoiava na fechadura e procuravam adivinhar se algum ruído aqui dentro enquanto um estore subia

(puxado por quem?)

e a loja do ourives mais opaca no escuro, o rectângulo com a temperatura sumiu-se e a cinza acumulada durante séculos a tombar sobre nós, eu impassível, seca, mais orgulhosa que um índio, o empregado do meu pai sei lá onde
— De que está a rir-se mãe de que me estou a rir eu?
portanto não impassível, a rir-me, mais cinco minutos e o primeiro autocarro num estrondo maior que o dos autocarros seguintes, quando o dia começa a habituar-se aos sons e nos protege deles, o primeiro vizinho ou seja uma criança a lutar com os fantasmas do sono que a perseguiam ainda, um braço que se estendia de repente a segurar-lhe o ombro
— Não me foges
se conseguisse levantar-me, olhar os patos da cómoda e as minhas pernas iguais às suas, mancas, reaprendendo a andar porque esta noite perdi o jeito mãe e não sei quantos pés tenho, se calhar muitos, uns doze, tornar-me um insecto da terra e sumir-me entre raízes ou deslocar-me antena a antena e pinça a pinça numa falha de muro, há-de haver um lugar onde possa depositar os meus ovos ou seja as minhas alcofas de vime com os seus laçarotes e os seus enfeites de renda e ver-se-ão gregos
(quase tenho pena deles)
para descobrir onde moro, o que prometeu visitar-me e não visita a rodear a casa sem me encontrar aqui e a regressar a Évora onde um prego, uma lâmina, um tiro sob os planetas extintos, deviam chover lágrimas quando o coração pesa muito, o desenho do meu nome na boca da senhora
— Ana Emília
à minha espera no andar de cima buscando o frasco de comprimidos que a ajudasse a existir, cada degrau do jornal um timbre diferente e não degraus, pessoas que se queixavam, as do passado julgo eu
— Ana Emília
no rés-do-chão bilhas de gás, contentores, a ideia que o meu pai na janela e a cara dele não
— Põe-te a andar
preocupada, a mesma do parque quando esfolei o joelho e tirou o lenço do bolso onde devia guardar os berlindes para me limpar de terra, a expressão parecida com a da senhora
— Tenho medo

não com a voz, na maneira de prender-me

— Fica comigo

como se ficar com ele o salvasse e não salva que se percebia na cara do empregado e no cálice de licor a tremer, a marca dos anos no seu pescoço senhor, o colarinho demasiado largo e tão apertado dantes, o meu pai, que esquisito, mortal, quando menos espere o queixo nítido, duro

— É aqui que tu vives?

o lábio inferior que ia caindo, caindo, põe-me nervoso você, suma-se da minha frente mais os sapatos novos que o obrigaram a estrear, as calças engomadas, as flores

(não peónias em vasos de cimento, as outras que me enjoam)

e a minha mãe

— Vais assustar a pequena

adivinhei-o no meu quarto depois do jantar por uma mudança no escuro, quer dizer mais escuro a acrescentar-se ao escuro e o mais escuro junto à cama a tocar no lençol, não em mim

(nunca tocou em mim)

a alisá-lo para que eu mais confortável, melhor, a tornar-se a silhueta do meu pai na moldura da porta, a minha mãe na sala que se dava fé pelo eco

— Não caíste na asneira de acordar a pequena?

e quem diz que não fomos felizes nós os três nessa época mesmo com a Marionela a impedir-me o baloiço, escutava as vozes deles misturadas na música do rádio e a minha mãe não se lamentava apesar da falta de dinheiro

(— Deu-te o dinheiro ao menos?)

e do frigorífico que não acabávamos de pagar, o meu pai a meio da noite a embaciar os caixilhos, a escrever com o dedo

(os dedos todos que sorte)

e a apagar o que escrevia embaciando-os de novo, ainda que embaciando-os a gordura do dedo e um nome de mulher de que eu achava de manhã

(quatro da manhã)

os vestígios de um acento agudo, da maiúscula inicial e do traço a sublinhá-lo, esfregava-os eu com a manga e nós felizes de novo, a certeza que o meu pai me encontraria a esfregá-los de início alarmado e agradecido depois, a minha mãe para mim

— Gostas de sujar a janela?

e o meu pai sem me defender, receoso, a expressão do parque de quando esfolei o joelho, o tal vinco que não lhe conhecia a tremer na bochecha, não nítido, não duro, não

— É aqui que tu vives?

e no entanto não se atreva a imaginar que não fomos felizes, fomos felizes, poupando aqui e ali o frigorífico pago, a máquina de costura eléctrica que trouxemos da loja num caixote triunfal e o seu zumbido competente a melhorar bainhas, deixámos a máquina antiga no passeio para que os vizinhos nos invejassem

— Afinal conseguiram

e no dia seguinte a camioneta da Câmara ou um pobre

(não éramos pobres, ficaram a saber que não éramos pobres, fomos felizes nessa época e não éramos pobres)

levaram-na, a minha mãe inventava enfeites que se soltavam ou botões mal pregados a anunciar contente

— Vocês matam-me de trabalho

devo tê-la por aí

(qual devo tê-la por aí, está na despensa entre a tábua de passar a ferro e a vassoura)

enferrujada, inútil

(éramos pobres talvez)

com arabescos no esmalte e aos domingos o parque, o busto do filólogo e os óculos na testa do vendedor de livros e a sua raiva dos pombos, aos domingos o tanque, patos azuis, verdes, brancos cujas pernas nasciam ao saírem da água, cinco patos de vidro no tampo da cómoda nadando para cá e para lá no meu quarto

(e o meu pai

— É aqui que tu moras?)

contornando a moldura e o jogo de escovas.

4

Não sei muito bem o que vejo, se uma casa ou a ideia de uma casa, alguém à minha espera ou a ideia de uma pessoa à minha espera e qual pessoa e quando, fui criado por uns parentes e os parentes à minha espera depois de tantos anos com os seus olhos antigos, a prima da minha mãe que se ocupava de mim e me dava ordens como se apenas longe dos outros conseguisse falar, era do compartimento seguinte que mandava
— Come a sopa
ou
— Deita-te
de modo que não lhe obedecia a ela, obedecia a uma voz na sala sem ninguém excepto as paredes que o sol e as cortinas acrescentavam às paredes autênticas, sinais de presenças pergunto-me se de gente viva, roupa num cesto
(uma camisa minha entre camisas alheias)
e o fumozinho do bule, passos que me encontravam e voltavam atrás, a prima da minha mãe sempre mais distante, na cozinha, na varanda
— Então?
ou
(julgava eu)
no interior dos retratos, atrás da espécie de chuva em que o passado termina dado que a seguir ao tempo o nada branco de Deus, não fui criado por parentes, fui criado por ecos, mãos vindas do alto que me agarravam de súbito
— O órfão
me erguiam até óculos escuros e narinas enormes
(eu a interrogá-los calado
— Vocês quem são?)
me largavam onde nem narinas nem óculos e esqueciam-se de mim, as horas só me chegavam, espaçadas, depois de-

les as gastarem com discussões e tosses e por causa disso demorei demasiado a crescer, os óculos escuros e as narinas, a princípio numerosos e a encherem a noite de torneiras, foram rareando à medida que subia de maneira que encontrei somente uma criatura idosa e uma criatura menos idosa, a que mandava que comesse a sopa e me deitasse, sentadas uma ao lado da outra numa das paredes que o sol e as cortinas acrescentavam às paredes autênticas, observando melhor não uma criatura idosa e uma criatura menos idosa, duas criaturas idosas e nenhuma me ordenava
— Come
ou
— Deita-te
apiedavam-se de mim
— O órfão
enquanto um relógio, finalmente, ia apressando as horas a anunciar não o tempo que era mas o que faltava ou seja meia dúzia de voltas de ponteiro e a casa fechada, uma vibração no soalho que ia parando, parando e terminada a vibração eu para as criaturas sem lhes entender o silêncio
— Continuam vivas vocês?
o que seria feito das discussões, das tosses, botas para cá e para lá a obrigarem-me a esconder sob a mesa abraçado a mim mesmo enquanto o galo que matavam se espanejava no avental, a prima da minha mãe quebrava-lhe o bico com a faca para que se não queixasse ao Senhor, percebia-se o Tejo que os telhados continham empurrando-o para onde não afogasse os quintais, rolinhas quase de loiça que pediam, explicavam, afligia-me não lhes entender a linguagem de sumaúma para poder responder, a prima da minha mãe
— Já és adulto agora
dado que os quadros menos altos que eu, flores de jazigo em redomas, objectos que faltavam
(não somente óculos escuros e narinas)
porque rectângulos pálidos nas mesas, não sei muito bem neste momento o que vejo, se alguém à minha espera ou a ideia de uma pessoa à minha espera e se a ideia de uma pessoa à minha espera qual pessoa e quando, alguém oculto no passado, um homem
— O teu padrinho rapaz

aos sábados na feira de Santa Clara comigo, bancas de animais de barro e lanternas que nem os defuntos que mal conseguem enxergar usariam nos seus túneis, as rolinhas quase de loiça, cheias de afecto, a engordarem de amor por mim nas empenas, quantas tardes de julho, na casa ou na ideia de casa, a escutar-lhes as falas, julgo que na ideia de casa porque a não vejo bem, um andar encavalitado sobre amoreiras e pátios, o meu padrinho a descansar nos patamares

— Aguenta um minuto rapaz

trabalhava de barbeiro e a tesoura abria-se e fechava-se no ar não mordendo ninguém, vai na volta apontava às cabeças uma fúria de golpe e as madeixas tombavam nos ladrilhos conforme tombariam as rolinhas com um tiro, feitas de fiozitos que se desvaneciam na luz, o meu padrinho a ganhar forças na escada

— Vamos embora rapaz

e o apartamento sem ninguém excepto os pavios do oratório despedaçando gestos no tecto enquanto as bênçãos dos santos continuavam intactas, não morava com parentes, morava com vozes e reflexos de óculos que murchavam na cozinha para nascer na marquise, num ângulo de espelho o que se me afigurou ser eu de cara pintada e brincos e verificando melhor não eu, uma prega do estanho e continuo a pensar que no último dia, ao golpearem-me o pescoço, também não eu, uma prega do estanho, pode ser que a casa ou a ideia de casa um engano que tive, nos intervalos da chuva a madeira que se desarticula, liberta, quando me tornei adulto

(— Já és adulto agora)

nenhum som de telhas e a madeira calada, em fevereiro via-se a água cair sem rumor, deixávamos de senti-la antes de tocar no chão e a feira de Santa Clara vazia

(quem terá acendido as lanternas nas bancas?)

onde as copas das casuarinas tingiam a tarde com as corolas roxas, que estranho ser adulto e os parentes à minha espera decorridos tantos anos com os seus olhos de fotografias sem sangue a escurecerem o papel, após o golpe no pescoço e os brincos de mulher uma senhora numa cadeira de baloiço

— Anda cá

não de preto, uma senhora vulgar, não imaginava que a morte

lembro-me das ervas no quintal, da minha filha e do médico da polícia
— É melhor não insistirem por hoje
e eu apesar de finado a dar por ele e a ouvi-lo, levaram-me para Peniche e lá estavam as ondas na muralha do forte, o director zangado com os meus colegas
— Porquê?
ou seja o que me sacudia os ombros
— Mãe
e aquele que ajudou com um prego, uma lâmina, um martelo, quis dizer
— Não
devo ter dito
— Não
e fui-me distanciando num hálito que me impedia de ver-me, a minha mulher e os meus colegas sem que lograsse alcançá-los, não mais que vibrações do soalho que iam parando, parando, os ponteiros quietos porque o tempo que faltava no relógio acabou, o meu padrinho entre um degrau e o seguinte
— Aguenta um minuto rapaz
e como aguentar um minuto se o meu tempo acabou, as flores roxas das casuarinas dispersavam a tarde, passos que me examinavam
— É melhor não insistirem por hoje
e voltavam atrás, o director
— Porquê?
num intervalo das ondas, que estranho ser adulto agora
(— Já és adulto agora)
e os parentes à minha espera decorridos tantos anos com os seus olhos de fantasmas sem sangue a escurecerem o papel, não o meu padrinho
(casuarinas tão lindas)
a prima da minha mãe que se ocupava de mim, desconhecidos que me aceitavam porque lhes pertencia, a senhora da cadeira de baloiço
— Anda cá
uma senhora vulgar, não imaginava que a morte uma pessoa real, sem mistério, de xailezinho nas costas a esconder-se do frio, talvez a minha mãe, talvez a outra esposa que o meu pai

em viúvo, mãos vindas do alto que me agarravam de súbito, me erguiam até óculos escuros e narinas enormes

— O órfão

e se esqueciam de mim, quem foram a minha mãe, o meu pai, a segunda esposa do meu pai, ao tentar recordá-los o que me fica é um vestido castanho que não sei quem usava, não distingo feições que se aproximassem, só o vestido castanho de qual delas

(a minha madrasta, a minha mãe?)

outra casa diferente desta ideia de casa com as formigas no parapeito da janela caminhando para que sítio e transportando o quê, o relógio apressava as horas e o tempo grosso de tantas noites dissolveu-se num galho da macieira do quintal a bater, a bater, a minha mulher

(não lhe chamo esposa, reparem que não lhe chamo esposa)

cortava a erva junto ao tronco ao regressarmos do cemitério não olhando para nós, eu sem coragem de perguntar

— Era minha filha aquela?

e a minha mulher de joelhos

(nunca lhe chamarei esposa)

a puxar caule a caule numa espécie de desilusão ou diante dos patos da cómoda juntando-se a mim, não a encontrava nos lençóis ao tocar-lhe, encontrava o queixo nítido, duro, um gesto que não se me afigurava dela a enxotar-me

— Pões-me nervosa tu

e a impressão que os patos deslizavam no tampo entre a moldura e as escovas, cinco patos em fila e um velho a perguntar de muito longe

— É aqui que tu moras?

sem dar conta de nós, coisas que me obrigo a supor porque não sei muito bem o que vejo, se uma casa ou uma ideia de casa, árvores da China, não casuarinas, a erguerem-se atrás da macieira na direcção do muro, presumo que amanhece para vocês visto que um sopro de vento no interior da terra a agitar as pedras que sou, trouxeram-me de Peniche a Lisboa ao comprido do mar e não me apercebi das ondas, apercebi-me dos parentes à minha espera decorridos tantos anos com os seus olhos de fantasmas sem sangue a escurecerem o papel, não o meu padrinho

— Aguenta um minuto rapaz

a prima da minha mãe

— Deita-te

e não lhe obedecia a ela, obedecia a uma voz que nada me indicava que lhe pertencesse, demasiado remota para além do mar e das ondas e dos albatrozes calados, não mais que a senhora na cadeira de baloiço

— Anda cá

não de preto, uma senhora vulgar, não imaginava que a morte uma senhora real, sem mistério, de xaile nas costas a esconder-se do frio e que não me assustava nem levava consigo, limitava-se a estar ali familiar, tranquila, não necessitava de dizer-nos

— Sou eu

para que a gente a aceitasse, quer dizer aceitávamo-la perguntando

— Afinal a morte é só isto?

e de facto era isto, só isto, o xaile gasto, a blusa fora de moda

— No Natal ofereço-lhe um xaile novo e uma blusa em condições

e está claro esquecia-me porque a morte tão discreta, modesta, prometia

— No Natal ofereço-lhe uma cadeira bonita

e a senhora que tenho a certeza de me compreender em silêncio, não exigia, não maçava, talvez

— Não é culpa tua deixa

a morte se calhar a segunda esposa do meu pai ou as mãos vindas do alto que me agarravam de súbito ajudando-me a ir mas para onde e porquê, o vestido castanho enrodilhado no chão e eu a pegar no vestido à medida que o médico referindo-se a mim

— É melhor não insistirem por hoje

ninguém que arrancasse ervas com pena da gente e a tesoura do meu padrinho a deixar de bicar-me, eu sumido do espelho que rasguei com as unhas cuidando rasgar

— Não

(não era minha intenção magoá-los)

a minha mulher, o meu colega, o outro homem com eles, escutava-lhe as vozes a interrogarem-se uns aos outros

— Está a falar connosco?

e de quem este hálito e esta manchinha no estanho, reconhecemos os vivos

(reflexos de óculos escuros e narinas, uma loiça que se quebra e não mencionei ao princípio, pode ser que uma jarrinha ou um vaso)

sem os alcançar com os dedos, são eles que nos alcançam ao falarem da gente a distribuírem entre si o que tínhamos de modo que se voltarmos o que possuímos nós, nem uma camisa no cestinho da roupa e o nosso sítio na mesa, a boneca acolá a encerrar em si mesma o espanto que lhe desenharam a pincel nas feições

— Não te vejo

uma das pálpebras mais descida a que faltavam pestanas

(eu uma das pálpebras mais descida a que faltam pestanas)

a boca demasiado pequena para soprar palavras e no entanto

— Não te vejo

e a olhar para mim, não nos vemos mutuamente descansa

(como podia ver-te do chão?)

consoante a minha mulher e o meu colega não nos vêem, passam por aqui cegos e não existimos sequer de forma que me interrogo se existimos um dia, esta casa uma casa de facto ou uma ideia de casa, este fim de noite às quatro da manhã o fim de noite que esperava em que as sombras se desmembram e permanecem vivas, buscam refúgio na despensa onde algo do escuro vai durando apesar do candeeiro

(ou graças ao candeeiro?)

nas prateleiras, nos frascos, no abajur de vidrinhos que pertenceu a uma tia

(não adivinhamos qual tia e se procuramos adivinhar a senhora da cadeira de baloiço a aconchegar-se no xaile numa reprovação tímida)

este fim de noite às quatro da manhã em que o relógio cessa, acabaram-se as horas, nem um minuto nos falta, uma vibração do soalho que vai parando, parando e terminada a vibração as rolinhas quase de loiça que não pedem, não chamam, pode ser que a minha filha

(mesmo que não minha filha e sei que não minha filha a minha filha)
— Pai
do quarto dela ou do galho da macieira mas arredia, séria, nunca tivemos tempo para estar um com o outro numa época em que os inimigos da Igreja e do Estado mais os seus jornais impressos ao contrário nos obrigavam a ensurdecer em Peniche, o médico a experimentar pulsos onde trepidavam calhaus
— É melhor não insistirem por hoje
e cada pedra a doer mais que um martelo na nuca, durante anos e anos eu nesse forte filha, nos intervalos do cimento ervas magras, lagartas, mãos vindas do alto que me agarravam de súbito
— O órfão
muros demasiado espessos que me impediam de ver-te a conseguir uma letra e interrogo-me se terás feito desse modo com o fio do estendal na macieira ao acabares o nó e depois os albatrozes apagam tudo e perco-te, de madrugada, consoante as voltas do farol que descobrem ninhos nas covas, a gente verdes ou negros, quando verdes uma esperança nos presos
— Foram-se embora eles?
e quando negros a prima da minha mãe a dar-me ordens a afastar-se, apenas longe dos outros era capaz de falar
— Deita-te
de modo que não lhe obedecia a ela, obedecia a uma voz que nada me indicava que lhe pertencesse buscando-me em Peniche ou na casa onde vivi com a tua mãe em Lisboa
(uma casa ou uma ideia de casa?)
deserta excepto as paredes que o sol e as cortinas acrescentavam às paredes autênticas, os passos do meu colega a chegar do quintal
— Não te queremos aqui
e a tua mãe com ele, a senhora na cadeira de baloiço de xaile a escorregar-lhe do ombro
— Anda cá
e os albatrozes a impedirem-me de ouvir ou não albatrozes, o assobio da água numa crista de rocha e a água também
— Anda cá
a mesma que mal tu o nó do fio no ramo

— Anda cá

para trás e para diante na erva, se ao menos contasses isto por mim, me ajudasses, nós tão desamparados neste livro com a chegada da manhã e a precisarmos tanto de auxílio, nem sequer o meu padrinho

— Aguenta um minuto rapaz

apenas tu sob a chuva de maio, se tentava apanhar-te enervavas-te comigo

— Não me segure o cotovelo

e eu com medo a largar-te, lembro-me das tranças que te seguiam pulando, de cheirar as palmas sem te encontrar na minha pele

(de quem herdaste a pele?)

encontrava um preso desses que surpreendíamos a rasgar papéis numa tipografia a amolecer-me nas mãos, o meu colega obrigava-o a vestir-se de mulher sacudindo-o

— Não quero que te esmaguem a cara com a tampa do caixão acorda

não só um vestido de mulher, brincos de mulher e pintura jogada ao acaso nas bochechas tal como não a voz dele de hoje em dia, a voz de outrora a tropeçar em si mesma

— Mãe

convencido que a mãe o escutava e não escutava, os parentes que me criaram

— Come a sopa

imaginando que eu criança depois destes anos todos, mãos vindas do alto me agarravam de súbito

— O órfão

eu à altura da franja da toalha

— Vocês quem são?

se interrogasse a minha filha

— Tu quem és?

entornava o cobertor sobre a cabeça e diminuía na cama, as árvores da China falavam por ela mas quem entende as árvores, as casuarinas por exemplo dava-me ideia que

— Adeus

continuando ali, o meu padrinho na feira de Santa Clara

— Rapaz

substituindo-se a elas, quem entende as árvores, as ondas e os albatrozes do forte, sons a noite inteira teimando e teimando ou então a minha mulher a chegar do quintal

— Não te queremos aqui

os patos de vidro escapavam-se da cómoda a ganharem pernas no soalho, recordo-me do brinco a lacerar-me a orelha, da aflição no meu ouvido

— Mãe

não zangado, ansioso, conforme não aqui em Lisboa, numa muralha em Évora onde os corvos se erguiam da terra ou então a senhora da cadeira de baloiço a estender-me o xaile e a tapar-me com ele, não calculava que a morte uma senhora vulgar à medida que o tempo que faltava se extinguia no relógio, julgo que disse

— Filha

visto que as tranças corriam sob a chuva de maio e dúzias de ecos no quintal procurando-me, o corpo a endireitar-se antes de me faltar, este cotovelo não meu, este pescoço que cede, a minha filha a repelir-me

— Pões-me nervosa tu

puxando um escadote para alcançar a macieira e a boneca de bruços na erva e o escadote tombado, as sandálias sem um movimento, quietas, os patos engolidos pelos cedros do parque a ocultarem-se de mim

— Já és adulto agora

e que estranho ser adulto agora, tirem a minha camisa do cesto da roupa e obriguem-me a vesti-la em lugar desta saia, a senhora da cadeira de baloiço preocupada comigo

— Tens frio

e não tinha frio senhora, eu bem, talvez uma das pálpebras mais descida a que faltavam pestanas, a minha boca

(ou a boca da boneca)

demasiado pequena para soprar palavras e no entanto

— Não vos vejo

não nos víamos mutuamente, víamos a macieira, a minha mulher muito perto primeiro, quase a roçar-me a bochecha

(limpava-me as pinturas?)

e muito longe depois, a manhã a nascente isto é grandes tiras lilases a alongarem as tábuas, a cama em que a minha mulher

— Não

de costas para mim isto é a omoplata que a luz amaciava e a curva das ancas, apesar de eu estendido as unhas demoravam a reunirem-se ao corpo, os tornozelos numa espécie de disparo antes do

— É melhor não insistirem por hoje

os paralisarem de vez e nem muralhas nem corvos, a cadeira de baloiço a dançar distraída, recordo-me de um preso

— Senhor

e da carne a pingar feita cera dos ossos, de mulheres de luto na praia a recolherem pescado entre pássaros miúdos, do inimigo da Igreja e do Estado que a vazante enganchou nas arribas durante dias e dias a perder a fibra dos nervos e nisto a enchente veio enrolar-lhe as calças e a fibra que restava a empalidecer, a sumir-se, jogaram-no da escarpa

(jogámo-lo da escarpa?)

para a qual lançara uma corda

(joguei-o da escarpa?)

a fim de escorregar

(joguei-o da escarpa)

na direcção dos penedos, jogueiodaescarpaparaaquallançaraumacordadetoalhasemantaselençóisafimdeescorregarnadirecçãodospenedos e os albatrozes à nossa volta a pedirem-me, não a ralharem comigo, a pedirem de modo que me limitei a concordar com ele

— Empurre-me senhor

empurrando-o, isto é, e corrigindo o que disse, os sujeitos de casaco e gravata, não eu que demorei demasiado tempo a crescer, não cresci ainda, eu na feira de Santa Clara com o meu padrinho, bancas de animais de barro e lanternas que nem os defuntos que nada enxergam usariam nos seus túneis, jogaram-no da escarpa para a qual lançara uma corda de toalhas e mantas e lençóis

(rolinhas quase de loiça a engordarem de amor nas empenas)

e desperdícios e trapos a fim de escorregar na direcção dos penedos

(quantas tardes de julho, na casa ou na ideia de casa, lhes escutei as conversas?)

um dos joelhos foi-se quebrando nos tijolos e depois o outro e a bacia e a nuca, ao voltar a cabeça não deu por mim, não me viu, o meu padrinho a descansar nos degraus

— Aguenta um minuto rapaz

e como poderia ver-me se não eu, talvez as copas das casuarinas que dispersavam a tarde, as quatro da manhã a crescerem lá fora e o trinco da cancela a raspar no encaixe

(não sei muito bem o que vejo, se uma casa ou uma ideia de casa)

um galho da macieira com um frutozinho a descolar-se da haste, um dedo numa fotografia

— Conhece?

ou nem um dedo numa fotografia, um prego, uma lâmina, a senhora da cadeira de baloiço preocupada connosco

— Têm frio?

a suspender-se um momento para nos ajudar com o xaile, os patos de vidro sossegados na cómoda e eu com vontade de pedir-lhe

— Não quer ser minha mãe?

o colega aqui em casa com a minha mulher ou no lugar onde mora frente aos planetas extintos, tanto faz, como tanto faz quem escreve isto dado que quatro da manhã em toda a parte do mundo, as primeiras janelas e os primeiros fogões, acordava a esta hora para me espantar com o dia, uma volta de ponteiros, duas voltas, três voltas, badaladas sem ordem e vacilações de pêndulo, a minha filha uma alcofa que trouxemos do hospital e a minha mulher a desdenhar a alcofa que poisei

— Não me pertence

na cadeira do quarto, a minha mulher a caminhar na cozinha desorganizando as caçarolas

— De que me serve uma filha?

eu que gostaria de passeá-la nas casuarinas de Santa Clara nos sábados de feira, entre negociantes e ourives, e mostrar-lhe como as ondas de Peniche nos arrastam na direcção do horizonte, creio que gostei dela porque me envergonha dizer que gostei e me inquietava com ela, tinha medo que a senhora da cadeira de baloiço a chamá-la

— Tens frio?

e a estender-lhe o xaile, medo que o nada branco de Deus a pudesse alcançar, assustava-me não lhe ouvir a respiração de noite, na casa cheia de telhas a escarnecerem de mim e objectos que mudavam de lugar anunciando desgostos, levantava-me para beijá-la e o meu acanhamento de beijá-la, a luz do corredor detinha-se antes da porta

(— De que me serve uma filha?)

e o teu cabelo escuro, os teus dedos fechados

(segurando o quê?)

nenhum vento nas plantas e eu sereno, contente, as horas vagarosas, muito tempo afinal, meses, anos, pode ser que não fosses minha filha mas eras minha filha palavra, se eu ao menos capaz de exprimir-me, convencer-te, jurar-te, disseram-me que o meu pai em Espanha antes de falecer e eu em Espanha contigo, nenhuns penedos em baixo onde se esquartejam os presos, custa-me falar de mim filha, do que desejava, do que me apetece e daqui a pouco cerram-me a boca e manhã, ficas tu na macieira e eu no espelho vazio ou seja fica de nós uma poeirita de ausência, a minha mulher na sala, o meu colega entre piteiras e malvas, rolinhas quase de loiça dilatadas de amor e a chuva de maio sob a qual ninguém corre, tudo insignificante, pequeno, sem importância agora

(pergunto-me se importante algum dia)

a tua mãe a cortar a erva a olhar-me conforme a boneca nos olhava do chão e a certeza

(não exactamente certeza mas como explicar de outro modo?)

de que me descobriam pela primeira vez compreendendo o por dentro de mim e ignoro se eu morto já nesse tempo, quem terá limpo o meu hálito e apagado a manchinha, quem ficou com o anel que pertenceu ao meu pai e o colega para a minha mulher ao descobrir o anel na caixa do dinheiro onde trocos, botões

— Era dele?

julgava-o esquecido como julgava esquecidas as mulheres de luto na praia a remexerem pescado de mistura com os pássaros, não só os lenços de luto, os olhos igualmente, surpreendidos, vazios, tripas de pargo em saquinhos, aquelas bolsas dos ovos, os passos delas na areia pisando restos de náufrago

(o anel do meu pai continuará na caixa?)

e no entanto as mulheres de luto e o anel tão presentes, a casa ou uma ideia de casa a tremer no passado para lá de quilómetros de lágrimas de forma que se voltasse batia à porta em vão ou não batia sequer, não porque tudo se abre antes de me aproximar mas porque outros prédios no lugar destes prédios

(ou uma praceta ou um largo)

e eu a farejar ausências num bairro que perdi sem as viúvas de dantes a espreitar nas escadas

— Rapaz

e postigos com o céu mais distante que o céu cá de fora, as viúvas a estranharem

— Como te chamas rapaz?

desmemoriadas de mim, não existo, a tua mãe nunca o meu nome, tu nunca o meu nome, espreitava-te de noite

(quatro da manhã)

e o desassossego acalmava, tu viva enquanto eu espero no chão que o anel do meu pai que não sei onde pára se preocupe comigo

— Filho

e não filho

— Rapaz

ou

— O órfão

ou no compartimento seguinte como se apenas de longe me conseguissem falar

— Deita-te

e estou deitado senhora, repare, olhe as mãos no colete e a gravatinha direita, o silêncio das ondas semelhante às palavras dos sonhos gritadas sem rumor, que incompreensível ser adulto, estar morto, tornar-me o inimigo da Igreja e do Estado que a vazante enganchou nas arribas, perder o sangue dos nervos durante dias e dias, jogámo-lo da escarpa

(joguei-o da escarpa)

e não um preso afinal, a tua boneca a quebrar-se nas rochas ela que ficou na erva não se zangando com ninguém nem reprovando ninguém, tinha um mecanismo dentro a dizer não uma frase inteira, um riso de folha-de-flandres que os albatrozes bicavam, ao voltar de Peniche a boneca na cómoda

— Quem te deu a boneca?
e as árvores da China na ideia de me pouparem a responderem por ti, o meu colega no lugar que eu ocupava na sala e a minha mulher a cozinhar para ele
— Hoje jantas connosco?
tu de língua ao canto da boca a conseguires uma letra e os pés que se enovelavam, cruzavam, ainda não tranças, as tranças na época em que a blusinha te começou a crescer
(meu Deus porque não se calam os mortos e por que razão o mar não emudece de vez, quem me obriga a continuar sem descanso, me enterra o dedo no coração, agita lembranças e lá vêm as casuarinas com os seus segredos antigos, um vestido amarelo que quase roça por mim, discursos que não entendo, lamentações, palavrório, a cama que desarrumaram
da minha madrasta, do meu pai
guardada na despensa, não me aproximo da cama para evitar-lhe os ecos)
e o teu silêncio maior, comias quando não estávamos, trancavas-te no quarto e eu no corredor esperançoso de um arrastar de cadeira, passinhos, um sinal que me desses e sinal algum, a tua mãe
— Não a incomodes agora
dado que eu um inimigo da Igreja e do Estado que jogariam da escarpa, não me recordo de protestarem, encostavam-se à parede a limparem a boca apesar da cartilagem do pulso que ia rompendo a pele, uma ocasião abriste a porta de repente
— Não se vai embora você?
aborrecida de mim ou adivinhando-me a morte
(meu Deus porque não me calo agora, quem me enterra o dedo no coração e agita as lembranças?)
e depois da macieira
(tê-los-ias impedido?)
o meu colega, o outro e a tua mãe ao lado deles, não entre eles e eu, o estojo das pinturas e aqueles brincos no espelho
— Mete esses brincos tu
um golpe no peito que me rasgou o músculo e não doeu sequer
(se tombasse da escarpa e me enganchasse nas arribas o sangue dos nervos não me doía também)

os patos de vidro deslizavam entre a moldura e as escovas, uma pessoa a fixar-me do limiar curiosa de mim e era você pai, julgava não encontrá-lo nunca e afinal estava aí, não herdei nada que tivesse, não me pareço consigo, você pálido, descalço

(você preso senhor?)

com o anel no dedo

(terá falecido não em Espanha, em Peniche?)

deu-me ideia que a escorregar da parede conforme escorrego do espelho e o perco sem me poder valer, um pai mais novo que eu a limpar a boca, a ajoelhar, a cair, o meu colega a apontar-me à tua mãe

— Que diz ele?

o coração um sapo que coaxava, coaxava e penso que não meu, o meu padrinho num borbulhar difícil

— Aguenta um minuto rapaz

não era eu quem coaxava, era ele, estava muito bem a falar e detinha-se sob as casuarinas a olhar para dentro e a espalmar-se no peito

— Não ouves?

dado que no interior das costelas um moer lamacento como a seguir à chuva quando os trovões ganham olhos de salamandra, o meu padrinho com a bengala a impedir-lhes as queixas

— Vamos lá

(a ideia de casa um engano que tive, nenhum melro, ninguém, os patos de súbito agitados que gritavam, gritavam)

e bancas de animais de barro e lanternas que nem os defuntos que nada enxergam usariam nos seus túneis, rolinhas quase de loiça a engordarem de amor por mim nas empenas, um golpe no meu peito ou no peito do meu pai a rasgar-nos o músculo sem nos doer sequer, um segundo golpe no pescoço, não sei quê nas costas que nos rompeu a cintura, uma corda feita de mantas e toalhas e lençóis e desperdícios e trapos a fim de escorregar na direcção dos penedos e então o meu hálito no espelho, a manchinha

(de qual de nós?)

não vermelha nem cor-de-rosa, mais suave, a minha filha a abrir a porta de repente

— Não se vai embora você?

aborrecida de mim ou adivinhando-me a morte, não apenas as unhas a rasparem o espelho à medida que desciam, o anel de prata também e por consequência o meu pai não em Espanha, comigo, isto em Lisboa, em Peniche, na casa que não vejo ou numa ideia de casa, parentes à minha espera depois de tantos anos e eu a caminhar para eles, quatro da manhã, o dia, percebo cada relevo da mobília, cada castiçal, cada objecto, o fato que me hão-de vestir estendido sobre a colcha, o frasco de perfume já desrolhado, sem selo, que derramarão sobre mim a enganarem a morte, nunca esteve em Espanha pai, enganaram-me, nenhum vestido castanho, nenhuma madrasta, nenhuma mãe, a que diziam prima da minha mãe a mulher que me teve, parecia-me que um sorriso ela que não sorria nunca e talvez um sorriso não sei, sei que quatro da manhã, sei que dia, o seu livro quase no fim amigo, tantos meses para chegar aqui e duvidando se chegaria aqui de maneira que alegre-se, a prima da minha mãe a afastar-se como se apenas longe dos outros conseguisse falar, era do compartimento vizinho que mandava

— Come a sopa

que mandava

— Deita-te

de modo que não lhe obedecia a ela, obedecia a uma voz, sinais de presenças que me pergunto se de gente viva, o fumozinho do bule

(lembro-me das flores pintadas e da carrapeta da tampa a imitar um peixe de boca aberta

a minha?)

passos que se aproximavam da minha mulher, do meu colega

(não quero mal a ninguém)

davam a impressão de me examinar

— Faleceu?

e se afastavam no sentido do quintal ou do quarto, a prima da minha mãe sempre mais longe

— Então?

a irritar-se comigo porque me ocultava sob a mesa a escapar-lhe, gostava que fosses tu a vestir-me e a compor-me as feições tal como te vesti e te compus as feições enquanto a tua mãe, recusando-se a ver-te, ia puxando as ervas, arrumei o teu quarto, me debrucei para ti a desejar que me visses e em lugar de me veres abrias a porta de repente

— Não se vai embora você?

impaciente comigo, o seu livro quase no fim visto que dia, guarde os papéis, a caneta e levante as sobrancelhas da mesa onde desenha as letras torcido na cadeira, quatro da manhã graças a Deus, quase cinco, acabou-se, na janela diante da sua uma senhora numa cadeira de baloiço que há-de cobri-lo com o xaile, você não imaginando que a morte uma pessoa real, sem mistério a defender-se do frio, o seu nome

— António

ao mesmo tempo que um barulhinho no vestíbulo, cochichos que o procuram na casa, espreitam o corredor, não o acham, os homens de casaco e gravata junto a si e um martelo, uma pistola, uma lâmina

(quatro horas da manhã graças a Deus, quase cinco)

e não tem importância visto que o seu livro no fim, tantos meses para chegar aqui e duvidando se chegaria de maneira que alegre-se, olhe a janela onde a senhora da cadeira de baloiço

— António

a cobri-lo com o xaile, não consegue ouvir as ondas nem os albatrozes de Peniche

(que ondas, que albatrozes?)

não consegue ouvir a minha filha

— Não se vai embora você?

não se consegue ouvir nada a não ser o seu nome

— António

e as páginas do livro que vão caindo no chão.

Cinco horas da manhã

1

Não tenho muito mais a acrescentar a não ser que vos odeio a todos: desejo do fundo do coração que a vossa alma se consuma no Inferno pelos séculos dos séculos até que o espírito de Deus torne a mover-se sobre as águas e me deixem em paz. Oiço o despertador no quarto, convencido que não dou pelo seu barulho horrível a imitar o silêncio eu que conheço os silêncios de ginjeira, cresci com eles, mesmo de costas distingo-os um a um, o mar por exemplo cala-se e eu logo
— É o mar
a minha irmã suspende, vamos supor, a vassoura e eu com o dedinho no ar
— Foste tu
e quanto ao silêncio da minha mãe habituei-me a ele por assim dizer desde o berço ou seja uma sombra de quando em quando, um tremer de cortina, aviso a sombra ou a cortina
— Você
e o silêncio retrai-se, abandona-me, ficam os cachorros por aí a maçar, hão-de trotar pelos campos sem que lhes estenda uma tigela, condenados a lagartixas e misérias do género, isto em noites idênticas às restantes dado que as noites iguais e cada uma garantindo que será a última a jurar de mão no peito e não acredito nelas, mentiram-me, prometeram isto e aquilo, um trabalho melhor pago, uma filha, um rosto num estore
(Mon Repos, Riviera, Amélie)
que se desvaneceu para sempre e lá fiquei eu, o cretino, a abraçar o nada
(não a abraçar o nada, que tolice abraçar o nada mas entende-se o que pretendo dizer)
lá fiquei eu diante do estore fechado, por vezes uma luzinha entre as ripas ou imaginava que uma luzinha entre as ripas a

dar-me a esperança que o rosto de novo pelo qual já não morreria de amor nem pintado

(a gente aprende com o tempo)

e que principio a odiar igualmente, em vez do rosto um candeeiro do largo que qualquer galho descobriu e ocultou ou os arrepios dos prédios ao girarem sobre si mesmos para encontrar um sítio onde dormir, não tenho muito mais a acrescentar a não ser que enquanto ardem no Inferno pelos séculos dos séculos, até que o espírito de Deus torne a mover-se sobre as águas a perguntar por nós Suas criaturas e Seus filhos, tão fácil descobrir-me se Lhe der na gana visto que não arredo pé desta casa que os planetas extintos não achavam, tão escura como a terra e confundindo-se com ela entre ruínas e cinzas, na véspera de morrer o meu pai olhou em torno, exigiu, isto é não exigiu por não ter voz para exigir fosse o que fosse, mal conseguia um som e aqueles que conseguia segredados, confusos, na véspera de morrer o meu pai olhou em torno ou tentou olhar em torno, o que me parece mais certo, através dos nevoeiros que o iam separando da gente

— Ponham-me os óculos

eu que tenho dificuldade com segredos a perguntar à minha irmã

— Que diz o homem?

a minha irmã aproximou a orelha da boca dele

— Acho que quer os óculos

em segredo também dado que as agonias, mesmo as que nos alegram, assustam não pelos outros, por nós, que nos ralam os outros, qualquer dia a gente os labiozinhos transparentes e a dificuldade em respirar e tudo isso, pela minha parte espero que ninguém a regozijar-se ao meu lado anunciando

— Quer os óculos

contente de me haver entendido e os óculos não na mesinha de cabeceira, na sala, a perversidade dos objectos que mudam de lugar por maldade e o sarilho de achá-los, lá estavam eles não à vista

(aí está o que afirmo)

sob o guardanapo na mesa onde o meu pai não se sentava há semanas, a minha irmã

— Como é que o raio dos óculos vieram parar aqui?

a segurá-los pela pontinha da haste como se fossem ata, como se fossem atacá-la e na minha opinião iam, tenho visto acontecer histórias mais impossíveis ainda, ângulos de cadeira cruéis, degraus que se achatam obrigando-nos a tropeçar e eles a garantirem numa inocência escarninha

— Nunca houve degraus aqui foram vocês que se enganaram

quando não nos enganámos nem meia, sabíamos perfeitamente que um, um degrau acolá, para encurtar razões a minha irmã já grisalha nessa época, já forte, com a gordura a atormentar-lhe o coração

(só faltava a colher na lata e uns frangos em torno para ser a pessoa que é hoje)

trouxe os óculos afastados do corpo mirando-os com desconfiança

— Estavam debaixo do guardanapo imagina

entre, se assim me posso exprimir

(e dá-me ideia que posso, de facto posso, exprimo-me assim)

entre, não percas tempo rapaz, a recriminação e a surpresa, saiu-me bem esta frase

— Parece que fizeram de propósito

e fizeram de propósito mana qual a dúvida, habitua-te às traições do universo e odeia-o como eu desejando-lhe o Inferno pelos séculos dos séculos, estalos de dor, torresm, torresmos, a minha irmã estendeu os óculos ao meu pai e estendeu é força de expressão, colocou-lhos no nariz porque o meu pai não apanhava nada, as mãos no lençol quietinhas, quase objectos também e por conseguinte terríveis, o meu pai de olhos mais vivos que o resto do corpo, melhor, de olhos vivos no corpo defunto capazes de nos prenderem com um soslaio e nos levarem consigo

— Agora vens comigo

e a gente por mais saúde que tenha que remédio, acompanha-os, isto uma tarde de abril ou maio, lembro-me dos cheiros da terra e portanto abril ou maio, bocas de leão, hortênsias, não a humidade suja do inverno, grossas lágrimas pardas e tanto vento senhores, o meu pai fitou o mundo na despedida dos bichos antes de os enterrarmos sob uma copa que os proteja da chuva nesta nossa mania de lisonjear os cadáveres no receio de vinganças futuras que não se sabe o dia de amanhã quando nós mortos e sujeitos a recriminações, ameaças, não me fizeste isto, não me fizeste aquilo

(fizeste ou fizestes: não nos fizestes isto, não nos fizestes aquilo?)

puseste-me à torreira do sol, o meu pai deixou de fitar o mundo

— Podem tirar-mos

a minha irmã tirou-os pela mesma haste, deixou-os cair por não servirem de nada e passado um momento o velho foi-se embora permanecendo ali, quer dizer os olhos tão acabados como o resto do corpo sem fitarem nada, a esquecerem-se, a impressão que não foi ele que cessou de existir, fomos nós, e a impressão que levam o que nos pertencia carregando-o para o jazigo da copa incluindo o jipe de madeira que não me recordo quem me ofereceu, quebrei-o aos seis anos e todavia nas alturas de desânimo em que vos odeio ainda mais lá vem ele consolar-me, tinha rodas, volante e um boneco a guiar, pareceu-me que os óculos do meu pai no chão continuavam a reflecti-lo roubando-mo, deu-me a ideia que faltava o volante e o boneco torto mas se calhar foram os óculos que o estragaram de propósito de modo que avancei o sapato e pisei-os num ruído de, num ruído de vidros esmagados, vidros esmagados serve, a minha irmã recolheu os pedaços ofendida comigo, arranjou para o meu pai árvore de cemitério em condições que o protegesse da chuva, guardou-lhe o que sobrava das lentes no bolso do casaco para que se orientasse nas cavernas em que os finados passeiam e reencontrasse a minha mãe entre dúzias de mulheres na sombra, sentadas em banquinhos lavando roupa, cosendo, pergunto-me se quando eu chegar a alguma delas

— O que tu cresceste filho

a mostrar-me às amigas, suponho que trocavam retratos e se queixavam da gente, eu a achá-las mais magras

— O que comem vocês?

e no meio delas o rosto do estore em cuja companhia durante anos e anos, por patetice minha, me considerei feliz, bastava pensar na vivenda

(Mon Repos)

e uma exaltação de Natal como se o jipe de madeira comigo

(Riviera, Amélie, é-me difícil distingui-las agora)
ou como se a minha filha
(não tenho filhos)
ou um inimigo da Igreja e do Estado a escorregar na parede e as ondas a acompanharem-no, a bomba de gasolina
(não a mencionarei mais, não mencionarei seja o que for de resto)
com a lâmpada acesa a embranquecer as estevas, ia referir os ciganos e limito-me a contar que nenhum guizo nos campos, nada de acessórios inúteis, bombas de gasolina, ciganos, apenas eu e as piteiras que vá lá amanhecem, a herdade do meu sogro e no lado oposto a muralha
(esqueçamos os corvos)
cabe-me a mim usar óculos que ninguém me há-de pôr quando chegar a altura de me despedir do mundo ou seja este escritório, a cadela a que abrirão a garagem e o bicho a misturar-se nos pneus
— Vão bater-me vocês?
igualzinha à minha mulher que demora a aproximar-se no caso de a chamar, não baixinha, não forte, só idosa a coitada
(fui eu que a gastei?)
permanecendo na cama de garupa a erguer-se
(reparem-lhe na cauda)
convencida que a espreitarei do umbral, se lhe pedisse os óculos
(não lhe peço os óculos)
um atropelo de gavetas e um esvaziar de armários na sua prontidão de escrava que me faz detestá-la de forma que me despedirei sem lentes e a névoa a diminuir o desgosto da perda dado que silhuetas e cores não faltam por aí, não me falem das piteiras que bem pouco me impressionam, não me sugiram agapantos que nunca os vi no jardim, o que tive ao meu alcance era um pomar moribundo que os parasitas roeram, gansos selvagens sempre demasiado alto
(os espertos)
para lhes torcer o pescoço, a náusea desta mobília cada vez mais ruidosa derivado ao caruncho, mandibulazinhas tenazes que mastigavam o escuro, o meu pai
— Ponham-me os óculos

e a boca, mais que a voz, a seguir-me, para onde quer que me voltasse a dentadura atenta, a minha irmã a dar um jeito aos trastes e a engomar a colcha para as visitas de pêsames, mostrou a sala ao meu pai

— Tudo limpo senhor

e o meu pai agradado ou a fingir que agradado, pouco importa, conforme eu agradado nesta manhã que se decide a começar para as bandas do muro, quantas vezes regressei do emprego a esta hora com os ecos do forte nos ouvidos, não estou a pensar nas ondas nem nos inimigos da Igreja e do Estado mas em indícios subtis, a linha do horizonte que se aproxima e afasta encolhendo-me e dilatando-me a vida, alguém à minha espera num corredor, numa cela, a mulher que de tempos a tempos procuro em Lisboa

(pela filha, por mim?)

e com a qual não falo, com essa igualmente e antes do rosto no estore, cuidei

(eu que vos detesto)

que amor, ponham-me os óculos, ajudem-me e no entanto nenhuma delas me levantava do chão, eu pesado, de terra, as minhas veias terra, os meus músculos terra, nenhumas plantas, nenhuns caniços, terra, areia e terra, se algum dos meus colegas apontasse a minha fotografia

— Este quem é?

respondia-lhes que terra sem uma pinga de água, sem vida, toco as bochechas e terra, uma língua de terra a dizer coisas da terra com a garganta de terra, cairei no chão como um vaso se entorna e terra negra, seca, escutarei sobre mim os passos da minha irmã batendo a colher na lata, pressentirei as galinhas que me revolvem, me bicam, pode ser que um carvão de raiz ou uma cinza de árvore mas não acredito que cinzas nem raízes, os planetas extintos a combinarem a sua poeira comigo e os passos da minha irmã que se afastam, oiço-a conversar com o fogão e as pagelas, não comigo é evidente, se lhe mostrarem a minha fotografia

— Este quem é?

não levo a mal que

— Não sei

e portanto não a inquietem em Estremoz onde me esqueceu decerto, porque raio de motivo se lembraria de mim, não se recorda de eu pequeno a sacudir um ombro, a pendurar-me num brinco e a não consentir que uma tampa a descer, a descer, a minha mãe ao encontrar-me em baixo

— Não cresceste filho

(resta saber se filho e não apenas

— Não cresceste tu)

desiludida diante das colegas defuntas, o que lhes disse de mim senhora, como lhes explicou quem eu era, desculpe este pedido

— Ponham-me os óculos

e ao porem-me os óculos uma debandada de corvos

(não mencionarei os corvos)

a largarem a muralha para me rodearem

— Cuá cuá

quantos espantalhos na horta com o boné do meu pai, se soubesse o que sei hoje afundava um ou dois presos nas couves

— Agora ficas aqui

antes que escorregassem das paredes a caminho do chão, desenhava-lhes as feições com o baton da minha mãe, equilibrava-lhes um chapéu na moleirinha e a camisa deles numa cruzeta de arame a bater, tirem-me os óculos depressa que não me apetece vê-los, se me escondesse sob a secretária talvez pudesse salvar-me mas de quê se ninguém, julgava que os meus colegas e em lugar de colegas caçadores de perdizes, vizinhos, grilos a coçarem a barriga com as antenas metálicas, tive uma filha acho eu

(não tive filha nenhuma)

tive uma filha acho eu, Mon Repos, Riviera, Amélie, com que ternura vos observei entre um trabalho e o seguinte, os restos de canteiro, as estatuetas de gesso, o que teria sido de mim

(pergunta sem resposta)

se uma infância feliz e o que me permite pensar que a minha infância o não foi eu que conheci cedo, aos dez ou onze anos, os júbilos da carne

(cinco da manhã e estou vivo, a minha mulher uma frase no quarto não compreendo qual ao mudar de posição no seu sono, ter-me-ia interessado, se me interessasse ainda, por sugerir não sei o quê que me estremece, eu que deixei de estremecer há lustros desde que a minha filha mas deixemos o assunto aos estudiosos do futuro que me terão esquecido como me esqueci de vocês, a minha filha inclusive não me recordo dela e se me recordo afasto-a, vai-te embora, não maces, uma ocasião o meu pai deu corda ao relógio e enterrou-o a seguir para que não existissem horas cá em cima, o tempo destinado às toupeiras, aos vermes e ao fogo sepultado que não nos alcançará nunca, tomara eu, que vos odeio, enterrar-vos a todos, íamos que a minha mulher uma frase e a cadela uma frase igualmente, contradiziam-se como se discutissem, em qual delas fiar-me?)

    disse que conheci cedo os júbilos da carne com uma vizinha a chamar-me

    — Bonequinho

    (o relógio enterrado continuará a trabalhar?)

    ou seja diminutivos ansiosos e abraços que me afogavam, na janela um bezerro que parava de mastigar a fitar-me, os júbilos da carne um bezerro a meio da digestão e os gansos selvagens remando para a Argélia, tranquilos, em madrugadas como esta julgo escutar o relógio com as suas molas empenadas a trotar, a trotar, o bezerro trotava por seu lado antes de me fitar de novo e mais diminutivos, mais abraços, não pensava na vizinha, pensava no relógio e no tempo invisível diferente do tempo daqui, cavei no quintal sem encontrar o mostrador e as agulhas, em Peniche, nas traseiras do forte, uns rebanhos à tarde ou seja ventres que baloiçavam entre cardos, estevas e o mar em outubro a levantar-se dos penedos e a procurar devorá-los, a ir-se embora, a lembrar-se como os cachorros que se detêm de súbito, mudam de direcção, regressam, um deles a farejar-me as mãos eu que não necessito de amigos e se calhar os meus colegas

    (não acredito nos meus colegas)

    por aí a cercarem-me embora cinco da manhã

    (no relógio enterrado quantas horas meu Deus?)

    e um soluço nas malvas, a lâmpada do telheiro inútil de tão pálida, devo ter sono, perdão, a lâmpada da bomba de gasolina inútil de tão pálida, a minha irmã a acordar em Estremoz com a pressa das galinhas, não voltaremos a ver-nos mana, despeço-me de ti, gostava que soubesses, não, não gostava que soubesses e portanto um adeusinho e pronto, disfarçado, rápido, sem que me reconheças sequer, tu de lata suspensa com os frangos a pularem-te à volta tentando distinguir-me sem conseguir distinguir-me dado que os teus óculos debaixo do guardanapo na mesa e lá estou eu a confundir tudo outra vez, os óculos debaixo do guardanapo na mesa do meu pai, os óculos da minha irmã para quem avancei o sapato pisando-os, também não, isso os óculos do meu pai ainda, espera um bocadinho, pensa, bem sei que é a última noite, estás vivo, provavelmente continuarás vivo enquanto o relógio for trotando na terra embora sem ponteiros nem mostrador nem vidro, não é o relógio que trota, é o tempo que não precisa de mecanismos para nada sem ligar a manhãs nem a noites nem àquilo que, nem àquilo que somos, escuta as ondas apenas, os gansos selvagens, os teus corvos

— Cuá cuá

a prevenirem que estás vivo, descansa que estás vivo e por conseguinte não te precipites, acalma-te, a minha irmã mais baixinha, mais grisalha, mais forte a alongar o pescoço, para além de mim, sobre o muro e sobre o muro a estrada de Lisboa, um pau de fio, ruínas, cinco da manhã e nada, se eu diante dos chalés o estore descido e nada, o rosto que eu teria amado nada

(o rosto que eu teria amado terra?)

a colher recomeçou a bater na lata devagar primeiro e com força depois, a minha irmã na direcção da capoeira com as galinhas a devorarem-lhe o avental, os sapatos, lembro-me de asas e patas mana, dúzias de asas e patas, não me lembro de ti, acho que a gente, acho que nós, o que eu não daria por uma tarde contigo junto ao poço enquanto as nuvens de maio da direita para a esquerda onde ficava Espanha, onde julgo que continua, depois de tantos anos de medo a ser Espanha, trabalhei uma ocasião ou duas com a polícia deles, entregavam-nos o preso já algemado e tratado, assinávamos os papelinhos com o químico no meio e o duplicado sempre sujo e a rubrica apagada, tínhamos de escrever por cima depois de acertar os papéis, batendo-os no tejadilho do carro, com o inimigo da Igreja e do Estado lá dentro, os espanhóis iam-se embora, hasta pronto, e ficávamos no meio dos campos ou numa orla de vila com fotocópias, ofícios e no banco de trás a encomenda a espiar-nos de banda pelo olhinho bom, sem atacadores nem cinto, respeitador, quieto, até onde a vista alcançava

(até onde a vista alcançava acho bonito)

estufas de tomates, tractores, nenhum ganso selvagem, nenhuns corvos, aquele vento lá deles a entortar as espigas, da primeira ocasião

(disse que uma ocasião ou duas, para ser mais preciso duas ocasiões ao todo)

trouxemos o inimigo da Igreja e do Estado a Lisboa, caladinho a escutar-nos, tinha pintado o cabelo imagine-se a inteligência, sangrava da língua vá-se adivinhar porquê

(não me precipito, acalmo-me, quase sinto o relógio sepultado a girar, se calhar o mecanismo, parabéns pai, funciona)

e nem uma ponte romana, quase a entrar no Alentejo, pareceu interessá-lo, da segunda ocasião um engenheiro ou um doutor, uma pessoa séria, de idade, sessenta anos, sessenta e dois, melhor vestido que nós

(acalmei-me, palavra)

com ambos os olhos intactos e a língua perfeita, dessa vez não três ou quatro papelinhos, uma série deles, termos de responsabilidade, declarações, recibos, um espada do Exército dos grandes, de luxo, um coronel e um major, os duplicados conferidos um a um e nada de compinchices, cerimónias da nossa parte e desprezo da deles como se lhes repugnássemos calcule-se, como se nós uns canalhas

(não voltaremos a ver-nos mana, despeço-me de ti, alegrava-me se escutasses o relógio também, não me precipito, eu calmo, garanto-te que calmo, nem um dedo me treme)

não nos apertaram a mão, não hasta pronto, sumiram-se no espada e um revoar de poeira, não gansos selvagens, não corvos, um revoar de poeira e eu de palma na boca, a pessoa de idade não algemas, soltozinho conforme não respeitador, não educado, a desafiar-nos

(nunca assisti a um revoar de poeira como esta que demora decénios a assentar)

— Seus bandidos

decénios e decénios a assentar e tendo assentado estufas de tomate, tractores, um moinho de maré em pedaços com a mó e o eixo na erva e a água aos repelões menos forte que o

(não voltaremos a ver-nos)

— Seus bandidos

isto um engenheiro ou um doutor calcule-se, uma pessoa séria, de idade, melhor vestido que nós, a limpar-se da poeira com a mãozinha distinta

— Seus bandidos

os pássaros do rio aos pulitos nos seixos, não moitas, gafanhotos azuis e o meu pai a exigir

— Ponham-me os óculos

não a exigir por não ter voz para exigir fosse o que fosse e as frases confusas, a colher batia na lata cada vez mais depressa e pergunto-me se uma colher e uma lata ou os repelões da água dado que a água mais depressa também, não me precipito, estou calmo, a minha irmã e o relógio calmos, nós calmos em casa, apesar de abaná-la a minha mãe calma, conto as coisas por ordem, não me engano, estou vivo, o engenheiro ou doutor

— Seus bandidos

no desprezo do coronel também

— Seus bandidos

tirou um charuto do blusão e quebrou o charuto como se o charuto a gente, quebrou-nos, o estalido do charuto

— Seus bandidos

e nenhuma poeira agora, o horizonte limpo, um pueblo numa cova e a igreja de que nos chegava o sino, não se topava a igreja mas o sino tão próximo, não necessito dos óculos, quem necessita dos óculos do meu pai quebrados, poeira nas lapelas e um gosto na boca como de cré ou gesso que não cessava de engolir, centenas de papelinhos senhores, termos de responsabilidade, declarações, recibos, uma garantia qualquer do governo espanhol acerca

(se me despedisse de ti largavas a colher e a lata e beijavas-me?)

de bom trato, acolhimento

(alguma vez nos beijámos?)

adequado, deferência, liberdade, o que lhes vier à cabeça que a mim não me vem nada excepto a minha irmã em Estremoz, a gordura do coração e o relógio a afundar-se mundo dentro sem se incomodar connosco ele que desde a morte do meu pai o meu relógio e o meu relógio

— Cuá cuá

não tique tique

— Cuá cuá

e eu de mangas nas orelhas apertando com força, com alguma força, não apertando com força mas apertando mesmo sem força a defender-me das horas, o moinho da maré em pedaços com a mó e o eixo na erva, se lhe cochichássemos no interior fragmentos de ecos gritando, largar as mangas, fugir, uma pessoa séria, de idade, melhor vestido que nós, ambos os olhos intactos, a língua perfeita e apesar disso mal agradecido

— Seus bandidos

isto na última ocasião em que trabalhei em Espanha e nem avenidas nem cidades, poeira, o meu pescoço poeira, a minha barriga poeira, escrevi terra e não terra, poeira, depois do espada do Exército ninguém, ocorreu-me que os ciganos de volta e ninguém, quais guizos, quais carroças, um cardume de rolas a cambalearem no ar

(nem de voar a direito são capazes)

entre esta oliveira e aquela e porquê esta oliveira e aquela se imensas oliveiras expliquem-me, corcundas, doentes, a minha irmã doente e as galinhas obrigando-a a correr e a escapar-se delas matando-a

(perdoa-me insistir mas alguma vez nos beijámos?)

guardávamos a soda cáustica na bagageira do carro e não nos servimos da embalagem visto que acolhimento adequado, liberdade, roupa melhor que a minha, as maneiras dos ricos, o estalido do charuto

— Bandidos

não o coronel para a gente, o coronel também

(quando eu tinha três, quatro anos pegaste-me ao colo, beijaste-me?)

— Bandidos

embora calado, o major que lhe puxava o braço a impedi-lo de aumentar para nós

(porque diabo aumentar para nós?)

a mandar-nos, a mandar-nos embora, somos polícias senhor major, a minha mãe faleceu e bicicletas no cemitério, uma parente nossa a chorar e eu num pasmo derivado a que não entendo a utilidade das lágrimas, apertaram os parafusos e a minha irmã a tapar-me a boca antes que eu

— Mãe

(o meu pai que fitava o mundo isto é as pessoas, os trastes, um boneco que tínhamos e era um bombeiro cromado

— Podem tirar-me os óculos

deixei de me comover há lustros, não me enterneço, não sofro, tirem-lhe as lentes, adeus)

a puxar-lhe a blusa e a lacerá-la com o brinco, isto é uma armação de metal com um vidrito roxo que três ganchinhos prendiam, a minha mãe não uma pessoa como essa, rígida, de idade, vinte e quatro anos senhor major, sou sincero consigo, não lhe oculto nada, não sei o quê no sangue e a pele já gasta, negra, não exagero, negra, cuá cuá, o engenheiro ou doutor a tirar o lenço para limpar qualquer coisa no queixo e iniciais no lenço, iniciais na camisa, sapatos estrangeiros, ingleses, um perfume

(— Podem tirar-me os óculos não quero ver o meu filho)

italiano de menta, as rolas daquela oliveira para esta de novo, não

— Cuá cuá

só as asas, ia apostar que os ninhos no moinho da maré, num buraco

(eu não lenços, não perfumes, não sapatos estrangeiros)

trabalhei em Espanha duas ocasiões por junto, na primeira trouxemos a encomenda a Lisboa e nem a ponte romana o interessou garanto, oito arcos de pedra, alguns com andaimes, tinha, tinha pintado o cabelo e caladinho a escutar-nos, um dos tractores começou a funcionar-me na cabeça e tudo em mim a oscilar, a minha irmã

— Não chores

como se eu fosse chorar, chora uma parente por mim a fingir que tombava nesses exageros dos pobres que adoram sofrer, ser infelizes, morrerem

— Está a chorar porquê?

e se me não escapasse abraçava-me a parva, cinco da manhã, estou vivo, não me precipito, penso, se alguém pensar tanto como eu entrego-lhe o meu lugar de bom grado, avance até ao público, fale por mim, tome lá, a pessoa séria, de idade, arrecadou o lenço sem pressa, umas rãs, umas moitas, gafanhotos azuis, não um espada de luxo, um automóvel pequeno, o meu colega ou eu

(o meu colega)

a rasgar as declarações, os recibos, não o meu colega
(apesar de não ter filhos não quero ver o meu filho)
eu a pisar-lhe os óculos uma vez, outra vez e a rasgar as declarações, os recibos
(a poeira ergueu-se uns centímetros, avaliou-me, desistiu, percebi que ela
— É melhor não
com receio de mim)
a pessoa séria, de idade, não alarmado
— O que é isso?
(como sopravam as rãs, que sinfonia, numa ilha de canas, quem não estivesse a observá-las cuidaria que o vento, se tomar atenção dou por esses bichos aqui)
a pessoa séria, de idade, indignado connosco, a minha irmã a recuperar do cansaço
(quem a levará ao médico, a ajudará a tratar-se?)
numa cadeira, na cama
(inclino-me mais para a cama)
a lembrar-se de mim, a colher na lata cessou, o moinho da maré um sobressalto de pedra
(estufas de tomate brilhantes ao sol, um depósito pernalta onde as cegonhas em maio e como não cegonhas outubro ou fevereiro, teria apreciado os seus voos infi, infinitos, qualquer coisa de intemporal a serenar-me e o mundo lento, eu eterno)
e a seguir ao sobressalto do moinho o sobressalto do inimigo da Igreja e do Estado a meio do seu desprezo da gente
— Bandidos
a boca a desenhar as letras sem chegar a pronunciá-las porque uma expressão, até que enfim uma expressão, de desconforto ou de zanga a acompanhar o sobressalto, os joelhos a recuarem, o peito a aproximar-se, tenho sinceramente pena que as cegonhas não connosco para que o mundo lento e eu eterno, sentado à beira-rio a jogar seixos nos juncos e a pensar em casa, ou então, se um canivete, a imitar o meu pai a aguçar canas no poço, não falava, não sorria, não dava a ideia de feliz, aguçava canas no poço, examinava-lhes o bico, continuava a aguçar e as aparas encaracolavam-se no chão conforme a pessoa séria se encaracola no chão, veja-se o que pode uma pistola mesmo pequena, inocente, quase um brinquedo e no entanto o que é

a vida, amigos, vá lá a gente fiar-se, a pistola mais forte que um engenheiro, um doutor, um cavalheiro importante a tombar
(recado para Estremoz: sentes-te melhor agora?)
sobre as nádegas, oh oh, sem desconforto nem zanga, ia escrever que amigável, interrompi-me na palavra a reflectir e amigável de facto
— Bandidos
a entender-nos a profissão, mais que a entender, a aprovar-nos, retirou o lenço do casaco para o encostar ao peito onde uma florzinha lilás, uma florzinha na garganta, uma florzinha nas cruzes, cinco da manhã e dia, daqui a pouco os operários da fábrica e os cachorros a acompanharem-nos num roldão de latidos, a cadela da garagem não me obedecia ao chamá-la, diminuía no colchão
— Tenho sono desculpa
e as minhas carícias inúteis, a avó dela a crescer-nos no quarto
— Não dás pela azinheira?
sem atentar em mim, preocupada com os estados de alma de um tronco que não cheguei a conhecer e se conhecesse não ouvia, pode acontecer que as raízes discursem sobre a existência de Deus agora os troncos duvido, vão-se tornando de granito
(as metamorfoses da velhice)
e fendendo de rugas, a pessoa séria, de idade, largou o lenço e um movimentozinho na poeira, um dos sapatos estrangeiros
(não lhe retiraram o cinto nem os atacadores e o coronel e o major despediram-se dele com consideração, com estima, foram-se embora a contragosto, a impressão que o major
— Se dependesse de mim
não desta maneira claro, nas espanholices deles, galões de carnaval, medalhas fingidas, anéis que me levariam seis meses de ordenado calculando por baixo)
o movimento na poeira por sorte nossa abrandou, a colher na lata uma única pancada e silêncio, cinco da manhã que alívio, não me precipito, penso e a minha mulher
— Desculpa
continuando a dormir, a minha irmã em Estremoz a arear o fogão de tornozelos grossos e pálpebras inchadas, tinha de pedir a uma estranha que matasse os frangos por ela, pegava-

lhes nas patas e os animais libertavam-se a sacudirem as penas, ultrajados, solenes, tão simples degolar um frango, a cabeça que um tendão sustentava a cair, a língua que se assemelha a um osso quase branca, de caliça, o meu colega ajudou-me a empurrar o engenheiro ou doutor para um valado de giestas, ficou o lenço sozinho, o relógio do meu pai apesar de sepultado

— Cuá cuá

não te precipites, pensa, não te inquietes, salvaste-te, o relógio do meu pai a desistir devagar, volantes que se arrastam e calam, o ponteiro dos minutos, o único que lhe restava, a meio de dois traços

(a parente da minha mãe a fingir que tombava nos teatros dos pobres que adoram sofrer, esclareçam-me por favor se adorarei sofrer?)

mesmo que o batesse contra um ângulo da mesa não recomeçava a trotar, o meu colega trouxe

(não pares de aguçar uma cana dobrado para o poço)

a soda cáustica da

(dobrado para o poço)

bagageira e eu

— Não

enquanto as rolas de volta sempre entre as mesmas oliveiras e no mesmo rebuliço difícil de descrever, digamos que no género de à beira da queda e para quê a soda cáustica senhores demorando horas a fervilhar nas cartilagens sem resultados que se vejam, usámo-la uma noite em Peniche e não serviu de, e não serviu de nada, a única diferença foi

(não tenho muito mais a acrescentar a não ser que vos odeio a todos)

que tivemos de ver-nos livres do preso aos pedaços e uma espuma que não cessava a incomodar-nos os olhos

(desejo do fundo do coração que a vossa alma se consuma no Inferno pelos séculos dos séculos ámen)

de modo que deixámos a pessoa séria, de idade, no valado de giestas porque a chuva vai lavando os sentimentos e as coisas apagando-as da assim designada face

(sentes-te melhor mana tomaste as gotas do médico?)

da terra a quem nunca vislumbrei face alguma, prédios, lixo, penedos, a fome e sede de justiça dos eleitos e a desgraça de vasculhar nos caixotes com a ajuda de uma muleta ou um pau dos restantes, o inimigo da Igreja e do Estado ficou à espera no valado com o lenço num galho a acenar aos ratos e às hienas de Angola e no caminho de regresso a noite que me impedia a passagem reduzindo-a às árvores que os faróis retiravam do escuro e tornavam a cravar na sombra outra vez, tornavam a cravar na sombra outra vez não se diz mas ajuda a perceber a ideia e sublinha a imagem, deixe ficar, não risque, o meu colega e eu no automóvel e de quando em quando vilórias, sujeitos de bicicleta a pedalarem nas bermas, capelas é evidente, estamos num país cristão, passámos ao largo de Évora onde não ainda a minha mulher, eu solteiro, ao largo de Estremoz onde a minha irmã já, ao largo de Lisboa onde a minha filha viva e desta forma até Peniche em que as ondas, em que as ondas nas trevas, um guarda no portão, um guarda nas ameias, as andorinhas do mar

(andorinhas do mar?)

que se não consentem descanso, de certeza que o médico com a lanterninha das pupilas

— É melhor não insistirem por hoje

e cinco da manhã, o despertador convencido que não dou pelo seu barulho horrível a imitar o silêncio, eu que conheço os silêncios de ginjeira, cresci com eles, mesmo de costas distingo-os um a um, a enchente cala-se e eu logo

— É a enchente

a minha irmã suspende, vamos supor, a vassoura e eu com o dedinho no ar

— Foste tu

quanto ao silêncio da minha mãe habituei-me a ele desde a infância ou seja um oscilar de cortina, aviso a cortina

— Você

e o silêncio a recolher sei lá onde, talvez ao sítio em que a minha mãe mora, não tenho tido ocasião de visitá-la senhora, um dias destes espanejo-lhe a lápide e substituo-lhe as flores, serei o filho que você desejaria se tivesse vivido o suficiente para desejar

(um problema no sangue)

vem-me à ideia a sua casa às vezes mas não atrás de um estore

(Mon Repos, Riviera, Amélie)

eu que tanto quereria que o rosto no estore o seu rosto, a mão que liberta a fita a sua mão, você a imp, a impedir-me de sofrer não me deixando escutar os albatrozes e as ondas, o sifão dos penedos no qual a minha dor

— Cuá cuá

assobia, a pessoa séria, de idade, desenhou as letras com a boca

— Bandidos

(e o moinho da maré um sobressalto de pedra)

sem chegar a pronunciá-las por inteiro, os joelhos a recuarem, o peito a avançar e a encaracolar-se na poeira conforme as aparas do caniço que o meu pai aguçava se encaracolavam no chão, o rosto no estore juntamente com as cegonhas nos seus voos infinitos e nas suas curvas longas, qualquer coisa de intemporal que me serena e alegra, o mundo lento, eu eterno, cinco da manhã e eu eterno, a gente eternos mana, ajudo-te com os frangos, bato a colher na lata, trato de ti e o silêncio a que me habituei a abandonar-me, fica um estore descido sem rosto algum que me espreite

(o relógio sob a terra parado e agora?)

a dona Laura nesta cidade ou em Leiria

(era de Leiria)

dona Laura

(Leiria ou Caldas da Rainha ou Alcobaça, lá me exaltei de novo, há alturas em que, em que não consigo, respira devagar, não te agites, sossega)

e ninguém connosco salvo isto lá fora denominado dia e que não conheço o que é, conheço um indicador num retrato a bater, a bater, e no retrato uma rapariga de tranças, uma mulher a franzir-se na luz

(será o dia esta luz?)

um parque onde patos de vidro nadam numa cómoda, não me exalto, acalmo-me, um parque onde patos de vidro nadam num tanque e a mulher a correr na direcção dos cedros

— Não me apanhas

(ou a rapariga de tranças

— Não me apanhas

tanto faz, alguém a correr na direcção dos cedros e os cedros

— Não me apanhas

a mulher ou a rapariga de tranças ou eu, pouco importa)

e suponho que isto o dia afinal, não muita coisa realmente, para que quer os óculos pai, qual o interesse do mundo, a minha mulher que se alonga na cama

(um braço compridíssimo)

se ergue da almofada e desperta a dispersar vozes sem voz que a assustavam, rugas que deixara de ter e se cavam, a boca que não existia a alargar-se num bocejo, a diminuir de tamanho e a transformar-se em boca por fim, a minha mulher a afastar o cabelo, a chamar-me

— Cuá cuá

a caminhar no corredor e fosse o que fosse de vivo a espiralar num ralo, quando eu voltar entre ti e a cadela

(mira-me de frente, explica-me)

qual das duas és tu, como vos separo uma da outra se as garupas idênticas ao chegarem-se a mim, de quem o lombo que se alteia, qual delas convencida que a aleijarei com as patas, qual de vocês o meu nome ou um rosnido em lugar do meu nome, a dona Laura outrora uma letra ao acaso

— Não se aborrece de mim?

na sua agitação infeliz feita de timidez, embaraço

— Tem mesmo a certeza que não se aborrece de mim?

um pobre corpo em ruína que preferi imaginar pertencer ao rosto no estore, fique sabendo que não trocei de si dona Laura, éramos parecidos os dois, vasculharíamos os caixotes, antes das furgonetas da Câmara, com uma muleta ou um pau e agora que serenei, estou calmo, não me precipito descansem, não me engano no que falta, escrevo tudo sem lapsos, por exemplo que nenhum homem no pomar avançando para cá, cuidei que gente e enganei-me, por exemplo que os, que os ciganos de regresso do Pólo, não propriamente os ciganos, um eixo de carroça a embater numa pedra, por exemplo que eu a abandonar o escritório

(e o tornozelo esquerdo a desobedecer, a arrastar-se)

a caminhar no, a caminhar no corredor e a aproximar-se de ti mal dando nota, juro, que me aproximava de ti, supunha que me afastava, partia, ia alcançar a lagoa e em vez da lagoa o nosso quarto que estranho, os lençóis, a coberta, eu de terra, as minhas veias terra, os meus músculos terra, a minha memória terra, lodo e terra e alguns calhaus sem interesse, nenhumas plantas, nenhuns caules, terra, se apontassem a minha fotografia

— Este quem é?

respondia que terra sem uma pinga de água, sem vida, toco as bochechas e terra, uma língua de terra não dizendo coisas da minha vida, dizendo coisas da terra, dizendo-te

— Espera

dizendo-te

— Sou eu espera

dizendo-te

— Só mais um bocadinho espera

porque para além do tornozelo o meu pé a falhar, o meu joelho a falhar, a minha cabeça a falhar, lembro-me de ti

— O que foi?

de experimentar, de experimentar um passo, dois passos e de tombar contra a cama, de uma florzinha lilás na camisa, no pescoço, nos rins e do meu lenço pendurado num galho enquanto um automóvel desaparecia da gente na direcção de Lisboa.

2

E agora, pergunto, o que será de mim quando acabado este capítulo deixarem para sempre de me ouvir, quem se lembrará do que fui, demorará um instante a pensar e se preocupará comigo, ninguém se lembra, pensa, se preocupa, compram outros livros, esquecem-me e eu sozinha em páginas sem leitor algum continuando a acordar em Évora às oito da manhã e julgando que são cinco ao lado do meu marido que dorme, nunca tivemos cachorros nem piteiras nem malvas, moramos em Lisboa na casa que a minha mãe deixou, inventei tudo, disse que moramos na casa que a minha mãe deixou e a minha mãe não deixou nada, limitou-se a falecer, por vontade dela, egoísta como era, levava a casa consigo e um lote de acções que não valiam um tostão a que ela chamava o meu seguro de vida, guardava-as num cofre que demorámos uma tarde inteira a abrir experimentando chaves, arames, pés-de-cabra, o cofre amolgava-se a largar verniz e resistia o teimoso até que numa mudança de humor, quando nem sequer lhe tocávamos, o saltinho da tampa e papéis da época dos reis apertados num cordel, um cartãozito Oferta do meu Pae e o retrato do meu avô fardado de sargento da Marinha, o meu marido a exibir-me aquele lixo
— Ficaste rica toma
enquanto eu descobria no sargento as minhas orelhas, os meus olhos, tudo aquilo que na minha cara não gosto e passou dele para mim, o sargento com pena
— Desculpa
devia trabalhar numa secretaria coitado a copiar minutas com os olhos que me pertencem agora, não cheguei a conviver com ele derivado a um aneurisma e portanto tão esquecido e sozinho quanto o serei acabado este livro mas convivi com a minha avó e lá está ela a prender-me o pulso, feliz
— Não dás pela azinheira?

a designar uma das tipuanas da rua, a minha mãe
— Acabe com as manias do Alentejo senhora
a minha avó que essa sim, habitou fora da muralha em Évora onde os ciganos passavam, falava-me de carroças e de gansos selvagens num pântano
— Cuá cuá
e quem souber como são os gansos selvagens agradeço que peça licença
— Dá licença professora?
e diga, perguntei à minha mãe e a minha mãe
— A cabeça prendeu-se-lhe nos gansos avariou não ligues
e em vez de se avariar igualmente a minha mãe oitenta e nove anos e rija, o ouvido melhor que o meu, a cabecinha perfeita, ainda nem um pingo e ela
— Está a chover
de forma que andando depressa chegava-se à janela a tempo da primeira gota no vidro, não a primeira gota já no vidro, a primeira gota a caminho do vidro, o meu marido
— Deve ser bruxa a velha
com rugas só de um lado, em segredo, qualquer pessoa no lugar da minha mãe não teria dado por nada e a minha mãe logo
— Continua mal educado você
da cadeira de vime Oferta do meu Pae a quem pertenciam todas as coisas do mundo, mobílias, louceiros e o serviço de chá, eu daqui a escutá-lo
— É tudo meu tudo meu
portanto descrevi a casa de Évora ou o que das descrições da casa de Évora continua em mim, a bomba de gasolina, o telheiro e os corvos e provavelmente nem bomba de gasolina nem telheiro nem corvos existem salvo numa cabeça avariada que não se cala e me traz um berço e um pomar, a minha mãe
— Acaba com as manias do Alentejo que para Alentejo chegou-me a tua avó
somei-lhe o hospital
(há-de haver um hospital perto, temos um hospital no bairro e vejo as visitas entrarem, bolachinhas, frutas cristalizadas, flores que as enfermeiras hão-de comer à noite roubando-as aos doentes, os meus alunos sem acreditarem em mim

— É verdade professora?
e claro que é verdade, comem o sangue dos internados também)

só a parte do meu filho é autêntica mas deixemo-la de lado, custa-me, interrompi as aulas três dias, emagreci, perdi forças e a parteira a mostrar-me crostas numa bacia, nada dos braços ou dedos que supomos num vivo

— Não queria sair senhora

sem que eu enxergue o motivo que me leva a falar disto, um segredo que nem ao meu marido contei o que não é argumento porque não lhe conto grande coisa, prefiro viver o que me acontece comigo, alguns episódios aliás nem comigo os vivo, recebo-os como aparecem, aceito-os mesmo que se me afigurem estranhos e já que estamos em afigurarem-se estranhos afigura-se-me estranha esta casa sem mais gente que nós, demasiada penumbra, demasiada tralha, o quarto da minha mãe e o quarto da minha avó fechados, lá estão as camas delas, os terços delas e um par de sapatos enormes

(não da minha mãe nem da minha avó, a quem terão pertencido, a quantidade de mistérios que me cerca meu Deus)

fico a espiá-los durante horas e ninguém os usa, que pessoa habitará connosco e me assusta, qual o dono da bengala no jarrão dos guarda-chuvas, de onde chega esta voz

— Professora

vinda das cortinas ou atrás do sofá, eu às voltas com os testes dos alunos e uma desconhecida

(digo desconhecida porque acho que uma mulher)

— Tu aí

a escapar-se, não um risinho nem uma tonalidade amiga, séria, quem me garante não ser a desconhecida a escrever isto por mim, conhece Évora, o pântano, sente a febre dos cachorros sob os planetas extintos, não consegue dormir

(cinco da manhã para ela sem entender que dia e este livro acabado)

espera uma bicicleta na vereda ou uns homens de gravatinha e casaco a contornarem o muro até achar a cancela e avançando pouco a pouco

(a idade dificulta-os coitados)

na direcção da casa, ensino português e francês, o meu marido advogado, passamos férias em Peniche e daí o forte e as ondas e as pessoas que escorregam ao longo da parede, no que respeita às ondas e pelo menos em agosto mal uma se apaga acende-se logo outra a iluminar o escuro, com o sol não dou por elas, é à noite que as sinto, um forte que hoje em dia envelheceu, perdeu pedras, nem uma criatura nas ameias, sobram ervas, buracos, esta voz

— Professora

a insistir das cortinas ou atrás do sofá, não estas cortinas nem este sofá, trastes que não conheço, um gorgolejo nas malvas que principiam a dilatar-se no chão, o que será de mim quando acabado este capítulo deixarem de me ouvir, quem se lembrará do que fui, demorará um instante a pensar e se preocupará comigo, não a Elizabete, não a Lurdes, continuarei sozinha, a senhora do chapelinho de pena quebrada sentar-se-á ao piano

— Uma valsa apetece-lhe?

e um pavio de sons nunca vertical, soprado daqui e dali a tremer, entre ela e a irmã saberá distinguir qual das duas morreu, vestiam-se de verde ou azul, acompanhavam o meu pai

— Tua filha?

ou não

— Tua filha?

cerimoniosas, educadas

— Sua filha palavra?

e eu descalça a olhá-las, talvez o meu marido no escritório a adivinhar ciganos onde eu silêncio apenas, agitações de insectos ou de animais enterrados lutando para regressarem e nos lamberem as mãos, tento demorar-vos comigo sabendo que vos perco à medida que as páginas avançam, cinco horas da manhã, não oito, e eu acordada calculo e este livro no fim, o que arranjar ainda que vos impeça de afastarem-se, distraídos por um chamamento ou um grito, a senhora do chapelinho terminou a valsa num arpejo que me doeu de saudade não sei de quê ou de quem

— Gostou?

e a voz dela igual ao piano a inclinar-se e a tremer, se parasse a observar litografias ovais enternecia-me e não tenho tempo, não posso, tanta coisa inútil que foi reunindo com os anos para se compor um passado

(um álbum filatélico, um deus do Tibete)
e o passado falhou-lhe, sobra um presente estreito, a dentadura novinha em folha sem parentesco com ela e o anelzito outrora no mindinho a soltar-se do médio
— Gostou?
ao acabar este capítulo o meu ventre fechado e escusam de me trancar na garagem a proibir-me os cachorros, que cachorros e que marido me desejarão agora que cinquenta e seis anos, a minha avó
— Não dás pela azinheira?
e a azinheira calada, era você a árvore, quem ficará em Évora quando me deixarem de ouvir para além dos ciganos, dos corvos e desta cadência das horas que reconheço entre mil e me ajuda a pensar
— Estou em casa
que será feito desta noite, contem-me, que persiste no pomar e nos defeitos do muro ou se calhar não esta, outra noite mais densa, aquela em que o meu tio a despedir-se da bicicleta antes do Luxemburgo que o espreitei no quintal, poisou a mala no degrau devagarinho para não darmos fé, aproximou-se do tanque onde costumava deixá-la e a palma no guiador, no selim
(nunca me tocou você)
nem uma palavra à gente e explicações à bicicleta a verificar-lhe os pedais, a erguer a roda traseira a comprovar se girava e mesmo na sua ausência e apesar do óxido continuou a girar, aposto que a minha mãe a oleava às escondidas, de palma no guiador e no selim também, e ao oleá-la o meu tio quase a subir a vereda com os colegas da fábrica, carregava-lhe na campainha e um rasparzito agudo, não digam nada, não se mexam que me pareceu uma onda, podemos continuar, não era, uma nota de piano ou a expansão da terra a aceitar a manhã, que direito tenho eu que nunca saí de Évora de mencionar o mar, o meu marido sim no lugar onde trabalhava porque um albatroz a desviar-lhe as ideias, notava-se que albatroz dado que um
— Cuá cuá
remoto e os olhos dele a seguirem-no quase
— Cuá cuá
como o pássaro, os olhos
— Cuá cuá

ao entrarem no quarto e ao sacudirem-me os ombros, de início julguei que

— Mãe

e não

— Mãe

os olhos

— Cuá cuá

e uma porta não sei onde a bater, ainda hoje me pergunto qual porta à medida que um preso encostado à parede vai descendo, descendo, os ciganos habituados ao Pólo hão-de regressar com a primavera se é que existem estações

(por enquanto o outono, calculo, dado que frutos vistes e uma tristeza nos sinos)

e dando de barato que existem, não merece a pena discutirmos, admito, todos eles, o meu marido, os ciganos, o meu pai, no automóvel

— É minha filha aquela

sem me encontrarem aqui ou encontrando-me mas confundida com os objectos na sala enquanto os homens

— Não se apresse senhora tem tempo

à beira de desistirem que se notava nos gestos, cada gesto

— Porquê?

a sentarem-se-me na cama mais gastos que os casacos e as gravatas que traziam, pastinhas, retratos, de quando em quando um comprimido sob a língua ou a bomba da asma

— Se sonhasse o que custa

derivado aos achaques do tempo e às saudades de casa, cautelosos com o coração, os joelhos

— Se os conseguíssemos dobrar

mostravam-me documentos com uma pena sincera

— Temos de matá-la percebe?

contrariados, nervosos, a vergonha de pedirem

— Se tivesse um chazito

e eu três chávenas de macela sem açúcar, fraquinhas, que bebiam de pescoço esticado para que as gotas não na camisa, no queixo, limpavam-se com os

(não posso chamar lenços àquilo)

limpavam-se com os lenços trazendo-os da algibeira a arrastarem bilhetes de metropolitano e uma factura do gás, o embaraço deles

— Dantes não nos custava acredite

um albatroz mesmo miúdo transportá-los-ia no bico mais os colarinhos demasiado largos e os punhos sem goma que lhes cobriam as mãos, não acertavam com a chávena no pires ao acabar a macela, um deles uma pastilha de adoçante numa carteirinha de plástico que não lograva abrir, abri-a eu por ele e a admiração do homem

— Foi capaz

a gratidão, o remorso

— Não nos leve a mal darmos-lhe um tiro senhora

esclarecendo-me que a reforma, as contas em atraso, um tratamento caro porque esta catarata repare, não a vejo, se calhar nem lhe acerto e tive pontaria madame, vejo uma espécie de silhueta e pontinhos, se tivesse a bondade de me ajudar com o travão da pistola, uma patilha quase ao lado do cano, desloca-se para cima e há-de ouvir um estalido, os colegas abandonados nas piteiras, entre o desdém dos cachorros, a perguntarem-se onde estavam sem entender as respostas

— O que este país mudou

e se os levassem de regresso a Peniche perdiam-se nos corredores porque a dificuldade das pupilas compreende, a perseguirem devagarinho uma nódoa de luz que não agarravam, fugia-lhes

— Isto é Peniche a sério?

não já uma prisão, uma desgraça de pedregulhos e estevas, mulheres de luto na praia, interessavam-se pelas mulheres

— Ainda lá estão serão elas?

e por resposta um silêncio comprido, gaivotas a caminharem pesadas de calos

(como será calos em francês?)

na areia, fantasmas de casas, de pessoas e de sons a arrastarem fantasmas de mais casas, mais pessoas, mais sons, viajavam para Lisboa na camioneta da carreira a cabecear contra o vidro esses sonhos dos velhos nos quais adultos a caminharem demasiado depressa e eles crianças sem conseguirem apanhá-los que horror, bagas de eucalipto a perfumarem baús e uma mulher a cantar, tudo o resto confuso e a voz dela tão clara, o gavião empalhado

(empalhado ou vivo?)

do retroseiro e os seus lamentos de gente, um novo comprimido sob a língua e não um gavião, um milhafre e nós com medo do milhafre, as íris de vidro que mal apagassem o candeeiro bicavam-nos

— Não apaguem o candeeiro

logo à tarde

(se houver tarde esta tarde)

descerei à cave os não sei quantos lanços de escadas para me embezerrar a um canto até que noite de novo e o restolhar dos campos, pergunto se a minha avó onde estiver dará por ele como dava pela azinheira, permitam que me interrompa de novo mas as ondas não desistem, o meu marido no seu trote de cachorro no corredor, no quarto, oiço-o latir em cima a respirar contra a cama e eu com ele a aceitá-lo, se os corvos

— Minha senhora

aceitarei os corvos, o meu pai

(o meu Pae, Oferta do meu Pae)

aos domingos punham-me o vestido novo, sapatos, uma gotinha de perfume e eu a caminhar com pompa no degrau, a minha avó admirada

— Tão alta

o automóvel do meu pai não mais junto à porta, houve momentos em que ponderei se teria morrido isto é continuado a existir noutro sítio a apontar-me com o queixo aos amigos

— É minha filha aquela

à medida que os leques das senhoras engordavam de espanto, curioso como certos episódios não abandonam a gente, lembro-me das senhoras e de um melro a inclinar o bico e a partir, a do chapelinho de pena quebrada adiantando o pescoço

— O meu leque?

quase um melro palavra, a cabecinha brusca, aos sacões, comigo a pensar

— Vai-se ver e és eterna

ambos os chapelinhos no bengaleiro acolá, o Pae um sargento que trabalhava numa secretaria a copiar minutas, quem se lembrará do que fui, dissertará acerca de mim aos por agora

vivos, pensará no que me ocuparei quando não me ocupar com nada, me tornar um cheiro numa blusa no cesto da costura a aguardar um agrafe, ainda hoje o meu tio comigo, pergunto-lhe
— É você?
e ninguém a escapar-se entre a cozinha e a despensa à espera que o não veja eu que tanto quis vê-lo, o homem afinal meu amigo buscando-me a cara a tactear
— Não desespere senhora
e não desespero obrigada, pensei que cinco da manhã e enganei-me, quase oito quem diria, sete e cinquenta e seis, sete e cinquenta e sete e tudo igual, só os números se alteram, falem-me devagar que não acordei por completo, não me aborreçam agora, enxotem os cachorros que tentam uma fresta na garagem para chegar a mim, talvez as mulheres compreendam e no entanto se eu contasse à Elizabete a indignação dela
— Um cachorro?
(suspeito que outra onda mas como, antes uma nêspera que tomba, uma cobra entre folhas, seja o que for a alertar-me)
auxiliei o cavalheiro com a pistola
— Acho que é nesta patilha que se destrava eu aponto por si
e não escutei o tiro mas uma segunda nêspera no chão, a Elizabete assustada
— Qual cavalheiro qual pistola?
e nenhum cavalheiro nem nenhuma pistola, enganei-me, talvez o meu marido que tropeçou no escritório ou um vaso a cair, eu a dar-me conta da infinidade de ruídos de que o silêncio precisa, só quando não existem ruídos é que os ciganos regressam por atenção com a gente, quer dizer escutam-se as carroças, não os vemos nunca, o meu marido garante que restos de fogueira e ossitos de ganso
(desdobravam-lhes redes no pântano, percebiam-se as asas, escutava-se o
— Cuá cuá
ao esganarem-nos, não de súplica, raiva, já defuntos e
— Cuá cuá
o meu marido jurava que mal o percebiam ao longe os ossinhos
— Cuá cuá

a erguerem-se para ele e os restantes gansos a caminho de Espanha a calibrarem o vento, a Lurdes que roubou o meu filho

— Sentes-te fraca ao andar?)

e portanto quando não existem ruídos é que os ciganos de volta, chegam não do Pólo, não acredito que do Pólo, da raia para salvar o silêncio do mesmo modo que não fogueiritas e então pergunto-me

— Ciganos?

quando muito uns vagabundos no telheiro e o que será de mim acabado o capítulo, quem se preocupa, se lembra, o homem sem se ralar com a pistola

— Tem razão vão esquecer-nos

enquanto os colegas dele finalmente connosco, devem ter saído de Lisboa há uma semana ou duas a baterem às portas com os seus retratos

— Conhece?

como se fosse possível conhecer alguém entre manchas, a rapariga de tranças, a mulher, o parque e tudo para daqui a cinco ou seis páginas escritas a custo, emendadas, riscadas, copiadas e emendadas de novo, passadas a limpo e ao lê-las

— Não é assim

e repetir a escrita, tudo para daqui a cinco ou seis páginas se não lembrarem de mim ou fazerem pouco

— Um romance

e para quê um romance, o que tem a ver com a vida quando a vida precisamente indicações contraditórias e estradas erradas, o homem para os colegas

— Insistes mesmo que Évora?

e um par de setas a afirmarem Évora em sentidos opostos, outras cidades onde se entra de noite e o pelourinho, o coreto, a impressão

(a certeza)

que os espiavam, alguém do ministério a comunicar com Lisboa, o chefe de brigada, o director

— Os idiotas

quando nem chefe de brigada nem director, aos anos que a polícia acabou, telefona-se e não atendem, passa-se na sede e fechada, romance algum, a verdade, ondas a sério em Peniche,

os ciganos não fazia mal dado que um subterfúgio do silêncio, no caso de toparem com eles na volta não liguem, cinco ou seis famílias com o seu gado magríssimo e o que furtaram nas herdades oculto sob as mantas, qual subterfúgio do silêncio senhores, qual romance, apenas três infelizes que os albatrozes perseguem, os presos recriminam e eu mesmo se me detiver a pensar detesto
(tratam-me bem
— Não se apresse senhora
custa-lhes a viver, demoram-se nos obstáculos tentando reconhecê-los, não detesto)
três palhaços que alguém esperará em Peniche
— O que fazem aqui?
a mostrar-lhes as paredes esfareladas e a má sina das ervas, cinco da manhã e as engrenagens do dia, um motor que começa, aí está ele toc toc, a tua avó a acreditar que a azinheira
— Não dás pela azinheira?
e o Luxemburgo que tal como os ciganos não existe também, quem me prova que o meu tio não em Elvas por exemplo, quem me afiança não ser ele nas piteiras
(e não era difícil dar comigo numa terra pequena, bastava-lhe entrar na farmácia ou no talho e logo casou-se, mora na vivenda assim assim, trabalha no hospital, a neta da que conversava com as azinheiras e faleceu há milénios, conversou com as copas e agora conversa com as raízes se continuar a ter boca e deve continuar a ter boca que os defuntos aqui não se calam, aproxime-se do cemitério e aí estão eles mais que os gansos
— Cuá cuá
a ratarem na gente, ficaram-me com isto, ficaram-me com aquilo, nem uma braseira tenho dona Liberdade já viu e o meu dinheiro e o meu ouro quando nem ouro nem dinheiro, somos parecidos com os vitelos, até cardos comemos, quem nos prova não ser o tio no jardim ou seja um matagal de lixo e uma dúzia de narcisos, que lata jardim, a filha que o lavrador não ajudou)
o meu tio a espiar a casa informando os vizinhos
— Uma sobrinha que tenho
ou então um quarto polícia chegado depois dos outros e de que não me apercebera antes, não velho, não gasto, da minha idade mais ou menos e por conseguinte quase velho somente,

sem fotografias, sem pasta, o único que não falara comigo e com quem não falei e embora desconhecendo-o conhecia e me conhecia a mim

(isto não é um livro meu Deus, acreditem que não é um livro, sou eu)

não vindo de Peniche, vindo de Elvas ou Beja e que se não enganou no caminho, não perguntou a ninguém e o meu marido no escritório a vê-lo, a alarmar-se, a atravessar o corredor e a entrar-me no quarto pode ser que por minha causa ou com outra ideia qualquer, quem se atreve a adivinhar o que os cachorros pretendem, cinco da manhã ou oito é indiferente, qual o peso das horas e o meu marido comigo, reparem no modo de trotar como quando os ameaçamos apanhando terra do chão e eles com medo da terra, nunca previ que os gansos selvagens gritassem tanto nas redes, dúzias de unhas a lutarem mal os ciganos o pescoço, uma asa, os planetas extintos essa cinza sem vento

(os gansos mortos voam?)

os ciganos acampados numa clareira do feno, o que sobeja das ovelhas ao acaso no pasto, quero dizer nos cardos

(lá está, até cardos comemos)

pedras e cardos ou nem cardos, carvões, todos os restos do mundo, a senhora do chapelinho de pena quebrada

— Sua filha?

e não me lembro da cara, lembro-me do leque, da mão

(ter-nos-íamos entendido, quem me responde a isto?)

da cadeira na varanda onde um sujeito se esgazeava a fitar-me, se eu tivesse vagar ajudava-o mas o hospital, a distância, a ideia que a minha mãe se sonhasse

— Deixa-o em paz não merece

e o feitor encostado à segadora vingando-se dele a alterar as semeaduras e a mudar-lhe as ordens, os camponeses já não

— Patrão

por você, o meu pai uma tarde para o feitor a espetar-lhe o garfo no umbigo

— Hás-de trazer-me a tua filha

dava a comida aos gatos estendidos sobre a toalha, raios partam os gatos

(gatos no forte e musgo)

vou acabá-los com o sacho, o meu pai não uma brincadeira de homens, a sério
— Hás-de trazer-me a tua filha
e segurar-lhe as patas durante o ferro como os garranos, a cozinheira a mangar, eu para o chapelinho de pe
(a cozinheira a minha mãe ainda?)
na quebrada
— O feitor segurou-lhe as patas a si?
segurou as patas à sua irmã, segurou-lhe as patas a si, na época do meu avô o meu pai uma sombrazita miúda, desaparecia na despensa para comer às escondidas, pedia à costureira que o ensinasse a coser e no entanto mal o pai adoeceu e sem lhe esperar a agonia ganhou autoridade e ocupou-lhe o lugar
— Cale-se
despediu uma empregada com ele desde os seis anos
— Deixei de precisar de ti
e nem a viu na camioneta de Borba, ficou a resmungar para ninguém
— Não estava a fazer nada a imbecil
descia as escadas com a chibata a dar e dar na perna, eu para o chapelinho de pena quebrada
— Também lhe deu com a chibata?
onde teria escondido, em que gaveta, em que caixa, a aflição e o medo, a seguir ao almoço colocava o livro das contas sobre o prato e conferia as somas a anunciar ao feitor
— Enganaste o palerma do meu pai não me enganas a mim
o palerma do pai diante dele, vencido, com a garrafa de oxigénio e um saquinho aos pés, transformou a capela em armazém quebrando-lhe os enfeites de gesso, mandou queimar os santos, ficou a vê-los arder
— Ressuscitem
a filha do feitor
(repito que isto não é um livro, aconteceu assim)
quinze anos se tanto, talvez catorze, treze, um manipanso de maçarocas no braço e o peito nem sequer formado, as botas do irmão, a direita sem atacadores e a esquerda umas guitas e como demasiado grandes a chinelarem com estrondo sem que ela se apercebesse coitada, o meu pai para a cozinheira

(a cozinheira a minha mãe, sim)
— Arranja-lhe a cama dos hóspedes no sótão
um esconso cheio das pontas de cigarrilha e dos caramelos peitorais do padrinho que chegava de Alcácer na época das lebres e dormia de colete soluçando desgostos antigos a refogar amarguinhas
— Não vales nada mundo
(páginas escritas a custo, emendadas, riscadas e emendadas de novo, passadas a limpo e ao lê-las
— Não é assim
e continuar a escrever)
a cama do padrinho com metade de um Cristo
(uma única perna, a cabeça desfeita)
a velá-la, o feitor rodava o boné a escutar as botas nos degraus e a deixar de escutá-las, ao caírem cada bota meu Deus um ruído tão forte, era nele que caíam esmagando-o, protegeu-se com o braço a impedir que lhe quebrassem a espinha, pesadíssimas, de ferro, a dar-se conta de um choro e a seguir não choro, o padrinho do meu pai ou a metade do Cristo com gotas de sangue pintadas nas bochechas, no peito, e o caseiro
— Sangue de quem senhores?
a entender e a recusar entender, não ofendido, humilde
— Sangue de quem?
e pode ser que não do Cristo, do padrinho do meu pai apenas com mão cer
(sangue da minha filha?)
apenas com mão certeira nas lebres
— Não vales nada mundo
os corvos da muralha
(não oito da manhã, cinco)
em toda a parte a voar não à procura de sementes, à procura do feitor e portanto fechar os olhos depressa e impedir que mos devorem, nem pelo ruído da loiça na despensa se dava, o macho inquietava-se ao portão amarrado a uma grade, às vezes em janeiro, ao voltar para casa, encontrava as socas a aquecer na lareira soltando fumo e que importavam a geada e chuva e as grandes sombras dos campos, quando o meu pai desceu o macho no portão sereno, nenhum arado a lavrar entre os caules do milho e nenhum mecânico empoleirado no tractor a baloiçar aos

sacões, por um momento veio-lhe a foice à ideia ou uma enxada a procurar um pescoço e enquanto as empregadas o miravam com um pescoço

(de quem?)

na ideia igualmente, a minha mãe por exemplo a cortar, a cortar, o feitor esqueceu a foice e o sacho à medida que as botas de volta, ora esta ora aquela e nenhuma alteração na filha salvo um enchumaço descosido e os ângulos da boca diferentes mas sem um vestígio de sangue pintado nas bochechas, no peito, o sacho ou a foice regressaram um instante e no pescoço do meu pai sangue sim e o corpo peça a peça no soalho, o feitor retirou a lâmina e o meu pai

— Podes levá-la agora

os corvos na muralha outra vez, escondidos na hera, e a impressão que as carroças dos ciganos iam compondo o silêncio, juntou os objectos por ordem a arrumar a foice e a enxada nos seus lugares do celeiro onde mais foices, mais enxadas, sacos de cebolo, ancinhos, cinco da manhã digo eu, acreditem-me, e o sangue pintado unicamente lá em cima no que sobrava do Cristo, não no lençol, no travesseiro, o manipanso de maçarocas continuava no braço e a prova que não aconteceu nada estava em que o meu pai

— Podes levá-la agora

a água chiava nas socas ao transformar-se em borbulhas e as carroças dos ciganos não aqui que não necessitávamos delas, no sentido do Pólo, o meu pai abriu o livro das contas na toalha de súbito indefeso, mais baixo que o feitor, mais estreito, quase sem energia e para quê uma foice se uma das mãos chegava, a filha sem pedir que a protegesse

(nunca lhe pedia nada, brincava sozinha, de tempos a tempos um olhar mais crescido que ela a segui-lo)

mas um dos cotovelos vermelho, marcas de dedos na nuca e lá vinham a foice e o sacho, não hoje, para a semana, dentro de um mês, na altura de vir comigo sem testemunhas calcular as colheitas, os narizes do macho recuaram babando, um frémito na pele ou seja um brilho rápido que se deslocava entre os flancos, os gansos selvagens saídos da lagoa com uma rã no bico

— Cuá cuá

a embirrarem com a gente, a senhora de azul para o feitor
— Sua filha?
o lencinho a acenar do automóvel, adeus, até as oliveiras o guardarem e pronto, a terra guarda tudo e vai daí nós pobres, pode ser que no fundo de um buraco se dê pela azinheira, quando o feitor saiu o meu pai a escrever no livro
— Um minuto
isto na sala de jantar com os seus vasos, quadros de bichos, perdizes
(como corriam as perdizes em outubro num trotezito de pessoas antes de voarem tão mal)
uma menina de mármore abraçada a um cisne, o feitor à espera com as maçarocas ao lado ou seja dois manipansos inexpressivos, calmos, o cotovelo de um deles vermelho e marcas de dedos na nuca mas em qual, o meu pai a puxar moedas do bolso, a jogá-las no soalho e os gansos da herdade à lagoa
— Cuá cuá
não apanhados na rede dos ciganos, gansos selvagens, livres, a remarem devagar muito acima das árvores, uma das moedas debaixo do louceiro, o meu pai continuando a escrever
— Compra qualquer coisa à tua filha toma
e o feitor a agachar-se a fechá-la na mão, as botas recomeçaram a caminhar nos seus estrondos espaçados, o lenço das senhoras não parava de acenar, a minha mãe empurrou-me para longe do dinheiro
— Não toques nisso tu
e passado um dia ou dois um mendigo, sei lá quem
(o feitor?)
levou-o, pareceu-me que uma nas margaridas e afinal um seixo
(não um seixo, uma tampinha)
o que será de mim quando acabado este capítulo deixarem para sempre de me ouvir, quem se lembrará do que fui, demorará um instante a pensar e se preocupará comigo, ninguém se lembra, pensa, se preocupa e eu sozinha a acordar em Évora às oito ou cinco da manhã
(às cinco da manhã)
ao lado do meu marido que dorme, moramos em Lisboa na casa que a minha mãe deixou, inventei tudo, disse que

morava na casa que a minha mãe deixou e a minha mãe não deixou nada, limitou-se a falecer, se pudesse, egoísta como era, levava a casa consigo, oitenta e nove anos e rija, o ouvido melhor que o meu, a cabecinha perfeita, por exemplo nem ainda um pingo, ela

— Está a chover

e andando depressa chegava-se à janela a tempo da primeira gota no vidro, não a primeira gota já no vidro, a primeira gota no ar a aproximar-se do vidro, o meu marido

— Deve ser bruxa a velha

com rugas só de um lado, em segredo, qualquer pessoa no lugar dela não daria por nada e a minha mãe logo

— Continua mal educado você

pergunto-me se inventei tudo ou estarão a inventar-me a escreverem a custo, a emendar, a riscar, a escreverem de novo, a passarem a limpo e ao ler

— Não é assim

de forma que tornando a escrever, escrevo que no quarto um polícia

(talvez não um polícia)

de quem me não apercebera ainda, não velho, não gasto, da minha idade mais ou menos, cinquenta e cinco, cinquenta e seis anos e por conseguinte quase velho apenas, sem fotografias, sem pasta

(isto não é um livro meu Deus, acreditem que não é um livro)

não bateu às portas, não perguntou a ninguém e o meu marido no escritório a vê-lo, a afastar a cadeira, a aproximar-se do corredor, do quarto, cinco da manhã ou oito tanto faz, qual o peso das horas se o meu marido comigo, reparem-lhe na garupa, naquelas pregas de insónia

(o meu pai para o feitor

— Ainda aí estás porquê?)

no modo de trotar como quando os ameaçamos apanhando terra do chão e eles com medo da terra, o meu pai para o feitor

— Ainda aí estás porquê?

um par de maçarocas, uma delas pequena, a segunda mais pequena ainda e ambas com bocas desenhadas, tortas, os

olhos botões de casaco que se desprendiam do fio e por conseguinte quatro botões de casaco que se desprendiam do fio
　　(os meus olhos desprendem-se como aqueles?)
　　o meu pai a demorar-se na prova dos nove enquanto os lábios repetiam os números, tive medo que a foice ou o sacho e nem foice nem sacho, as ferramentas no celeiro tranquilas, o macho amarrado ao portão uma espécie de gargalhada a sacudir a corda do freio como se um coelho ou uma raposa a agitarem o feno, compra qualquer coisa à tua filha, podes levá-la agora, a sala de jantar com os seus vasos, quadros de bichos, perdizes, as sombras que as nuvens vêm trazendo consigo deixando-as nos móveis, cinco ou oito da manhã e um dos cachorros, o amarelo, principiou a ladrar sons agudos, compridos, de uma herdade vizinha à direita ou à esquerda mais sons agudos, compridos, a impressão que um galo e não galo, a sereia da fábrica acho eu ou uma mulher se calhar, gostaria de propor à consideração dos accionistas a hipótese das ondas e por razões de bom senso não a adianto já, reservo-a para mais tarde em caso de impasse negocial, toda a enchente a calar-vos, na eventualidade de uma situação extrema faço escorregar um inimigo
　　(ia escrever com h, hinimigo, as traiçõezinhas do cérebro, sorri para mim mesma, corrigi, continuo)
　　faço escorregar ao longo da parede um inimigo da Igreja e do Estado
　　(a palavra Estado quase a sair-me errada também)
　　enquanto o feitor e a filha
　　(só se percebiam as botas)
　　nas escadas do pátio, tornámos a dar por elas na eira e perdemo-las de vez, o meu pai fechou o livro das contas e passados muitos anos é desse modo que o vejo, de frente para mim à medida que me alargo na cama dado que o quarto polícia, o que não falara comigo e com quem não falei pronunciava o meu nome
　　(proponho neste momento à consideração dos accionistas a hipótese das ondas)
　　e ao pronunciar o meu nome
　　(manda o bom senso que não adiante as ondas para já, as conserve)
　　a certeza ou melhor

(não melhor, mais prudente)

    a esperança que acabado este capítulo não deixarão para sempre de me ouvir, pensarão um instante, se lembrarão de mim, fui enfermeira no hospital de Évora e aqui onde estou, neste buraco da terra abaixo de vocês, abaixo ou acima de vocês, ao lado de vocês, neste buraco da terra ao lado de vocês vou sentindo a azinheira.

3

E pronto, fico contente que tenha acabado: em último caso hei-de encontrar um parque onde correr atrás de um adulto que me foge sob copas e pombos da mesma maneira que se continuar aqui não faltarão as árvores da China a trazerem a noite consigo, a encaixarem o silêncio dos móveis no silêncio da erva, aí está, e a substituírem os sons do dia por outros mais fundos cujo sentido desconheço e em cujas dobras se escondem os besouros que insistem nas lâmpadas e o medo da morte, a boneca da minha filha a recriminar-me se adormeço
— Deixa-me sozinha é isso?
eu que se me sobrasse tempo a trancava na mala que o meu marido puxava de baixo da cama antes dos trabalhos compridos e em que nunca toquei, a boneca a dar com a mala
— Santo nome de Cristo
e a macieira uma frase a que não dou atenção visto que a pouco e pouco me separo das coisas, desde há semanas que no caso de a senhora
— Ana Emília
eu quieta, se os medicamentos tombarem da mesinha nem um gesto por eles, se o meu pai no capacho não lhe respondo mesmo com a bengala a insistir
— Vi-me grego para descobrir onde moras
hei-de encontrar um parque onde correr sob copas e pombos e acabando-se o parque travessas, becos, largos, outras pessoas comigo a correrem também cada qual por sua conta e no entanto juntos, separar-nos-emos perto do rio para tentarmos escapar e talvez algum de nós consiga, escusam de chamar-me
— Ana Emília
que nem penso em vocês, se o que prometeu visitar-me e não visita me incomodar nos degraus eu de luzes apagadas
— Vai-te embora

atravessei esta noite sozinha e agora que as árvores da China principiam a afastar-se fico contente que tenha acabado, posso recomeçar do princípio, estou bem, trinta de dezembro, quarta-feira

(a propósito de quarta-feira em que dia da semana nasci?)

e estou bem, se subir os estores a perfumaria, a farmácia, nem sequer eu no espelho quanto mais o meu marido e os colegas, os patos não na cómoda, na espécie de casinha no extremo da rampa em que o tanque findava e por conseguinte pouca coisa guardei, recordações não que as fui largando madrugada adiante e nem a Marionela ficou a impedir-me o baloiço que vai dançando no galho sem aproveitar a ninguém, a escola talvez não continue mas pode ser que o baloiço a oscilar no sítio em que uma oficina ou um baldio hoje em dia e lá estou eu com pieguices, uma semana destas emociono-me com as velhas dos gatos a chamarem-nos para restos num jornal, o que eu sofri no do meu pai que achatava as algibeiras com as palmas

— Imaginas que sou rico miúda?

e não era rico de certeza, notava-se pelo colarinho e pelo estado da pele, se tivesse reparado melhor enxergava a marmita do almoço num banco, viveria onde, com quem

(não se escutava a empregada do posto médico a carimbar receitas)

pergunto-me se sentiria a falta da gente dado que

— Pões-me nervoso tu

mal me sentia à entrada, se fosse agora eu

— Pai

e ele duas pancadas de relógio no interior das costelas que pelo menos no meu caso é o que antecede os beijos e deixando-me ia escrever que nua, deixando-me escrevo que nua, pergunte o que lhe vier à cabeça dona Coralina antes que me derrame em gotinhas que pulsam, a capital do Peru olhe, parecendo que não

(eu que me assemelho ao meu pai penso sempre que não)

neste momento ajudava, da Tanzânia, do Nepal, da Noruega e auxilie-me a dormir, lembro-me de acordar às onze, onze e meia, com a mão do meu pai não em mim, na almofada de modo que eu não eu, eu a almofada sob a mão, durante noites e

noites pus a cabeça no lugar da mão e não senti nenhum dedo, fitava-lhas à mesa a passarem diante de mim para agarrar o sal e espantava-me porque a mão da almofada maior, com um defeito no mindinho que não esticava por inteiro
(o que gostei do mindinho, acho que o sabia de cor)
inclinava a cabeça ao seu encontro, às cegas
(os cãezinhos acabados de nascer assim)
e a minha mãe
— Tens alguma coisa no pescoço tu?
era a mão da almofada que os afogava num alguidar, endireitei a cabeça a derrubar o sal
— Não me afogue
os meus pais a olharem-se, a fazerem sinais, a olharem-me
— O que é isso?
não dando fé das bolhinhas cada vez mais raras que subiam à tona, eu parecida com as bolhinhas a desesperar-me com a resistência dos lençóis, quando quase de fora o meu pai
— O que é isso?
e o saco em que me tinham a mergulhar de novo, percebi paredes não direitas, curvas, uma voz de homem ou de mulher, julgo que ao mesmo tempo de homem e de mulher assim esbatida, pálida
— Já morreu há que tempos larga-a
e de facto ao largarem-me eu uma coisinha imprecisa, as paredes direitas, os meus pais sem cara, correr no parque a desviar-me deles e a minha mãe
— Quem te deu licença para saíres da mesa anda cá
derivado a que eu não junto ao tanque entre os cedros, na despensa, no quarto
— Não me façam mal
abraçada a mim mesma pingando ganchos, de orelhas surdas e olhos a boiarem, uma das minhas pernas flutuava solta, o candeeiro do tecto três arabescos de latão, cada lâmpada no vértice de um arabesco um abajurzinho de pano, dois deles queimados, fechavam o saco sobre mim e eu ao relento no passeio até que os empregados do lixo ou mendigos que remexiam com um pau e ao darem com um bicho morto o desprezavam, permanecia de olhos abertos na cama com receio que o meu pai tornasse a visitar-me e a mão no meu pescoço

— Não param de nascer vocês

a cadela e a minha mãe atrás dele a rosnarem, dobre-se-lhe nas pernas senhora, impeça-lhe o alguidar, não o deixe filar-me, a minha mãe sem entender

— O que fizeste à miúda que só foge de ti?

e a mão suspensa sobre a toalha, culpada, preveni os patos do tanque para não se chegarem à gente

— Se não querem acabar no alguidar não se cheguem à gente

escamas de sol entre folhas e o peso de uma nuvem a inventar outubros, quando um colega do meu marido nos tirou o retrato eu a franzir-me na luz não imaginando que em breve

(sete ou oito meses julgo eu)

um indicador na fotografia a interrogar

— Conhece?

para cima e para baixo sem largar a película, a primeira coisa em que reparei no meu marido foram as mãos e com cautela, à distância

— Vai afogar-me este?

a investigar se um defeito no mindinho que não esticava por inteiro, a mão prendeu a minha e quando a puxei do colo o meu marido humilde

— Sou desajeitado perdoe

e um sorriso parecido com os dos mortos cuja aflição não entendo, nunca compreendi o que lhes apetece, o que pensam, julgamo-los sem mistério e cheios, vá-se lá adivinhar, de existências ocultas

(não queria ser cão, serei um cão eu?)

cartas de não sei quem para não sei quem

(escrever-se-iam a si mesmos?)

números de telefone da modista, do talho, no caso da minha mãe experimentei a modista onde ela

Dona Zélia (modista)

com a modista entre parêntesis e do outro lado do fio um velhote a tossir, penso que surdo porque gritava

— Irene?

numa desconfiança exasperada, a minha mãe não Irene, Beatriz, eu a escutar o

— Irene?

e a minha mãe toda bem posta algemada no terço a sorrir, insisti depois do funeral e o velhote a quem deviam ter regulado por intermédio de um botão no umbigo a alternar o

— Irene?

com os sufocos da tosse num compartimento de janelas abertas dado que aos ecos da surdez se uniam automóveis, música de lojas e ambulâncias que aumentavam depressa e diminuíam devagar como em geral as desgraças, os frenesins do mundo e nenhuma onda no entanto, nenhum albatroz felizmente, acabaram-se os fortes, ninguém a alcançar-me o pescoço ou a pele da nuca por onde se erguem as crias

— Não param de nascer vocês

o que fariam os mortos antes de sorrirem para nós na época em que se agitavam cá em cima, da última vez que liguei à modista

Dona Zélia (modista)

a campainha a desesperar-se no silêncio arranhando-o em vão e eu em busca de um parque onde correr, sob copas e pombos, entre pessoas que corriam também cada qual por sua conta e no entanto juntos, separar-nos-emos perto do rio para tentarmos escapar e talvez algum de nós consiga, se a minha filha e não menciones a tua filha, diz o assunto sem a ressuscitar que faleceu há anos, se porventura a minha filha na alcofa e eu a recusar pegar-lhe, a tua filha não, outra forma de redigir isto, outro exemplo, se a senhora da vivendinha do Pragal ou da Cova da Piedade ou de Almada ou de qualquer dessas terras que se seguem ao Tejo, começaste por a meter em Almada, mudaste-a para o Pragal e qual a importância dado que tudo idêntico nesses lugares de caixeiros, se a senhora da vivendinha do Pragal, fique Pragal, a chamar-me

— Ana Emília

e eu subir as escadas quem irei encontrar tal como quem me encontrará a mim e em que ponto da casa, talvez perto da macieira a medir em palmos de ausência, não de saudade que não tenho de ninguém, o crescimento das ervas, o ventinho que nasce das plantas e só a elas pertence, insectos, barro morto, lembranças para sempre comigo, o meu pai com a mão da almofada à secretária, desinteressado em afogar-me e tão longe de me observar a dormir, ao apagar a luz o meu pai negro na ombreira, o indicador não numa fotografia

— Conhece?

a demorar-se no interruptor como se o dedo, que ilusão, fizesse as vezes de um beijo

— Não tenho nada para ti vai-te embora

e as bolhinhas com que me afogavam subindo no alguidar, paredes curvas e membros que desistem, o meu pai não

— Não param de nascer vocês

a olhar-me do sofá acolá

— Vi-me grego para descobrir onde moras

o senhor tão velho pai enquanto a minha mãe a tactear-me os bolsos

— Deu-te o dinheiro ao menos?

(jurava que os pais dela ricos, salvas de casquinha, criadas)

capaz apesar de tudo de farejar-me nos sacos da noite a rosnar de nervoso, se estivesse com ela não receava os colegas do meu marido nem tombava no espelho, punha a língua ao canto da boca a imitar a minha filha e escrevia, escrevia

— Escreve a tua despedida Ana Emília

fala-nos da manhã, da alcofa, do que devia visitar-te e esqueceu ou então dos colegas em Évora com ele e piteiras e malvas, dos corvos ou gansos

— Cuá cuá

a impedirem-lhe os gritos, fala-nos do velhote ao telefone

— Irene?

nos intervalos dos desesperos da tosse e tu a observares o aparelho com a certeza de nunca o teres visto antes como se o aparelho a tua mãe

— Teve um homem você

e eu quase com pena do meu pai, que sentimento idiota, a partir de uma noite qualquer a mão ausente da almofada que tentei substituir com a minha mas faltava-me o mindinho dobrado e a vontade de matar

— Queria matar-me pai?

colocava a bochecha no lugar dos dedos e as paredes perfeitas, nem uma bolha a subir, nenhum casaco seu no cabide, cheiros de que não me apercebera antes e dava conta agora derivado a faltarem-me, as gavetas do lado esquerdo da cómoda e da mesinha de cabeceira

(— Escreve)

vazias, ficou uma ponta de cigarro que a minha mãe não limpava, limpei-a eu por ela e a minha mãe furiosa

— Que é do cigarro do teu pai infeliz?

não já um cigarro, uma coisa amolgada que experimentei fumar para o trazer de regresso e a mão não voltou, a minha mãe foi ocupando as gavetas de inutilidades ao acaso, um tubo de cola espremido, roupa que deixou de servir, de tempos a tempos suspendia-se à escuta

— Não digas nada

e suspendia-me à escuta sem dizer nada, nós quase abraçadas uma à outra, disse quase, não disse abraçadas, passos na rua diferentes do meu pai que se afastavam da gente, talvez o velhote surdo

— Irene?

espreitávamos da cortina e ninguém, a minha filha só passos igualmente, queimei a alcofa no quintal a fim de me impedir melancolias

(não quero sentimentos comigo)

e o vime e o colchão demoraram a arder conforme a minha filha e o meu marido demoraram a sumir-se e conforme Peniche o perseguia que bem dava pelas ondas mesmo que tentasse esconder-mas empurrando-as para o quintal

— Não notei onda alguma

o mar entre as árvores da China, na erva, hoje que é manhã por sinal a vazante, se o meu marido aqui estivesse serenava, escusam de apontar-me o indicador no retrato

— Conhece?

dado que tudo isso se passou há que tempos e a minha memória apagou-o, ficou a vivendinha do Pragal e a senhora entre frascos que tombam a repetir o meu nome, a minha mãe apagada, o meu pai apagado, o que prometeu visitar-me e não visita de bruços no escritório em Évora sob os planetas extintos, percebo uma mulher junto a um berço, cachorros que despertam e é tudo ou seja pode ser que carroças a contornarem não sei onde uma espécie de pântano mas isso desfocado e sem realidade alguma tal como o homenzinho perto de mim

— Vi-me grego para descobrir onde moras
enquanto o rectângulo da farmácia entre a ourivesaria e os perfumes vai anunciando as horas, cinco e trinta e um, cinco e trinta e um e dez segundos, vinte, trinta, cinco e trinta e um e quarenta segundos e nem sombra de polícias, tê-los-ei imaginado, adivinhado, suposto, faltam-me três prestações do frigorífico, mais ou menos seis meses para os móveis da sala, quatro anos e tal no que se refere à casa e a cabeça à deriva, sozinha, a mão que devia poisar na almofada não do meu pai, não minha, outra mão qualquer, pouco importa qual, fazendo o meu trabalho a escrever, o mar afastou-se das árvores da China até ao bairro à direita onde me não incomoda escutá-lo, a impressão que um comboio a substituir-se às carroças cambulhando entre prédios, uma nuvem cor-de-rosa de bordozinhos azuis a inaugurar o dia, dentro em pouco a macieira como na tarde em que a minha filha trouxe a corda do estendal e eu a vê-la, declarei que não soube e no entanto a vê-la, a minha filha não às escondidas
(ora aqui está a verdade já não me faz diferença)
a desejar que eu a visse, para além da corda
(chamei-lhe fio agora chamo-lhe corda)
o que designei de banco e não um banco, um escadote com três degraus senhores, a boneca a baloiçar pelo tornozelo e a minha filha a olhar-me cuidando que a impedia de prender a corda no galho e eu sem ganas de mover-me a recordar a alcofa que o meu marido transportou para o quarto e na qual umas rocas, uns sons, a minha filha não se aproximava de mim, respondia do corredor no caso de responder ou antes não respondia nunca, sentia-a no quarto a detestar-me muda, poisei-lhe a mão na almofada e não atendeu à mão, chegava do Pragal e as luzes desligadas como se a morte à minha espera e ela na marquise encostada aos caixilhos, na tarde da corda na macieira um sorriso acho eu, risca e mete que não um sorriso, qualquer coisa nos lábios, uma frase sem palavras conforme os velhos às vezes ou o esforço de quando se dá um laço e nos asseguramos puxando-o de que não vai romper-se, graças a Deus que pela minha parte hei-de encontrar um parque onde correr no meio das pessoas que correm sob copas e pombos cada qual por sua conta e no entanto juntos, somos tantos
(o que prometeu visitar-me e não visita com a gente)

separar-nos-emos perto do rio para tentarmos escapar e talvez
(desejo-o sinceramente)
um de nós consiga, há-de haver becos que me escondam e criaturas compassivas com os bichos a condoerem-se de mim, a minha filha subiu os degraus do escadote a arredar as tranças dos ombros e como poderia impedi-la se eu longe a correr, cinco da manhã na farmácia, nenhuma bolha quando o escadote tombou, nenhum frenesim no alguidar e por consequência ela viva, casou-se, trabalha numa empresa alemã, ficou de visitar-me domingo, empresto-lhe uma tesoura e cortamos ambas a erva, num fim-de-semana ou dois
(não é preciso mais)
este quintal decente, a minha mãe ao adoecer uma vibração de terror na voz dela
— Emagreci já viste?
comprou uma balança onde se não pesava por medo, apertava os vestidos e acolchoava os enchumaços às escondidas de mim
(terei emagrecido eu?)
ia ao médico sem me contar, eu dezoito ou dezanove anos e ela
— Vão enterrar-me amanhã
incapaz de cheirar o passeio a percorrer-me o corpo com o focinho preocupado, a indagar, não perguntava ao meu pai
— O que fizeste à miúda?
e talvez a minha mãe hoje em dia uma dessas cadelas de abril
(mais maio que abril)
que no caso de nos aproximarmos se aborrecem de nós, enfiam as unhas num tijolo e se vão, pedi-lhe
— Deixe-se ficar senhora
e a minha mãe o olhar com que a febre nos distancia das coisas, se eu poisar a mão na almofada pode ser que a cabeça, a minha filha um balanço, um girozinho e parou à medida que o eco dos corvos
— Cuá cuá
e eu continuando a correr, lembro-me de uma igreja que fechavam e onde tremiam apóstolos de bondade terrível, o meu marido inclinado para a alcofa a remexer não sei quê

(a minha filha?)
a minha filha ou um sininho, a minha mãe não me tocou com a cabeça por não dar conta da mão na almofada
— Onde arranjou esse nariz tão comprido você?
ou se calhar eram as bochechas que diminuíam e o nariz igual, não nariz, ossos que se alongavam, retiraram-lhe a aliança e a minha mãe solteira
(— Não conheço retratos seus dessa época mãe)
com os irmãos e os pais numa terra do norte, se falava na aldeia comovia-se
— A geada
a pedir colo com os olhos que se penduravam em mim
— A geada
o irmão mais velho na Venezuela, o segundo na Suíça, cumprimentos no Natal e depois cumprimento nenhum, o inverno comeu-os, deve ter geado muito nesse ano e a chuva à nossa volta a tombar enquanto a minha mãe se soltava
— Tenho de me ir embora pequena
um olmo sacudiu-se e tudo branco no chão de forma que nem dei por se ir embora, se ao menos a geada me comovesse e não comove desculpem, comove-me a última bolha num alguidar tranquilo, a água parada e nisto uma bolhinha minúscula, atentamos e lá está, uma bolha, ao desprenderem a minha filha da macieira disse ao meu marido que a colocasse na alcofa para se entreter com a roca e as fitas, lhe entregasse uma almofada em que eu poisasse a palma a anunciar
— Vou afogar-te compreendes?
não filha do meu marido ou do que prometeu visitar-me e não visita, do outro de que não conto nada, calo-me, quase nunca esteve comigo, ele do norte igualmente
(Macedo de Cavaleiros, Vila Real?)
perguntei-lhe
— A geada?
e não me respondeu nunca
(não conto nada, calo-me)
nem dava a sensação de escutar-me, entrava pelo quintal e ia-se embora a furto, as árvores da China
(tanto palavrório, tantos discursos sempre, para ganhar alguma paz tinha de me esconder delas)

caladas, há alturas em que me interrogo se não, há alturas em que me interrogo e chega, soube que o outro em Peniche também não embora tenha sabido que o meu marido com o outro em Peniche, cinco da manhã e mais nuvens, não ondas ainda, esse vaivém indeciso, prestes a desistir, do escuro, fragmentos de reflexos que iam empalidecendo, desbotando-se, os meus patos de vidro, o vento nas cortinas

(continua a escrever)

e o casaco do meu pai a abrir-se com o vento, o cabelo que se desarruma e ele a resistir no sofá, pedir-lhe da cama como agora, há tantos anos e agora, eu pequena e agora, a correr e agora, eu agora, nem se acredita que agora e agora, a minha voz de agora, o meu corpo de agora

(— Sabe quem sou ao menos?)

— Dê-me a sua mão senhor

e no momento em que os dedos alcançavam a almofada, no momento em que a minha mãe

— O que fizeste à miúda que só foge de ti?

os colegas do meu marido na sala e portanto correr de novo sob as copas e os pombos, a minha mãe a lembrar-se do norte

— A geada

(houve um março em que se podia caminhar no ribeiro, um dezembro em que a superfície da água se quebrou e um cabrito a afundar-se, as patas traseiras, a barriga, os corninhos por fim, depois de se afundar rodou sobre si mesmo e as patas estendidas, outrora brancas, agora negras, inchadas, a minha mãe a correr

— Corra mais eu mãe

para casa, as pernas dela estendidas igualmente, negras, escreve que negras letra a letra, tão difíceis as letras)

não se habituava a Lisboa, faltavam-lhe figueiras bravas, pedregulhos, silêncio, se por acaso um intervalo estranhava

— Não entendo os silêncios aqui

os colegas do meu marido a hesitarem na sala do outro lado do silêncio onde o cabrito ia balindo, a minha

(cinco da manhã e então?)

a minha mãe recordava-se de eucaliptos, pinheiros, alguém, não o cabrito, a balir

(cinco da manhã e acabou-se, a única coisa que me dizem é que cinco da manhã e acabou-se sem que eu compreenda o que se acabou, contem-me, cinco da manhã e então, no caso de não precisarem de mim posso dormir não posso?)

alguém, não o cabrito, a balir, cuidou que os pedregulhos e enganava-se, era ela quem balia, sou eu, reparem na minha garganta, sou eu, atentem na minha filha a interromper o laço e a fitar-me, não a gostar de mim, nunca gostou de mim

(terei gostado dela?)

pergunto-me se terei gostado dela e não sei, talvez no portão da escola quando a segurava pelos braços e uma volta, duas, a boca na minha barriga, a felicidade, o medo, a madrinha da aluna cega a reprovar-me calada e eu para a minha filha, dentro de mim

— Tu quem és?

desconhecendo quem fosses ou por que motivo me sentei junto à macieira a puxar a erva, a puxar-te

(o que te puxei meu Deus)

e de tanto ter puxado estou cansada Jesus, faltam-me esperança e músculos, uma vontade de chegar que me corrija o desânimo, não afirmo que não me apetece deitar-me, apetece consoante me apetece que por uma vez não insistam, permitam que sossegue, deixem-me neste canto onde não aborreço ninguém como o insecto do caruncho não aborrece a casa, limita-se a trabalhar o seu buraco coitado, o que querem vocês, o senhor, o meu marido, o outro

(e lá volta a geada, mal se toca na memória, ainda que de leve, pedregulhos, pinheiros, a minha mãe a chorar por amor do cabrito)

o meu pai

— Vi-me grego para descobrir onde moras

e há quantos anos isto foi não me escondam, há quantos anos a minha filha, há quantos anos Peniche, tanto espaço para o mar que os rochedos ocupam, tanta andorinha avulsa

(tostões de albatrozes, trocos miúdos de pardais)

tanta pedra deitada, a mudez dos corredores a cheirar à beladona dos campos, a única planta que às vezes se ilumina de lamparinas azuis com o cessar da chuva, os rafeiros que a fome enxota contra a água e a propósito de água não me afoguem, aceitem que as paredes direitas, desisti de correr sob as copas e os pombos, alargo-me nesta cadeira e aqui fico sentada em mim mesma à medida que o quintal se amplia apesar de noite ainda, eu a palpar o corpo que me falta sem um indício a guiar-me salvo a senhora do Pragal

— Ana Emília

presa à vida por um reflexo de gavinha, concentrada em durar, eu que começo a entendê-la a durar igualmente, pergunta-se-lhe

— A sua família?

e logo um vinco que é sinal de procura, talvez um parente mas quem foi, quem segreda

— Bem haja

o vinco a alisar-se

— Ana Emília

o meu nome a pá que trazia consigo os torrões do passado e para lá das chaminés os apitos do rio, sementinhas que o ar sustenta e transporta entregando-as de mão beijada às janelas, a senhora a sobressaltar-se com o Tejo

— O que foi?

adivinhando limos, motores de fragata, cordas

(começar a correr)

cordas digo bem, cordas, fios de estendal, repito cordas, o tapete que o tempo despiu de desenhos e o meu nome a murchar entre nós sem lhe servir de nada, ao erguer-se da alcofa o meu marido entendeu

— Tu

e no entanto num frenesim de rocas a chocalharem caroços, a agitação aumentava lá dentro, gostava de ficar contigo mas não pode ser, perdoa e já agora perdoa não ter sido outra coisa, nós três na sala aos domingos à tarde e se o mar de Peniche embravecesse nem dávamos por isso, ninguém havia de cair no espelho quanto mais

(começar a correr sob pombos e copas)

quanto mais portas e ferrolhos que não cessam, mulheres de luto na praia e animaizecos cinzentos no lado oposto às ondas

(não sei se lebres ou texugos, doninhas)

meu é o parque com o busto do filólogo e o tanque dos patos, uma velhota tontinha a arrebanhar lixo com a felicidade inteira na gengiva, o passito dela a amparar-se aos troncos e os patos em fila sem ser na minha cómoda, contornando não as escovas, o repuxo do centro, bancos onde a minha mãe se instalava com a geada na ideia, a velhota de malmequer catita na lapela a conversar com as folhas, não

— Ana Emília

segredos que a gengiva ia contando e haveriam de ser meus, já são meus dado que como ela amparo-me ao guarda-chuva para me levantar até que os mil ossos coincidam e uma parte minha avance carregando outras partes, chama-se a isto caminhar mas corre que outros hão-de correr ao teu lado

(somos tantos)

separar-nos-emos perto do rio e talvez algum de nós consiga alcançar este dia, a farmácia garante que cinco e quarenta e nove da manhã

(confio nela?)

o que me ordena que escreva foi-se embora e a mão da minha filha ou a minha vogais complicadas, a do meu pai na almofada à minha espera de dedos separados, quietos

(desculpe ter pensado que era rico senhor)

e eu duas pancadas de relógio no interior das costelas que pelo menos no meu caso antecedem os beijos, a mão do meu pai não em mim, na fronha, de modo que eu não era eu, eu a fronha sob a mão e durante noites e noites

(cinco da manhã)

poisei a cabeça no lugar da mão à espera que um defeito no mindinho que não estica por inteiro

(o que gostei do mindinho, acho que o sabia de cor)

eu um cãozito acabado de nascer que se afoga no alguidar e bolhas cada vez mais raras a subirem à tona, tentava subir à tona a desesperar-me com a resistência dos lençóis

(para continuar a correr)

quando quase de fora o meu pai a agarrar-me

— O que é isto?

e o saco em que me tinham a mergulhar de novo, percebi paredes não direitas, curvas, as caras dos meus pais confusas

(a alcofa confusa, a minha filha não sei)

o candeeiro do tecto a ondular longíssimo e vozes de homem ou de mulher impedindo-me de fugir

— Já morreu há que tempos larga-a

ou seja os colegas do meu marido e o que prometeu visitar-me e não visita, a minha filha a verificar o seu nó

(as horas da farmácia apagaram-se)

— Já morreu há que tempos larga-a

e a partir deste ponto

(talvez uma criatura mais inteligente, mais capaz, devesse terminar este relato por mim)

lembro-me do meu quarto, lembro-me de correr, dos que corriam ao meu lado sem se importarem comigo a olharem para trás a fim de perceberem quem nos seguia e onde, se da banda das docas ou do interior da cidade, lembro-me de passos não sei em que travessa paralelos aos meus, das árvores da China, da minha cabeça na almofada sem a mão do meu pai e da impressão que um dos brincos me lacerava a orelha, da certeza que me pintavam a cara com riscos ao acaso, me sacudiam o ombro e me chamavam

— Mãe

e não era a minha filha que me chamava

— Mãe

a minha filha calada, que eu saiba a minha filha nunca

— Mãe

a minha filha no topo do escadote

(não desceu do escadote)

lembro-me da minha filha e da erva a crescer à sua volta, à minha volta, de modo que quando a minha mãe

— O que fizeste à miúda?

mesmo que qualquer de nós quisesse, mesmo em bicos de pés para ultrapassar a erva, não seria capaz de responder.

4

Escrevo o fim deste livro em nome da minha filha que não pode escrever, às vezes penso que ainda à espera no quarto que um de nós entrasse para fingir que não nos via e recusar falar-nos ou a passar pela gente na direcção do quintal, a descer os degraus ao pé coxinho desejando que lhe perguntássemos
— Perdeste uma das pernas tu?
e ela a mostrar logo que duas pernas e a caminhar como as pessoas
— Não
a perna direita e a perna esquerda pausadas, completas, experimentava a orelha com a mão e a orelha inteira, alegrava-se
— Estou viva
e dançava numa espécie de pulinho a certificar-se que viva, os músculos, os ossos e as ideias, tudo certo, arrumado, inquietava-se de repente
— Será que as árvores da China vivas a macieira viva?
a pedir que um ramo lhe mostrasse que sim, a casa viva porque a torneira da cozinha aberta a ressuscitar os pratos no lava-loiças, a caçarola, os copos, tudo a agitar-se sob a água, a respirar, a existir, o bairro vivo, a sereia dos bombeiros a explicar-nos
— Meio-dia
e o susto dos pássaros, ignorantes da hora, para quem nove ou dez sempre, a prolongarem a sereia impedindo o silêncio, agora as árvores da China e a macieira não sei, saltem ao pé coxinho como eu, mostrem que duas pernas, dancem, o homem continuou a olhar-me, percebia que a minha mãe a amontoar os pratos e a caçarola na bancada esquecida de mim e portanto desarrumar as tranças num movimento de cabeça
— Não se esqueça de mim
e o mundo para aqui e para ali seguindo as tranças antes de fixar-se outra vez, o homem que não era o meu pai nem o

colega do meu pai, um terceiro que era raro chegar, dava ideia que um sorriso dentro da cara séria e dentro do sorriso uma cara séria diferente da primeira a apertar a boca com força prestes a chamar-me e mudo, a minha mãe uma frase qualquer e os pratos e a caçarola engoliam-na, a cara por instantes

(parecia-me que instantes)

morta visto que a torneira calada ou antes não morta, uma vibração nos patos da cómoda e um zumbir de cedros, um parque sem que eu entendesse como uma vez que nem parque nem cedros ou espaço para eles nestes prédios, as ruas e os larguinhos a atravancarem tudo, os comboios desordenavam-nos de dez em dez minutos e voltavam aos seus lugares a hesitar

— Era aqui que nós estávamos?

no receio que outros larguinhos e outras ruas se indignassem com eles

— Este sítio pertence-nos

e onde ficamos meu Deus, os patos de vidro sossegavam e o sorriso do homem dentro da cara séria de novo, a cara diferente dentro do sorriso uma espécie de adeus, ia-se embora pelo quintal, não pela porta da frente, à socapa, a partir de certa altura deixou de aparecer e não sei o motivo, sei que ondas numa parede alta, grandes rochas escuras, mulheres de luto a mirarem-me com dó na praia enquanto o homem deslizava para o chão ao comprido de um espelho, ao contar à minha mãe o ferro de engomar estremeceu numa gola e em vez de palavras continuou a passar, o pescoço dela de súbito tão frágil

(não lhe percebi a cara)

qualquer coisa que falava e não era uma voz

— Ai sim?

eram mais ondas na parede alta, mais mulheres de luto a deslocarem-se no interior dos xailes

(reparem como em outubro os prédios se protegem da luz de palma sobre os olhos)

e os xailes parados, a minha mãe poisou o ferro vertical no apoio da tábua

(buracos e nódoas de queimado no forro do pano)

trancou a porta do quarto e não dei pelos patos, enquanto jantávamos o tinido de um deles embora pudessem ser as ervas ou a cómoda que afirmava não fosse decidirmos não contar mais com ela

— Cá estou eu

a ajeitar-se nos embutidos convencida que útil, eu para a minha mãe

— Deu pelo pato senhora?

e a minha mãe de cotovelos enormes a correr mais depressa, aumentavam ao lembrar-se do pai dela, não aumentavam quando o meu pai faleceu, aumentavam se acordava à noite e eles na sala a dilatarem-se nos joelhos porque o queixo na palma pesadíssimo, aposto, e as feições em pregas moles entre o queixo e o nariz, a cómoda muda à cautela, sem convidar

— Abram-me uma gaveta ao menos

todas as gavetas aliás bem comportadas, aos pares, a última sozinha, maior, dos lençóis e das toalhas que resistia empenada, fazendo-se muita força vinha quatro ou cinco centímetros mas torta, a estalar, o meu braço cabia, o da minha mãe não cabia, tinha de fechar-se com o sapato, riscos de sola no verniz da madeira

— Onde arranjou este trambolho mãe?

e a cómoda ofendida, corrigíamos os patos de que tentava livrar-se e nunca ficavam iguais, avançar um bico ou uma cauda, aproximá-los do rebordo, afastá-los do rebordo, conferíamos uma com a outra e não era assim pois não, qual a maneira dos patos e a distância entre eles, o que lhes falta que maçada, tentei dar-lhes nomes e os nomes que lhes dava falsos, como se chamariam realmente, o meu nome falso também, não entendia ao dizerem-mo porque não era a mim que se dirigiam, o nome de uma estranha, de uma pessoa idosa, da empregada do notário com um defeito na fala, de língua demasiado gorda a sair com as palavras acompanhando-as cá fora como se faz às visitas, dava-se fé que as palavras

— Não se incomode não se incomode

a mandarem-na para dentro entre cerimónias, vénias

— Olhe que se constipa

e a língua desamparada a assistir-lhes à partida, isto a boca somente derivado a que as sobrancelhas e as bochechas hostis, um balcão velho, carimbos velhos a deixarem impressas velhas marcas lilases, papéis velhos, avisos velhos numa vitrine velha, o céu velhíssimo nas janelas com dificuldade em ser dia sempre a amparar-se aos telhados, respirando nuvens a tropeçar para um crepúsculo antigo, restos de pêra

(cascas e isso)

num lenço de assoar, o telefone um arrepiozinho que desistia antes de nos chegar aos ouvidos e a certeza que no auscultador uma pessoa como eu que não se lamentava, ia aceitando desgraças, uma gaiola sem canário, vazia

(na nossa casa uma gaiola igualmente?)

na nossa casa não uma gaiola igualmente, um arlequim de pano com rodelas vermelhas nas bochechas, se fosse capaz de interessar-me aproveitava a tábua de engomar e perguntava

— Você tem febre mãe?

dado que rodelas vermelhas nas suas bochechas também

(— Você um boneco mãe?)

um cesto de roupa, um tabuleiro, as árvores da China quase a baterem na gente, não reparei na macieira, não consinta senhora, se eu andar ao pé coxinho até ao pátio e ordenar

— Não nos persigam

salvamo-nos, se andar ao pé coxinho até à minha mãe e não andava ao pé coxinho até à minha mãe, a partir de certa altura

(que altura?)

a partir da morte do meu pai comecei a afastar-me, se andar ao pé coxinho até à minha mãe nós amigas e não preciso de amigos, a cega tacteava-me na escola

— És loira tu?

uma ocasião tirei-lhe os óculos escuros e assustaram-me as pálpebras e charcozinhos brancos no fundo, a cega a tactear-se

— Sou loira eu?

não bem dedos, insectos que buscavam uma fenda onde esconder-se, ao colocar-lhe os óculos os dedos do tamanho dos meus, curiosos, redondos

— Sou loira?

óculos não óculos, vidros opacos e ela inteira atrás deles, o que sobrava dos óculos sandálias a medirem o soalho por causa de poços, degraus, as traições do universo, a agitação da madrinha

— Não te fizeram mal?

e um sorriso vazio isto é uma espécie de armário sem cabides, deserto, os dedos não descansavam no cabelo

— Sou loira?

o nervosismo da madrinha

— Digam-lhe que é loira mintam-lhe

e graças a Deus que a minha mãe a segurar-me os ombros rodopiando comigo ao portão, a minha cabeça na sua barriga e portanto eu afastada da escola e os poços e degraus deixavam de existir, tudo sólido em baixo, podia caminhar eternidades de olhos fechados não tropeçando nunca, a minha mãe a puxar-me o casaco

— Andas a ver se cais?

e os poços e os degraus de volta, pensava que tirando o caso dos cegos surgissem apenas para nos engolir à noite e afinal ali, a cega e eu num túnel de mineiro e a minha mãe em cima onde não podia guiar-me e havia casas, pessoas

— Eu avisei-te menina

não um sorriso na cara séria do homem, só caras sérias umas sobre as outras, a palma no pescoço da minha mãe

— Não vale a pena perdêmo-la

e de imediato ondas numa parede alta e cotovelos imensos a dilatarem-se sobre os joelhos porque o queixo na palma pesadíssimo acho eu, você tantas vezes dessa forma senhora, a cómoda podia convidar

— Abram-me uma gaveta ao menos

que não lhe ligava, na maior papéis de embrulho, facturas, lixo que me parecia muito antigo e ia crescendo sozinho, não lhe juntávamos nada e no entanto mais papéis, mais facturas, interrogava a cómoda

— Quem meteu isto aqui?

alguém devia habitar a casa sem que nos déssemos conta, de tempos a tempos uma bronquite no corredor e a desconfiança que intrusos

(a cega?)

me espreitavam o sono, quando chovia sapatinhos miúdos a trotar no quintal, vi o meu pai falecer porque tombou num espelho e as unhas continuavam vivas depois dele a abrirem-se em corola no tapete, não conversei com o meu pai, fiquei à entrada a pensar

— No que é que estou a pensar?

e talvez por não saber em que estava a pensar levaram-no, a minha mãe na sala de cotovelos a crescer, tive um irmão que inventei e dormia comigo, guardava-o em segredo entre os livros de estudo, a minha mãe

— Para quem é essa cadeira à mesa?

sem notar o meu irmão ao lado, não na cadeira do meu pai, na outra com menos vincos dado que a não usávamos e o meu irmão levezinho, eu para a minha mãe

— Não vê?

o meu irmão que no notário mudava o lugar dos carimbos, a empregada do defeito na fala a tomar-me por ele

— Não és capaz de estar quietinha menina?

misturando a língua nas palavras e eu pasmada com a língua, experimentei fazer igual e a empregada aguçou-se de fúria, o céu velhíssimo distraído de mim quase sem existir, a minha mãe bateu-me na mão a desculpar-se à empregada, distribuiu os carimbos como se alinhasse os patos na cómoda

— Crianças dona Fátima

a tinta dos carimbos manchava o balcão de nódoas roxas, azuis

(chamo-me António Lobo Antunes, nasci em São Sebastião da Pedreira e ando a escrever um livro)

dois calendários, o primeiro em dezembro e o segundo em março, argumentando um com o outro, havia quatro quadradinhos para os domingos em números vermelhos e quando cinco domingos os dois últimos, mais pequenos, dividiam o quadradinho acima e abaixo de um traço em diagonal, o notário tossia atrás de uma cortina a desmoronar-se em pedras que se detinham, rolavam, os segundos imobilizavam-se durante a tosse e corriam depois para acertarem o tempo, um olho da dona Fátima deslizou para mim e estrangulou-me, o que sobrava, benigno, recebeu os perdões, o colega do meu pai para a minha mãe

— Não aconteceu nada ao teu marido descansa

uma blusa ou um vestido de mulher, brincos e traços pintados a tornarem a barba mais nítida, os cotovelos dela sem aumentarem, fininhos, tão desamparada que por pouco não lhe emprestei o meu irmão que trocava os carimbos e os crescidos a imaginarem que fui eu, mentira

— Tome lá

a macieira avançava e recuava

(não era eu a chorar)

e não era eu, que disparate, a chorar embora a cadência das minhas costelas igual, eu no espelho, não o meu pai, enganei-me, a minha mãe no quarto e talvez seja melhor emprestar-me o meu irmão a mim mesma, ordenei-lhe que viesse e apesar de obediente ele sem vir e por conseguinte inventar outro irmão ou em lugar de outro irmão o homem que era raro chegar prestes a chamar-me e calado junto à cancela do muro, um sujeito de pijama numa varanda tão antigo quanto o céu

(respiraria nuvens?)

e o homem e eu como um par de domingos no mesmo quadradinho separados pelo risco em diagonal do arame da roupa, o homem e eu números vermelhos mais difíceis de ler do que os outros, se ao menos pudesse acender e apagar a luz do corredor desorientando as sombras, à terceira vez a mancha de humidade na parede aborrecia-se de ir e vir e o estuque sem bolor, pelo menos acolá não precisa de tinta e em lugar de agradecer a minha mãe do quarto

— Enquanto não estragares o interruptor não descansas

de maneira que as sombras em sossego, aliviadas

— Até que enfim temos paz

e a nódoa de humidade a aumentar jogando um prolongamento no sentido da lâmpada que dava ideia de encolher-se de susto, o meu pai não regressou nas semanas seguintes e esquecêmo-nos dele, do tom de voz, das orelhas

— As suas orelhas eram como senhor?

uma mais despegada penso eu mas não juro, a que o brinco rasgou, perdi-lhe o penteado

(puxado para trás, uma risca?)

e o bigode, ficou um sopro na minha nuca a mentir

— Desenhas as letras melhor que eu miúda

claro que mentira e para além de mentir a arrepiar-me de cócegas, esfregava a nuca com a manga

— Deixe-me em paz você

e na nuca uma mancha de humidade pior que o corredor, a minha mãe teria de pintar-me com a tinta da lata e haviam de cair gotas brancas na folha de revista que desdobrava no chão, cada gota um parafuso, ploc, a pregar a revista ao soalho, o meu pai sem entender a manga

— O que se passa com a miúda senhores?

não nos responde, esconde-se, as letras dela tortíssimas, a cega não desenhava letras, ficava de cabeça à banda entrincheirada nos óculos a tactear-se em silêncio

— Sou loira?

qualquer coisa difícil de localizar, na barriga, na cara, animava-se por um segundo escapando à tirania das lentes mas os óculos descobriam, ocupavam-na por inteiro e ela parada outra vez, quando acabei de esquecer o meu pai

(uma ou duas ondas contra uma parede alta e pronto, esqueci a minha mãe com ele e as árvores da China, sobrou a macieira a crescer sem crescer

(eu cá me entendo)

e o homem na cancela que não entrava já, se calhar inventei-o conforme inventei o meu irmão, homem algum, pessoas que regressavam da estação dos comboios, os frutos da macieira é que não cresciam nunca, tornozelos de raízes

(não do meu pai)

tornozelos de raízes não do meu pai, das mulheres de luto na praia sem vasculharem desperdícios, sentadas a aguardarem ninguém, a cega

— És loira tu?

ou a empregada do notário para quem as palavras eram um rebuliço de dentes e da minha mãe não sei, não a oiço, oiço a cómoda a oferecer-me gavetas sem que eu a atenda

— Serve-te

e um cano que ganha vida sob os azulejos da cozinha, o céu nem sequer velho, ausente e nisto um albatroz a voar, todo círculos e perguntas, para o interior da terra, os patos de vidro incapazes de o acompanharem a resignarem-se à cómoda, lá estão eles em fila não se alimentando de nada, houve uma época em que conversei com os patos e não temos nem isto a dizer hoje em dia, nem isto a dizer seja a quem for excepto à macieira que se não ouviu não é por culpa minha, quantas vezes expliquei cheia de paciência o que acontece comigo, as árvores da China a lavarem as mãos

— Não é com a gente

demasiado grandes e altas para chegarem a mim
(se o albatroz topasse um esgoto ou um charco cuidaria que o mar?)
a madrinha da cega a sacudir-me o cabelo
— Não é loira é morena
e eu surpreendida que uma lágrima logo esmagada no punho desse tanto volume aos seus olhos, para a minha mãe elogios, cumprimentos, para mim o ciúme de eu ver, se perguntasse
— O teu pai caiu no espelho também?
os óculos escuros engrossavam perplexos e a impressão que o homem a espreitar-me da cancela, o sorriso dentro da cara séria e dentro do sorriso uma cara séria diferente da primeira, prestes a chamar-me
(como seria a voz?)
um parque sem que eu percebesse como, cedros e a cara diferente um princípio de adeus, se interrogasse a minha mãe a torneira com mais energia nos pratos, as ruas e o larguinho a atravancarem tudo e os comboios a enxotá-los ao acaso, ao perder o albatroz o que me resta amigos, o vento unicamente na macieira a escolher um ramo para mim
— Toma
e o quintal tranquilo, a beladona, as formigas, lembro-me que dantes ralos a fritarem o escuro e agora o ramo que a macieira propõe, o colega do meu pai ofereceu-me uma boneca mais loira que eu e aceitei-a por pena não dela, de mim, trancada no quarto a desejar a noite na ideia que me impedisse de pensar e ao pensar o meu pai curvado, depois de gatas, depois costas sem cara no tapete, um pé que desmanchou as franjas e se aquietou torcido, uma ocasião
— Vou mostrar-te Peniche
e não vazantes nem barcos, muralhas, portas que estalavam sobre o que supunha gente ou seja criaturas entrevistas num ângulo de cal incapazes de uma letra, tolhidas
(elas incapazes de uma letra e eu sem tempo de escrever, passa das cinco da manhã, o fim do livro e é tudo)
se me mandarem
— Cala-te
continuo não por vontade minha mas por não ser capaz de parar conforme em criança via o muro aproximar-se da

bicicleta, queria voltar o guiador e não voltava, pedalava mais depressa, não me desvio da macieira que se chega a mim, desprendi o fio do estendal, trago o escadote, as árvores da China a preocuparem-se

— Espera

como se tivesse tempo de esperar e não tenho, tenho de conseguir palavras que não ultrapassem as linhas, quem vai ler isto senhores, quem vai saber, a minha mãe a despedir-se da alcofa

— Fica tu com ela

uma roca na coberta e um dedo a baloiçá-la, o meu pai

— É aquilo Peniche

isto é uma extensão de cardos, gorgolejos nos seixos e todavia água não

(era o seu dedo que baloiçava a roca pai, me vigiava os passos?)

nem uma nódoa de sangue no tapete tal como hei-de deixar as ervas limpas, fica menos dos mortos que um depósito de açúcar e uma borra nas chávenas, qualquer coisa indistinta no fundo da lembrança que mesmo não se esfregando passa, o meu nome numa boca que cessa de ter nome e contudo persiste, não me sobra vagar para dizer por extenso que se pôs tarde tão cedo e nuvens na estação dos comboios trazendo a última página consigo, a despedida, adeus, talvez daqui a muito tempo quem sabe nos vejamos, um mendigo apanhou o albatroz num valado, atirou-lhe o gadanho e engordou com ele, ficam penas, cartilagens, uns pauzitos ardidos, mesmo que me apetecesse calar não domino a garganta

(a roca continua na alcofa chocalhando pedrinhas)

e eis-me a sair do quarto com a boneca pendurada da mão por companhia, a minha mãe de feições entre o queixo e o nariz e uns senhores a puxarem retratos de uma pasta

— Conhece?

onde ela se franzia num dominó de luzes a segurar-me o ombro, a beladona no meio das ervas ora acesa ora apagada e quando acesa em janeiro ia brilhando à chuva, lembro-me da viúva que se deitou na calha do comboio porque sim e ficaram nas travessas dois elásticos do cabelo e um sapato amolgado, cozinhava tortas para fora e entregava-as em toalhinhas de papel rendilhadas, escondia o dinheiro na manga cochichando vergonhas, quase a pedir desculpa, guardava as notas numa caixa de charutos e um filho militar vinha discutir com ela e levava-as mas não quis os elásticos do cabelo nem o sapato ao debruçar-se para a calha com a gente

(o maquinista tirou a boina, enfiou-a no bolso e uma madeixa do cocuruto espetou-se no ar)

isto é pegou nele

(o salto quebrou-se)

e deixou-o cair, em contrapartida levou a caixa de charutos com o rótulo doirado em espanhol

(era uma caixa valiosa)

enquanto as últimas tortas se transformavam em carvão no forno e um gato se enrolava nas cadeiras a escapar-se de nós, passada uma semana desapareceu no bairro antes do filho militar vir pelos trastes com um amigo e deixarem a porta aberta a enfunar as cortinas, recordo-me da comida do gato intacta na tigela, do pacote de farinha rasgado com uma faca não fosse haver anéis e não eram só os cotovelos da minha mãe, eram os meus que aumentavam, o meu pai incomodado

— Vou mostrar-te o mar

como se me dessem curiosidade os cardos e uma onda sem origem que trepava a parede, criaturas entrevistas num ângulo de cal acocoradas a fungarem, o maquinista colocou a boina e o comboio partiu, pergunto-me o que restará do sapato hoje em dia

(não sou capaz de parar)

ainda existe roupa do meu pai no armário, um sobretudo, umas calças que não cheiram a ele, cheiram a bicho empalhado e deve ser isto a morte, fazendas velhas, bafientas, devíamos reuni-las numa trouxa e queimar no quintal

— Passe bem

junto à cancela em que a mesa da cozinha antes desta, cardos também mas sem rastro de ondas, quantos invernos passei de boneca ao colo a ver chover em ruínas, acabaram por desligar o fogão da viúva e os carvões das tortas, pegados à prateleira metálica, nem com a faca saíam

(gire comigo mãe como à saída da escola)

torresmos inamovíveis, pretos, tornados parte do ferro, não se limitaram a desligar o fogão, trancaram a casa e espreitando pelos vidros uma carteira de senhora na maçaneta da porta, o primeiro por assim dizer musgo que habita a ausência das pessoas, suponho que daqui a meia dúzia de semanas deixam de pensar na gente, querem ir-se embora, esquecer e o musgo no meu quarto também, a minha cama musgo, a minha cadeira musgo

(passa-se o indicador e sente-se)

este caderno, derivado ao musgo, impossível de ler, os cotovelos da minha mãe imensos nos joelhos dobrados sem o colega do meu pai nem o homem com ela, as árvores da China quase rente à fachada

(árvores da China ou sabugueiros, nunca me tinha ocorrido mas se calhar sabugueiros se observarmos o tronco e o desenho das copas)

e a erva nas pervincas, no pátio, mesmo que fosse capaz de parar não parava nesta altura, estamos tão perto já, umas palavras nem sequer muitas e chapéu, escuto a macieira, aí a temos, antes de alcançar os degraus

(não a oiço por enquanto, oiço a comichãozinha do vento)

a cómoda não

— Abram-me uma gaveta ao menos

nos nervosismos lá dela, a aguentar-se em silêncio, a torneira em silêncio, os pratos e a caçarola nem aí, a minha mãe dá-me ideia que às voltas na despensa, não desço os degraus ao pé coxinho, não preciso, cresci da mesma forma que não cinco da manhã, três da tarde e mesmo que não três da tarde não me preocupam as horas, garanti que não parava e chega, a cega a alegrar-se

— Há muitas nuvens hoje?

satisfeita com o que me aborrece e a propósito de nuvens não há, duas se tanto mas afastadas, a norte, é possível que não três da tarde, mais cedo, o rectângulo da farmácia avariado, volta e meia a indicação dos segundos e não segundos completos, estilhaços de números que não consigo decifrar, afigura-se-me que quarenta, vinte e um, trinta e cinco e talvez graus, não interessa, desisto, cinco da manhã, três da tarde, o que lhes apetecer desde que luz no quintal, tivemos uma lanterna no alpendre com a pintura verde e a corrente de argolinha na ponta que se pendura no tecto mas não é a esse género de luz que me refiro, melancólica, suja, um oval de dez palmos e para além do oval o negrume absoluto, finados descontentes movendo-se nas trevas

(a viúva da calha do comboio em busca do sapato?)

refiro-me a um céu inútil amparado aos telhados guinando para um crepúsculo antigo com dificuldade em ser dia, ao sorriso do homem dentro da cara séria e dentro do sorriso a cara diferente não num princípio de adeus, a chegar

(jurei que não parava e não paro, mais um passo, dois passos e a macieira acolá)

não num princípio de adeus, a chegar

(vou chegar)

e com ele eu, mesmo crescida demais, ao pé coxinho na esperança que me perguntasse

— Perdeste uma das pernas tu?

comigo a fazer de pateta e sabendo que pateta

(não pateta, a tal espécie de jogo, tenho quinze anos e portanto uma espécie de jogo)

a mostrar as duas pernas, a caminhar como as pessoas, melhor que as pessoas

(não me passa pela cabeça parar)

a perna direita, a perna esquerda, músculos, ossos, ideias, tudo certo, arrumado, eu mulher desde há dois anos

(dois anos e um mês)

a cara diferente dentro do sorriso um sorriso também ou seja a cara séria primeiro e dois sorrisos a seguir, o homem não a abandonar-me, ficando e ondas numa parede alta, grandes rochas escuras, mulheres de luto na praia a observarem-me imóveis ou a moverem-se no interior dos xailes e os xailes quietos, o homem não a tombar no chão ao comprido do espelho, a ajudar-me ensinando-me que para um nó de corda num galho se pega nesta ponta e nesta e se faz assim e assim, encontrar o escadote na cozinha e se pesar demasiado ele ajuda, diz

— Espera

e consegue, não exactamente um escadote, três degraus feitos pelo meu pai de caixas de cerveja, vestiram-no de mulher, pintaram-no por escárnio e rasgaram-no com o brinco, agite-me a roca na alcofa e faça que eu durma depressa entre os tules e fitinhas com que nos recebem ao nascer antes de se cansarem de nós, a senhora da vivenda do Pragal

— Ana Emília

e lamentos, xaropes, de modo que não nos vêem, estamos para além dos patos da cómoda recolhidos, tranquilos, uns sulcozitos de lado a fingirem de asas, os bicos apontados à parede distraídos da gente, o mar são arbustozitos tortos num lugar longe daqui, criaturas num ângulo de cal antes que a porta se feche, não me mostrem o mar, o comboio da viúva a caminho do centro e o homem para mim

— Não te incomodes eu escrevo

a acabar este livro que não é um livro, é a vida, um indicador numa fotografia

— Conhece?

e na película eu, as minhas tranças e o vestido de ramagens feito de um vestido da minha mãe demasiado largo para mim e de que nunca gostei, se passar na escola não escola, os Correios, a madrinha da cega ao portão com as suas vénias humildes e a afilhada a hesitar nas escadas com medo de cair

(quantas escadas serão, nenhuma escada, uma ravina?)

não te incomodes eu escrevo e não escrevia, fitava-me com o sorriso dentro da cara séria a diminuir, a fechar-se, o outro sorriso dentro do sorriso quase o meu nome e silêncio, lembro-me do silêncio, a gaivota silêncio, a capoeira onde arrepios de febre, gargarejos, atritos, silêncio, pensei que a cómoda

— Abram-me uma gaveta ao menos

ou a prevenir

— A sua filha

e graças a Deus conteve-se por amor de mim sei lá, quem compreende os objectos, amuados, tirânicos, se estivesse na mão deles, topando-os como eu os topo e tendo visto tanta coisa, acabavam connosco

(escreve não importa o quê mas não pares)

daqui à macieira vinte passos se tanto, os frutozinhos que não vingam, vão-se engelhando, tombam, o meu pai intrigado a examinar os ramos

— O que se passa com a árvore?

(ignoro se consigo)

e eu a espiá-lo do muro a pensar

— O meu pai

a estranhar

— O meu pai?
a lembrar o que de súbito me apercebi serem domingos remotos uma vez que pouco nítidos, vagos e nisto
(o que é a memória santo Deus, zonas até então ocultas à mostra com que intenção, que motivo, uma menina a chorar, um senhor que nos convoca
— Vem cá
e a certeza de conhecê-lo, afirmamos
— Conheço-o
duvidamos
— Conheço-o?
e no entanto que senhor e onde, qual a razão de
— Vem cá
a minha mãe a segurar-me pela mão, a empregada do notário e não pode ser, eis a cabeça a variar, oferece-me uma criatura
que criatura?
a pular de uma esquina
— Deu-te o dinheiro ao menos?
e digo criatura como podia dizer Peniche que não faço ideia onde é, as ameias, um forte, as tais mulheres de xaile a remexerem com um pauzinho detritos, pescado, barcos que um tractor vai puxando na direcção da praia, dá-me ideia que um farol dentro de mim a exibir e a esconder, não consigo parar, onde é que eu ia, dá-me a tua mão, acompanha-me, não me largues agora, um senhor que me convoca
— Vem cá
a certeza de conhecê-lo, afirmo
— Conheço-o
duvido
— Conheço-o?
e no entanto que senhor e onde, qual a razão de
— Vem cá)
o que de súbito me apercebi serem domingos antigos dado que pouco nítidos, vagos e nisto
(o que é a memória santo Deus)
um parque deserto mais pequeno que aquele que recordava, o que recordava infinito, o fantasma de um coreto, prédios em torno, um busto, uma criatura coberta de migalhas no cachecol

(seria outubro, setembro?)
a dividir um bolo com os pombos
(inclino-me para outubro porque o cachecol uma gola de coelho empardecida do uso e botões que faltavam, um parque, disse um parque, não te afastes do parque)
e no parque cedros loureiros choupos faias, atrevo-me eu embora não jure que faias, não me entendo com a botânica, a minha mãe a franzir-se na luz e logo um dedo
— Conhece?
o meu pai e o colega do meu pai com uma máquina de tirar retratos
— Não te mexas catraia
visto que eu ao pé coxinho por ter perdido uma perna
— Perdeste uma das pernas tu?
enquanto eu dançava numa espécie de pulo a certificar-me que os músculos, os ossos, as ideias, tudo certo, arrumado
— Estou viva
e valerá a pena
(é uma questão que vos ponho)
mencionar o tanque
(lá estão as coisas a engancharem-se, já não era sem tempo)
cheio de limos
(se calhar chamo limos a sujidade apenas)
cheio de limos, fiquem limos, como isto me custa, de raminhos, de folhas, ia acrescentar que patos e não patos, água sem reflexos, imóvel
(chamarei água àquilo?)
limos, raminhos, folhas, penas também
(não de pato)
põe-me nervosa o que escrevo, a macieira a dois passos, um passo, o homem da cara séria dentro de um sorriso e dentro da cara séria
(como a gente se altera)
uma espécie de grito, segure o grito por favor com a mão que recusou entregar-me, não quero a minha mãe connosco a ralhar-nos, quero-a no Pragal com a senhora
— Ana Emília
ou no quarto com o colega do meu pai e eu na sala

— Não vos suporto

(as palavras estão a andar, aproveita)

o que é a memória santo Deus, começo a perder o parque, ainda distingo a criatura que se levantou do banco a caminhar para casa detendo-se aqui e ali apoiada a um tronco consoante me apoio à macieira, de boneca no chão, com o fio que desarrumei do estendal, uma das pontas numa esquina da casa e a outra na vara de ferro do que tinha sido a latada quando esta parte da cidade quintarolas em lugar de ruas e larguinhos que atravancam tudo e os comboios desordenavam a enxotá-los ao acaso, voltavam aos seus lugares a hesitar

— Era aqui que nós estávamos?

no receio que outros larguinhos e outras ruas se indignassem com eles

— Este sítio pertence-nos

(se ao menos patos no tanque, davam-me jeito os patos e não patos, só água)

o que é a memória santo Deus, eu ao colo da minha mãe enquanto a beladona ia brilhando no muro, isto na época, onde isso foi, em que aceitava que me tocassem, mesmo que fosse o homem a tocar-me agora aproximando-se de mim à beira do seu grito repelia-o juro, ia-se embora pela cancela logo depois de chegar e eu a correr atrás dele

— Um momento

quer dizer a minha mãe no quarto

— Um momento

quer dizer eu outra frase que não vou repetir, se tivesse mais tempo pode ser que anotasse e felizmente não tenho, tenho este nó na macieira, o escadote, o segundo nó mais complicado que experimentei

que experimentei duas vezes porque o fio escapava-se e julgo que consegui, não estou certa, ver-se-á depois, a paciência de mais uns segundos no rectângulo da farmácia, números que se sobrepõem e apagam com a temperatura a surgir e a desvanecer-se também e dar-vos-ei a resposta, oxalá as árvores da China não interfiram, a beladona se cale, era a empregada do notário quem devia fechar este livro com a língua demasiado gorda a sair com as palavras

(estas palavras)

— Não se incomode não se incomode

e a língua desamparada por ali a assistir à partida, o céu velhíssimo com dificuldade em ser dia a amparar-se aos telhados respirando nuvens e a guinar para um crepúsculo antigo, o que me apetece

(não é a questão de me apetecer ou não me apetecer, como contar de outro modo?)

o que eu gostava, o que eu queria, o que teria desejado se fosse capaz de desejar e não sou

(o primeiro degrau do escadote, o segundo degrau, o terceiro)

era que a

(inclinei-me para trás e para diante e aguenta-se, não necessito de escorá-lo com uma pedra ou assim)

era que a minha mãe na despensa ou no quarto, acho que na despensa e fosse na despensa ou no quarto sem me ver da casa, se me pilhava na rua a viúva da estação dos comboios cumprimentava-me sempre, de sapato ainda não amolgado na calha

— Filhinha

e eu zangada com ela a fugir-lhe do beijo, com que direito

— Filhinha

guarde as parvoíces para si, deixe-me, além do sapato dois elásticos do cabelo, a minha mãe acerca da qual não sei o que pensar impediu-me o corpo

— Não olhes

a colocar-me a palma na cara durante tanto tempo e eu tão cega que acabei por dizer, que alguma coisa em mim acabou por dizer, que no escuro dos meus dedos a minha voz

— Serei loira?

e por um instante

(tive sorte, um instante de nada)

vontade que me prendesse os braços e girássemos ambas durante horas sem fim no recreio da escola, eu com medo e contente, insegura e feliz

— Continue

que girássemos conforme giro sozinha, o que me apetece

(não é questão de me apetecer ou não me apetecer, como contar de outro modo?)

o que eu gostava, o que eu queria, o que teria desejado se fosse capaz de desejar e não sou, era que a palma me continuasse na cara durante tanto tempo que eu cega, era que a minha palma continuasse na vossa cara durante tanto tempo que cegos

— Seremos loiros nós?

e não fazia mal, não tem importância, não se preocupem com o livro

(não estou a girar sozinha é com a minha mãe que eu giro)

porque aquilo que escrevo pode ler-se no escuro.

Este livro foi impresso na
LIS GRÁFICA E EDITORA LTDA.
Rua Felício Antônio Alves, 370 – Bonsucesso
CEP 07175-450 – Guarulhos – SP – Fax: (11) 3382-0778
Fone: (11) 3382-0777 – e-mail: lisgrafica@lisgrafica.com.br